TOR

W0305329

PHILLIP P.
PETERSON

JANUS

ROMAN

TOR

Aus Verantwortung für die Umwelt hat sich der S. Fischer Verlag zu einer nachhaltigen Buchproduktion verpflichtet. Der bewusste Umgang mit unseren Ressourcen, der Schutz unseres Klimas und der Natur gehören zu unseren obersten Unternehmenszielen.

Gemeinsam mit unseren Partnern und Lieferanten setzen wir uns für eine klimaneutrale Buchproduktion ein, die den Erwerb von Klimazertifikaten zur Kompensation des CO_2-Ausstoßes einschließt.

Weitere Informationen finden Sie unter: www.klimaneutralerverlag.de

MIX
Papier | Fördert gute Waldnutzung
FSC® C014496

Erschienen bei FISCHER Tor
Frankfurt am Main, September 2023

© Copyright Peter Bourauel
Für diese Ausgabe:
© S. Fischer Verlag GmbH, Hedderichstr. 114, D-60596 Frankfurt
Dieses Werk wurde vermittelt durch die Literarische Agentur Thomas Schlück GmbH, 30161 Hannover.

Satz: Pinkuin Satz und Datentechnik, Berlin
Druck und Bindung: GGP media GmbH, Pößneck
Printed in Germany
ISBN 978-3-596-70892-5

1

Jenny Nelsons Hände schwitzten in den Handschuhen, als sie nach dem Steuerknüppel griff. »In Ordnung, ich übernehme.« Sie gab sich alle Mühe, selbstsicher zu klingen, konnte jedoch nicht verhindern, dass ihre Stimme zitterte.

»Keine Sorge, du schaffst das schon.« Malcolm Berry, ihr Kommandant, saß links neben ihr in der Raumkapsel.

Kosmonaut Mikhail Gidzenko, zu ihrer Rechten, schwieg.

Jenny rückte sich mit der linken Hand den Helm ihres Raumanzuges zurecht und beugte sich ein wenig nach vorne, um besser aus dem Fenster schauen zu können.

Genau vor sich, vielleicht noch ein paar hundert Meter entfernt, sah sie die Internationale Raumstation ISS. Die rechte Seite der Station wurde von der Sonne angestrahlt, und die silbernen Module, die ein wenig an überdimensionierte Mülltonnen erinnerten, schimmerten im grellen Licht. Die großen Solarsegel, mit denen der Strom für die Station gewonnen wurde, waren weggeklappt, damit sie nicht durch die ausströmenden Triebwerksgase ihrer Gaia-Kapsel verschmutzt werden konnten. Ein Fadenkreuz und mehrere Linien mit Winkelangaben waren im Fenster eingearbeitet und sollten ihr die Navigation erleichtern.

Ein erstes Andocken an der ISS – Jenny war sich der Verantwortung vollkommen bewusst. Wenn sie Mist baute, beschädigte sie nicht nur die Hunderte Milliarden Dollar teure Station. Sie riskierte auch das Leben ihrer Besatzung und das der drei Astronauten an Bord der ISS.

Sie atmete tief ein und drückte dann den Steuerknüppel leicht nach vorne. Ein dumpfes Zischen ertönte, als die Kapsel beschleunigte.

»Relativ zwei Meter pro Sekunde.« Gidzenko hatte immer noch seinen schweren, russischen Akzent, der dafür sorgte, dass sie ihn manchmal kaum verstand. Der Kosmonaut hatte erst sehr spät angefangen, Englisch zu lernen, und tat sich mit der Sprache offenbar recht schwer. Dafür war der hagere, eher kleine Mann mit dem an Lenin erinnernden Spitzbart ein mathematisch-physikalisches Genie. Bei der NASA hatte man schnell seinen von Kosmonautenkollegen stammenden Spitznamen »Menschlicher Computer« übernommen. Jenny mochte den Kollegen, und daran konnten auch die schlechten internationalen Beziehungen zwischen den USA und Russland nichts ändern.

Die Station wurde allmählich größer. Langsam näherten sie sich dem Andockstutzen des amerikanischen Teils der Station.

»Sieht weiterhin sehr gut aus«, meldete Malcolm. Jenny erlaubte sich, kurz den Kopf zu wenden, und sah, dass ihr Kommandant lächelte. Allmählich beruhigte sie sich. Malcolm hatte ein enormes Talent, anderen Menschen alleine durch seine positive Ausstrahlung ein gutes Gefühl zu geben.

Er hatte bereits zwei Flüge zur Internationalen Raumstation absolviert und insgesamt schon über vierhundert Tage im All verbracht. Commander Malcolm Berry war der erfahrenste Astronaut im aktuellen amerikanischen Astronautenkorps. Jenny war froh, dass der große, stämmige Marine bei ihrer ersten Weltraummission ihr Kommandant war.

»Achtung!« Gidzenko rückte sich in seinem Sitz zurecht. »Du entfernst dich mit einer leichten Komponente in Richtung plus Z vom Zentrum des Andockkegels.«

Jennys Blick wanderte vom Fenster zum Bildschirm vor ihr auf der Konsole. Rechts war mit einigen Rechtecken die ISS schematisch dargestellt. Vom Knotenmodul ragte ein sich erweiternder Kegel nach links auf den Bildschirm. Das kleine Dreieck, das ihre Gaia-Kapsel darstellen sollte, wanderte langsam, aber deutlich sichtbar nach oben.

Was soll denn das?

Jenny ärgerte sich. Vor wenigen Augenblicken hatte sie noch genau auf der weißen Linie im Zentrum des Kegels gelegen. Warum entfernte sie sich nun vom optimalen Kurs?

»Du musst ausgleichen.« Malcolm sprach mit ruhiger Stimme.

Das war Jenny schon klar. Wenn das kleine Kapsel-Dreieck den Rand des Kegels berührte, dann musste sie den Anflug abbrechen und wieder von vorne beginnen, was den Zeitplan durcheinanderwerfen würde. Außerdem würde es sie blamieren. Es gab bei der NASA nach all den Jahren seit Sally Ride und Eileen Collins immer noch erzkonservative Männer, die Frauen prinzipiell für die schlechteren Piloten hielten. Ein Scheitern des Anflugs würde diesen Ewiggestrigen Wasser auf den Mühlen sein.

Mit einem kurzen Druck auf den Steuerknüppel zündete Jenny die oberen Lageregelungsdüsen. Nur für einen kurzen Augenblick, aber das reichte, um die Kapsel wieder auf das Zentrum des Andockkegels zuzusteuern.

»Gut gemacht.« Malcolms Stimme klang nüchtern.

Als das Dreieck auf dem Bildschirm die Linie in der Mitte berührte, stoppte Jenny mit einem erneuten Druck auf den Steuerknüppel die Bewegung.

»Äh …«, machte Mikhail.

Jenny hob die Augenbrauen. »Was denn?«

»Nichts«, sagte Malcolm anstelle des Russen. »Mach einfach weiter.«

Mikhail zuckte mit den Schultern und schwieg.

Irgendetwas lief falsch, warum sagte er es ihr nicht?

Egal! Ich muss mich auf meine Aufgabe konzentrieren.

Jenny drückte den Knüppel erneut leicht nach vorne. Langsam, ganz langsam wurde die Station in ihrem Fenster wieder größer.

»Relativgeschwindigkeit ein Meter pro Sekunde«, verkündete Mikhail.

Jenny nickte befriedigt. Das war der nominelle Wert. Alles sah gut aus. Wenn sie sich der ISS bis auf hundert Meter genähert hatte, würde sie die Geschwindigkeit weiter verringern.

Mikhail räusperte sich. »Radialvektor in plus Z. Null Komma eins. Wir entfernen uns aus dem Zentrum des Andockkegels.«

Ungläubig starrte Jenny auf den Bildschirm. Das Dreieck der Kapsel entfernte sich schon wieder von der Mittellinie des Kegels und schob sich nach oben. Jenny schüttelte den Kopf.

Verdammt nochmal!

»Das kann doch nicht sein!« Sie konnte nun auch mit einem Blick aus dem Fenster erkennen, dass die Station nach unten zog.

Scheiße, verdammte!

Was war denn nur mit dem Schiff los?

»Immer mit der Ruhe«, beschwichtigte Malcolm. »Denk nach! Was könnte für die Abweichung verantwortlich sein?«

Er weiß es! Warum sagt er es dann nicht einfach?

Sie mussten ein Problem mit der Kapsel haben. »Vielleicht hat sich das Ventil einer Schubdüse verklemmt.«

Mit Sicherheit, das war es! Die Düse feuerte permanent, übte einen geringen Schub aus und drückte die Kapsel von der vorgesehenen Flugbahn weg.

Doch ihr Chef und der Russe wechselten einen schnellen Blick.

»Kann das sein?«, fragte Malcolm, mit sanfter Geduld wie ein Grundschullehrer.

Jenny spürte, wie sie einen roten Kopf bekam. Sie mochte Malcolm, aber im Moment verhielt er sich so, als wollte er sie bloßstellen. »Verdammt, Malcolm! Wenn du weißt, was kaputt ist, dann raus damit.«

Sie bereute ihren Ausbruch sofort.

Ihr Chef und Astronautenkollege lächelte. »Immer langsam. Wie lässt sich deine Theorie überprüfen?«

Jenny zwang sich zur Ruhe. Sie hatte Schwierigkeiten, sich zu konzentrieren. Wollte Malcolm etwa, dass sie scheiterte? Was hätte er denn davon? Indessen bewegte sich das Dreieck immer weiter auf die Grenze des Andockkegels zu.

Denk nach, Jenny! Denk nach!

Wenn ein Ventil verklemmt war, würde permanent Stickstoff aus den Düsen strömen. Der Druck im Tank würde sinken. Langsam zwar, aber die Sensoren mussten die Änderung erfassen können.

Jenny drückte einen Knopf auf ihrer Konsole. Der sekundäre Bildschirm zeigte eine lange Reihe an Zahlen und Messwerten.

Nein!

Die Druckanzeige des Stickstofftanks für das Lageregelungssystem änderte sich nicht. Auch alle anderen Werte blieben stabil.

»Wir haben kein Leck.« Jennys Stimme zitterte.

»Nein, haben wir nicht«, sagte Malcolm.

Jennys Herzschlag beschleunigte sich. Was konnte denn sonst für die Abweichung des Kurses verantwortlich sein?

Gleich würde das Dreieck der Kapsel die äußere Linie des Kegels berühren. Sie konnte natürlich wieder Gegenschub geben, aber auf Dauer strapazierte das ihre Treibstoffvorräte. Es machte auch keinen Sinn, ein Andockmanöver durchzuführen, wenn ihre Kapsel ein Problem hatte.

Sie straffte sich. »Ich breche den Anflug ab.«

»Moment«, stoppte Malcolm sie.

Jenny blickte ihn an.

Ihr Kommandant lächelte wieder. »Gehen wir doch einfach mal davon aus, dass die Kapsel unbeschädigt ist und kein Problem hat.«

»Ja, aber …« Malcolm unterbrach sie mit einer schnellen Handbewegung.

»Was tust du, um dich der Station anzunähern?«, fragte er.

Verdammt, worauf wollte er nur hinaus?

»Ich beschleunige leicht.«

Er lächelte. »Was bedeutet das für die Umlaufbahn, in der wir uns befinden?«

Sofort wusste sie, was er meinte.

Jenny schloss die Augen.

»Genau!« Malcolm musste an ihrem Gesichtsausdruck bemerkt haben, dass sie die Situation verstanden hatte. »Wenn wir stabil hinter der Station fliegen, sind wir auf derselben Umlaufbahn um die Erde. Beschleunigst du aber auf die Station zu, veränderst du die Bahn. Erhöht sich deine Orbitalgeschwindigkeit, steigt auch die Höhe der Umlaufbahn an.«

Jennys Wangen glühten. Sie kam sich so dumm vor. *Sie* war die Physikerin. Malcolm war ausgebildeter Kampfpilot. Sie hätte sofort draufkommen müssen. Aber sie hatte vergessen, dass sie sich auf einer Umlaufbahn um die Erde befanden. Sie hatte es einfach vergessen.

Diese aus der Himmelsmechanik resultierende Bewegung musste kompensiert werden. Das machte die Kapsel normalerweise automatisch, aber sie hatte bei der Vorbereitung des Anflugs vergessen, den entsprechenden Schalter zu drücken. Sie musste den Punkt auf der Checkliste überlesen haben.

»Jenny!«, sagte Mikhail.

»Ich sehe es.« Die Linie der Kapsel berührte die Linie des Kegels. Schnell gab sie Gegenschub und brachte das Dreieck wieder in die Mitte des Kegels.

Dann stoppte sie die Bewegung der Kapsel und drückte den Knopf für den automatischen Kursausgleich, den sie schon vor einer halben Stunde hätte drücken müssen.

»Gut«, bestätigte Malcolm knapp.

Mit einem kurzen Stoß des Steuerknüppels brachte Jenny die Kapsel zurück in eine leichte Vorwärtsbewegung. Erneut wurde die ISS hinter dem Fenster größer.

Jenny ärgerte sich über sich selbst. Auf diese Lehrstunde hätte sie gerne verzichtet. Nachher würde sie sich von der Leiterin des Astronautenbüros etwas anhören können.

Immerhin verlief der Rest des Anfluges nun wie vorgesehen. Hundert Meter vor der Station verringerte Jenny die Geschwindigkeit der Kapsel. Kurz vor dem ersten Kontakt mit der Station stoppte sie ganz. Ein grünes Licht auf der Konsole bestätigte ihr, dass sie für den Endanflug nun genau ausgerichtet war.

Sie überprüfte ein letztes Mal die ordnungsgemäße Funktionsbereitschaft des Dockingadapters. Auch die wurde ihr mit einem grünen Licht bestätigt.

Jenny holte tief Luft.

Also gut, wagen wir's!

Sie drückte den Steuerknüppel ganz sachte nach vorne.

»Sieht gut aus«, flüsterte Mikhail.

Es gab einen Ruck und einen leisen Knall.

Ein gelbes Licht leuchtete vor Jenny auf der Konsole auf. Sie hatten Kontakt, aber die Klammern waren noch nicht verriegelt.

Es sollte nicht mehr als einige Sekunden dauern, aber das Licht blieb gelb.

Na, mach schon!

Nichts tat sich.

Jenny kannte das Problem. Der Ring des Dockingadapters hatte sich womöglich leicht verzogen. Das war kein Wunder, denn die Kapsel flog alle neunzig Minuten einmal um die Erde und wechselte dabei zwischen Tag- und Nachtseite. Die dabei entstehenden großen Temperaturunterschiede wirkten sich nun einmal auf das Material des Fluggeräts aus.

Jenny griff wieder zum Steuerknüppel. Sie hörte das Klacken der Ventile, als Gas in die Lageregelungstriebwerke strömte. Es passierte immer noch nichts, also gab sie noch mehr Schub, um die Kapsel in die Dockingvorrichtung zu drücken.

»Äh ...«, machte Malcolm.

Er kam nicht dazu, mehr zu sagen, denn es gab einen weiteren Knall, und das Licht auf der Konsole wechselte endlich von Gelb zu Grün.

Jenny atmete auf. Sie hatte angedockt. Erfolgreich. Und ohne das Schiff zu beschädigen.

Zufrieden war sie dennoch nicht. Es hätte glatter laufen müssen. Aber man lernte aus seinen Fehlern, und dafür war sie schließlich hier.

Plötzlich wurde es hell in der Kapsel.

»Simulation beendet«, sagte die quengelige Stimme von Grant Phillips aus den Lautsprechern. »Nachbesprechung in zehn Minuten in Meetingraum B.«

»Essen wir danach noch zusammen?« Mikhail löste seine Gurte.

»Nichts dagegen.« Malcolm hatte sich bereits abgeschnallt und stand auf, um die Luke des Simulators zu öffnen.

Blendendes Neonlicht fiel von draußen in das Innere der Kapsel.

Jenny seufzte und stieg hinter ihrem Boss nach draußen.

Heute hatte sie sich wahrlich nicht mit Ruhm bekleckert.

Diese Simulation würden sie und ihre Astronautenkameraden gewiss wiederholen müssen, was einen ganzen Tag in Anspruch nehmen würde.

Dabei waren es nur noch wenige Wochen bis zum Start zu ihrer Mission auf der Internationalen Raumstation.

Und der würde dann keine Simulation mehr sein.

2

Daniel Perito seufzte wehmütig, als er, seine schwarze Ledertasche in der rechten Hand, das Administrationsgebäude des Johnson Space Center in Houston betrat.

Draußen schien die Sonne. Er hätte lieber die Wärme genossen, als nun den Rest des Nachmittags in dunklen, klimatisierten Besprechungsräumen zu verbringen.

Zu Hause in Washington war es am Morgen eisig kalt gewesen. Die Sonne hatte sich an der Ostküste schon während der letzten beiden Wochen nicht mehr gezeigt, und darum genoss er seine gelegentlichen Dienstreisen in die wärmeren Bundesstaaten. Er flog zwar auch oft zu Terminen nach Europa, Japan oder Russland, aber dort war das Wetter zu dieser Jahreszeit meist auch nicht besser.

In Moskau war es letzte Woche fast minus zwanzig Grad kalt gewesen. Sein erster Weg hatte ihn ins GUM am Roten Platz geführt, wo er sich für einen gesalzenen Preis einen neuen, wärmeren Mantel gekauft hatte.

Mit zwanzig Grad war die Temperatur im texanischen Houston hingegen sehr angenehm. Doch das Gebäude würde er wohl erst wieder verlassen, wenn es draußen dunkel war. Als Manager für internationale Kontakte im Hauptquartier der NASA in Washington war er in dieser krisengeschüttelten Zeit ein begehrter Gesprächspartner, egal, in welches NASA-Zentrum er reiste.

Daniel nahm sein schwarzes Handy aus der Tasche seines Jacketts und öffnete mit dem Daumen die Kalender-App. Sein erstes Meeting hatte er im obersten Stockwerk – hoffentlich in einem Raum mit Fenster.

Er nahm den Fahrstuhl und betrat wenige Augenblicke später sein Ziel.

Seine Hoffnung erfüllte sich nicht. Der Besprechungsraum war nicht größer als ein Büro für zwei Personen und lag eingequetscht zwischen einer kleinen Kaffeeküche und den Herrentoiletten. Es war sehr warm und feucht, und sofort bildeten sich Schweißperlen auf seiner Stirn. Daniel lockerte den Knoten seiner Krawatte.

Immerhin waren seine Gesprächspartner schon da. Sie saßen an einem runden Tisch aus hellem Holzimitat, auf dem ein Telefonapparat mit einem großen Lautsprecher stand.

Die Wände waren gelblich verfärbt mit einigen grünlichen Flecken in einer Ecke. Es roch leicht modrig. Über sich sah Daniel die quadratische Öffnung einer Klimaanlage, aber die war entweder nicht eingeschaltet oder kaputt. Obwohl im Houstoner NASA-Zentrum milliardenteure Missionen geplant und durchgeführt wurden, fehlte es an Geldern für die Wartung oder Erneuerung der Gebäude, die noch aus den Hochzeiten des Apollo-Programms in den sechziger Jahren des letzten Jahrhunderts stammten.

»Schön, dass Sie da sind, Daniel«, sagte Susan Garfield. Die adrett in ein braunes Kostüm gekleidete Frau stand auf, um ihm die Hand zu reichen. Er kannte die Managerin des JSC, die direkt dem Leiter des NASA-Zentrums unterstellt war, von früheren Besprechungen. Sie mochte um die fünfzig sein und war eine leidenschaftliche Vorkämpferin für das bemannte Weltraumprogramm.

Daniel erwiderte den Händedruck und wandte sich dann Lee Kline zu. Auch mit dem knorrigen, älteren Flight Director hatte er schon zusammengearbeitet. Lee starrte Daniel aus blauen, kühlen Augen an. Bei früheren Treffen hatte er nicht den leisesten Anflug von Humor gezeigt. Daniel wusste, dass Lee eine große Vorliebe für Checklisten hatte. Astronauten, die Daniel kannte, lästerten auf Cocktailpartys nach ein, zwei Scotch gerne darüber, dass Lees ganzes Leben eine einzige Checkliste sei.

»Wie geht's, Lee?« Daniel reichte seinem Gegenüber nicht die Hand. Lee mochte das seit der Covid-19-Pandemie nicht mehr. Aber wahrscheinlich hatte er es auch schon vorher nicht gemocht.

»Es geht«, antwortete Lee knapp.

Ein Gespräch mit dem Flight Director in Gang zu halten war nicht einfach. Daniel beschloss, es mit einem neuen Thema zu versuchen. »Wie läuft es bei Artemis?«

»Ich arbeite nicht mehr für Artemis«, sagte Lee.

Daniel hob die Augenbrauen. »Ach?« Soweit er wusste, war es ein Traum aller Flight Controller vom JSC, an den neuen Mondlandungen zu arbeiten.

»Zu wenig Fortschritt.« Lee zog die Mundwinkel nach unten. »Ich arbeite lieber an Missionen, bei denen es für mich auch was zu tun gibt.«

Daniel nickte. Lee hatte schon recht. Laut der ursprünglichen Planung hätte die erste der neuen Mondlandungen schon längst stattfinden sollen, aber es gab immer noch Probleme mit der amerikanischen Großrakete SLS. Auch mit der Mondlandefähre von SpaceX war die NASA nicht zufrieden und hatte Änderungen gefordert. Die kosteten natürlich Zeit und Geld. Eine erste bemannte Mondumkreisung war für das Folgejahr geplant, aber eigentlich rechneten alle im Hauptquartier in Washington damit, dass der Flug erneut verschoben wurde.

»Lee ist nun wieder Flight Director bei der Internationalen Raumstation. Ab der nächsten Expedition wird er den Posten im

Kontrollzentrum übernehmen.« Susan stutzte. »Ist das nicht der Flug, bei dem deine Freundin mitfliegen wird?«

Bevor Daniel antworten konnte, hatte Lee wieder das Wort ergriffen. »Ja, Jenny Nelson. Sie ist Bordingenieurin.«

Daniel zwang sich zu einem Lächeln. »So ist es.« Dass Jenny nun tatsächlich bald zur ISS flog, war ein wunder Punkt in seinem Leben. Sie bekamen sich ohnehin nur alle paar Wochen zu sehen, da sie in Houston und er in Washington lebte. Aber ein halbes Jahr darauf zu warten, dass die Lebensgefährtin aus dem Weltraum zurückkehrte, war doch noch einmal etwas anderes. Er wollte nicht darüber reden. Schon gar nicht mit Susan und Lee. »Was kann ich denn für euch tun?«

Susan zeigte auf den freien Platz am Tisch. »Kaffee?«

Daniel schüttelte den Kopf und setzte sich. Der Stuhl war unbequem und neigte zum Kippen, wenn er sich nach hinten lehnte.

Susan nahm die Kaffeekanne und schenkte sich und Lee ein. Der Flight Director schaufelte sich einen Löffel Zucker nach dem anderen in das Gebräu. Susan trank ihren Kaffee schwarz.

Daniel öffnete seine Ledertasche und nahm einen Notizblock und einen Kugelschreiber mit dem NASA-Emblem, das von Journalisten gerne als blaues Fleischbällchen bezeichnet wurde, heraus.

Susan stellte die Kaffeekanne auf einen Beistelltisch und setzte sich. »Es geht um China.«

Daniel hob eine Augenbraue. »China?«

Susan nickte. »Ich war bei der IAU-Konferenz in Seoul und habe dort beim Konferenzdinner neben Ling Dai gesessen.«

Daniel zuckte mit den Schultern. Den Namen hatte er zwar irgendwo schon einmal gehört, konnte ihn aber im Moment nicht zuordnen. »Hilf mir auf die Sprünge.«

Susan seufzte. »Ling ist Managerin für Kommunikationssysteme bei der CNSA.«

Die CNSA war die chinesische Raumfahrtbehörde und verantwortlich für die unbemannte Raumfahrt Chinas.

»Und?«

»Die Chinesen haben nun ihr eigenes TDRS in Betrieb genommen.«

»Davon habe ich gehört.« TDRS war die Abkürzung für Tracking and Data Relay Satellite - ein Kommunikationssystem, das es Raumfahrzeugen im niedrigen Erdorbit, darunter Raumstationen, erlaubte, über hochfliegende Satelliten zu jedem Zeitpunkt mit der Bodenkontrolle zu kommunizieren.

»Wir benutzen unser eigenes TDRS für die Kommunikation mit der ISS.« Lees Stimme klang völlig emotionslos. »Die Chinesen nutzen ihres für Tiangong.«

Auch das war für Daniel nichts Neues.

»Ling hat eine Prozedur vorgeschlagen, nach der wir in einem Notfall auf das chinesische TDRS zurückgreifen können und die Chinesen bei einem Ausfall ihres eigenen Kommunikationssystems auf das amerikanische Satellitensystem. Es scheint mir eine gute Idee zu sein, von der beide Seiten profitieren.«

Daniel unterdrückte ein Ächzen. Das würde nicht funktionieren.

»Ich unterstütze Susans Idee mit Nachdruck. Es wäre eine reine Notfallprozedur und sowohl für die Chinesen und auch für uns im Falle eines Systemausfalls ein echter Gewinn«, schob Lee nach.

Daniel schüttelte den Kopf. »Das geht nicht.«

»Und wieso nicht?« Susans Stimme klang weniger enttäuscht als verärgert.

»Wegen des Wolf-Amendments«, sagte Daniel. »Das Gesetz aus dem Jahr 2011 verbietet die direkte bilaterale Kooperation mit der chinesischen Weltraumfahrt. Egal, in welchen Belangen.«

»Ich kenne das Gesetz.« Lee klang genervt. »Es ist der Grund, warum die Chinesen nie bei der Internationalen Raumstation mitmachen durften, obwohl sie durchaus Interesse gezeigt haben. Nun haben sie ihre eigene.«

Daniel atmete durch. Er war im Hinblick auf Sinn und Unsinn des Wolf-Amendments selber zwiegespalten, aber es war nun einmal seine Aufgabe, die aktuelle Politik durchzusetzen. »Das Gesetz hat schon einen Nutzen. Geopolitisch sind die Chinesen unsere Kontrahenten, und eine technische Kooperation würde China Einblicke geben, die sie für ihre Waffentechnik einsetzen könnten.«

Lee winkte ab. »In einigen Bereichen sind uns die Chinesen doch ohnehin schon voraus.«

»In der Raumfahrt läuft nichts ohne Kooperation«, wandte Susan ein. »Vor allem gefällt mir der Gedanke nicht, dass wir wissentlich unsere Leute gefährden, obwohl es um so etwas Banales wie ein Kommunikationssystem geht.«

Daniel hob abwehrend die Hände. »So einfach ist es nicht. Die Technik der TDR-Satelliten kann durchaus für die Steuerung von Atomraketen oder die Kommunikation von Soldaten auf dem Schlachtfeld benutzt werden. Wir müssten den Chinesen detaillierte Informationen über unsere Satelliten geben.«

Lee verzog den Mund. »Ich finde dieses Gesetz wirklich beschissen. Im Ernst, es geht doch nur darum, die wirtschaftliche Entwicklung Chinas zu behindern und unsere eigene Agenda voranzubringen.«

Mit dieser Ansicht stand Lee nicht alleine da. Besonders manche Demokraten vertraten die Meinung, dass man mit China eher kooperieren müsse, statt um die wirtschaftliche und geopolitische Vormachtstellung zu kämpfen. Aber es lag nicht an ihnen hier in diesem Raum, das zu entscheiden. »Es ist nun einmal so. Ich kann es nicht ändern.«

»Bei der chinesischen Mondsonde vor ein paar Jahren haben wir doch auch zusammengearbeitet«, warf Susan ein.

Lee nickte.

Das stimmte schon. Als die Chang'e-Sonde auf dem Mond gelandet war, hatte die NASA zugestimmt, die Landung mit dem Lunar Reconnaissance Orbiter zu beobachten und die Daten der chinesischen Raumfahrtbehörde zur Verfügung zu stellen. Dafür hatten die Wissenschaftler im Vorfeld die technischen Daten ihrer Raumfahrzeuge ausgetauscht. »Das war aber eine einmalige Angelegenheit, für die der Kongress extra abstimmen musste.«

Lee richtete sich kerzengerade auf. »Dann lassen wir den Kongress eben wieder abstimmen.«

Daniel seufzte. »Die Beziehungen haben sich seit 2019 leider nicht verbessert. Auch wenn es im Moment um Taiwan etwas ruhiger geworden ist, ist die Stimmung doch immer noch angespannt. Im Pentagon geht man davon aus, dass China in dieser Sache bereit zu einem Krieg sei, wenn sich die Umstände nicht ändern.«

Lee stöhnte und verdrehte die Augen.

Daniel bezweifelte, dass der Mann neben seiner Arbeit im Kontrollzentrum dazu kam, die internationalen Nachrichten zu verfolgen. »Ich denke nicht, dass der Kongress in dieser Lage einer weiteren Ausnahmegenehmigung für die NASA zustimmen würde.«

Susan rückte ihre Brille zurecht. »Man sollte es zumindest versuchen. Du könntest doch einmal beim Kongress vorfühlen, ob im Interesse der Sicherheit unserer Astronauten nicht noch einmal eine Ausnahme von diesem dämlichen Wolf-Gesetz denkbar ist.«

»Ich selbst kann da gar nichts machen.« Daniel wedelte abwehrend mit den Händen. »Nur mein Chef.« Und der würde nicht begeistert sein.

»Besprich es bitte mit ihm!«, forderte Lee.

»Natürlich werde ich eure Wünsche Graham vortragen«, sagte Daniel. »Aber ich verspreche nichts.«

»Vielleicht sollte ich selber einmal mit ihm sprechen.« Susan lächelte boshaft.

Daniel schmunzelte. Es war eine unverhohlene Drohung, vorgeschriebenen Dienstweg zu ignorieren und ihn zu übergehen. Bei Graham würde sie damit allerdings nicht durchkommen. Er würde auf Daniel verweisen und auflegen. Sein Chef war selber ein politischer Spieler, der schon mehr als eine Intrige angezettelt hatte, aber seinen Untergebenen gegenüber verhielt er sich immer loyal.

»Das kannst du gerne tun.« Daniel legte möglichst viel Kälte in seine Stimme. »Wenn Graham aber der Meinung ist, dass eine solche Anfrage alleine schon den Ruf unserer Abteilung beschädigt, dann wird er es nicht tun. Daran wird auch ein Anruf von dir nichts ändern.«

Lee starrte schmallippig die Wand an. »Zu feige, einfach nur mal zu fragen ...«

Daniel öffnete den Mund für eine Antwort, schloss ihn aber gleich wieder. Die Ingenieure in Houston mochten Genies sein, wenn es darum ging, Raketen in den Weltraum zu schießen, Raumstationen zu bauen und Kapseln auf dem Mond zu landen, aber sie vergaßen immer und immer wieder, dass der eigentliche Treibstoff einer Raumfahrtmission das Geld war. Raumfahrt war ein verdammt teures Unterfangen, und die Mittel dafür kamen letzten Endes alle aus Washington, indem sie vom Kongress bewilligt wurden. Den Senatoren ging es in erster Linie darum, die Arbeitsplätze der Luft- und Raumfahrtindustrie in ihren Bundesstaaten und somit die Stimmen für ihre eigene Wiederwahl zu sichern. Ansonsten war Washington an ihrer Arbeit erstaunlich desinteressiert. Wenn man den falschen Politikern mit dämlichen Anfragen kam, dann war man seinen Job bei der

NASA schneller los, als einem lieb sein konnte. Das galt vor allem für die oberen Manager, zu denen auch Graham Burke gehörte. Seinen Posten hatte er nur sicher, solange er sich des Rückhalts der richtigen Leute erfreuen konnte. Und solange er in der Lage war, die Menschen abzuwehren, die nur darauf warteten, an seinem Stuhl zu sägen. Nicht umsonst galten Abteilungsleiterposten beim Hauptquartier der NASA als Sprungbrett in noch höhere Positionen der Landespolitik. Was Graham anging, so liebäugelte er mit dem Posten des NASA-Administrators, der wahrscheinlich nach der nächsten Wahl im folgenden Jahr wieder zur Disposition stand.

»Aber du wirst mit Dr. Burke sprechen?«

Daniel nickte. »Natürlich. Gibt es sonst noch irgendwas?«

Susan und Lee blickten sich an und schüttelten dann gleichzeitig die Köpfe.

»Wir sind fertig«, erklärte Susan.

Lee erhob sich und verließ ohne weitere Worte den Raum.

Susan hingegen lächelte und folgte Daniel langsam vor die Tür. Da der offizielle Teil des Gesprächs vorüber war, taute sie wohl ein wenig auf. »Geht es heute wieder zurück nach Washington?«

Daniel erwiderte das Lächeln. Er fragte sich, wie die oft so streng wirkende Managerin privat war. »Nein. Ich habe noch zwei andere Meetings hier im JSC. Morgen steht noch ein weiteres Gespräch an.«

»Wo übernachtest du? Im Hilton oder im Courtyard?« Das waren die nächsten beiden Hotels, direkt hinter der Wache.

Daniel schüttelte den Kopf. »Bei meiner Freundin.«

Susan winkte ab. »Natürlich. Klar.«

Daniel hoffte nur, dass Jenny nicht den ganzen Abend wieder über technischen Handbüchern hing.

3

»Er hat mich einfach auflaufen lassen!« Jenny zitterte vor Wut. »Er hätte mir wenigstens einen Hinweis geben können, statt mich so vorzuführen.«

Was für ein mieser Tag. Jenny konnte die Demütigung im Simulator nicht vergessen. Das Debriefing war kühl und sachlich gewesen, und niemand hatte ihr explizit einen Vorwurf gemacht, doch ihr war klar, dass sie heute nicht gut ausgesehen hatte, und das war alleine ihre Schuld. Trotzdem hätte Malcolm sich ihr gegenüber loyaler verhalten können. Stattdessen hatte er sie behandelt wie ein Schulmädchen.

Jenny war gleichzeitig mit Daniel in ihrem kleinen Apartment in Galveston angekommen. Sie hatte erst einmal einen Drink gebraucht und sich ein Glas Rotwein eingeschenkt. Ihr Freund, der neben ihr auf der Couch saß, hatte sich ein mexikanisches Bier aus dem Kühlschrank geholt.

Daniel hob beschwichtigend die Hände. »Er hat dir doch dann einen Hinweis gegeben, warum du vom Zentrum des Dockingkegels abweichst.«

»Er hätte mir einfach sachlich sagen können, was das Problem war.«

»Er wollte wahrscheinlich, dass du von selbst drauf kommst.«

»Ich hasse es, vorgeführt zu werden.« Jenny trank mit einem Schluck den letzten Rest des Rotweins, stellte das leere Glas auf den Tisch aus gemasertem Eichenholz und verschränkte die Hände vor der Brust.

Daniel schüttelte langsam den Kopf. »Du hasst es, dir Kritik anhören zu müssen. Selbst wenn sie berechtigt ist.«

Sie wandte sich mit einem Ruck um und starrte Daniel direkt in die Augen. Das stimmte doch gar nicht! »Ich kann sehr wohl Kritik vertragen.«

Daniel lächelte. »Ja, das kannst du. Aber nicht, wenn andere dabei sind. Das nimmst du dann immer persönlich.« Seine Stimme hatte wie so oft eine beruhigende Wirkung auf sie. Anstatt aufzubrausen, fragte sie sich, ob er nicht vielleicht recht hatte.

»In einer Gruppe, die zusammen für eine Raumfahrtmission trainiert, geht es nun mal nicht ohne Kritik vor versammelter Mannschaft«, erklärte Daniel. »Das ist nichts Persönliches. Ich kenne Malcolm, er würde niemals einem Mitglied seiner Crew schaden. Wahrscheinlich wollte er, dass du etwas aus der Sache lernst. Vielleicht, damit dir dieser Fehler nicht noch einmal passiert. Vielleicht wollte er auch nur sehen, wie du reagierst, wenn er dich ein wenig von oben herab behandelt. Wenn er dich für unfähig halten würde, wärst du niemals in seine Crew aufgenommen worden.«

Vielleicht lag Daniel tatsächlich richtig. Aber dennoch ... »Ich bin mir nicht sicher, ob er Mikhail so aufs Glatteis geführt hätte. Aber ich bin ja nur eine ...«

»... Frau«, unterbrach Daniel sie. »Das hat nichts damit zu tun.«

»Ich bin schon so häufig von oben herab behandelt worden.« Jenny ärgerte sich über seine Reaktion. »Schon im Studium war es ein ewiger Kampf. Ich hatte jede Menge Professoren, die mich für unfähig hielten, weil Physik angeblich nur etwas für Männer ist.«

»Ich kenne die Geschichten.« Daniel verdrehte die Augen. »Du hast sie mir oft genug erzählt.«

»Solange immer noch keine Gleichberechtigung herrscht, muss man diese Geschichten erzählen.« Jenny war sauer. »Wie würdest du dich fühlen bei so einer Behandlung? Selbst nach all diesen Jahren, seit Frauen im Raumfahrtprogramm arbeiten, halten manche Männer sich immer noch für überlegen. Da fahre ich als Frau automatisch die Stacheln aus.«

Es war nun mal unfair. Die erzkonservativen Männer in hohen Positionen lehnten Frauen als Astronauten rundheraus ab, hüteten sich aber, das laut auszusprechen. Die Männer im mittleren NASA-Management ließen sie ihre Skepsis dagegen deutlich spüren.

Daniel rückte näher an sie heran. Er legte den Arm um sie, was sie im ersten Moment störte. Er hatte sie nicht ernst genommen, sie war nicht in der Stimmung. Sie wollte sich ihm schon entziehen, doch dann empfand sie seine Berührung als tröstlich und ließ es geschehen. Bei Daniel brauchte sie ihre Stacheln nicht auszufahren.

»Ich weiß«, sagte er nachdenklich. »Du hast recht, bis zur hundertprozentigen Gleichberechtigung ist der Weg noch lang, und vielleicht müssen dazu erst die älteren Generationen verschwinden. Aber ich finde, es wird immer besser.«

»Viel zu langsam!« Jenny seufzte. Manchmal wünschte sie sich, sie wäre erst hundert Jahre später geboren. Das schien ihr eine realistische Zeitspanne für das Verschwinden veralteter Denkmuster.

»Ich finde, die NASA ist auf einem guten Weg. Immerhin gibt es schon konkrete Beschlüsse und Richtlinien, Diskriminierung zu verhindern. Viele Firmen sind da noch nicht so weit. Und was deine alten Professoren an der Uni angeht, so kann man ganz eindeutig sagen, dass du es den Zweiflern gezeigt hast. Du hast nicht nur dein Studium erfolgreich abgeschlossen, sondern bist inzwischen Astronautin, und dir wurde eine Mission zugeteilt.

Eigentlich kannst du dich ganz entspannt zurücklehnen. Vergiss sie.«

Irgendwie fand Daniel immer die richtigen Worte, um sie aus ihren Tiefs zu holen. Sie kuschelte sich ein wenig enger an ihn. »Ich zweifle manchmal selbst an mir.«

Daniel runzelte die Stirn. »Bitte?«

»Die Mission«, flüsterte Jenny. »Es ist so viel.«

Sie warf einen Blick rüber auf ihren Esszimmertisch vor der Küchenzeile. NASA-Handbücher und Ordner mit Prozeduren türmten sich fast einen Meter hoch. Eigentlich konnte sie es sich gar nicht leisten, mit Daniel den Abend zu verbringen. Morgen stand bereits die nächste Simulation auf dem Programm. Und garantiert würden die Simulationsingenieure wieder eine Gemeinheit finden, um sie auf die Probe zu stellen.

»Ich weiß.« Daniel strich ihr über die Haare.

»Manchmal wünschte ich mir, ich wäre in die freie Wirtschaft gegangen. Vielleicht in den Energiesektor oder in den Flugzeugbau. Ich hätte eine gut bezahlte Stelle angenommen, ein kleines Forschungsteam geleitet, wäre jeden Nachmittag pünktlich nach Hause gegangen und hätte an den Wochenenden Zeit für schöne Dinge gehabt.«

Daniel lachte leise. »Damit wärst du niemals glücklich geworden. Du hast schon immer den Blick nach oben gerichtet. Und dafür bewundere ich dich.«

»Vielleicht wären dann aber Kinder eine Option gewesen«, sagte sie leise.

Daniel wandte den Kopf und blickte ihr direkt in die Augen. »Du hast nie von Kindern gesprochen. Ich dachte, das steht bei dir überhaupt nicht zur Debatte.«

Das hatte es auch nie. Sie war immer zu sehr damit beschäftigt gewesen, die nächste Stufe auf der Karriereleiter zu erklimmen und es den blöden Arschlöchern zu zeigen, die an ihr zweifelten.

Doch in der letzten Zeit ertappte sie sich dabei, Familien mit einem Gefühl des Neids hinterherzuschauen. »Vielleicht höre ich die biologische Uhr ticken. Immerhin werde ich dieses Jahr dreißig.«

»Es ist noch lange nicht zu spät für Kinder«, sagte Daniel vorsichtig. »Ich hätte nichts dagegen.«

Damit näherten sie sich wieder dem Thema Heirat. Daniel hatte schon mehrmals deutlich gemacht, dass er sich ein ›langfristiges Engagement‹ vorstellen könnte, wie er es diplomatisch ausgedrückt hatte. Aber wollte sie das? Wollte sie sich für den Rest ihres Lebens an einen anderen Menschen binden? Und konnte dieser Jemand Daniel sein?

Jenny war unentschlossen. Sie musste an die schmutzige Scheidung ihrer Eltern denken, die sich nun konsequent aus dem Weg gingen, obwohl sie nach wie vor in derselben Straße im selben Stadtteil von Atlanta wohnten. Sie hatte es selber gesehen: Ihr Vater drehte um, wenn er den Wagen ihrer Mutter auf dem Parkplatz des Supermarktes erblickte.

Jenny hatte sich damals vorgenommen, dass ihr so etwas niemals passieren würde. Aber vielleicht gehörte ein gewisses Risiko einfach zum Leben mit dazu.

Wenn sie in einigen Monaten von ihrer Mission zur ISS zurückkehrte, hatte sie den Höhepunkt ihres Lebens hinter sich. Das wusste sie genau. Sicher, man teilte sie gewiss in einigen Jahren einer weiteren Mission zu, doch das war dann nur noch eine Wiederholung des ersten Fluges und für sie nichts Neues mehr.

Jenny spürte, dass sie nach ihrem Raumflug in ein tiefes Loch fallen würde. Doch gerade war nicht der richtige Zeitpunkt, darüber nachzudenken. Sie blickte hinüber zu dem Tisch mit den Papierbergen. »Lass uns das nach dem Raumflug besprechen.«

Daniel seufzte. »In Ordnung.« Er schaute auf seine Armbanduhr. »Wollen wir den Fernseher anmachen? Es ist gleich so weit.«

Ach ja, die Marssonde!

»Okay!« Sie richtete sich auf, und Daniel griff zur Fernbedienung.

Der Bildschirm flackerte auf, und Daniel wechselte den Kanal, bis er NASA-TV gefunden hatte. Der Raumfahrtsender zeigte ein Kontrollzentrum mit langen Reihen an altertümlich aussehenden Computerkonsolen. Große Bildschirme hingen an der Wand gegenüber der Kamera, auf denen Kurven, Messwerte und kyrillische Buchstaben zu erkennen waren.

»Noch fünf Minuten bis zur Bremszündung von Sarja«, erklärte ein englischsprachiger Sprecher aus dem Off. »Der Flugdirektor bestätigt, dass alle Parameter im grünen Bereich sind.«

Sarja war die russische Marssonde. Auf der ISS gab es ein Modul mit demselben Namen. *Morgenröte.* »Ich verstehe immer noch nicht, warum die Mission der russischen Sonde von einem unserer Regierungssender übertragen wird.« Allerdings wusste sie, dass Daniel mit einigen Aspekten dieser Mission zu tun hatte. Er war deswegen sogar vor einigen Monaten in Moskau gewesen.

»Die NASA hat sich bereiterklärt, die Telemetrie von Sarja über ihren eigenen Relaissatelliten weiterzugeben. So können die Russen eine höhere Datenrate übertragen als durch ihre eigene Sonde, die ein erheblich schwächeres Sendegerät hat.«

»Wundert mich, dass die NASA das mitmacht.« Vor allem wenn man die momentane politische Lage betrachtete. Das Verhältnis zu Russland war selbst nach dem Waffenstillstand in der Ukraine bestenfalls als unterkühlt zu bezeichnen.

Daniel zuckte mit den Schultern. »Ist Goodwill, wenn man so möchte. Die NASA möchte zeigen, dass es Bereiche gibt, in denen man mit Russland konstruktiv zusammenarbeiten kann. Immerhin existiert im Gegensatz zu China kein Gesetz, das die Zusammenarbeit unterbindet.«

»Und wahrscheinlich wollte man auch verhindern, dass die

Russen zu den Chinesen gehen.« Denn die Chinesen hatten inzwischen einen eigenen Relaissatelliten in einem hohen Marsorbit. Man mochte sich fragen, warum die Russen nicht direkt zu denen gegangen waren. Aber was wusste sie schon von internationaler Politik.

»Jedenfalls bekommen wir als Ausgleich dafür die Bodenradardaten der Landefähre«, erklärte Daniel. »Ihr Rover soll in derselben Ebene landen wie unsere nächste Marssonde, und genaue topographische Daten dieser Region steigern die Wahrscheinlichkeit einer erfolgreichen Landung. Für die Russen ist diese Mission eine ganz große Sache. Es ist der erste Flug zum Mars für das Land seit vielen Jahren, und man darf nicht vergessen, dass die meisten Marsmissionen der Russen in der Vergangenheit gescheitert sind.«

Jenny kannte sich damit nicht sehr gut aus. Sie hatte bei der Ausbildung zur Astronautin zwar einiges über die bemannte Raumfahrt Russlands gelernt, doch über interplanetare Sonden hatte Dimitri nicht gesprochen.

»Der Flugdirektor bestätigt, dass eine Kommunikationsverbindung zum Relaissatelliten der NASA aufgebaut wurde«, erklärte der Sprecher. »Der Datenstrom ist stabil und das Signal stark. Wir rechnen darum jeden Augenblick mit Live-Bildern der russischen Sonde.«

Wie auf Kommando wechselte das Bild. Es wurde kurz schwarz und zeigte dann ein Bild des Roten Planeten.

»Wow!«, rief Daniel. »Das ist mal eine hochauflösende Kamera an Bord.«

Jenny nickte. Das Bild war wirklich eindrucksvoll. Der Mars erschien gestochen scharf. Man sah gleich, dass das nicht nur ein Foto war, denn der Planet raste förmlich auf die Kamera zu.

»Die fliegen ja direkt in den Mars hinein«, sagte Daniel erstaunt.

Jenny schüttelte den Kopf. Auch wenn sie sich heute blamiert hatte, so wusste sie doch genug über Satellitenflugbahnen. »Das täuscht. Sie nähern sich nur sehr stark an, um dann am tiefsten Punkt der Umlaufbahn die Triebwerke zu zünden. Dadurch kommen sie dann von einer interplanetaren Flugbahn zu einer Marsumlaufbahn.«

»Schau mal, da ist ein Marsmond.« Daniel zeigte auf den Bildschirm.

Ihr Freund hatte recht. Eine kleine, unförmige Kugel tauchte hinter dem Marsorbit auf und schob sich langsam in Richtung Bildschirmrand. Jenny vermochte nicht zu sagen, ob es sich dabei um den Marsmond Phobos oder Daimos handelte.

Ein riesiger Mars-Canyon schob sich ins Bild, der ziemlich tief sein musste und sich über Hunderte Kilometer bis zum Horizont erstreckte. Sie fragte sich, wie es wohl sein würde, zum Mars zu fliegen und den Canyon mit eigenen Augen zu sehen.

Jenny seufzte. Das würde nie geschehen. Jahr für Jahr wurden die Gelder für das Marsprogramm immer weiter zusammengekürzt. Vielleicht landeten ein paar Amerikaner in den nächsten Jahren im Rahmen des Artemis-Programms auf dem Mond. Weiter würde man bis auf weiteres nicht kommen. Und zu den glücklichen Mondspaziergängern zählte sie ohnehin nicht. Die Zweimanncrews bestanden nur aus Pilot und Wissenschaftler. Wenn sie Glück hatte, durfte sie einmal einen Flug zu der geplanten Gateway-Station im Mondorbit absolvieren, doch selbst das war fraglich. Experimentalphysiker und Ingenieure wie sie waren eher auf der altersschwachen reparaturbedürftigen ISS gefragt. Sie hatte sich schon häufiger den Kopf darüber zerbrochen, wie sie sich als Mitglied der Besatzung einer Mondmission ins Gespräch bringen konnte, aber ihr war keine Lösung eingefallen.

»Der Countdown für die Bremszündung hat nun begonnen«, verkündete der Sprecher. »Die Ventile des Triebwerks wurden bereits geöffnet und der Bordcomputer übernimmt die Ausrichtung und Steuerung des Raumschiffs. Noch eine Minute.«

Jenny schnaubte. »Es handelt sich um eine Sonde und nicht um ein Raumschiff.«

Daniel winkte ab. »Das ist ein PR-Mann. Der weiß sicher gerade das Nötigste für seine Berichterstattung.«

Der Mars kam auf dem Fernsehbild nun nicht mehr ganz so schnell näher. Stattdessen raste die Sonde über die Oberfläche. Gesteinsformationen, Dünengebiete und zerfurchte Täler zogen in unglaublichem Tempo über den Bildschirm. Das Gerät konnte nicht weit über der oberen Atmosphäre des Mars sein.

»Hoffentlich hat sich da keiner verrechnet«, sagte Jenny.

Dann, ganz plötzlich, schob sich ein brauner Gesteinskörper von der Form einer Kartoffel ins Bild. Das musste wieder einer der Marsmonde sein.

»Hier sehen wir den Marsmond Phobos«, erklärte der Sprecher. »Sarja passiert den Körper auf seiner Umlaufbahn unmittelbar vor Beginn des Bremsmanövers. Da die Sonde auf ihrer Bahn nicht mehr so nahe an den Mond herankommen wird, gibt es ein automatisches Beobachtungsprogramm der Teleskope. Die Bilder sollen aber erst später übertragen werden.«

Dann war der Marsmond auch schon wieder verschwunden.

Jenny presste die Lippen zusammen. Es war so schade, dass ihr Land nicht mehr Geld für die bemannte Erforschung des Sonnensystems ausgab und endlich einen Marsflug in Angriff nahm. Das wäre ein lohnendes Lebensziel gewesen: ihre ISS-Mission nur ein Trittstein auf dem Weg zum Mars und nicht der Höhepunkt ihrer Karriere. Sie hatte erneut den Wunsch, ein paar Jahrzehnte später geboren zu sein.

Was für ein Elend!

»Noch sechzig Sekunden bis zum Beginn der Bremszündung«, meldete der Sprecher.

»Die Bilder sind wirklich atemberaubend«, flüsterte Daniel.

Jenny konnte ihm nur zustimmen.

Weitere Berge zogen scheinbar direkt vor der Kamera vorbei. Die Schatten der Formation wurden länger, also näherte sich die Sonde allmählich der Tag-Nacht-Grenze.

»Hoffentlich geht alles gut«, meinte Jenny. Es war zwar eine russische Sonde, aber sie freute sich dennoch auf die Bilder vom Mars.

»Ich hoffe es auch«, pflichtete Daniel ihr bei. »Das würde sicher gute Gelegenheiten für eine weitere Kooperation mit den Russen bieten.«

»Es gibt genügend Stimmen, dass man mit Russland überhaupt nicht mehr zusammenarbeiten sollte, solange die nicht eine neue Regierung haben.«

Daniel winkte ab. »Ja, das sagen viele Politiker. Aber das ist oft nur Wahlrhetorik. Russland wird sich nicht in Luft auflösen, nur weil wir es ignorieren. Es gibt Probleme, die wir nur gemeinsam lösen können. Darum brauchen wir die Russen.«

Das sahen zweifellos nicht alle so. »Umso schlimmer, dass Russland ein Teil des Problems ist.«

Daniel schüttelte den Kopf. »Es existieren nur zwei Möglichkeiten im Umgang mit Russland. Entweder Krieg oder Verhandlungen. Ersteres will im Westen niemand. Denk an die globalen Klimapakete, die nächste Woche in Dubai beschlossen werden sollen. Denk an die Atomverhandlungen mit dem Iran und mit Nordkorea. Da ist ohne Russland und China nichts zu machen. Wir müssen uns damit abfinden, dass wir auf dem Weg in eine multipolare Weltordnung sind und auch andere Mächte mit zunehmender Aggressivität ihre geopolitischen Ansprüche durchsetzen. Nur Verhandlungen können hier den ganz großen Knall verhindern. Unsere Zusammenarbeit im Weltall ist da wegweisend und zeigt den Nationen, wie man Probleme gemeinsam lösen kann. Darum teile ich die Ansicht der Kollegen in Houston, dass man gut daran täte, China ins Boot zu holen. Aber das ist nicht möglich, solange es dieses Wolf-Gesetz gibt.«

Von diesen Dingen hatte Daniel deutlich mehr Ahnung als sie. Aber Jenny sah selber, dass die Zusammenarbeit mit den Russen auf der ISS problemlos lief und alle Schwierigkeiten im Handumdrehen zusammen gelöst wurden. Wie schön wäre es, wenn das auch auf der Erde gelingen würde.

»Die Zündung steht unmittelbar bevor«, verkündete der Sprecher. »Noch zehn, neun, acht, sieben ...«

Die Kamera war immer noch direkt nach unten auf die Marsoberfläche gerichtet. Es wurde allmählich dunkler, und nur noch die höheren Berge waren gut zu erkennen. Nach wie vor rasten sie im Irrsinnstempo über den Bildschirm.

»... drei, zwei, eins, Zündung.«

Der Bildschirm wurde schwarz. Ein Wort in kyrillischen Buchstaben blendete sich ein.

»Kommunikationsausfall.« Zur Vorbereitung auf den Einsatz auf der ISS hatte das Studium der russischen Sprache gehört, das ihr anfangs schlaflose Nächte beschert hatte. Mathe, Technik: alles kein Problem. Aber mit Sprachen hatte sie sich schon immer schwergetan.

Dann wurden wieder Bilder des Kontrollzentrums eingeblendet, wo die Männer und Frauen ruhig vor ihren Konsolen saßen. Allerdings waren keine Messwerte der Telemetrie mehr auf den großen Bildschirmen zu erkennen.

»Die Flugkontrolle hat bestätigt, dass die Verbindung zu der Marssonde im Moment der Zündung abgebrochen ist«, sagte der Sprecher mit gleichgültiger Stimme.

Jenny seufzte resigniert.

»Das war es dann wohl.« Wenn im Moment einer Triebwerkszündung die Kommunikation zu einem Raumfahrzeug abbrach, war das immer ein ganz schlechtes Zeichen.

»Der Flugdirektor meldet einen rapiden Druckabfall im Treibstofftank der Sonde kurz vor dem Abbruch der Verbindung. Die Controller gehen davon aus, dass das Triebwerk bei der Zündung explodiert ist.«

»Scheiße!« Daniel nahm die Fernbedienung und schaltete den Fernseher aus. Dann zuckte er mit den Schultern. »Na ja, dann haben wir Zeit für etwas anderes.« Er lächelte und zeigte auf die Schlafzimmertür.

Jenny seufzte erneut. Ihr Blick fiel auf die Bücher auf dem Tisch. »Aber auf die Schnelle.«

4

Daniel wachte mit einem Ruck auf. Ein Blick auf die Uhr zeigte ihm, dass er verschlafen hatte. Zwar nur um eine Viertelstunde, aber aus dem gemütlichen Frühstück mit Jenny würde nichts werden, wenn er pünktlich seinen Flug erreichen wollte.

Er drehte sich im Bett herum. Jenny lag nicht mehr neben ihm, er hörte dumpfe Geräusche aus der Wohnküche.

Ächzend richtete er sich auf und fuhr sich durch die verstrubbelten Haare. Er fühlte sich zerschlagen, hatte aber keine Ahnung, warum. Sie waren zeitig im Bett gewesen, und die zwei Bier gestern Abend reichten doch wohl nicht, um seinen Schlaf negativ zu beeinflussen.

Früher war das anders gewesen. Er hatte immer tief und fest geschlafen. Egal, wo er sich gerade aufhielt. Und auf seinen inneren Wecker hatte er sich auch immer verlassen können.

Vielleicht war es das Alter. Immerhin war er letztes Jahr dreißig geworden. Sein Vater würde lachen, aber er spürte, dass er seine Zwanziger hinter sich gelassen hatte. Er ermüdete an anstrengenden Tagen schneller, und es fiel ihm schwerer, über einen längeren Zeitraum die Konzentration aufrechtzuerhalten. Und an den Schläfen zeigten sich bereits die ersten grauen Haare.

Daniel stand auf und ging ins Bad. Er duschte abwechselnd heiß und kalt, rasierte sich gründlich und zog seinen Anzug an. Zum Abschluss gähnte er herzhaft. Er fühlte sich wirklich müde.

Vielleicht lag der Grund für seine Erschöpfung auch in der Tatsache, dass er schon zu lange keinen wirklichen Urlaub mehr gemacht hatte. Dazu kam das ständige Reisen. In den letzten Monaten hatte er kaum mehr als zwei Nächte hintereinander im selben Bett geschlafen. Aber das war nun einmal das Leben eines NASA-Managers.

Als er den Job vor fünf Jahren direkt nach seinem Studium angenommen hatte, kam es ihm wie die Erfüllung eines Traums vor. Er hatte das Gefühl, Dinge zu bewegen. Etwas bewirken zu können. Und auch das Reisen hatte durchaus seinen Reiz gehabt. Er war schon immer gerne unterwegs gewesen. Aber wenn er jetzt daran dachte, dass das für den Rest seines Lebens so weitergehen würde, fühlte es sich nicht gut an.

Wie sollte man bei einem solchen Leben eine Familie gründen? Zumal mit einer Astronautin an der Seite?

Sie hatten sich vor vier Jahren bei einer Party in Houston kennengelernt. Jenny war soeben zur Astronautenkandidatin gekürt worden. Beide waren sie noch blutige Anfänger gewesen, die gerade ihre ersten Schritte in der NASA-Welt unternahmen. Er schätzte ihre Zielstrebigkeit, ihre Intelligenz und ihre manchmal etwas aufbrausende Art, die das Zusammenleben mit ihr irgendwie spannend machte. Gut, es war nur eine Fernbeziehung, aber da sie beide an ihrer Karriere arbeiteten, funktionierte es. Was würde die Zukunft bringen?

Daniel war sich klar darüber, dass er Kinder wollte. Eine richtige Familie. Nicht unbedingt jetzt, nicht unbedingt nächstes Jahr, aber irgendwann. Und nicht erst, wenn er vierzig war.

Mit Jenny hatte er sich darüber nie wirklich unterhalten. Darum war er gestern überrascht gewesen, dass sie von sich aus das Gespräch darauf gebracht hatte. Es war klar: Einer von ihnen würde seine Karriere aufgeben müssen. Vor allem wenn Jenny mehr als einen Raumflug machen wollte. Dann blieb Daniel nichts anders übrig, als seine Stelle bei der NASA zu kündigen, denn er würde zu Hause bleiben müssen, während seine Frau mehrere Monate im Weltraum unterwegs war. Und er war sich nicht sicher, ob er dazu bereit war.

Aber Jenny verlassen wollte er auch nicht.

Aus der anfänglichen Zuneigung war schnell Liebe geworden. Er konnte sich nicht mehr vorstellen, sein Leben und seine Zukunft mit jemand anderem als mit Jenny zu teilen.

Aber immer wenn er das dachte, meldete sich die kleine Stimme im Hinterkopf, die fragte:

Oder doch?

Daniel seufzte, strich sich das Hemd glatt und ging in die Wohnküche.

»Hallo, Langschläfer!« Jenny saß mit einer Tasse Kaffee am Küchentisch. Vor ihr lag ein dicker Ordner mit irgendwelchen technischen Zeichnungen.

Daniel ging zur Küchenzeile und schenkte sich aus der schwarzen Kanne Kaffee ein. »Hättest mich ruhig wecken können, als du aufgestanden bist.«

Jenny winkte ab. »Es ist noch früh genug. Und die 45 ist frei.«

Daniel nahm sich ein Croissant aus der Verpackung, einen Teller und das fast leere Glas mit Erdbeermarmelade. Dann setzte er sich neben Jenny an den Tisch. »Das kann sich schnell ändern.«

Die Interstate 45 führte von Galveston nach Houston und war regelmäßig verstopft. Außerdem musste er die Stadt noch komplett umfahren, um den dahinter liegenden Flughafen zu erreichen.

Jenny lachte. »Du hast noch nie einen Flug verpasst. Bei der übertriebenen Reservezeit, die du immer einplanst.«

Das stimmte. Er war stets überpünktlich. Lieber etwas Zeit in der Lounge verbringen und dort noch arbeiten. Er hatte später am Tag einen Termin im Pentagon, wo es um eine Kooperation mit der Space Force ging. Das Militär wollte aus irgendeinem Grund einen NASA-Kommunikationssatelliten für einen Raketentest nutzen. Daniel gefiel das nicht. Nicht umsonst war die NASA eine Zivilbehörde, aber viele hochrangige Militärs betrachteten die Weltraumagentur als eine Art Selbstbedienungsladen, bei dem man sich nach Belieben Ressourcen sichern konnte, ohne das eigene Budget anzutasten. Leider war die NASA bei einigen Missionen vom Militär abhängig, und schnell hing die Drohung im Raum, das eine oder andere gemeinsame Projekt abzusagen.

Daniel war froh, wenn er den Termin heute hinter sich gebracht hatte. »Was liegt bei dir heute an?«

Jenny verzog das Gesicht. »Eine weitere Simulation. Werde wohl den ganzen Tag in der Raumschiffattrappe hängen und nicht viel Tageslicht abbekommen.«

Daniel nahm einen großen Schluck Kaffee und biss in das ziemlich trockene Croissant.

»Ich hoffe nur, ich blamiere mich nicht mehr so übel wie gestern«, schob Jenny nach.

Daniel streckte die Hand aus und strich ihr über den Rücken. »Wird schon alles gutgehen.« Er atmete tief ein. »Wir sollten irgendwann das Gespräch von gestern noch mal aufrollen.«

Jenny hob den Kopf. »Das Gespräch von gestern? Was meinst du?«

Sie hatte es schon wieder vergessen. »Na, das mit den Kindern.«

Jenny beugte sich wieder über ihren Ordner. Über dem Raumfahrtkram geriet bei ihr alles in den Hintergrund. »Ja, irgendwann.«

Daniel schwieg. Er wusste, dass es keinen Sinn hatte zu drängeln. Er musste sich wohl gedulden, bis Jenny ihren Flug zur ISS bewältigt hatte. Vorher würde sie keinen Nerv dazu haben.

Vielleicht war sie empfänglicher für das Thema, wenn sie diese große Herausforderung in ihrem Leben hinter sich gebracht hatte. Möglicherweise war sie anschließend bereit dazu, es etwas ruhiger angehen zu lassen.

Oder sie hatte dann erst recht Feuer gefangen und arbeitete mit Hochdruck auf den nächsten Raumflug hin.

Daniel kannte das von anderen Astronauten. Zu keiner Zeit war die Scheidungsrate bei Raumfahrern höher als nach dem ersten Raumflug. Viele Ehepartner gaben im Anschluss daran zu verstehen, dass sie den Stress, die Ängste und die lange Abwesenheit des Partners nicht mehr mitmachen wollten. Und ebenso viele Astronauten erkannten nach dem ersten Raumflug, dass sie auf dieses Abenteuer, den Adrenalinkick des Raketenstarts, nicht mehr verzichten konnten.

Würde Jenny dazugehören?

Das ist die große Frage.

Daniel blickte auf die Uhr. Es wurde Zeit, aufzubrechen.

Er nahm Jenny in die Arme und küsste sie.

»Wann kommst du wieder?«, fragte sie.

Er seufzte und ging im Kopf seinen Terminkalender durch. Es war ein Wunder, dass er sich das ganze Chaos noch merken konnte. »Am Wochenende geht es nicht. Ich bin am Samstag auf einer Party eingeladen, wo ich mich tunlichst blicken lassen sollte.«

Jenny hob die Augenbrauen und grinste. »Eine Party? So, so ...«

Daniel winkte ab. »Von einem unserer Lobbyisten im Kongress.«

»Dass dafür Geld ausgegeben werden muss ...«, schnaubte Jenny.

Daniel lachte. Es ist wichtig für einen guten Draht in den Kongress, um permanent ein Stimmungsbild liefern zu können, was möglich ist und was nicht. Jedenfalls sind ein Haufen hoher Tiere aus der Politik da. Diese Gelegenheit dürfen wir uns nicht entgehen lassen.«

Jenny stöhnte. »Also ist es so ein Selbstdarstellerdings und keine Party. Wenn *wir* eine Party haben, dann haben wir auch Spaß.«

Daniel nickte. Die Partys der Astronauten waren legendär. Vor allem die der früheren Apollo- und Shuttle-Astronauten. Immerhin waren die Feiern inzwischen etwas gesitteter geworden, und der Alkohol floss nicht mehr ganz so in Strömen wie früher. Aber man konnte eine Party in Houston einfach nicht mit einer Party in Washington vergleichen. In der Hauptstadt war alles ein Politikum, und jedes Treffen diente in der Hauptsache dem Voranbringen der eigenen Karriere. So war es nun einmal und irgendwie machte es das Leben in Washington auch spannend.

»Ich melde mich.« Daniel küsste Jenny noch einmal und verließ die Wohnung.

Draußen war es trotz der frühen Stunde fast schon unerträglich heiß. Außerdem brachte die nördliche Windrichtung feuchte Luft aus dem Golf von Mexiko nach Texas. Er hatte kaum seinen Mietwagen erreicht, da lief ihm schon der Schweiß in Strömen über das Gesicht.

Daniel startete den Wagen und fuhr los. Jenny hatte recht gehabt. Es war wirklich wenig Verkehr auf der 45. Das Navi meldete zwar einen Stau nach einem Unfall auf der 610, aber den konnte er gut umfahren, indem er die 8 über Deer Park nahm.

Mit massig Zeit in Reserve bog er auf die Zufahrt des George Bush Intercontinental Airport. Er gab den Mietwagen zurück, checkte online ein, durchquerte im Eiltempo die Sicherheit und setzte sich schließlich mit einem Kaffee im Pappbecher in die Lounge. Er blickte auf die Armbanduhr und stellte fest, dass er noch ganze zwei Stunden bis zum Boarding hatte. Zeit genug für einige Telefongespräche und E-Mails.

5

Tropfen klatschten auf ihre Windschutzscheibe, als Jenny auf den großen Parkplatz vor dem NBL fuhr. Wie so oft in Houston verwandelte sich der leichte Regen binnen Sekunden in einen Sturzbach, als hätten sich die Wolken entschlossen, ihre gespeicherte Feuchtigkeit so schnell wie möglich über Texas abzulassen.

Jenny stellte den Wagen ab. Sie stoppte den Motor und tastete nach dem Regenschirm auf der Rückbank.

Sie fühlte sich müde und ausgelaugt. Die ganze Zeit musste sie an das Gespräch mit Daniel und an ihre eigenen Überlegungen gestern Abend denken. Daniels Wünsche waren ihr bekannt, und sie hatte es ihm immer hoch angerechnet, dass er sie nicht drängte. Aber ihre innere Stimme sagte ihr, dass sie sich bald entscheiden musste. Nicht nur, weil Daniel eine Familie wollte. Eben hatte sie beim Vorbeifahren wieder eine Mutter mit zwei kleinen Kindern gesehen, und das ließ sie inzwischen nicht mehr kalt. Es schien ihr wirklich, als ob ihr etwas fehlte.

Jedenfalls war kurz vor ihrem anstehenden Weltraumflug ein denkbar schlechter Zeitpunkt für dieses Thema. Sie schob es mit Gewalt aus ihrem Fokus.

Jenny stieg aus, klappte den Schirm auf und lief im Eiltempo zum Eingang des NBL.

Das NBL war eines der Gebäude im Johnson Space Center, wo

sich die Astronauten auf ihre Mission vorbereiteten. Herzstück des Komplexes war ein riesiger Pool, in dem ein maßstabgetreues Modell der Internationalen Raumstation ruhte. Gleich würde sich Jenny einen Raumanzug anziehen, in den Pool tauchen und einen simulierten Außenbordeinsatz zur Reparatur eines Solarzellenmoduls absolvieren. Und sie war fest entschlossen, sich dabei heute nicht zu blamieren.

Sie hielt ihre Magnetkarte an ein Lesegerät, und mit einem lauten Summen entriegelte sich die Eingangstür.

Jenny trat ein und grüßte Frank Terry, einen Astronautenkollegen, der in seinem Koffer nach etwas suchte.

Mit schnellen Schritten eilte sie in Richtung Briefingraum. Es war schon fünf Minuten nach zehn, und ganz sicher war sie die Letzte.

In der Tat war Malcolm schon da. Er stand vor einem Tisch über einem Stapel Papiere gebeugt. Er blickte auf und lächelte, als er sie bemerkte.

»Wo ist Mikhail?« Sie würde mit ihm gemeinsam das Training durchführen. Es war zwar unüblich, dass die Russen mit amerikanischen Raumanzügen aus dem amerikanischen Teil der Station ausstiegen, aber für Notfälle sollten die Besatzungsmitglieder sich entsprechend vorbereiten.

»Keine Ahnung«, sagte Malcolm. »Wird sicher jeden Moment kommen.«

Jenny legte ihre Tasche neben den Tisch und schaute Malcolm über die Schulter. Auf einem großen Papier erkannte sie die Schaltpläne der Solarmodule.

Malcolm zeigte auf das Symbol eines Wechselrichters. »Den müssen wir heute austauschen.«

»Ich weiß.« Jenny hatte ihre Hausaufgaben gemacht. Sie wusste genau, wo das Bauteil montiert war, wie sie von der Schleuse aus dorthin kam und wie man es ersetzte. Bei der Simulation war sie Kommandantin des Außenbordmanövers, während Mikhail ihr assistieren sollte. Sie hatte ähnliche Trainings bereits in der Vergangenheit absolviert. Heute war das letzte vor dem Start zur ISS. Vorausgesetzt, es lief gleich alles nach Plan.

Jennys Blick fiel auf die Wanduhr neben dem Durchgang, der zu den Umkleiden führte. Es war bereits zehn nach zehn. Wo steckte Mikhail nur?

Malcolm lachte leise. »Ich glaube, wir sind …«

Ein Telefon auf einem Tisch an der Wand klingelte. Es war noch so ein altertümliches mit einer Schnur dran. Malcolm ging hin und hob den Hörer ab. »Berry hier.«

Zuerst zog er die Stirn in Falten, dann sanken seine Mundwinkel. »Das ist doch …« Dann schwieg er, während er weiter den Hörer an sein Ohr presste.

Jenny trat einen Schritt näher. Sie war sich sicher, dass der Anruf irgendetwas mit ihrer Mission zu tun hatte. Ging es etwa um Mikhail?

»In Ordnung, wir kommen sofort.« Malcolm legte den Hörer auf das Gerät und schüttelte den Kopf. Dann wandte er sich an Jenny. »Mikhail wird nicht kommen. Er sitzt schon in einer Maschine nach Moskau.«

Es brauchte einige Sekunden, bis Jenny die Bedeutung dieser Worte aufging. Mikhail würde bei der Übung heute nicht dabei sein. Wenn er das Training und die Staaten jetzt verließ, dann war er auch bei dem Flug zur ISS nicht dabei. Das musste einen Grund haben. Einen verdammt guten … »Was ist passiert?«

Malcolm zuckte mit den Schultern. »Ich habe keine Ahnung. Wir sollen zu Anne kommen. Und zwar sofort.« Er griff nach seiner gelben Jacke, die über einem Stuhl lag.

Anne Musgrave war die Leiterin des Astronautenbüros. Die Chefastronautin mit den langen, blonden Haaren war die erfahrenste Person im amerikanischen Astronautenkorps. Sie hatte an vier Langzeitexpeditionen zur ISS und einem Testflug mit der Orion-Kapsel teilgenommen. In der letzten Zeit trat sie verstärkt als Überbringerin schlechter Nachrichten in Erscheinung. Was war geschehen? War ihr Flug gestrichen worden?

Jennys Gedanken rasten. Sie folgte Malcolm zum Parkplatz. Es regnete immer noch, aber sie machte sich nicht die Mühe, den Schirm aufzuspannen. Hinter Malcolms Corvette fuhr sie zum Gebäude 4-S. Dort befanden sich die Büros der Astronauten, darunter auch ihr eigenes, das sie sich mit Reid Huntford, einem jungen Kollegen, teilte, der noch auf seine erste Zuteilung zu einem Raumflug wartete.

Annes Büro lag im obersten Stockwerk. Maria, die Sekretärin im Vorzimmer, winkte sie und Malcolm direkt durch.

Anne Musgrave saß neben Lee Kline, dem Lead Flight Director von Jennys ISS-Mission, in der kleinen Sitzecke. Beide diskutierten erregt, verstummten aber, als sie die Neuankömmlinge bemerkten.

Anne zeigte auf zwei freie Sessel. »Setzt euch. Es gibt überraschende Neuigkeiten.«

»Darauf möchte ich wetten«, murmelte Malcolm.

Jenny nahm neben ihm Platz. »Hat es mit Mikhail zu tun?«

»In der Tat, das hat es«, sagte Anne mit sarkastischem Unterton. Obwohl sie in ihrer aktuellen Position von allen Raumflügen freigestellt war und nun kaum noch etwas anderes als Besprechungsräume zu sehen bekam, wirkte sie so sportlich und durchtrainiert wie eh und je.

»Die Russen haben ihre Teilnahme an der nächsten Expedition abgesagt«, sagte Lee knapp.

Wie bitte?

Das war in der Geschichte der Internationalen Raumstation noch nie vorgekommen. Die Aufenthalte der Astronauten wurden monatelang detailliert geplant. Mit ihren russischen Kollegen hatten sie nun schon seit fast einem Jahr trainiert. Mikhail sollte mit Jenny und Malcolm auf einer amerikanischen Rakete starten, während Burt Bryson, Anatoli Padalka und Nikolai Kaleri mit einer russischen Sojus-Kapsel ins All fliegen würden. Auf der ISS war ein gemeinsamer halbjähriger Aufenthalt vorgesehen.

»Was bedeutet das für uns?«, fragte Malcolm.

»Wie gesagt, die Russen haben die gesamte Expedition abgesagt und somit auch den Flug ihrer Sojus«, erwiderte Anne. »Das kam heute Morgen direkt vom NASA-Administrator in Washington. Wir starten unseren Flug aber wie geplant. Statt Mikhail wird Burt mit dabei sein. Er fliegt von Moskau aus morgen nach Houston, so dass ihr noch zumindest ein integriertes Training in der Kapsel zusammen durchführen könnt, bevor ihr in drei Wochen startet.«

Jenny atmete auf. Sie würde also nach wie vor fliegen.

»Aber die ganze Planung. Die Außenbordeinsätze«, sagte Malcolm.

Lee hob beschwichtigend die Hände. »Wir arbeiten neue Prozeduren aus. Bis ihr auf der Station seid, haben wir das geregelt.«

Jenny meldete sich wie in der Schule mit hochgerecktem Zeigefinger. »Was ist mit dem russischen Teil der Station? Wollen die den etwa leer stehen lassen? Was ist, wenn da etwas kaputtgeht? Schalten sie ihren Teil ab?«

Lee lachte. »Das geht überhaupt nicht. Die ISS wurde aus politischen Gründen so konzipiert, dass sowohl der amerikanische als auch der russische Bereich permanent in Betrieb sein müssen. Die Russen haben die Triebwerke, wir haben die Energieversorgung.«

Anne mischte sich ein: »Der russische Teil wird auch nicht leer stehen. Moskau hat uns darüber informiert, dass die jetzige Stammbesatzung ihren Aufenthalt entsprechend verlängert.«

Jenny riss die Augen auf. »Um ein ganzes halbes Jahr?«

Anne nickte.

Die zwei Kosmonauten und die Kosmonautin waren bereits seit sieben Monaten auf der ISS. Auf der letzten Video-Pressekonferenz von der ISS aus hatte Valentina lächelnd gesagt, dass sie sich auf ihre Kinder zu Hause freue. Und jetzt sollten sie einfach so ein halbes Jahr länger im Weltraum bleiben?

Das musste eine verdammt miese Überraschung gewesen sein.

Jenny hatte die drei kennengelernt. Sie mochte jeden von ihnen, und vor allem mit Valentina hatte sie sich gut verstanden. Aber es würde kein Vergnügen sein, in drei Wochen zur ISS zu fliegen und dort mit drei ausgelaugten, erschöpften und vor Heimweh zergehenden Russen ein halbes Jahr zu verbringen.

»Gefällt mir nicht«, erklärte Malcolm düster.

»Ich kann es nicht ändern.« Anne schüttelte hilflos den Kopf.

Jenny war niedergeschmettert. Sie hatten wochenlang zusammen mit Mikhail trainiert. In Houston, Moskau, Köln und Tsukuba. Sie waren keine Freunde geworden, aber sie hatten durch die gemeinsamen Erfahrungen zu einem Miteinander gefunden, bei dem sie sich aufeinander verlassen konnten, was bei einem bemannten Raketenstart unbedingt notwendig war. Es fiel ihr schwer, sich vorzustellen, dass Mikhail einfach so seine Sachen gepackt hatte und nun frohen Mutes in einem Flugzeug nach Russland saß.

»Woher kamen denn die Informationen?«, wollte Malcolm wissen.

Anne griff nach einer kleinen Wasserflasche aus Plastik, die vor ihr auf dem Tisch stand. »Direkt von Roskosmos.«

Die russische Weltraumorganisation. Einst eine Behörde,

seit einigen Jahren aber ein Unternehmen in Staatsbesitz, war Roskosmos Partner der NASA beim Betrieb der Internationalen Raumstation. Trotz aller Schwierigkeiten mit Russland in den letzten zehn Jahren hatte sich die Organisation als verlässlicher Partner erwiesen.

»Hat denn irgendjemand etwas über den Grund gesagt?«, fragte Jenny.

Anne schüttelte den Kopf. »Nein. Das Telefonat ist wohl sehr kurz gewesen.«

»Was könnte denn der Grund sein?« Malcolm zog die Stirn in Falten.

Lee schnaubte. »Da gibt es mannigfaltige Möglichkeiten. Denkbar wäre zum Beispiel ein Defekt in der Sojus-Kapsel oder deren Trägerrakete.«

»Das hätten sie doch sagen können«, meinte Anne.

»Nicht unbedingt«, entgegnete Lee. »Vielleicht wollten sie sich diese Blöße nicht geben.«

Das war natürlich denkbar. Die russischen Partner gaben ungern eigene Fehler zu. Als es in einer Kapsel vor einigen Jahren zu einem Leck gekommen war, hatten sie den amerikanischen Astronauten sogar Sabotage vorgeworfen. Während die Behördenkultur der NASA und ihrer europäischen Partner das Eingeständnis von Fehlern ermutigte, verloren russische Ingenieure oder Manager danach schnell mal den Job.

»Vielleicht ist es wieder Geldmangel«, vermutete Malcolm.

Auch das war eine Möglichkeit.

Lee blickte Jenny direkt in die Augen. »Kann dein Freund nicht mal etwas herausfinden? Der hat doch gute Kontakte nach Russland.«

Jenny erwiderte den Blick des Flight Director. Natürlich hatte Daniel in seiner Funktion Gesprächspartner in russischen Behörden- und Industriekreisen, und natürlich würde er dort vorfühlen, was der Grund für diese Umwälzungen war. Aber das konnte er nicht inoffiziell machen und über Jenny nach Houston leiten. »Sicher, aber das wird dann den Dienstweg über seine Büroleitung nehmen müssen.«

Lee verzog das Gesicht.

»Schade«, meinte Anne. »Aus Washington bekommt man immer schwieriger die Informationen, die man braucht. Manchmal muss man dem HQ alles aus der Nase ziehen.«

Das mochte sein. Die NASA war nun mal keine monolithische Organisation. Sie glich eher einer verschachtelten Firmenstruktur, deren Tochterfirmen ein weitverzweigtes Netzwerk bildeten, die manchmal völlig unterschiedliche Kulturen und Werte hatten und sich sogar unter Umständen auf der Jagd nach maximalen Budgets untereinander bekämpften. Und Jenny wusste, dass Daniel manche Informationen vor ihr zurückhielt, die ihre Arbeit betrafen. Das war für sie völlig in Ordnung, denn er hatte plausible Gründe dafür. Sie würde nicht zulassen, dass Anne und Lee ihre private Beziehung mit Daniel ausnutzten.

»Okay.« Malcolm straffte die Schultern. »Wie geht es jetzt weiter?«

Das war eine gute Frage. In den Simulator brauchten sie ohne Mikhail heute jedenfalls nicht mehr zu gehen. Das hatte erst wieder Sinn, wenn Burt aus Russland zurück war.

Lee strich sich über das Kinn. »Ich schlage vor, ihr fliegt Burt entgegen und trefft ihn im Astronautenzentrum der ESA. Wir können das abschließende Training für das Columbus-Modul vorziehen.«

Jenny stöhnte innerlich. Sie hatte diese Woche nicht mehr mit einer Reise gerechnet und einige private Termine vereinbart. Aber so war nun einmal das Astronautenleben.

Sie bemerkte Malcolms Blick, also nickte sie kaum merklich.

»In Ordnung«, sagte ihr Kommandant. »Wir können morgen einen Flug nach Frankfurt nehmen.«

Anne winkte ab. »Wir haben nicht mehr viel Zeit bis zum Start. Es wäre mir lieber, wenn ihr noch heute aufbrecht.«

Jenny sah auf ihre Armbanduhr. »Aber die Maschine nach Frankfurt …«

Anne unterbrach sie. »Ich stelle euch einen NASA-Jet zur Verfügung, dann geht es noch schneller.«

6

Daniel hatte Mühe, die Augen offen zu halten. Das Meeting war sterbenslangweilig.

Er griff nach seinem Handy und schaute, ob er endlich eine Nachricht von Sergej bekommen hatte.

Nichts.

Mühsam versuchte er, sich auf den Vortrag zu konzentrieren.

»Nach Artikel 5 sollen weiterhin konkurrierende Nationen unverzüglich informiert werden, wenn der Raumflugkörper sich auf seiner ... äh ... Trajektorie einem anderen Raumflugkörper nähert.«

Jeff King rückte seine randlose Brille zurecht und wühlte in seinen Papieren. Ein Blatt fiel vom Podium zu Boden, und er bückte sich stöhnend danach.

O mein Gott, ich halte das nicht länger durch.

Jeff King war ein netter Kerl, die Vorträge des auf Weltraumrecht spezialisierten Juristen waren allerdings eine Zumutung.

Aber Daniel musste es über sich ergehen lassen.

In zwei Wochen sollte er an Konsultationen mit der chinesischen Delegation in Peking teilnehmen, und darum war es notwendig, sich zusammen mit einigen anderen NASA-Managern von dem NASA-Juristen auf den neuesten Stand bringen zu lassen.

Wenn Jeff dieses langweilige Thema doch nur nicht so trocken und stockend vortragen würde.

Dass der Vortragsraum im NASA-HQ fensterlos war und aus den Lüftungsschlitzen an der Decke nur überhitzte Luft strömte, förderte seine Konzentration nicht gerade. Daniel sah sich im Raum um.

Mit ihm hörten noch sechs andere NASA-Manager den Vortrag. Mary, die in eine hübsche, gelbe Bluse gekleidet neben ihm saß, hatte bereits aufgegeben. Den Kopf nach hinten gelehnt, schnarchte sie leise mit offenem Mund vor sich hin. Die schwarze Hornbrille lag schräg auf ihrer Nase.

Daniels Blick traf sich mit dem von Greg, einem fülligen Kollegen, der auf der anderen Seite des Tisches saß und auffällig oft blinzelte. Greg verzog das Gesicht und griff nach seiner Kaffeetasse.

Dann hörte er das leise Summen seines Handys. Schnell griff er danach. Eine Nachricht von Sergej. Endlich! Er überflog die Zeilen. »Wenn Treffen, dann sofort. Café Atrium.«

Daniel atmete auf. Nicht nur weil Sergej Zeit für ihn hatte, sondern weil es für ihn endlich einen Grund gab, dieses unsägliche Meeting zu verlassen.

Er nahm seine Tasche und seinen Mantel, nickte Jeff entschuldigend zu und verließ den Besprechungsraum und das Gebäude des NASA-Hauptquartiers an der E Street. Die frische, kühle Luft des rasch voranschreitenden Herbstes machte ihn schlagartig wieder munter. Leider brachten die grauen Wolken auch einen ungemütlichen Nieselregen mit sich.

Zum Glück befand sich das Café Atrium nur zwei Straßen weiter. Daniel verzichtete darauf, seinen Regenschirm aus der schwarzen Ledertasche zu holen. Stattdessen legte er den Weg zum Treffpunkt mit schnellen Schritten zurück.

Daniel hatte Sergej direkt nach seiner Ankunft in Washington eine Nachricht mit der Bitte um ein Gespräch geschickt, nachdem er erfahren hatte, dass die Russen die nächste Expedition zur ISS abgesagt hatten. Offenbar wusste niemand im HQ etwas von den wirklichen Gründen. Vielleicht würde er von Sergej etwas mehr erfahren. Der russische Kollege hatte für verschiedene russische Staatsfirmen gearbeitet und war Teilnehmer mehrerer Delegationen gewesen, zu denen auch Daniel gehört hatte. Sie hatten sich immer gut verstanden. Nachdem Sergej nach Washington versetzt worden war, hatten sie sich hin und wieder auf einen Drink getroffen. Wegen seiner vielfältigen Kontakte in die unterschiedlichsten russischen Raumfahrtkreise galt Sergej allgemein als gut informiert.

Der Regen wurde allmählich stärker, als Daniel den Treffpunkt erreichte. Er wischte sich einige Tropfen von der Stirn und betrat das Café. Ein Geruch nach Kaffee und Donuts wehte ihm entgegen. Leise Klaviermusik erklang.

An diesem frühen Nachmittag war nicht sehr viel los. An der Theke stand eine Frau in schwarzem Blazer und unterhielt sich mit dem Barista. An den Tischen neben der Theke saß nur ein Pärchen, das mit Shirts und Jeans für das heutige Washingtoner Wetter etwas knapp bekleidet war. Sergej war auch nicht im hinteren Bereich. Daniel musste warten.

Er stellte sich hinter die Frau an der Theke und bat um einen schwarzen Kaffee, als er an der Reihe war. Damit setzte er sich an einen Zweiertisch am Fenster. Er nippte an dem brühend heißen Gebräu.

»Hallo Daniel!«

Der kleine und drahtige Russe stand grinsend vor ihm. Die blonden Haare lichteten sich an der Stirn bereits. Sein Trenchcoat hätte aus einem Spionagefilm der Sechziger stammen können. Daniel hatte nicht bemerkt, dass Sergej das Café betreten hatte. »Ich hole mir auch noch etwas zu trinken.«

Der Russe machte sich auf den Weg zur Theke. Daniel war sehr gespannt darauf, ob er etwas erfahren würde. Er war sich sicher, dass der Russe über die wahren Gründe hinter dem Abbruch der ISS-Mission Bescheid wusste. Aber würde er ihm diese Informationen auch geben?

Daniel beobachtete seinen Freund dabei, wie er übertrieben gestikulierend seine Bestellung aufgab.

War Sergej wirklich ein Freund?

Sicher, sie verstanden sich gut und hatten auf einigen gemeinsamen Partys viel Spaß gehabt, aber Sergej antwortete manchmal wochenlang nicht auf Textnachrichten. Daniel hatte schon darüber nachgedacht, ob Sergej nicht auf der Mitarbeiterliste des SWR, des russischen Auslandsgeheimdienstes, stehen könnte. Seitdem achtete er penibel darauf, dem Russen keine geheimen NASA-Interna weiterzureichen.

Der Russe kehrte zum Tisch zurück und stellte sein Tablett ab. Er zog seinen Mantel aus, unter dem ein graues Hemd zum Vorschein kam, und setzte sich. Dann packte er ein Sandwich aus.

»Ich kann hier einfach nicht sitzen, ohne ein Truthahnsandwich zu essen. Köstlich!«

Er aß einige Bissen und nahm zwischendurch einen Schluck Wasser aus dem Kunststoffbecher.

Daniel hatte Sergej noch nie Kaffee trinken sehen.

»Wie geht es denn so?« Daniel wollte das Gespräch erst einmal mit etwas Smalltalk in Gang bringen.

»Es geht gut. Viel Arbeit. Nicht viel Gelegenheit für Party gehabt in letzter Zeit, leider. Viel Papierkram.«

»Arbeitest du noch für NPO Energomash?«, fragte Daniel.

Die russische Firma baute einige der leistungsfähigsten Raketentriebwerke weltweit.

Sergej lachte. »Nein, nein. Im Moment bearbeite ich Aufträge für Lavochkin.« Er sprach in einem so beiläufigen Tonfall, als würde es sich nicht lohnen, dazu weitere Nachfragen zu stellen.

Daniel nickte. Er wusste, dass die Firma Lavochkin sowohl Satelliten als auch Oberstufen für russische Raketen produzierte.

Sergej schien in letzter Zeit seine Jobs schneller als seine Unterwäsche zu wechseln. Andererseits gehörten alle diese Firmen dem russischen Staat und waren Roskosmos unterstellt. Seit über zehn Jahren wurden alle nach der Wende privatisierten russischen Firmen ganz allmählich wieder verstaatlicht und unter zentralistische Kontrolle gestellt, als legten die Russen es darauf an, möglichst schnell die sowjetische Planwirtschaft wiederherzustellen, die das Land schon einmal ruiniert hatte.

Aber Daniel war nicht hier, um über Wirtschaftspolitik zu sprechen. »Tut mir leid, das mit der Marssonde«, sagte er.

Sergej zuckte nur mit den Schultern. »Wir sind gewohnt, dass unsere Missionen zum Mars scheitern. Wird sich in naher Zukunft ändern.«

Daniel runzelte die Stirn. *In naher Zukunft?* »Hat man schon eine weitere Marssonde in Planung?«

Sergej grinste. »Wer weiß? Kostet halt jede Menge Rubel.«

Das war wohl wahr. Und davon hatte die chronisch unterfinanzierte russische Raumfahrt allgemein nicht allzu viele.

»Es wäre schön, wenn wir irgendwann einmal eine gemeinsame Marsmission starten können.« Daniel meinte es so, wie er es sagte. »Als amerikanisch-russisches Kooperationsprojekt wie die ISS.«

Sergej griff wieder nach seinem Truthahnsandwich. »Das wird wohl so bald nicht passieren.«

»Irgendwann wird sich auch das Misstrauen zwischen unseren Staaten wieder legen. Mit der Internationalen Raumstation haben wir gezeigt, was wir gemeinsam alles erreichen können.«

»Irgendwann?«, machte Sergej mit vollem Mund. »Du meinst, wenn Russland eine Regierung hat, die dem amerikanischen Präsidenten gefällt?«

Daniel hob abwehrend die Hände. »Ich bin kein Politiker. Ich will nur, dass wir Freunde bleiben. Damit meine ich nicht nur uns beide, sondern unsere Länder.«

Sergej wurde plötzlich ernst und nickte langsam. »Das möchte ich auch, mein Freund. Das möchte ich auch.«

Daniel rückte etwas nach vorne. »Ich habe gehört, ihr habt die nächste ISS-Expedition gestrichen.«

Sergej starrte Daniel einige Sekunden lang schweigend an, dann nickte er wieder. »Das ist korrekt.«

»Es wurde nie ein Grund genannt.«

Sergej zögerte und wiegte langsam den Kopf. Diese Bewegung kam Daniel etwas hölzern vor, wie einstudiert. Dann blickte ihm der Russe direkt in die Augen. »Auch ISS-Flüge kosten eine Menge Rubel.«

Daniel lehnte sich zurück. Das Argument hatte Sergej eben schon benutzt.

Das ist es!

Die gescheiterte Marsmission war der Grund. Die russische Regierung konnte diese Niederlage nicht ertragen. »Ihr spart das Geld, um möglichst schnell eine neue Marssonde zum Roten Planeten zu schicken.«

Sergej lachte leise.

»Völlig richtig«, sagte er.

Daniel triumphierte innerlich.

Ich hatte recht!

Sergej beugte sich vor, und sein Lächeln wirkte aufgesetzt. »Und völlig falsch!«

7

Jenny legte den Kopf in den Nacken und versuchte, die Turmspitzen des Kölner Doms auszumachen, der in der Dunkelheit von starken Scheinwerfern angestrahlt wurde. Doch es war sinnlos. Die Türme verschwanden im Dunst der tiefhängenden Wolkendecke. Plötzlich klatschten dicke Tropfen in ihr Gesicht.

»Ist es noch weit?«, fragte sie.

»Nein.« Burt zeigte mit ausgestrecktem Arm auf die andere Seite des fast menschenleeren Platzes. »Nur noch ein kleines Stück in diese Richtung.«

Klar, für den Kollegen würde es der dritte Raumflug sein. Darum war es für ihn auch bereits das dritte Training am europäischen Columbus-Modul der ISS. Er kannte sich also in Köln aus, wo die ESA ihr Astronautenzentrum untergebracht hatte. Den ganzen Tag hatten sie in einem Modell des Wissenschaftsmoduls verbracht, um die aktuellen Systeme und Experimente kennenzulernen. Diese wurden zwar für gewöhnlich von den europäischen Astronautenkollegen bedient, aber da der nächsten Stammbesatzung kein ESA-Astronaut zugeteilt war, lag es an den amerikanischen Astronauten, die Aufgaben zu übernehmen. Das Training in Köln war für alle Astronauten der ISS Pflicht. Die Teilnehmer des abgesagten russischen Fluges hatten ihr Training in Köln bereits vor einigen Wochen absolviert, bevor sie zum Briefing nach Houston weitergeflogen waren.

Jenny folgte Burt über den Platz. Sie bogen links ab und standen plötzlich am Ufer des Rheins.

»Ist das richtig?«, fragte Jenny.

Burt drehte sich langsam im Kreis. »Äh ...« Er rief eine App auf. »Muss hier irgendwo in der Nähe sein.«

Jenny verdrehte die Augen. Burt war ein erfahrener Wissenschaftsastronaut und hatte zwei Doktortitel, einen in Nuklearphysik und einen weiteren in Medizin. Doch manchmal erweckte er den Eindruck, als wäre er zu dumm, sich die Schuhe zu schnüren.

Der Regen wurde stärker. »Los, los«, drängte Jenny. Sie hatte den Schirm im Hilton gelassen. Da war sie noch davon ausgegangen, das Brauhaus sei direkt um die Ecke.

Mit Malcolm wäre das nicht passiert. Der hatte ebenfalls bereits Trainings in Köln absolviert, und wenn ihr Kommandant sich einmal auf einer Karte einen Ort eingeprägt hatte, dann fand er ihn zielstrebig und ohne Umwege. Doch Malcolm hatte beschlossen, die Einladung der europäischen Kollegen auszuschlagen und stattdessen in seinem Hotelzimmer mit seiner Familie zu telefonieren.

»Jetzt weiß ich's wieder.« Burt klatschte in die Hände. »Da vorne links!«

Na, hoffentlich!

Dann sah sie selber das helle Transparent des Brauhauses.

Burt ging voran und öffnete die Tür. Der Geruch nach Bier und Schweiß schlug Jenny entgegen, und sie rümpfte die Nase. Die Beleuchtung war eher schummrig und die Einrichtung dunkel. Genauso hatte Jenny sich ein deutsches Bierlokal vorgestellt. Menschen lachten und grölten. Der Lärmpegel war ihr deutlich zu hoch. Sie hätte am liebsten kehrtgemacht und sich ein gemütliches, ruhiges italienisches Restaurant für das Abendessen gesucht. Aber da musste sie jetzt nun einmal durch.

Jenny blieb neben Burt stehen. Sie wartete darauf, dass jemand kam, um sie zu ihrem Tisch zu begleiten, aber offenbar sollte sich die Kundschaft selber ihren Platz suchen.

»Burt, Jenny! Hier!«

Sie blickte sich um. In einiger Entfernung erkannte sie Armin, den deutschen Astronauten. Er winkte.

Jenny seufzte und ging an einer langen Theke entlang, an der sicher ein gutes Dutzend Männer vor ihren Bieren saßen und laut miteinander diskutierten.

Sie begrüßte Armin per Handschlag, obwohl sie den ganzen Nachmittag miteinander trainiert hatten.

»Wir sind in einer Nische um die Ecke.« Armin strich sich über seine schwarzen Bartstoppeln, die ihn ein wenig ungepflegt wirken ließen. Seine blaue Astronautenkombi hatte er gegen ein zerknittertes blaues Hemd und eine blaue Jeans getauscht, die mindestens zwei Größen zu weit war. Niemand hätte ihn auf den ersten Blick für einen Astronauten gehalten. Im Gegensatz zu den Kollegen, die meist durchtrainiert und sportlich aussahen, ähnelte Armin eher einem Couch-Potato. Aber Jenny wusste, dass der deutsche Kollege hochintelligent war und sich in der Molekularbiologie einen Namen gemacht hatte, bevor er zur ESA gegangen war.

Der Deutsche führte sie zu einer Nische, wo Maria Garcia Diaz und Matt Buttons schon auf sie warteten.

Die Spanierin Maria war ebenfalls eine ESA-Astronautin, die genauso wie Armin auf ihren ersten Einsatz wartete. Sie hatte schwarze Haare wie Armin, wirkte aber ungleich gepflegter und sportlicher. Ihr Lächeln entblößte absolut symmetrische, weiße Zähne. Neben ihr saß Matt Buttons. Der schlanke Engländer mit den roten Haaren trug ein blaues Polohemd mit ESA-Aufnäher und winkte zum Gruß. Er war Ausbilder im Astronautenzentrum und hatte mit ihnen den Nachmittag in der Attrappe des Columbus-Moduls verbracht.

»Habt ihr gut hergefunden?«, fragte Maria in akzentfreiem Englisch.

Jenny warf einen kurzen Blick zu Burt und lächelte dann. »War überhaupt kein Problem.« Sie setzte sich den europäischen Kollegen gegenüber. Hier in der Nische war es tatsächlich deutlich ruhiger als in der Halle mit der langen Theke.

»Wollt ihr etwas essen?« Matt schob Jenny eine englischsprachige Speisekarte hinüber.

Jenny klappte sie auf und überflog die angebotenen Speisen. Es war genau das, was sie erwartet hatte. Nur deftige Sachen wie Brathähnchen, Bratwurst mit Wirsing oder Schnitzel. Selbst die »leichten« Gerichte bestanden aus Blutwurst oder Mettbrötchen. Einen Salat ohne Fleisch gab es auch nicht. Sie war zwar keine Vegetarierin, aber sie vermied es, abends schwere Kost zu essen.

Als die Kellnerin kam, fragte sie nach einem Teller mit Grillgemüse, den es eigentlich nur als Beilage gab. Die Frau sah sie zwar streng an, zuckte dann aber mit den Schultern und schrieb die Bestellung auf ihren Notizblock. Kurz darauf wurde schon ein Kranz mit langen, dünnen Biergläsern gebracht.

Jenny hätte ein Glas Weißwein bevorzugt, aber nach einem Getränkewunsch wurde sie hier gar nicht gefragt. Immerhin waren die Biergläser winzig klein. Davon konnte sie schon zwei oder drei trinken.

»Wo seid ihr untergebracht?«, fragte Matt.

»Im Hilton«, sagte Jenny.

Armin nickte. »Das ist ganz in Ordnung. Das Hotelrestaurant ist auch nicht so schlecht. Die sollen gute Steaks und Salate haben.«

Tja, wären wir doch mal lieber dorthin gegangen.

Aber die ESA-Leute wollten den internationalen Kollegen wohl ein bisschen kölsche Kultur nahebringen.

Matt grinste. »Die Russen bleiben meist in irgendeinem billigen Hotel in Köln-Wahn. Von da gehen die dann zu Fuß zum europäischen Astronautenzentrum.«

»Aber auch erst seit kurzer Zeit«, erklärte Maria.

»Wahrscheinlich ist Roskosmos das Geld ausgegangen«, meinte Burt.

»Das wäre nichts Neues«, sagte Jenny. »Was haltet ihr von der Absage der Russen an der neuen Expedition?«

»Ist schon sehr seltsam«, bestätigte Armin. »Vor allem so kurzfristig.«

»Also, mich würde es nicht wundern, wenn die inzwischen sehr auf ihr Budget gucken müssen.« Matt trank einen Schluck Bier. »Der Großteil der westlichen Sanktionen ist immer noch in Kraft, und Russland scheint mehr daran interessiert, die materiellen Verluste aus dem Ukraine-Krieg zu ersetzen, als seine Raumfahrt voranzubringen.«

Maria zuckte mit den Schultern. »Ihre Kosmonauten sind so begierig darauf wie wir, zur ISS zu fliegen. Die wird das ganz schön ankotzen, dass der Flug abgesagt wurde.«

Burt lachte. »Das kann man wohl sagen. Anatoli und Nikolai wären beinahe in Tränen ausgebrochen, als man uns die Nachricht brachte, dass die Sojus vorläufig eingemottet würde. Für beide wäre es der erste Flug gewesen, und sie haben sich seit Jahren darauf vorbereitet. Vor allem Anatoli hat das nicht gut weggesteckt. Der wurde nämlich vor zwei Jahren schon einmal wegen eines medizinischen Problems aus einer Besatzung entfernt. Wir haben abends einen Wodka zusammen getrunken, und er meinte zu mir, dass er nicht glaubt, überhaupt noch mal ins All zu fliegen.«

»Wie alt ist er?«, erkundigte sich Maria.

»Mitte vierzig«, antwortete Burt. »Ein gefährliches Alter für russische Kosmonauten. Besonders, wenn sie noch keinen Flug gemacht haben. Da wird man in Moskau schnell aufs Abstellgleis geschoben.«

»Wie ist denn die Stimmung in Sternenstädtchen?«, wollte Matt wissen.

Sternenstädtchen war das russische Kosmonautenausbildungszentrum unweit von Moskau. Dort wohnten die russischen Astronauten, um sich auf ihre Einsätze vorzubereiten. Im Ausbildungszentrum fand sich auch immer eine Handvoll amerikanischer Astronauten, Ingenieure und Manager, um die Arbeiten an der ISS zu unterstützen. Während die Kosmonauten in kleinen Plattenbauwohnungen hausten, hatte die NASA für ihre Angestellten eine Reihe von Bungalows errichten lassen. Für Unmut unter den russischen Kollegen hatte das jedoch bislang nicht gesorgt.

Burt winkte ab. »Die Atmosphäre zwischen uns und den Russen ist freundlich wie eh und je. Die ISS würde ohne die Kooperation nicht funktionieren, das weiß jeder. Auch auf die Partys der russischen Kollegen werden wir nach wie vor eingeladen. Alles kein Problem. Ist eher so, dass den Russen vor dem Moment gruselt, an dem die ISS aufgegeben wird. Viele Kosmonauten zweifeln an den Versprechungen von Roskosmos, eine neue russische Station aufzubauen. Einige hätten gerne eine Beteiligung Russlands an dem neuen amerikanischen Mondprogramm gesehen.«

»Aber die wollen ja in Zukunft lieber mit China zusammenarbeiten«, wandte Jenny ein.

Matt lachte. »In dem vor Selbstbewusstsein strotzenden chinesischen Raumfahrtprogramm wären die chronisch klammen Russen auch nur Juniorpartner.«

Burt nickte. »Das sehen auch Anatoli und Nikolai so, darum sind sie von den neuen Plänen nicht begeistert. Sie dürfen ihre Kritik aber nicht zu laut äußern.«

Die Bedienung kam und brachte ihnen das Essen. Sie schob Jenny eine kleine Schüssel hin. Das Grillgemüse war durchsetzt mit Speckwürfeln. Jenny verzog das Gesicht. Bekam man hier eigentlich überhaupt nichts ohne Fleisch?

Burt hatte sich ein Wiener Schnitzel bestellt und schnitt es mit Messer und Gabel in dünne Streifen. »Wie lange werden wir morgen für das Training brauchen?«

Matt stocherte in seiner Blutwurst herum. »Keine Ahnung. Fünf, sechs Stunden vielleicht.«

»Warum fragst du?«, forschte Jenny.

»Ich wollte mir morgen Abend vielleicht etwas Spaß gönnen, bevor wir übermorgen wieder zurück in die Staaten fliegen.«

»Was für 'nen Spaß denn?«, hakte Armin nach.

Burt grinste. »Ich überlege mir, einen Porsche zu mieten und damit mal über die A3 nach Frankfurt und zurück zu brettern. Kein Tempolimit. Das wollte ich schon immer mal machen.«

Maria verdrehte die Augen. »Männer!«

Jenny pflichtete ihr bei: »Wüsste nicht, was daran so toll sein sollte, sich selber und andere zu gefährden.« Sie blickte Armin an. »Ich verstehe einfach nicht, dass es bei euch legal ist, mit Tempo 300 über den Highway zu brettern.«

Der deutsche Kollege zuckte mit den Schultern. »Na ja, was den Amerikanern der Waffenbesitz ist, ist den Deutschen ihr nicht existentes Tempolimit. Da kann man vielen auch mit logischen Argumenten nicht kommen. Aber die öffentliche Meinung tendiert mit dem Ableben der älteren Generation inzwischen in Richtung Geschwindigkeitsbegrenzung. Wenn du mich fragst, wird es ...« Er verstummte, als sein Handy auf dem Tisch vibrierte.

»Sorry!« Er nahm das Gespräch an.

Burt rückte näher an Jenny heran. »Also, dann sollte ich über die Autobahn rasen, solange man es noch darf.«

Jenny brummte nur und nahm einen Schluck von ihrem Bier.

Armin unterhielt sich am Telefon auf Deutsch. Jenny verstand kein Wort, aber seine Reaktionen waren interessant: Er schüttelte den Kopf, setzte ein ungläubiges Grinsen auf und kniff schließlich ernst die Lippen zusammen. Dann beendete er das Gespräch.

»Alles in Ordnung?«, erkundigte sich Matt.

»Ihr glaubt nicht, was ich gerade gehört habe«, krächzte Armin.

Jenny hob den Kopf. Was war geschehen? War irgendetwas mit ihrer Mission zur ISS? »Was denn?«

»Die Chinesen!« Armin nahm sein Bierglas, trank es mit einem Schluck leer und nahm sich ein weiteres aus dem Kranz. »Sie ändern die Inklination ihrer Tiangong-Raumstation.«

Burt verschluckte sich und prustete Schaum auf den Tisch.

Jenny starrte Armin ungläubig an. »Soll das ein Witz sein?«

Der verneinte. »Das war ein Kumpel von mir, er arbeitet in Darmstadt im ESOC. Der hat den genauen Überblick, was wo im Orbit herumfliegt.«

Jenny lehnte sich zurück. Das ESOC war das europäische Raumflugkontrollzentrum. Die Leute dort überwachten die eigenen Satelliten und Raumschiffe, hatten aber natürlich auch einen Überblick über die anderen Objekte im Orbit. Dennoch war es unglaublich. Wann hatte man jemals die Inklination eines Raumschiffes geändert? Von einer massiven Raumstation ganz zu schweigen.

»Unfassbar!« Maria strich sich die Haare zurück.

»Ich verstehe nicht«, sagte Matt. »Was ist eine Inklination?«

»Die Umlaufbahnneigung gegenüber dem Äquator.« Jenny hob den rechten Arm und beschrieb mit dem Finger einen Kreis in der Luft. »Ein Satellit, der die Erde genau über dem Äquator umkreist, hat eine Inklination von null Grad. Ein Objekt, das über den Polen kreist, hat 90 Grad Inklination.«

»Genau über den Äquator zu fliegen ist leichter, weil man so die Geschwindigkeit der Erdrotation beim Start nutzen kann«, erklärte Maria. »Man braucht dann weniger Treibstoff oder kann größere Massen in den Orbit bringen.«

Matt nickte. »Aha.«

»Dennoch hat man für die ISS eine hohe Inklination gewählt, da sie auch für Erdbeobachtungsaufgaben genutzt wird und man es sich dann nicht leisten kann, nur entlang des Äquators zu fliegen«, erläuterte Jenny.

»Außerdem wäre sie sonst für russische Raketen nicht erreichbar«, ergänzte Burt. »Deren Startplätze liegen nämlich sehr weit nördlich und damit ein gutes Stück vom Äquator entfernt.«

»Ich verstehe.« Matt nickte wieder. »Aber was ist so schlimm daran, wenn die Chinesen nun die Bahnneigung ihrer Station ändern?«

Jenny lachte. »Schlimm ist daran nichts, aber Inklinationsänderungen verbrauchen viel Treibstoff.«

»Extrem viel Treibstoff!«, meinte Burt.

»Und darum ändert man normalerweise die Inklination nicht«, sagte Maria.

»Die Chinesen haben letzte Woche eine Versorgungskapsel zu ihrer Raumstation geschickt.« Armin hatte die Stirn in Falten gelegt. »Sie muss randvoll mit Treibstoff gewesen sein.«

Jenny wandte sich an ihn. »Um welchen Wert haben die Chinesen denn die Inklination geändert?«

»Von 41,5 Grad auf etwa 50 Grad«, sagte der Deutsche.

»Wow!«, entfuhr es Maria. »Das muss sie Tonnen an Treibstoff gekostet haben.«

»Allerdings!«, bestätigte Burt. »Ist die Station im Moment bemannt?«

»Drei Taikonauten«, sagte Jenny. »Zwei Männer und eine Frau.«

Matt griff nach einem neuen Bier. »Aber was kann der Grund für dieses Manöver sein?«

Jenny konnte nur spekulieren. »Mit der höheren Inklination erfassen sie auf ihrer Umlaufbahn nun einen größeren Teil der Erde. Vielleicht wollen sie ebenfalls verstärkt Erdbeobachtung betreiben.«

»Oder Spionage.« Burts Stimme klang bitter. »Mit 50 Grad haben sie genau die Vereinigten Staaten abgedeckt.«

»Ergibt wenig Sinn«, meinte Maria. »Wegen der Erschütterungen durch Bewegung von Menschen auf der Station bekommst du nur verwackelte Bilder bei hohen Auflösungen hin. Außerdem haben sie dafür schon spezielle Spionagesatelliten.«

»Was soll denn sonst der Grund sein?«, rätselte Burt. »Durch die Erhöhung der Inklination haben sie sich ja auch selber das Leben schwer gemacht.«

Das stimmte. Die Nutzlastkapazität von Raketen sank bei einem Einschuss in eine Umlaufbahn mit höherer Bahnneigung. Ihre Versorgungskapseln würden in Zukunft weniger Vorräte mit nach oben nehmen können.

»Haben sie vielleicht einen neuen Weltraumbahnhof im Norden des Landes, von dem aus sie die Station erreichen wollen?«

Jenny schüttelte den Kopf. »Nicht, dass ich wüsste.«

»Was liegt denn im nördlichen Bereich der neuen Umlaufbahn?«, fragte Maria.

Armin nahm sein Handy auf und öffnete Google Earth. Mit dem Daumen scrollte er über die Erdoberfläche. »Also, in China finde ich hier nicht wirklich irgendetwas, was ein Grund für dieses Manöver sein könnte.«

»Sehr seltsam«, meinte Jenny.

Armin stoppte seine Scrollbewegung und zoomte plötzlich in die Karte hinein. »Aber …« Er blickte in die Runde. »Das russische Kosmodrom Vostochny liegt nun genau unter der Flugbahn der chinesischen Raumstation.«

8

»Daniel! Schläfst du?«

Daniel zuckte zusammen und blickte Graham Burke an, der ihn über seine randlose Brille hinweg anstarrte, die Papiere von Daniels Report in der Hand.

Daniel rutschte auf dem Stuhl vor dem Schreibtisch seines Chefs nach hinten, bis er gerade saß. »Entschuldigung, ich war in Gedanken.«

»Das bist du in letzter Zeit öfter.« Sein Chef widmete sich wieder Daniels Bericht über die Kooperationsmöglichkeiten mit der ANGKASA, der malaysischen Raumfahrtbehörde. Da diese in Daniels Augen nicht existent waren, hatte er nicht viel Zeit für den Bericht benötigt.

Daniel schaute aus dem Fenster auf die trübe Washingtoner Skyline. Das obere Drittel der Kuppel des Kapitols verlor sich im grauen Dunst.

Graham stöhnte. »Das können wir nicht so stehen lassen.« Er nahm einen roten Stift, strich einen Satz durch und schrieb einen neuen an den Rand des Manuskripts, während er vor sich hin murmelte.

Daniel konnte nicht aufhören, an die Nachricht zu denken, die Jenny ihm gestern Abend geschickt hatte.

Was zum Teufel haben die Chinesen mit dem russischen Kosmodrom zu tun?

Er fand einfach keine Antwort darauf. Es stimmte zwar, dass Russen und Chinesen eine zukünftige Zusammenarbeit in der Weltraumforschung ins Auge gefasst hatten, aber die Pläne bezogen sich eher auf die fernere Zukunft. Ein Flug von russischen Kosmonauten zur Tiangong-Station war nie vorgesehen. Das hätte man ansonsten der Öffentlichkeit mit viel Pomp vorher angekündigt.

Oder sollte einfach eine Drohkulisse aufgebaut werden, um vom Westen in irgendeinem Bereich mal wieder Zugeständnisse zu erpressen?

Seht her, Russen und Chinesen sind ab sofort die besten Freunde! Wir lassen nun auch unsere Raumstation über das russische Kosmodrom fliegen.

Das war Bullshit, und jeder wusste es.

»Was hast du dir dabei gedacht?«, fragte Graham.

Daniel schüttelte den Kopf. Er war sich sicher, dass das alles irgendwie zusammenhing. Die chinesische Raumstation, der abgesagte russische Flug zur ISS und der Verlust der Marssonde.

Aber wie?

»Du träumst ja schon wieder!« Graham schlug mit der Faust auf den Tisch.

Daniel zuckte abermals zusammen. »Entschuldigung. Ich bin einfach in Gedanken.«

Sein Chef legte den Report auf den Schreibtisch, lehnte sich in seinem schwarzen Ledersessel zurück und verschränkte die Arme vor der Brust. »Das merke ich. Und das schon die ganzen letzten Tage. Was ist los?«

»China ... Russland ... was läuft da?«

Graham lachte leise. »Da bist du nicht der Einzige, der sich darüber Gedanken macht.«

»Sowohl Russen als auch Chinesen verheimlichen uns etwas.«

»Das ist sonnenklar. Aber was?«

»Irgendwie arbeiten sie an einem Projekt zusammen.«

Graham rieb sich die Nasenwurzel. »Die Chinesen sagen, dass die Inklinationsänderung der astronomischen Forschung dient und die Bahn über das russische Kosmodrom reiner Zufall ist.«

Jetzt lachte Daniel. »Aber das kann man denen doch nicht glauben.«

»Mag sein, aber *was* soll man glauben? Wir werden wohl nicht sehr viel mehr tun können, als abzuwarten, was als Nächstes geschieht.«

Abwarten? Keine verlockende Vorstellung.

Was, wenn es hier um etwas Bedeutsames ging? In zwei Wochen startete Jenny zu einem monatelangen Aufenthalt zur ISS. Was, wenn die Russen irgendetwas mit der Internationalen Raumstation vorhatten? Irgendetwas, das Jenny in Gefahr bringen konnte?

Daniels Puls beschleunigte sich. »Ich bitte um Erlaubnis, einige Kontakte zu anderen Bundesbehörden zu aktivieren.«

Er hatte noch einige Bekannte, die ihm unter der Hand Informationen liefern konnten, aber das war nicht ganz ungefährlich.

Graham starrte ihn einige Sekunden lang an. »Von welcher Bundesbehörde sprechen wir hier?«

Daniel blickte zu Boden. »NRO.«

Sein Chef stieß die Luft mit einem leisen Pfeifen aus. »Das gefällt mir nicht. Überhaupt nicht. Wenn wir unterhalb der Leitungsebene an die NRO herantreten, riskieren wir, uns einen Haufen Ärger einzuhandeln.«

Daniel nickte. Das National Reconnaissance Office war einer der unbekannteren Geheimdienste. Die Behörde unterstand dem Verteidigungsministerium und war somit ein militärischer Nachrichtendienst. Er konzentrierte sich auf die Satellitenüberwachung. Die von der NRO gestarteten Satelliten dienten nicht nur der internationalen Rüstungskontrolle, sondern auch der Terrorismusbekämpfung und der elektronischen Aufklärung. Daniel hatte Kontakte von einem Kooperationsprojekt, wo es um die Nutzung von NASA-Wettersatelliten für die Vorbereitung von Militäreinsätzen gegangen war. Und diese Kontakte waren in der Regel gut informiert und wussten vielleicht mehr als die NASA.

»Ich halte es für wichtig, bevor wir weitere Amerikaner zu den Russen auf die ISS schicken«, sagte Daniel.

Vor allem Jenny.

Graham stand auf und starrte aus dem Fenster in den Washingtoner Nieselregen. Nach einigen Sekunden stöhnte er laut. »Es ist ein Riesenelend, wie mies die Zusammenarbeit zwischen den Regierungsinstitutionen ist. Man sollte meinen, dass sich seit dem Fiasko von 9/11 daran etwas geändert hat, und offiziell wird das auch so dargestellt, aber die Wahrheit sieht natürlich wieder einmal anders aus.« Er stöhnte erneut und drehte sich wieder um. »Aktiviere deine Kontakte. Ich decke dich, falls irgendjemand von oben deswegen Ärger machen sollte.«

»Danke«, flüsterte Daniel und verließ eilig den Raum. Er ging zum Fahrstuhl. Sein eigenes Büro befand sich einen Stock tiefer.

Als er an seinem Schreibtisch saß, holte er das schwarze Adressbuch aus der Schublade. Mit zwei Leuten von der NRO hatte er engeren Kontakt gehabt und besaß deren private Handynummern.

Er probierte es zunächst bei Phil Warner. Der rundliche Beamte mit der riesigen, schwarzen Brille und dem ruhigen Gemüt hatte damals selber von einer intensiveren Kooperation zwischen NRO und NASA gesprochen. Vielleicht war er am empfänglichsten für Daniels Fragen.

»Warner hier«, sagte eine dunkle Stimme in ungeduldigem Tonfall.

»Hallo, hier ist Daniel Perito von der NASA.«

Eine kurze Pause. »Ja, ich erinnere mich. Was kann ich für dich tun?«

Er erinnert sich an mich?

Das fing schon mal nicht gut an.

Daniel schilderte kurz die Probleme mit den Russen und dem Einsatz auf der ISS und erzählte auch von seinem Verdacht, dass das alles mit dem Verschwinden der russischen Marssonde und dem Manöver der chinesischen Raumstation zusammenhing.

Schließlich unterbrach Phil ihn. »Dabei kann ich nicht helfen.«

»Es wäre sehr wichtig, es geht um die Sicherheit unserer Astronauten.«

»Hast du Angst, die Russen auf der ISS könnten unsere Astronauten angreifen?«, fragte Phil mit deutlichem Sarkasmus in der Stimme.

»Nein«, antwortete Daniel kleinlaut. Das war trotz der politischen Spannungen zwischen Russland und dem Westen absolut unwahrscheinlich.

»Ich kann dir nicht helfen«, wiederholte Phil. »Wir haben keine Informationen. Und selbst wenn wir welche hätten, dürfte ich sie nicht an dich weitergeben.«

Das war deutlich.

»In Ordnung. Danke!«

Phil beendete ohne ein weiteres Wort das Gespräch.

Daniel hatte es fast befürchtet. Den Anruf bei Tim konnte er sich eigentlich auch sparen. Er hatte ihn als eher verschlossenen Typ kennengelernt, der höchstens einmal aufgetaut war, nachdem sie sich in der Hotelbar des Hilton in Philadelphia durch das Whiskysortiment gesoffen hatten.

Daniel seufzte und wählte die Nummer. Er hatte Tim sofort in der Leitung, als hätte der auf einen Anruf gewartet. »Ja?«

»Hi, Tim, hier ist Daniel Perito. Von der NASA.«

»Oh, na so was. Wie geht es dir?«

»Gut, gut. Bei mir alles bestens.« Er wiederholte die Ansprache, die er auch Phil gegeben hatte, beinahe Wort für Wort.

Die Antwort kam sehr zügig. »Es tut mir leid, Daniel. Ich habe keine Informationen, und wenn ich welche hätte, dann dürfte ich sie dir nicht weitergeben.«

Daniel hatte es geahnt. »Ist schon gut. Danke, Tim.«

»Mach's gut, Daniel.«

Dann war die Leitung tot.

9

Jenny stand auf. »Willst du noch ein Glas?«

»Wenn du nichts dagegen hast, würde ich jetzt lieber ein Bier trinken.« Daniel lächelte sie entschuldigend an.

Jenny seufzte und ging in die Küche. Sie war gestern aus Europa zurückgekehrt. Das Training war erfolgreich gewesen, und nach einem langen Gespräch mit Burt gab es für sie inzwischen keine Zweifel mehr, dass ihr bevorstehender Flug zur ISS trotz der Änderungen im Ablauf ein Erfolg werden würde. Sie hatte sich über Daniels Nachricht gefreut, dass er übers Wochenende nach Houston kommen würde. Er hatte selber ein Meeting im JSC anberaumt, damit die NASA die Kosten des Fluges übernahm. Aber wahrscheinlich war dieses Treffen wirklich wichtig gewesen, denn Daniel vermied es in der Regel sorgsam, seine Privilegien auszunutzen.

Sie stellte ihr Glas auf die Theke und goss sich großzügig von dem sehr milden, aber fruchtigen Tempranillo nach. Dann holte sie eine Flasche Bier aus dem Kühlschrank und ging zurück ins Wohnzimmer. Sie stellte die Getränke auf dem Tisch ab, setzte sich wieder auf die Polstercouch und kuschelte sich an Daniel, der nervös auf der Fernbedienung herumdrückte.

»Kannst du dich nicht mal entscheiden?« Jenny nervte das permanente Herumgezappe. »Lass uns doch weiter die Nachrichten hören.«

Er schüttelte den Kopf. »Ich kann diese ganzen Krisen langsam nicht mehr ertragen. Mit den Folgen muss ich mich schon in Washington permanent herumplagen.«

Er stoppte seine Klickorgie bei einem Pay-TV-Sender, den Jenny zähneknirschend auf seinen Wunsch hin abonniert hatte. Auf dem Bildschirm trottete ein goldener Roboter durch ein Raumschiff und gab besserwisserische Kommentare von sich.

»Kein Star Wars!« Sie versuchte, möglichst viel Härte in ihre Stimme zu legen.

Daniel wandte den Kopf. »Aber warum denn nicht? Was hast du gegen Star Wars?«

Jenny seufzte. Eigentlich hatte sie nichts gegen Science-Fiction im Allgemeinen und Star Wars im Speziellen. Die frühen Filme mochte sie sogar. Aber Disney produzierte inzwischen Star-Wars-Serien und -Filme in einem Tempo, dass sie das Überangebot einfach satthatte. Es war wie mit dieser endlosen Flut an Superheldenfilmen. Sie konnte es nicht mehr ertragen und fragte sich, wann die anderen Leute davon ebenfalls genug hatten. »Es ist doch nur noch Geldmacherei.«

»Mag sein«, sagte Daniel. »Aber die neue Serie ist trotzdem sehr unterhaltsam.«

»Würdest du nicht gerne mal was Neues sehen? Da gibt es doch diese französische Serie, in die wir seit Wochen schon reinschauen wollten.«

»Ja, aber bei Star Wars weiß man, was man hat.«

»Ich habe keine Lust auf Star Wars, also schalte bitte um.«

Daniel gab ihr einen Kuss auf die Stirn. Dann klickte er weiter durch die Programme.

Nach einigen Minuten schüttelte Jenny den Kopf. »Es läuft nichts.«

»Sieht ganz so aus«, murmelte Daniel. »Zurück zu Star Wars?«

»Bloß nicht!«, sagte sie düster. »Dann mach die Kiste lieber aus.«

»Was tun wir stattdessen? Ein Brettspiel?«

Jenny schnaubte. Wann hatten sie jemals zusammen ein Brettspiel gespielt?

»Wir könnten hochgehen.« Jenny blickte auf die noch unangetastete Bierflasche. Es war schöner, wenn Daniel nicht nach Bier roch und schmeckte.

Er hob die Augenbrauen. »Jetzt schon?«

»Wir können ja später noch mal runtergehen.«

»Meinst du, dann läuft was Besseres in der Glotze?«

Jenny dachte da eher an die Ordner und Handbücher auf dem Esszimmertisch. Daniel konnte sein Bier vor dem Fernseher auch alleine trinken.

»Na schön.« Er nahm ihre Hand, stand auf und zog sie mit hoch.

Im selben Moment klingelte es an der Tür.

Jenny runzelte die Stirn. Wer war denn das an einem Samstagabend?

»Erwartest du jemanden?«, fragte Daniel, genauso erstaunt.

»Nein.«

»Vielleicht ein Nachbar?«

Das war unwahrscheinlich, denn zu ihren Nachbarn hatte sie so gut wie keinen Kontakt.

Jenny ging zur Tür und öffnete sie. Niemand da. Sie streckte den Kopf vor und spähte nach rechts und nach links in die Dunkelheit. Kein Mensch war zu sehen. Auch keine Autos auf der Straße.

»Seltsam.« Das Klingeln war gerade mal einige Sekunden her. So schnell konnte doch niemand verschwinden.

Auf der Fußmatte lag ein brauner Umschlag. Sie hob ihn auf und drehte ihn um. Daniels Name stand dort in Druckbuchstaben. »Ist für dich!«

Daniel trat neben sie und nahm ihr den Umschlag aus der

Hand. »Verstehe ich nicht. Eigentlich weiß niemand, dass ich heute bei dir bin.«

Jenny zwinkerte. »Na ja. Um ehrlich zu sein, weiß jeder, dass du bei mir schläfst, wenn du in der Stadt bist.« Sie schloss die Tür wieder und legte den Riegel um.

»Auch wieder wahr.« Daniel drehte den Umschlag in der Hand und riss ihn dann auf. Er zog einen winzigen, handelsüblichen USB-Stick heraus.

»Was soll das?«, wunderte er sich.

»Keine Ahnung«, sagte Jenny.

»Kann ich deinen Laptop benutzen?«, fragte Daniel. »Ich habe meine Tasche im Mietwagen im JSC gelassen.«

Jenny lachte laut auf. »Nein! Du steckst mit Sicherheit keinen USB-Stick unbekannter Herkunft in meinen Dienstrechner.«

Er brummte und starrte auf den Datenträger in seiner Hand. »Zu blöd. Wüsste gerne, was drauf ist.«

Jenny hatte eine Idee. »Ich habe noch meinen alten Laptop. Er steht oben im Schrank.«

»Alt?«, fragte Daniel. »Wie alt?«

»Ein paar Jahre. Müsste aber noch funktionieren.«

»Kannst du ihn bitte holen?«

Jenny ging nach oben ins Schlafzimmer und holte die schwarze, etwas angestaubte Ledertasche aus dem Kleiderschrank.

»Der scheint ja wirklich schon einige Jahre nicht mehr benutzt worden zu sein. Da ist garantiert der Akku leer.«

Das war Jenny schon selber klar. Sie stellte den Laptop auf den Tisch, holte auch das Ladekabel aus der Tasche und schloss es an.

Daniel klappte den Laptop auf und schaltete ihn ein. Es piepte laut, dann erwachte der Bildschirm zum Leben.

Es dauerte lange Minuten, bis das Betriebssystem geladen hatte. »Er hat kein Internet«, bemerkte Jenny. »Ich habe mein WLAN-Passwort in der Zwischenzeit geändert.«

Daniel schob einen Stuhl vor das Gerät, setzte sich und stöpselte schließlich den Datenträger ein. Er öffnete den Explorer und wählte das Laufwerk des Sticks an. »Ist nur eine Datei drauf. Eine Textdatei. Recht groß.«

Er klickte das Symbol der Textdatei an, und ein Fenster öffnete sich. Doch darin fand sich nur ein Kauderwelsch aus Zahlen und Buchstaben. »Das sind Daten im Hexadezimalsystem.« Er verzog das Gesicht.

Das wurde immer merkwürdiger. »Warum sollte dir auf diese seltsame Art und Weise jemand solche Daten zukommen lassen? Ist ja wie in einem schlechten Spionageroman.«

Daniel stöhnte. »Ergibt leider Sinn. Ich habe einige Leute um Informationen gebeten, die ich gar nicht erst hätte fragen dürfen.«

»Was für Leute?«

Daniel zögerte. »Ich möchte nicht drüber reden.«

Sie fühlte sich unwohl, dass er sie ausschloss. Wollte er sie schützen, oder hatte er Angst, dass sie seine Informanten verraten könnte? Sie beschloss, nicht näher nachzufragen. »Und jetzt?«

»Ich brauche jemanden, der sich diese Dateien hier genauer ansieht. Kennst du wen im JSC?«

Den kannte Jenny in der Tat. Sie holte ihr Handy und rief Trent Jason an. Er wohnte nur einige Straßen weiter und erklärte sich bereit, vorbeizukommen.

»Wer ist der Mann?«, wollte Daniel wissen.

»Trent arbeitet an den Kommunikationseinrichtungen der Orion-Kapsel. Er ist gut! Es gibt sicher kein Datenprotokoll, das er nicht kennt.«

»Hoffen wir's.«

Schon klingelte es an der Tür.

Jenny öffnete, und Trent trat schnaufend ins Haus. Der kleine, füllige Mann hatte einen hochroten Kopf, als wäre er gerade einen Marathon gelaufen. Trent war um die fünfzig und hatte kurze graue Haare. Nur der dichte Oberlippenbart zeigte noch eine satte, rote Farbe. Der Ingenieur stellte eine schwarze Tasche neben den Esszimmertisch und holte einen eigenen Laptop heraus.

»Ich kann nicht garantieren, dass der Stick virenfrei ist.«

Trent lächelte. »Keine Sorge. Unbekannte Laufwerke sind meine Spezialität.«

Jenny wusste, dass der unverheiratete Trent in seiner Freizeit alte Computer und Festplatten bei eBay kaufte und sie wieder in Gang brachte. Nur aus Neugier und zum Vergnügen, wie er sagte.

Daniel gab Trent den Stick. Der schob ihn in seinen eigenen Laptop, der kein fensterbasiertes Betriebssystem hatte, sondern über Tastaturbefehle wie ein Terminal bedient wurde.

»Ich taste das Ding erst mal komplett ab und erstelle eine digitale Kopie der Speichereinheit, mit der wir arbeiten können.«

Verdammt, auf die Idee, erst mal eine Sicherheitskopie der Datei zu machen, hätte sie auch selber kommen können. Daniel verzog ebenfalls das Gesicht.

»So, das war's.« Trent grinste und entblößte eine Reihe schiefer Zähne. »Ist tatsächlich nur eine Datei drauf. Auch abseits der Registereinträge ist nichts. Also wurde dieser Speicher zum ersten Mal benutzt.«

»Was heißt das?«, fragte Jenny.

»Das heißt, dass es keine gelöschten oder versteckten Dateien gibt.« Trent öffnete die Datei, und wieder entstand das Wirrwarr aus Buchstaben und Zahlen auf dem Bildschirm.

»In der Datei, ist alles hexadezimal dargestellt.« Ungeduld lag in Daniels Stimme. Sicher wollte er endlich herausfinden, worum es hier ging.

»Kein Problem.« Trent gab eine Zeichenkombination auf der Tastatur ein. Das Bild verwandelte sich in Zahlenreihen, die nur aus Nullen und Einsen bestanden.

»Ist letzten Endes alles digital.« Trent kratzte sich an der Nase. »Wir müssen nur herausfinden, welches Protokoll man hier benutzt hat.«

Immer wieder drückte Trent unterschiedliche Tastenkombinationen, nach denen sich die Darstellung leicht veränderte. Mal wurden die Daten in Zahlen dargestellt, mal in Buchstaben, dann in endlosen Listen untereinander.

»Hmm«, machte Trent. »Auf die gängigen Strukturen spricht die Datei nicht an.«

»Also können wir die Daten nicht dechiffrieren?« Daniel klang enttäuscht.

Trent schüttelte den Kopf. »Das habe ich nicht gesagt. Ich muss nur in ein anderes Programm gehen, das auch nach unkonventionellen Datenstrukturen suchen kann.«

Der Bildschirm leerte sich kurz, und dann entstanden die Zahlen wieder in einem Muster. Linien zogen sich horizontal und vertikal über den Bildschirm wie bei einer Tabellenkalkulation. »Interessant!«

Jenny beugte sich ein Stück weit über Trents Schulter. »Was ist interessant?« Ihr sagten die ganzen Zahlen und Buchstaben rein gar nichts.

»Das Datenformat erinnert an die Protokolle von chinesischen Spionagesatelliten. Allerdings einer älteren Generation.«

»Wie alt?«, fragte Daniel.

»So 2010, würde ich sagen.«

»Dann sind das alte Daten?« Jenny fragte sich zunehmend, was das Ganze sollte.

Trent schüttelte den Kopf. »Das meinte ich nicht. Das Protokoll ist alt, nicht die Daten. Ich habe einen Zeitstempel gefunden und der stammt vom 13. Oktober dieses Jahres. Ist übrigens ein chinesisches Datum.«

»13. Oktober?«, fragte Jenny aufgeregt. »Das ist der Tag, an dem die russische Sonde am Mars verschwunden ist. Wann genau? Ist da eine Uhrzeit?«

Trent nickte. »Etwa 18 Uhr unserer Zeit.«

»Also vier Stunden vor dem Verschwinden der Sonde«, murmelte Daniel.

»Das ist merkwürdig«, murmelte Trent.

»Was denn?« Jenny wurde langsam ungeduldig.

Der Dateningenieur zeigte auf den Bildschirm. »Es gibt einen zweiten Header im Datenblock. Und der hat ein anderes Format. Kein Wunder, dass das Standardanalysetool damit nicht klargekommen ist.«

»Was heißt das?«, hakte Daniel nach.

Trent seufzte. »Alle Datenpakete haben einen sogenannten Header. Ist wie bei der Post – der Briefumschlag, auf dem die Empfängeradresse, der Absender und andere Daten stehen. Das hier ist, als ob jemand einen Brief in einen Umschlag gesteckt hätte, nur um ihn dann in einen weiteren, größeren Umschlag zu legen und ihn so abzuschicken. Der zweite Header im Datenblock ist ein russisches Format.«

Jenny starrte ihn an. Es wurde immer mysteriöser.

»Und die eigentlichen Daten?«, fragte Daniel.

»Die sind hier.« Trent zeigte wieder auf den Bildschirm des Laptops. »Ein buntes Sammelsurium. Bilder, Tabellen, Datenreihen.«

»Können wir uns mal eines der Bilder ansehen?«

Trent nickte. »Klar, die haben ein Standardformat.« Er drückte eine Taste, und ein Foto wurde eingeblendet. Es zeigte einen unregelmäßigen Gesteinskörper vor der Schwärze des Alls. Jenny erkannte ihn sofort.

»Das ist Phobos.«

»Der Marsmond?«, fragte Trent.

Daniel brummte leise. »Die Marssonde hat ihn kurz vor dem Ausfall der Funkverbindung passiert. Das sind also Daten von der russischen Marssonde. Das haben wir doch auch reingekriegt.«

»Nein«, sagte Jenny. »Wir haben nur die Telemetrie und die Bilder der Navigationskameras. Laut den Russen wurden keine wissenschaftlichen Untersuchungen während der Annäherung an den Mars durchgeführt.«

Trent zeigte auf den Bildschirm. »Offensichtlich doch. Wie es aussieht, sind diese Daten über einen chinesischen Satelliten zur Erde geleitet worden. Darum die zwei Header-Dateien.«

»Aber warum haben sie uns das verheimlicht?« Jenny ahnte, dass hier die Antwort auf die Änderungen im russischen ISS-Programm steckte.

»Gute Frage«, sagte Daniel. »Ich gewinne langsam den Eindruck, dass die ganze Sache ein gut eingefädeltes Ablenkungsmanöver war.«

»Was meinst du?«, wollte Jenny wissen.

»Weil die Russen uns gebeten haben, ihre Daten weiterzuleiten, war unser Deep Space Network mit dieser Arbeit beschäftigt. Darum haben wir die andere Sendung, die über den chinesischen Satelliten geleitet wurde, nicht auffangen können.«

Jenny verstand.

Die Russen wollten nicht, dass wir diese Daten sehen. »Was ist da noch drauf?«

Trent tippte auf der Tastatur herum. Das Bild verschwand, und stattdessen wurden wieder Zahlenreihen eingeblendet. »Mit jedem Bild ist eine Tabelle verknüpft.«

»Kann man das mal als Liniendiagramm ausgeben?«

»Klar.« Eine Kurve entstand auf dem Bildschirm.

»Was soll das wohl sein?«, überlegte Daniel.

Jenny wusste es sofort. »Das ist ein Spektrum.«

Sie hatte während ihrer Doktorarbeit in Boston genug Materialproben untersucht, um die Kurven auf Anhieb zu erkennen. »Das ist Gestein. Ganz charakteristisch für einen Gesteinskörper im Asteroidengürtel.«

»Verstehe ich nicht.« Daniel verschwand im Wohnzimmer und tauchte kurz darauf mit seiner Bierflasche wieder auf. »Das ist doch Standardkram. Warum sollten sie uns das verheimlichen?«

Trent zuckte mit den Schultern. »Kann ich auch ein Bier haben?«

Daniel holte ihm eins. »Was ist da sonst noch drauf?«

Trent öffnete weitere Bilder, die nun hereingezoomte Details von Phobos zeigten, und blendete direkt daneben die dazugehörigen Spektren ein.

Das war alles nichts Besonderes. Diese Dinge hatte die russische Sonde ohnehin untersuchen sollen, allerdings erst nach dem Einschwenken in die Marsbahn.

Weitere Bilder erschienen auf Trents Laptop, die immer feinere Details des Marsmondes zeigten. Die Spektren waren sich dabei immer sehr ähnlich, also bestand der Mond überall aus demselben Material.

Erneut wechselte das Bild und zeigte eine Aufnahme des Mondbodens. Allerdings war nun ein seltsamer Felsblock im Zentrum des Fotos.

»Was ist das?« Trent starrte konzentriert auf den Monitor.

»Wüsste ich auch gern«, murmelte Daniel. »Sieht aus wie das Washington Monument, nur dicker.«

»Eher wie eine altertümliche Telefonzelle.«

Ja, die Struktur glich einer zylindrischen Säule, die aus dem Boden des Mondes emporragte. Sie warf einen langen Schatten und hatte in etwa die Größe eines Mehrfamilienhauses.

Jenny kannte das Objekt. »Das ist der Phobos-Monolith.«

Daniel drehte sich zu ihr herum. »Was?«

Jenny grinste. »Der Phobos-Monolith.«

»Sieht aus wie ein großes Haus«, meinte Trent.

Jenny machte eine wegwerfende Handbewegung. »Monolithen findet man überall im Sonnensystem. Bei dem hier wird vermutet, dass er aus Auswurfmaterial eines Meteoriteneinschlages entstanden ist. Im Gegensatz zur Erde gibt es auf Phobos keine Erosion durch Wind und Wetter, die eine solch ungewöhnliche Struktur mit der Zeit abträgt.«

»Also auch nichts Besonderes«, sagte Trent.

Jenny lachte. »Nein, überhaupt nicht. Es ist ...« Sie verstummte, als ihr Blick auf die danebenliegende Kurve des Spektrogramms fiel.

»Was?«, fragte Daniel.

»Sicher, dass diese Kurve zu diesem Bild gehört?«, erkundigte sich Jenny.

»Absolut sicher«, bestätigte Trent. »Die Zeitstempel sind bis auf die Millisekunde identisch.«

Jenny spürte, wie die Farbe aus ihrem Gesicht wich. »Das kann nicht sein.« Sie konnte nur stammeln.

»Was denn?« Daniel berührte sie sacht an der Schulter. »Was ist denn mit der Kurve?«

»Das ist kein Gestein«, sagte Jenny. »Das ist ein Metall.«

Trent schien nicht sehr beeindruckt. »Vielleicht ein Eisen-Meteorit, der aus dem Asteroidengürtel auf den Marsmond gefallen ist.«

»Nein.« Jenny trat an den Bildschirm des Laptops und fuhr die Kurve des Spektrogramms mit ihrem Zeigefinger entlang. »Das ist nicht nur ein Metall. Das ist eine komplexe Legierung. Siebzig Prozent Nickel, Chrom, Eisen und in geringen Mengen Niob, Mangan und Titan. Das ist eine hochfeste Legierung, wie sie in der Raumfahrt oder im Flugzeugbau benutzt wird.«

Daniel und Trent tauschten Blicke, bevor der Kommunikationsingenieur sich zu ihr umdrehte. »Willst du damit sagen, das sei eine künstliche Struktur?«

»Muss es sein«, stotterte Jenny. »Wenn die Daten stimmen.«

»Aber was soll das sein?«, fragte Daniel. »Die Raketenstufe einer alten Marssonde, die auf den Mond gefallen ist?«

Trent schüttelte den Kopf. »Völlig ausgeschlossen. Die wäre beim Aufprall auf dem Mond zerschellt.«

»Das Teil ist auch viel zu groß für eine Raketenstufe«, erklärte Jenny.

»Aber was dann?« Daniel runzelte die Stirn.

Jennys Gedanken überschlugen sich. Es war definitiv kein von Menschen gemachtes Objekt. Keine Nation der Erde hätte ein Objekt dieser Größe zum Mars wuchten können. Und doch handelte es sich zweifellos um eine künstliche Struktur. Sie stand dort auf dem Marsmond. Wer wusste, wie lange schon.

Jenny bekam eine Gänsehaut. »Es gibt nur eine Möglichkeit«, krächzte sie.

Das musste es sein. Die Russen hatten es zuerst entdeckt und zusammen mit den Chinesen dieses Ablenkungsmanöver eingefädelt, damit niemand anders es bemerkte.

Trent und Daniel drehten sich zu ihr herum.

Jenny holte tief Luft.

»Es ist ein Artefakt.« Sie sah von einem zum anderen. »Ein außerirdisches Artefakt.«

Daniel blinzelte. »Bist du sicher?« Er klang heiser.

Jenny nickte. Ihr wollte keine andere Möglichkeit einfallen.

Und dann ergab plötzlich alles einen Sinn. Wie in einem Tetris-Spiel, wenn der entscheidende Stein an die richtige Stelle fällt.

»Die Chinesen bringen ihre Station über russisches Staatsgebiet, damit diese von ihren eigenen Startrampen große Lasten dorthin befördern können.«

»Aber wozu?«, wollte Daniel wissen.

»Um ein Marsschiff zu bauen«, flüsterte Jenny.

10

Daniel fühlte sich unwohl, als er gemeinsam mit seinem Chef das Weiße Haus durch einen Seiteneingang betrat.

Er hatte den Sitz des Präsidenten der USA zwar schon einmal für eine Besprechung mit dem Stabschef besucht, aber auf Präsident Hopkins war er nie getroffen. Der Gedanke, nun mit ihm im Oval Office zu sitzen, versetzte ihn in Furcht. Es war weniger Angst vor dem Menschen Hopkins, der nach allem, was man hörte, ein sehr entgegenkommender Mann war. Nein, es war Respekt vor dem Amt des mächtigsten Mannes der Welt.

»Hast du gehört, was ich gesagt habe?«, fragte Graham Burke, der an Daniels Seite durch einen weiten Flur mit blauem Teppichboden und holzvertäfelten Wänden eilte.

Daniel zuckte zusammen. Nein, hatte er nicht. »Entschuldigung.«

Graham schnaubte. »Ich sagte, dass du mir das Reden überlassen sollst. Es sei denn, jemand spricht dich direkt an, oder ich fordere dich dazu auf.«

»In Ordnung«, erwiderte Daniel mit schwacher Stimme.

Es war kein Wunder, dass auch sein Chef nervös war. Die Vermutung, dass sich ein außerirdisches Artefakt auf dem Marsmond befand, war im Falle eines Irrtums bestens dazu geeignet, Menschen der Lächerlichkeit preiszugeben und Karrieren zu zerstören. NASA-Administrator Farrow hatte die Leitung der

Diskussion an Burke übergeben. Sicher war es dem Mann nur recht, dass er im Moment bei der ESA-Ministerratskonferenz in München weilte und sich mit dieser unglaublichen Geschichte nicht befassen musste.

Sie betraten das Vorzimmer des Oval Office und eine Sekretärin winkte sie durch die offene Tür. »Gehen Sie gleich rein. Präsident Hopkins und Doktor Watts warten bereits auf Sie.«

Burke stöhnte leise. Es war kein Geheimnis, dass Daniels Chef Doktor Frank Watts, den wissenschaftlichen Berater des Präsidenten, nicht mochte. Die beiden waren bereits mehrfach aneinandergeraten, nachdem Watts dem Präsidenten geraten hatte, die Mittel für die bemannte Raumfahrt deutlich zu reduzieren. Es hielt sich in NASA-Kreisen das Gerücht, dass Watts und Burke am Ende einer Cocktailparty in der französischen Botschaft auf dem Parkplatz eine Prügelei ausgetragen hatten und vom Sicherheitspersonal der Botschaft getrennt werden mussten. Daniel wusste nicht, ob an den Gerüchten etwas dran war, aber er erinnerte sich, dass Burke zu besagter Zeit selbst im Büro eine Sonnenbrille getragen hatte. Er konnte nur hoffen, dass sein Chef und Berater Watts nun nicht ausgerechnet im Oval Office ihre Fehde austragen würden.

Daniel betrat hinter Burke das Oval Office. Der Raum war kleiner, als er im Fernsehen wirkte. Einige Sonnenstrahlen fielen von außen herein und ließen ihn mit seinen weißen Wänden und dem blauen Teppich gemütlich und freundlich wirken.

Vor dem Fenster stand der dunkelbraune Resolute Desk, der Schreibtisch des Präsidenten, aus dem Holz eines britischen Schiffes gefertigt, das auf Polarexpeditionen gefahren war. Der Schreibtisch war bis auf ein Telefon völlig leer.

Präsident Hopkins, mittelgroß, schlank, mit sichtbar braun gefärbten Haaren, hatte sich auf einer Sitzgruppe in der Mitte des Raumes niedergelassen. Ihm gegenüber auf der anderen

Seite eines kleinen Glastisches saß Frank Watts. Der jungenhafte, ungewöhnlich kleine Berater sprach mit unangenehm schriller Stimme auf den Präsidenten ein. Es ging wohl um Fördergelder für einen neuen experimentellen Fusionsreaktor in Kalifornien, der eine alte Anlage ersetzen sollte.

Daniel blieb neben Burke an der Tür stehen.

Präsident Hopkins blickte auf, lächelte und winkte sie heran. »Graham! Schön, Sie wieder einmal zu sehen. Wo ist Farrow?« Der Präsident stand auf und kam ihnen mit ausgestreckter Hand entgegen.

Burke ergriff sie. »Bill lässt sich entschuldigen. Er ist in München unabkömmlich und hat mich gebeten, ihn zu vertreten. Das hier ist Daniel Perito. Er hat die Hintergründe der momentanen Krise aufgedeckt.«

Der Präsident streckte seine Hand nun Daniel entgegen.

Der ergriff sie. Sie war warm und feucht, der Griff überraschend kraftlos. »Ich bin mir nicht sicher, ob ich von einer Krise reden würde.«

Präsident Hopkins nickte und wurde ernst. »Das mag sein, aber wenn es stimmt, was Sie herausgefunden haben, dann könnte sich daraus eine sehr ernste Krise entwickeln.«

Hopkins zeigte auf eine Couch, und Burke und Daniel setzten sich. »Nun, wir sind ja hier, um die Auswirkungen zu besprechen«, meinte Daniels Chef.

Berater Watts räusperte sich. »Ich habe nach wie vor meine Zweifel, ob die ganze Sache authentisch ist.«

Burkes Augen wurden zu Schlitzen, und seine Hände begannen zu zittern. »Und was ist Ihre These dazu?«, erkundigte er sich finster. »Sie kennen die Daten, oder nicht?«

Watts seufzte. »Es könnte sein, dass die ganze Sache lediglich eine Finte des Ostens ist. Immerhin haben wir alle Daten ausschließlich aus russischen Quellen erhalten. Vielleicht ist es eine Falle.«

Daniel verzog das Gesicht. »Eine Falle? Wie meinen Sie das?«

Watts verdrehte die Augen und musterte Daniel dann wie einen begriffsstutzigen Schüler. »Bemühen Sie Ihre Fantasie! Vielleicht *sollen* wir denken, dass die Russen etwas auf dem Marsmond gefunden haben. Vielleicht wollen sie uns zu unüberlegten Entscheidungen drängen, die ihnen einen militärischen Vorteil verschaffen und die wir später bereuen.«

»Sehr überzeugend.« Burke klang eisig.

Der Präsident blickte aus dem Fenster. Offenbar wollte er erst nach einem Konsens zwischen Burke und Watts in die Unterhaltung einsteigen.

Der Berater lehnte sich auf seinem Stuhl nach vorne. »Ich weiß sehr wohl, dass eine übereilte Mission zum Mars im Raum steht, um einer vermeintlichen Expedition Russlands und Chinas zuvorzukommen. Ein solcher Flug, egal, ob bemannt oder unbemannt, würde einen Großteil unserer Raumfahrtressourcen binden. Andere, strategische Projekte der Space Force könnten nicht mehr realisiert werden. Vielleicht ist genau das das Ziel der Russen.«

Daniel hätte eine solche Denkweise eher von einem Pentagonbeamten erwartet, aber nicht von einem Wissenschaftler. Allerdings hatte Watts lange für einen Think Tank gearbeitet, der hauptsächlich aus militärischen Budgets finanziert worden war.

»Und der Chinesen«, murmelte Graham.

»Gentlemen«, sagte der Präsident plötzlich. »Bevor wir hier irgendetwas entscheiden, das eine größere Tragweite hat, sollten wir Ihre Vermutungen bezüglich des außerirdischen Artefakts verifizieren. Haben Sie eine Idee, wie das möglich sein könnte? Vielleicht mit dem Webb-Teleskop?«

Watts winkte ab. »Das haben wir bereits auf den Marsmond ausgerichtet. Im Infrarot ist dort keine Aktivität zu erkennen, was meiner Theorie einer arglistigen Täuschung entspricht.«

Daniel schnaubte. »Die Auflösung des JWST ist viel zu niedrig, um ein kleineres Objekt auf dem Marsmond erkennen zu können.« Er missachtete bewusst den Befehl, sich nicht ohne Aufforderung in die Unterhaltung einzumischen. Jetzt, wo es um die Sache ging, fühlte er sich auch nicht länger von der Anwesenheit des Präsidenten eingeschüchtert.

Graham hob die Hand. »Wir haben Aufnahmen von unseren eigenen Marssatelliten. Wir wissen, dass es auf Phobos ein seltsames Objekt gibt, das bereits vor zwanzig Jahren als ›Monolith‹ bezeichnet wurde.«

Präsident Hopkins wirkte überrascht. »Sie wissen bereits seit zwanzig Jahren, dass es ein außerirdisches Objekt auf dem Marsmond gibt? Und Sie haben nichts gesagt?«

»Nein, nein«, erwiderte Daniel hastig. »Es ist zwar ein seltsames Objekt, aber die wissenschaftliche Community hält es für ein natürlich entstandenes Objekt. Zum Beispiel für das Trümmerstück eines Meteoriteneinschlags.«

»Den Russen war es offenbar seltsam genug, um es genauer unter die Lupe zu nehmen«, wandte der Präsident ein.

»Oder es als Lockvogel in einem perfiden Täuschungsmanöver zu nutzen«, wiederholte Watts seine These.

Hopkins nickte. »Das müssen wir klären. Wenn ich einer russisch-chinesischen List auf den Leim gehe und sich dadurch unsere strategische Position schwächt, dann kann ich gleich meinen Rücktritt erklären.«

Daniel seufzte leise. Er konnte sich nicht vorstellen, dass die Chinesen wegen einer Täuschung mit riesigem Aufwand die Umlaufbahn ihrer Raumstation änderten, aber er verstand auch die Position des Präsidenten. Sie mussten eigene Beobachtungen des Objekts auf Phobos anstellen. Doch wie? Eine Sonde dorthin zu senden würde Monate, wenn nicht Jahre dauern.

»Was haben wir denn im Moment am oder auf dem Mars, das

wir für eine Observation nutzen könnten?«, erkundigte sich Graham.

»Einige Rover und Bodenstationen, aber die nützen uns nichts«, erklärte Daniel. »Im Orbit ist gerade nicht so viel. Der Wettersatellit MAVEN ist für Beobachtungen der Marsmonde ungeeignet. Hauptsäule unserer Marsbeobachtungen ist immer noch der Satellit Mars Reconnaissance Orbiter. Der ist aber schon seit zwanzig Jahren oben und kommt langsam an das Ende seiner Lebenszeit.«

»Was ist denn mit dem MRO?«, fragte Graham. »Wenn der Orbiter ohnehin an das Ende seiner Lebenszeit kommt, könnte man ihn doch vielleicht in eine Umlaufbahn umleiten, die ihn an Phobos vorbeifliegen lässt.«

Daniel zuckte mit den Schultern. »MRO umkreist den Mars auf einer sehr niedrigen Umlaufbahn. 400 Kilometer, wenn ich mich recht erinnere. Phobos bewegt sich hingegen in einer Höhe von 10 000 Kilometern über der Oberfläche. Man müsste den Orbit des MRO also massiv anheben. Ich bin mir nicht sicher, ob er noch über genügend Treibstoffvorräte verfügt. Außerdem wäre er danach für seine eigentlichen Aufgaben nicht mehr zu gebrauchen.«

Watts machte eine wegwerfende Handbewegung. »Wenn der Satellit ohnehin am Ende seiner Lebenszeit angekommen ist, dann ist das ja nicht weiter tragisch.«

»In Ordnung«, sagte der Präsident zu Burke. »Ich möchte, dass Sie diesen Orbiter dazu nutzen, die Sache zu überprüfen, selbst wenn er danach für die Wissenschaft wertlos ist. Dieses Opfer bin ich bereit zu leisten.«

Daniel nickte. Es war ein vernünftiger Kompromiss. »Aber was machen wir, wenn sich die Sache als wahr herausstellt und wirklich außerirdische Technik auf dem Marsmond ist?«

Der Präsident griff nach einer kleinen Wasserflasche aus Plastik, die auf einem Beistelltisch stand. »Gute Frage. Um was könnte es sich denn da auf dem Marsmond überhaupt handeln? Wie groß ist das Objekt?«

»Etwa haushoch«, sagte Burke leise.

Watts schnaubte. »Ich denke, dass wir einer Falle ...«

Präsident Hopkins hob die rechte Hand. »Rein hypothetisch gesprochen.«

»Es könnte alles Mögliche sein«, antwortete Daniel. »Ein außerirdisches Raumschiff. Vielleicht eine kleine Basis.«

Watts schnaubte wieder.

Der Präsident hob eine Augenbraue. »Eine Waffe?«

Burke zuckte mit den Schultern. »Kann man nicht ausschließen.«

»Wenn es ein außerirdisches Objekt ist, dann ist es unserer Technologie womöglich weit voraus«, meinte Hopkins grüblerisch.

»Höchstwahrscheinlich«, sagte Burke.

»Und wer sich diese Technologie sichert, wird immense Vorteile daraus ziehen«, flüsterte Präsident Hopkins. »Man stelle sich einmal vor, die Inkas wären irgendwie in den Besitz moderner Maschinenpistolen gelangt. Die Spanier hätten sie niemals unterworfen.«

Watts lief rot an. »Genau diese Träumereien halte ich für den Lockvogel einer gigantischen russisch-chinesischen Finte. Wir sollten keine voreiligen Schlüsse ziehen, bis dieser Orbiter uns ein klareres Bild der Lage liefert.«

Wie konnte dieser Mensch nur so borniert sein? Daniel begriff es nicht. Er vermutete, dass Watts die Existenz Außerirdischer einfach nicht wahrhaben wollte. Für Daniel war es in Anbetracht der Größe des Universums schon immer nur eine Frage der Zeit gewesen, bis man Hinweise darauf finden würde.

Hopkins starrte seinen Berater an. »Frank, wir stimmen in unserer Meinung oft überein.« Er lächelte schwach. »Aber nicht heute.«

Dann wandte sich der Präsident an Burke. »Ich möchte, dass Sie mit der Planung einer Marsmission beginnen. Und zwar unverzüglich.«

»Aber Peter«, brauste Watts auf. »Das kann nicht dein Ernst sein!«

Hopkins funkelte seinen Berater an. »Es ist mein voller Ernst. Ich mache mich lächerlich, wenn ich einer russischen Finte auf den Leim gehe und eine Studie anordne. Wenn ich aber nichts tue und zulasse, dass Russland und China in den Besitz überlegener Technologie gelangen, dann mache ich mich womöglich schuldig am Untergang unseres Volkes. Das wird garantiert nicht geschehen.« Er wandte sich wieder an Burke. »Tun Sie, worum ich Sie gebeten habe.«

Daniel tauschte mit seinem Chef einen schnellen Blick. »Meinen Sie eine bemannte Mission, Herr Präsident?«

Hopkins legte den Kopf schief. »Würde eine robotische Mission ausreichen, um das außerirdische Artefakt zu untersuchen und zu bergen?«

Graham schüttelte den Kopf. »Nein, das können Roboter nicht leisten. Wir brauchen Menschen vor Ort.«

»Dann hat sich Ihre Frage erledigt.«

Daniels Chef hob die Hand. »Wann soll die Mission starten und wie viel soll sie kosten?«

»Wenn unser Satellit die russischen Beobachtungen bestätigt, dann will ich, dass wir als Erste vor Ort sind. Koste es, was es wolle.«

11

Lustlos ging Jenny die Checklisten auf ihrem Padcomputer durch. Beim Start zur ISS nächste Woche würde das Pad am Bein ihres Raumanzuges festgemacht sein und ihr bei der Durchführung der Abflugprozeduren helfen. Sie hatte nicht mehr viel Zeit, sich um diese Dinge zu kümmern, und es war wichtig.

Dennoch schweiften ihre Gedanken immer wieder ab, und ihr Blick wanderte aus dem Fenster ihres Büros im JSC in den warmen Nebel, der vom Golf von Mexiko hier herauf auf das NASA-Gelände zog.

»Nein, ich habe keine Ahnung«, sagte Reid Huntford am Nachbarschreibtisch in den Telefonhörer. »Jetzt erzähl du mir nicht, du hättest es nicht auch gehört. Es ist schon sagenhaft, was hier im Moment an Gerüchten durch die Büros geht.«

Die Gerüchte!

Sie waren der Grund für Jennys geistige Abwesenheit. Sie wusste von Daniel, dass irgendwo bei der NASA in halsbrecherischem Tempo Studien für eine bemannte Marsmission durchgeführt wurden. Niemand anderes im Astronautenbüro wusste von diesen Planungen oder auch nur von der Existenz eines außerirdischen Artefakts im Marssystem. Außer ihrer Chefin. Und die hatte sie zum Stillschweigen verdonnert.

Dennoch gingen Gerüchte herum. Das war aber auch kein Wunder, denn Astronauten waren in der Regel durch ihre vielen

Reisen zu anderen NASA-Zentren und zur Industrie gut vernetzt. Jeder kannte einen Ingenieur oder Wissenschaftler, der von seiner regulären Arbeit abgezogen und einem streng geheimen Forschungsprojekt zugeteilt worden war.

»Nein, Nick, komm mir nicht damit!«

Reid fuhr sich mit seiner Linken immer wieder durch das dichte Haar. »Ich weiß, dass bei euch am JPL irgendetwas läuft, und ich möchte informiert werden, was ihr da ausheckt! Verdammt, Nick, du bist mir wirklich noch den einen oder anderen Gefallen schuldig.«

Jenny machte eine weitere Korrektur auf der Checkliste und blickte wieder aus dem Fenster in das dichte Grau. Es war nur eine Frage der Zeit, bis die Wahrheit ans Licht kam. Der Präsident konnte es sich nicht leisten, *keine* Astronauten zum Mars zu schicken.

Nächste Woche erfüllte sich Jennys Traum, und sie würde in den Weltraum fliegen, um ein halbes Jahr an der Seite einer internationalen Gruppe in der ISS zu forschen.

Doch die Begeisterung war verflogen. Wenn sie ihre Augen schloss, sah sie den Mars.

Der Rote Planet war ihr eigentlicher Sehnsuchtsort. Und zu dem würden andere Astronauten reisen.

Verdammt!

Es klopfte an der Tür. Jenny seufzte.

»Herein!«, sagte sie laut.

Malcolm Berry steckte seinen Kopf durch den Spalt. »Komm mit!« Ihr Kommandant sah angespannt aus, die Augen wie kleine Eiskugeln.

Jenny zeigte auf ihren Padcomputer. »Ich bin gerade mit den Checklisten …«

Malcolm winkte ab. »Vergiss die Checklisten. Komm einfach mit.«

Jenny seufzte und folgte Malcolm auf den Flur. Er führte sie Richtung Fahrstuhl.

Jenny runzelte die Stirn. »Was ist denn?«

»Wir sollen zu Anne kommen. Es geht um die Mission.«

Jenny bekam einen Adrenalinstoß. Vielleicht wurde der Start verschoben. Vielleicht würde man sie einer anderen Mission zuteilen? Schließlich war sie zusammen mit Daniel der Wahrheit als Erste auf die Spur gekommen. Sie wollte glauben, dass das ihr das Recht auf einen Platz in der Marsexpedition gab, die wahrscheinlich bald zusammengestellt wurde.

Jenny betrat hinter Malcolm das Büro der Chefastronautin. Die saß neben Burt Bryson in der Sitzecke. Der Astronautenkollege blickte seine Chefin finster an.

»Setzt euch.« Anne zeigte auf zwei freie Stühle.

Malcolm setzte sich. Jenny nahm den anderen Stuhl.

»Was ist mit der Mission?«, fragte ihr Kommandant.

»Euer Flug zur ISS ist gestrichen«, sagte Anne ohne Umschweife. »Und zwar ersatzlos.«

»Ersatzlos?«, fragte Burt mit schriller Stimme. »Das geht nicht. Wer soll denn dann …«

Anne brachte ihn mit einer Handbewegung zum Schweigen. »Wir machen es wie die Russen und lassen unsere jetzige Stammbesatzung ein paar Monate länger oben.«

Burt verzog das Gesicht.

»Warum denn?« Jenny hörte die Verzweiflung in Malcolms Stimme. Der Astronaut hatte jahrelang auf sein erstes Kommando hingearbeitet.

»Wir brauchen die Ressourcen für andere Projekte, die vielleicht bald anstehen«, sagte Anne.

»Hat es etwas mit dem Manöver der chinesischen Raumstation zu tun?«, fragte Jenny.

Anne sah Jenny warnend an. »Das ist hier und heute nicht das

Thema. Die momentane ISS-Besatzung bleibt länger oben, damit wir die Ressourcen im Falle einer Entscheidung von oben frei haben.«

Rick, Dan und Stephanie hatten sich sicher schon auf den Rückflug zur Erde gefreut und würden nun zweifelsohne alles andere als begeistert sein.

Doch Jenny jubelte innerlich. Sie musste die Situation für sich nutzen. Unbedingt! »Wir haben uns monatelang auf diesen Flug vorbereitet. Wir brauchen so bald wie möglich eine Einteilung zu einer Ersatzmission.«

Anne funkelte sie an. »Es stehen im Moment keine weiteren Missionen zur Debatte.«

»Das könnte sich vielleicht ja bald ändern.« Jenny ließ ihre Stimme bedeutungsschwanger klingen.

Anne holte tief Luft. »Das war es für heute. Danke.«

Malcolm stand auf und ging zur Tür, das Gesicht so grau wie ein Grabstein. Jenny und Burt folgten dem Astronauten, der nun nicht mehr ihr Kommandant war.

»Jenny, bleibst du bitte noch kurz?«, sagte Anne bemüht beiläufig. »Ich habe noch einen kleinen Punkt.«

Jenny drehte sich um.

Anne schloss hinter Burt die Bürotür, dann machte sie einen schnellen Schritt auf Jenny zu. »Was soll das?«, explodierte sie. »Du weißt doch, dass die Marssache streng geheim ist.«

Jenny winkte ab. »Hunderte Leute sind bei der NASA und im Pentagon in die Studien involviert. Das lässt sich nicht mehr geheim halten. Die Gerüchteküche brodelt. Das ist dir doch ganz sicher nicht entgangen.«

Anne fuchtelte mit den Händen vor Jennys Gesicht. »Natürlich ist mir das nicht entgangen. Es ist eine Sache, Gerüchte weiterzugeben, die man irgendwo gehört hat. Etwas anderes ist es, dumme Andeutungen gegenüber Unbeteiligten zu machen.«

Wut stieg in Jenny auf. »Malcolm und Burt sind keine Unbeteiligten. Beide sind erfahrene Astronauten. Gerade Malcolm hat sich den Arsch aufgerissen, diesen Flug zu bekommen. Er hätte es verdient, die Wahrheit zu erfahren. Dass ausgerechnet die Astronauten bei der NASA im Unklaren gelassen werden, finde ich ungeheuerlich.«

»Ungeheuerlich?« Anne funkelte sie an.

»Ja!«, sagte Jenny überzeugt.

Anne schnaubte. »Keiner bei der NASA steht so im Rampenlicht wie die Astronauten. Wenn ein unbekannter Ingenieur etwas über den Mars sagt, dann hört keiner hin. Rutscht einem Astronauten etwas heraus, dann stürzen sich sofort alle Medien darauf.«

Jenny schwieg. Aus der Perspektive hatte sie es noch nicht betrachtet. Aber Anne hatte auch etwas vergessen. »Manche von den Gerüchten sind noch wilder als die Wahrheit. Was ist, wenn die an die Presse gelangen?«

Anne seufzte. »Mir schmeckt diese Geheimniskrämerei auch nicht.« Sie schlug einen etwas versöhnlicheren Ton an. »Vergiss nicht, dass ich auch eine Astronautin bin.«

Für Jenny war Anne keine Astronautin mehr, seit sie ihre blaue Astronautenkombi gegen ein schickes, kongresstaugliches Kostüm eingetauscht hatte. »Außerdem finde ich es wenig hilfreich, dass bei den Planungen, die auf den Mars abzielen, keine Astronauten involviert sind.«

Anne lächelte schwach. »Wer sagt denn, dass dabei keine Astronauten involviert sind?«

Jenny schluckte. »Ich hatte angenommen, dass …«

Anne unterbrach sie harsch. »Was hast du angenommen? Dass ich es nötig habe, dir Rechenschaft über irgendetwas abzulegen?«

»Ich bin hinter die Sache gekommen.« Es hörte sich patzig an, und Jenny war es sofort peinlich.

Anne lachte laut auf. »Und du meinst, das würde dir irgendwelche Sonderrechte verleihen? Du hast das Glück, dass Daniel Perito dein Freund ist, sonst würdest du genauso im Dunkeln tappen wie alle anderen. Davon abgesehen bist du zwar eine ausgebildete Astronautin, aber du hast noch keinen einzigen Einsatz hinter dich gebracht und musst dich erst noch bewähren.«

Jenny senkte den Kopf. Es stimmte. Es gab viele Leute, die sie erst als richtige Astronautin ansehen würden, wenn sie an der Spitze einer Rakete ins All geflogen war, ohne sich die Hosen vollzumachen. Vielleicht hatte sie von Anne wirklich zu viel erwartet.

Aber dennoch ... hier bot sich ihr eine einmalige Gelegenheit, die sie einfach nutzen musste! »Welche Astronauten sind in die Planungen involviert?«

Anne sah sie einen Moment wütend an. Gleich würde sie Jenny hochkant aus ihrem Büro werfen. Doch dann holte die Leiterin des Astronautenbüros tief Luft. »Clint, Zack, Ben und Dana beraten die Ingenieure vonseiten des Astronautenkorps.«

Jenny blieb der Atem weg. Clint Murdock war der erfahrenste Astronaut im Programm. Mit 55 war er für einen langen Flug zum Mars zwar fast schon zu alt, aber er konnte auf eine Liste von unglaublichen sechs Raumflügen in den letzten zwanzig Jahren zurückblicken.

Zack Hudson hatte zwar nur zwei Raumflüge zur ISS absolviert, aber dafür war der Mann ein Genie. Er hatte zwei Doktortitel und war der Mann, dem man bei einem Flug ins Unbekannte die Technik anvertrauen würde.

Benjamin Dallas war ein Wissenschaftsastronaut, in Technik ebenso versiert wie in Biologie. Nach seinen zwei Flügen zur ISS hatte er eine kurze Pause gemacht und seinen Doktor in Humanmedizin nachgeholt.

Dana White wurde im Allgemeinen als beste Pilotin der NASA bezeichnet. Sie hatte vor ihrer Astronautenkarriere als Testpilotin bei der Air Force in Edwards gearbeitet und dort mächtig Eindruck gemacht. Noch mehr Eindruck hatte sie bei der NASA während ihres letzten Raumflugs hinterlassen, als sie anlässlich eines multiplen Systemversagens ihre Raumkapsel komplett im Handbetrieb auf die Erde zurückbrachte und dennoch nur zweihundert Meter vom anvisierten Ziel entfernt wasserte.

Kurz gesagt – das war die Mannschaft, der man bei der NASA am ehesten die Steuerung eines Marsraumschiffes anvertrauen würde.

Jenny war sich sicher, dass es genau darum ging: Anne hatte diese Menschen ausgesucht, um für Amerika zum Mars zu fliegen. Sie waren nicht nur zur Beratung des Ingenieurteams abgestellt worden. Nein, das waren die Astronauten, die auf die Reise zum Roten Planeten gehen würden.

Mit diesen erfahrenen Kollegen konnte Jenny nicht mithalten. Das waren keine Astronauten, sondern Naturtalente. Fast schon Supermenschen.

Und dennoch … Sie musste einen Fuß in die Tür kriegen. »Ich möchte diesem Team zugeteilt werden.«

Anne blickte sie ungläubig an. »Du hast den Verstand verloren. In dieser Gruppe hast du nichts zu suchen.«

»Ich hab entdeckt, worum es bei der Sache geht«, erwiderte Jenny voller Überzeugung.

»Und ich habe dir schon gesagt, dass das keine Rolle spielt«, konterte Anne.

Jennys Gedanken rasten. Sie brauchte einen guten Grund. »Das sollte es aber«, sagte sie. »Ich weiß, was vor sich geht, und die vier in der Beratergruppe tun es auch. Du sagst, ich soll die Klappe halten, und das geht wohl am ehesten, wenn ich das in einer Gruppe tue, die sich mit dem Problem beschäftigt.«

Anne kniff die Augen zusammen. »Soll das heißen, dass du die Klappe nicht hältst, wenn du deinen Willen nicht bekommst?«

Jenny wedelte abwehrend mit den Händen. »Das habe ich nicht gemeint. Aber ich würde es für angemessen halten, dort einen Beitrag zu leisten, wenn ich schon nicht zur ISS fliege. Ich kann in der Beratergruppe ja als Stellvertreterin fungieren. Oder als Assistenz aus dem Astronautenbüro.«

Alles war ihr recht, wenn sie nur die Gelegenheit erhielt, auf sich aufmerksam zu machen.

Anne blickte sie schweigend an. Ihre Stirn kräuselte sich. »Vielleicht wäre es wirklich angemessen, dich direkt einem neuen Projekt zuzuführen.« Sie holte tief Luft. »Also gut, ich teile dich dem Planungsstab zu. Der fliegt nämlich morgen für einige Wochen zu Konsultationen nach Washington. Dann bist du weg und kannst hier in Houston eine Zeitlang nicht für Unruhe sorgen.«

Jenny nickte befriedigt.

»Freu dich nicht zu früh.« Anne sah sie streng an. »Ich teile dich dem Team von Clint nur als Assistenz zu. Du stehst *nicht* auf derselben Hierarchiestufe wie die anderen im Team. Nur als Assistenz!«

»Ist klar!« Mehr konnte Jenny nicht erwarten. Dennoch lächelte sie. Sie hatte tatsächlich einen Fuß in die Tür bekommen. Sie würde diese Gelegenheit nicht ungenutzt verstreichen lassen.

12

Als der Hubschrauber auf dem Heliport des Pentagons landete, hatte es wieder zu nieseln begonnen. Daniel sprang hinter Burke aus dem Fluggerät, das sie vom internationalen Flughafen Dulles hierhergebracht hatte.

Ein Soldat in einer schmucken Marineuniform lief ihnen mit zwei Schirmen in der Hand entgegen, aber Daniels Chef verscheuchte ihn mit einer wedelnden Handbewegung.

Sie eilten auf den Eingang des US-Verteidigungsministeriums zu, neben dem zwei weitere Marinesoldaten standen. Als sie die schwere Tür fast erreicht hatten, trat einer der Soldaten zur Seite und öffnete sie für die Gäste.

Daniel war nicht zum ersten Mal im Pentagon. Traditionsgemäß arbeiteten Militär und NASA eng zusammen, da sie sich die manchmal kargen Ressourcen des US-Weltraumbudgets teilen mussten. Seit der Gründung der Space Force vor einigen Jahren befand sich das Militär in Weltraumfragen jedoch im Aufwind, und der NASA fiel es immer schwerer, sich bei den Politikern durchzusetzen. Auch im Hinblick auf die Frage, wie mit der aktuellen Krise umgegangen werden sollte, gab es erhebliche Meinungsunterschiede. Also war ein Treffen anberaumt worden, um das zu ändern und einen Konsens zu finden.

»Wer leitet das Gespräch?«, fragte Daniel.

»Farrow selbst«, antwortete Burke.

Daniel schluckte. Wenn der NASA-Administrator, der um diese außerirdische Geschichte bisher einen Bogen gemacht hatte, sich nun an vorderster Front einmischte, dann musste sich etwas geändert haben.

Daniel und sein Chef fuhren mit dem Fahrstuhl ins oberste Stockwerk und wurden dort von einem Soldaten in der Ausgehuniform der Space Force empfangen. Er brachte sie in einen fensterlosen, abhörsicheren Besprechungsraum, der gut und gerne Platz für zwei Dutzend Personen bot.

Mehrere Tische waren zu einem großen Quadrat zusammengerückt worden, und gut die Hälfte der Stühle war schon besetzt. Der untersetzte NASA-Chef Farrow saß neben einem hochrangigen Luftwaffengeneral. Burke und Daniel nickten ihrem obersten Vorgesetzten zu und ließen sich dann auf zwei freien Stühlen nieder.

Daniel öffnete seine schwarze Ledertasche und holte seinen Laptop heraus. Ihm gegenüber saß Präsidentenberater Watts, der mit einem Admiral von der Navy diskutierte. Etwa die Hälfte der Männer und Frauen im Raum trugen eine Uniform des US-Militärs.

Weitere Menschen kamen herein und nahmen Platz. Schließlich betrat eine Gruppe aus vier Astronauten den Raum, unschwer an den blauen Kombinationen mit dem großen NASA-Logo auf der Brust zu erkennen.

Die letzte Astronautin, die den Raum betrat, war Jenny.

Was, zum Teufel …?

Daniel stand auf und ging ihr entgegen. Sie lächelte, und sie umarmten einander kurz.

»Was machst du denn hier?« Daniels Stimme klang schärfer, als er beabsichtigt hatte.

»Ich bin gestern von Anne der Beratergruppe zugeteilt worden. Ich hatte keine Zeit, dich zu informieren. Tut mir leid.«

Daniel schluckte. Er wusste, dass diese Astronauten allesamt erfahrene Männer und Frauen waren, die für einen Flug zum Mars in Betracht kamen. Er verstand nicht, wie seine Freundin, die ja selber noch keine Raumflugerfahrung hatte sammeln können, in diese Gruppe beordert worden war.

»Dein Flug zur ISS?«, fragte Daniel.

»Wurde abgesagt«, antwortete Jenny.

Daniel hatte schon damit gerechnet.

»Wir unterhalten uns später.« Jenny ließ Daniel stehen und setzte sich zu ihren Astronautenkollegen.

Daniel schüttelte den Kopf und setzte sich wieder. Das würde ein interessantes Gespräch werden, da war er sich sicher.

»Sind alle da?« NASA-Administrator Farrow war aufgestanden. Der Manager in seinen frühen Sechzigern hatte mittellange, schneeweiße Haare und strahlte wie immer eine Aura der Ernsthaftigkeit aus. Daniel hatte ihn noch nie lächeln sehen.

Farrow gab einem Soldaten ein Zeichen, die Tür zu schließen. Eigentlich wäre es eine Aufgabe der Gastgeber vom Pentagon gewesen, die Besprechung zu eröffnen, aber der NASA-Chef hatte wohl entschieden, bei dieser Besprechung das Heft nicht aus der Hand zu geben.

»Es gibt einige neue Informationen, die ich zu Beginn der Besprechung mit Ihnen teilen möchte. Kann bitte jemand den Projektor einschalten?«

Daniel setzte sich kerzengerade in seinem Stuhl auf.

Jetzt wird es interessant!

An der Wand entstand ein Bild. Es war ein Graustufenbild der Marsoberfläche.

Nein. Daniel korrigierte sich im Stillen. Es handelte sich um die Oberfläche des Marsmondes Phobos!

Seinen Kollegen war es offenbar gelungen, die Umlaufbahn der Marssonde zu ändern.

»Spielen Sie bitte das Video ab«, befahl Farrow.

Die Kamera näherte sich der Oberfläche, während der Mond sich drehte. Weitere Details kamen von jenseits des Horizonts ins Bild. Der Zeitcode in weißen Lettern am oberen Bildschirmrand zeigte, dass es sich um eine Zeitrafferaufnahme handelte.

Dann erblickte Daniel das Artefakt. Es wirkte wie ein vierstöckiges, schlankes Haus. Oder wie eine überdimensionierte Telefonzelle. Undeutliche Linien liefen über die Oberfläche. Das war ganz sicher keine natürliche Gesteinsformation. Auch der Boden sah künstlich aus. Dort liefen gerade Linien seitlich am Artefakt entlang, die ein wenig an die Markierungen auf einem Parkplatz erinnerten.

Dann entfernte sich die Struktur wieder.

Das Bild stoppte. Das Artefakt verblieb im Zentrum des Bildes.

»Das waren aktuelle Aufnahmen des Mars Reconnaissance Orbiter. Es ist uns letzte Nacht gelungen, ihn in einer Entfernung von etwa hundert Kilometern am Marsmond vorbeizuschicken. Wie Sie sehen, handelt es sich in der Tat um eine künstliche Anlage.«

Wissenschaftsberater Watts zog eine zerknirschte Miene. Es war klar, dass er mit einem anderen Ergebnis gerechnet hatte.

»Eine künstliche Struktur …«, krächzte ein älterer Army-General. »Ist es möglich, dass die Russen das dorthin geschafft haben? Ein potemkinsches Dorf im Weltall sozusagen?«

Daniel schüttelte den Kopf, und Farrow funkelte ihn an. »Völlig unmöglich«, sagte der NASA-Administrator. »Das Ding wurde immerhin schon in den Neunzigern entdeckt, auch wenn wir es bis heute als etwas anderes betrachtet haben.«

»Sie wollen also ernsthaft verkünden, Sie hätten eine außerirdische Struktur gefunden?«, fragte ein anderer General.

Daniel sah fasziniert zu, wie der NASA-Administrator sich wand. Aber das war kein Wunder. Über Außerirdische zu reden war bisher bei der NASA der schnellste Weg gewesen, die eigene Karriere zu beenden. »Ich fürchte, es gibt zu dieser Schlussfolgerung keine Alternative.«

»Wie denken Sie darüber?« Ein Mann in schwarzem Anzug, den Daniel nicht kannte, wandte sich Watts zu.

Der Berater des Präsidenten zögerte. »Wir müssen wohl davon ausgehen, dass es so ist.« Seine Stimme war ungewohnt leise.

»Dann müssen wir Konsequenzen ziehen«, erklärte der Kommandant der Space Force. »Die Informationen passen zu den Vorgängen in Russland und China. Unsere Überwachungssatelliten und auch die der Geheimdienste zeigen uns mannigfaltige Aktivität auf den Weltraumbahnhöfen der beiden Länder.«

»Aktivität?«, fragte Burke. »Inwiefern?«

»Mehrere Raketen, darunter Sojus und Proton, werden in Russland zu den Startrampen gerollt. China beschleunigt augenscheinlich den Bau ihrer Schwerlastrakete Langer Marsch 5.«

»Aber warum?« Ein anderer General wischte sich mit einem Taschentuch den Schweiß von der Stirn. »Was haben sie vor?«

»Das dürfte klar sein«, antwortete Administrator Farrow. »Sie wollen zum Mars fliegen, um sich die Technik der Außerirdischen anzueignen.«

»Wir müssen das verhindern«, mischte sich eine Frau in einem blauen Kostüm mit schriller Stimme ein.

Daniel schnaubte. »Verhindern können wir es wohl kaum, aber wir müssen alles tun, um den Russen und Chinesen zuvorzukommen«, gab Burke zurück. »Die Außerirdischen könnten uns um Jahrtausende voraus sein. Die Wahrscheinlichkeit ist hoch, dass das Land, das zuerst in den Besitz der fremden Technologie gelangt, immense Vorteile daraus zieht.«

»Ich stimme Ihnen zu«, sagte ein bemerkenswert jung aussehender General der Air Force. »Es geht nicht um den Unterschied zwischen Armbrust und Pistole, sondern vielmehr um den Unterschied zwischen Steinzeitkeule und Wasserstoffbombe. Und bei denen lagen nur Tausende Jahre dazwischen. Sie könnten uns um Millionen Jahre voraus sein. Mit der auf dem Marsmond herumliegenden Technologie könnten Waffen möglich sein, von denen wir bisher noch nicht einmal zu träumen wagten.«

Für lange Sekunden herrschte Schweigen im Raum.

Dann räusperte sich Berater Watts. »Ich werde dem Präsidenten raten, alles zu tun, um den Mars vor den Russen und Chinesen zu erreichen.«

»Ich schließe mich dem an«, erklärte der Kommandeur der Space Force. »Das wird garantiert auch der Verteidigungsminister tun.«

Daniel hielt die Luft an. Diesem Rat würde der Präsident folgen. Er konnte gar nicht anders. Damit war es entschieden. Amerikanische Astronauten würden zum Mars fliegen.

Daniel wandte den Kopf zu Jenny, die neben ihren Astronautenkollegen saß. Sie starrte den NASA-Administrator an, aber ihr Blick ging durch ihn hindurch. Ein seltsamer Glanz lag in ihren Augen.

Er wusste: Sie lag in der Reihenfolge der für eine solche Mission in Betracht gezogenen Astronauten ganz weit hinten, aber er war sich sicher, dass sie alles dafür tun würde, einen Platz auf dieser Mission zu bekommen.

Für etwas anderes würde in ihrem Leben vorerst kein Raum mehr sein.

»Ich habe für das Projekt eines bemannten Marsfluges bereits einen Namen ausgewählt, den ich dem Präsidenten vorschlagen werde«, sagte Watts.

»Nämlich?«, fragte ein General.

»Projekt Janus«, antwortete Watts mit Nachdruck.

»Nach dem griechischen Gott mit den zwei Gesichtern?«, erkundigte sich Daniel.

Watts schüttelte den Kopf. »Janus war ein römischer Gott. Er wurde mit zwei Gesichtern dargestellt, ja. Aber im Kern war er der Gott des Anfangs und des Endes. Und damit erscheint mir der Name sehr passend. Die Bergung des außerirdischen Artefakts kann für die Menschheit einen neuen Anfang bedeuten.« Er holte tief Luft. »Sie kann ihr aber auch das Ende bringen.«

13

»Ist gar nicht mal so schlecht.« Jenny fischte sich mit den Stäbchen die letzten Reisnudeln aus der Schachtel.

Daniel hatte seine Mahlzeit schon beendet. »Es gibt noch einen besseren Chinesen in der Nähe vom Dupont Circle, aber der liefert nicht. Noch etwas Wein?«

Jenny nickte, und ihr Freund machte das Glas noch einmal voll, bevor er sich selber aus dem Kühlschrank noch ein Bier holte.

Es war sicher bereits Monate her, dass Jenny Daniel zum letzten Mal in Washington besucht hatte. Der Grund war nicht, dass Jenny die Hauptstadt nicht mochte – Daniel war einfach beruflich so oft in Houston, dass sie sich meistens bei ihr trafen. Jenny mochte Daniels Apartment. Es war hell und trotz der modernen Einrichtung sehr gemütlich. Die Wohnung war klein, bestand nur aus einer winzigen Wohnküche, einem Badezimmer kaum größer als ein Handtuch, und einem Schlafzimmer, in das das Bett gerade so hineinpasste. Aber Georgetown war nun einmal teuer und Daniel ohnehin nur selten zu Hause.

Jenny war nach dem Meeting mit zu Daniel nach Hause gegangen, während ihre Astronautenkollegen in einem Hotel unweit des NASA-Hauptquartiers untergekommen waren. Morgen würden sie gemeinsam nach Los Angeles fliegen, um dort am JPL mit NASA-Ingenieuren die Marsmission zu planen.

Projekt Janus … Die Marsmission …

Sie und Daniel hatten das Thema bisher vermieden. Aber sie konnten ihm nicht den ganzen Abend ausweichen. Sie mussten klären, was es für ihre Beziehung bedeutete.

Jenny griff nach dem Weinglas und nahm einen großen Schluck. »Es hat dich sicher überrascht, dass ich heute hier aufgekreuzt bin.«

Daniel lächelte gequält. »Das kann man wohl sagen. Ich dachte, du trainierst weiter für einen ISS-Einsatz.«

Jenny zuckte mit den Schultern. »Nachdem Anne unseren Flug gestrichen hat, habe ich die Gelegenheit beim Schopf gepackt.«

Daniel nickte. »Ist schon verständlich.« Er zögerte.

»Aber?«, fragte Jenny.

»Aber jetzt zum Mars?« Seine Stimme drückte Zweifel, vielleicht sogar Missbilligung aus.

»Ich habe einfach nur die Chance ergriffen, die sich mir bot, und Anne davon überzeugt, dass sie mich in die Vorbereitungen mit einbezieht. Ich bin ja gar nicht gesetzt. Mit viel Glück bekomme ich einen Platz als Backup.«

Daniels Gesichtszüge verhärteten sich. »Das ändert nichts daran, dass du bereit wärst, zum Mars zu fliegen. Es ist ein gefährliches Unternehmen. Vor allem wenn man bedenkt, wie schnell nun eine Mission dorthin zusammengestöpselt wird. Und selbst wenn alles gutgeht, wärst du mindestens ein Jahr fort.«

Das stimmte natürlich. Jenny hatte über das Risiko nachgedacht, war aber zu dem Entschluss gekommen, dass es sich lohnte. »Diese Chance bietet sich mir nur einmal im Leben. Das außerirdische Artefakt liegt dort auf Phobos und wartet auf uns. Quasi ein Erstkontakt. Es könnte sich um die wichtigste Raumfahrtmission in der Geschichte der Menschheit handeln. Wichtiger als Gagarins erste Erdumkreisung. Wichtiger als Armstrongs erste Schritte auf dem Mond.«

»Ach, es geht dir also um deinen Platz in den Geschichtsbüchern? Ist das nicht ein bisschen egoistisch?«

Jenny hob die Augenbrauen. »Egoistisch?«

Daniel trank einen Schluck und knallte die Bierflasche dann auf den Tisch. »Ja, egoistisch. Du bist eine der unerfahrensten Astronautinnen im Korps und hast dich jetzt in der Rangliste nach vorne intrigiert, obwohl andere besser geeignet wären als du. Ich nenne das Egoismus.«

Der Vorwurf traf Jenny härter, als sie erwartet hatte. »Du traust es mir nicht zu?« Sie kniff die Augen zusammen und legte den Kopf schief.

»Das habe ich nicht gesagt.« Daniel hob abwehrend die Hände. »Aber es gibt eine ganze Menge Astronauten, die mehr Erfahrung haben als du und darum besser für den Flug geeignet sind.«

Jenny war wütend. »Du willst nur nicht, dass ich gehe, weil ich dann ein Jahr fort bin. Vielleicht bist du ja der Egoist.«

Daniel blickte sie lange Sekunden stumm an, dann schüttelte er den Kopf. »Ja, ich mache mir Sorgen um dich«, sagte er schließlich. »Ich will nicht, dass du dich in diese Gefahr begibst, und ja: Ich will nicht, dass du über ein Jahr lang aus meinem Leben verschwindest. Ist das für dich Egoismus?«

»Bei dem Flug zur ISS wäre ich auch sechs Monate lang fort gewesen.«

»Zwischen einem Flug in den Orbit mit bewährtem Fluggerät und einer mit der heißen Nadel gestrickten Mission zum Mars besteht ein Riesenunterschied«, sagte Daniel kühl. »Läuft auf der ISS etwas schief, steigt ihr in die Rettungskapsel und seid in drei Stunden zurück auf dem Boden. Sind Astronauten erst einmal auf dem Weg zum Mars, gibt es kein Zurück mehr. Läuft dann etwas schief, war es das.«

Das stimmte natürlich, aber sie war sich des Risikos bewusst. »Du hast doch heute selber einer bemannten Mission zum Mars zugestimmt und das Risiko für die teilnehmenden Astronauten gebilligt.«

Daniel beugte sich vor und nahm Jennys Hand. »Das heißt aber nicht, dass ich möchte, dass *du* gehst!«

Jenny entzog ihm die Hand. »Du wusstest, dass ich Astronautin bin, als wir uns kennengelernt haben. Du wusstest, dass ich in meinem Berufsleben Risiken eingehe und lange fort sein werde.« Sie hatte nicht so harsch klingen wollen, aber nun konnte sie es nicht mehr ungeschehen machen.

Daniels Blick richtete sich auf die Tischplatte. »Natürlich wusste ich das«, sagte er leise. »Mein Respekt vor deiner Leistung und deiner Risikobereitschaft war einer der Gründe, warum ich mich in dich verliebt habe.«

»Dann kannst du mir diese Risikobereitschaft doch jetzt nicht vorwerfen«, erklärte Jenny.

Daniel hob den Kopf und blickte ihr direkt in die Augen. »Nun, ich habe gehofft, dass du den ganz großen Gefahren aus dem Weg gehst.«

Es war nicht so, dass Jenny Daniels Standpunkt nicht verstand. Aber was sollte sie darauf erwidern?

»Für unsere gemeinsame Zukunft«, schob Daniel nach.

Jenny atmete langsam aus. Vor einigen Tagen war sie noch bereit gewesen, darüber nachzudenken. Sogar über Kinder. Aber die Marssache hatte das geändert. Die Gelegenheit war einfach zu gut. Sie hatte auch nur ein Leben und nur eine Chance, ihre Träume wahrzumachen. Daniel musste das verstehen.

Aber würde er das tatsächlich? »Ich möchte eine gemeinsame Zukunft. Mit dir. Aber ich möchte dafür auch nicht auf meinen Lebenstraum verzichten. Ist das nachvollziehbar? Soll ich dafür alles aufgeben?«

Daniel lachte. »Alles aufgeben? Das verlange ich nicht von dir. Ich akzeptiere, dass du Astronautin bist. Natürlich! Ich verstehe, dass du manchmal länger fort bist, und auch das halbe Jahr auf der ISS habe ich akzeptiert. Ich wusste ja, dass das kommt. Aber vom gottverdammten Mars war nie die Rede.«

»Das stimmt so nicht. Ich habe schon früher gesagt, dass ich gerne zum Mars fliegen würde.«

Daniel schüttelte den Kopf. »Da lag ein Flug zum Mars noch in ferner Zukunft. Wir haben beide gesagt, dass das wahrscheinlich nie passieren wird, nicht in unserer Generation. Es war ein Traum, nichts weiter.«

»Der Traum geht nicht weg, wenn er plötzlich zum Greifen nahe ist. Im Gegenteil.«

Daniel funkelte sie an. »Ganz offensichtlich. Was wäre, wenn wir verheiratet wären? Oder schon Kinder hätten? Würdest du deine Familie dann auch so einfach hier zurücklassen?«

»Wir sind aber nicht verheiratet!« Der patzige Tonfall tat ihr sofort leid.

Daniel stand auf. »Vielleicht ist das auch besser so.« Eine ungewohnte Kälte lag in seinem Blick. In diesem Moment war etwas zwischen ihnen zerbrochen, das sich nur sehr schwer wieder kitten lassen würde.

Sie hätte gern etwas gesagt, das der Situation die Schärfe nahm, aber ihr fielen keine passenden Worte ein. Daniel wollte offenbar eine Frau, die brav am Herd stand. Sie hingegen brauchte einen Mann, der sie bei ihren Zielen unterstützte. Vielleicht sollte man es ganz unromantisch sehen: Sie passten nicht zusammen.

Aber was war mit den Gefühlen, die sie für Daniel empfand? Nun, die würden irgendwann schwinden. Es nützte ja nichts, mit jemandem zusammen zu sein, den man liebte, aber für den man seine Träume aufgeben musste. Irgendwann würde sie ihn dafür verantwortlich machen, und spätestens dann verwandelte sich die Liebe in Hass. Besser jetzt die Sache beenden, solange es noch keine gemeinsamen Verpflichtungen gab.

Jenny ging zur Garderobe und zog sich ihre Jacke an.

»Wo willst du hin?« Daniels Stimme war wieder etwas leiser geworden.

Jenny schnappte sich ihre Tasche und öffnete die Wohnungstür. »Ins Hotel«, sagte sie kühl. »Zu meinen Kollegen.«

14

Daniel trat aus dem Hoteleingang ins Freie. Die winterliche Mittelmeerluft Barcelonas tat gut. Sie war kühler, als er gedacht hatte, aber die Sonne hatte durchaus Kraft. Er wischte sich über seine hellgraue Anzugjacke. Dieser verdammte Fleck wollte einfach nicht weggehen.

»Ich bin hier!«

Daniel wandte den Kopf und erblickte seinen Chef mit einer Zigarette in der Hand neben einem Aschenbecher. Der Chef trug einen schwarzen Anzug mit einem weißen Hemd und einen Mantel. »Ich wusste nicht, dass du rauchst.«

Graham zuckte mit den Schultern. »Nur in stressigen Zeiten.« Er lächelte.

Es waren stressige Zeiten. Beruflich und auch privat, wobei Daniel beides ohnehin nicht mehr trennen konnte, seit er Jenny kennengelernt hatte.

Seit ihrem Streit waren zwei Wochen vergangen. Sie war zu der Planungsgruppe nach Los Angeles geflogen, und er war kreuz und quer durch die USA gereist, um Ressourcen für die anstehende Mission zu sichern. Es gab einen Plan, innerhalb weniger Monate ein Marsraumschiff zusammenzubasteln, aber es fehlte immer noch an Nutzlastkapazität. Darum war er gestern mit seinem Chef nach Europa geflogen, um der ESA die Mitarbeit an dem immer noch streng geheimen Projekt anzubieten.

Der ESA-Vorsitzende Juan Espinel weilte gerade in Barcelona zu Besprechungen mit der spanischen Raumfahrtagentur INTA. Daniel und Burke würden mit ihm über die anstehende Marsmission reden.

Daniel hatte seit ihrem Streit nichts mehr von Jenny gehört. Aber er hatte selber auch nicht zum Telefonhörer gegriffen. Er war sich nicht sicher, ob er eine Versöhnung wirklich wollte.

Graham drückte seine Zigarette aus und nahm seine schwarze Ledertasche auf. »Wir können. Hast du dich noch einmal nach dem Weg erkundigt?«

»Ich habe die Adresse ins Handy eingegeben.«

»Gut!« Sein Chef hatte zwar ein Handy, aber das war noch so ein altes ohne Internet. Um seine E-Mails zu checken, musste er immer seinen Laptop aufklappen. Daniel holte sein Smartphone heraus und vergewisserte sich, dass sie in der richtigen Richtung unterwegs waren.

Sie gingen über die Promenade am Rande des Stadtstrands Richtung Norden. Links waren das Aquarium und die Kolumbussäule, wo die berühmte Flaniermeile La Rambla begann. Daniel war noch nie in Barcelona gewesen und hätte sich gerne einen Nachmittag Zeit genommen, um zumindest die berühmte Sagrada Familia zu besichtigen, aber nach der Besprechung würden sie sich umgehend wieder auf den Weg zum Flughafen machen, um über Frankfurt zurück nach Washington zu fliegen.

»Meinst du, die ESA wird uns helfen?«, fragte Daniel seinen Chef.

Der zuckte mit den Schultern. »Gute Frage. Die ESA beschließt ihr detailliertes Budget einstimmig. Zur Umwidmung der Mittel für eine Marsmission müsste der Ministerrat zustimmen, der erst in einigen Monaten wieder tagt.«

»Der Geheimhaltung wäre das auch nicht zuträglich, wenn jedes Land einzeln darüber abstimmen muss«, sagte Daniel.

Graham winkte ab. »Ich habe heute Morgen noch mit Farrow

gesprochen. Die Gerüchteküche brodelt inzwischen derartig, dass der Präsident beschlossen hat, die Geheimhaltung aufzuheben. Hopkins und Watts wollen heute Abend eine Pressekonferenz geben.«

Daniel begrüßte das. Es vereinfachte die Dinge, wenn sie nicht jedes Wort auf die Goldwaage legen mussten und ihren Gesprächspartnern umgehend der Ernst der Lage klar war.

Daniel blieb an einer Kreuzung stehen und warf einen erneuten Blick aufs Handy. »Restaurant Mistral. Hier ist es.«

Das Restaurant war unscheinbar in einem zweistöckigen Gebäude neben einem Tabakladen untergebracht und erweckte eher den Eindruck eines Bistros. Einige Tische standen auf einem Platz zwischen Restaurant und Promenade. An einem davon saß ein Mann mit Vollbart in dunklem Anzug und winkte.

»Da ist Espinel.« Burke setzte sich in Bewegung.

Der ESA-Vorsitzende erhob sich und streckte ihnen die Hand entgegen. »Hallo Juan, schön, dich zu sehen«, sagte Graham. »Das ist mein Kollege, Daniel Perito.«

Espinel schüttelte auch Daniel die Hand. »Perito? Stammen Sie aus Spanien?«

»Nein, meine Mutter war Mexikanerin.«

Espinel deutete auf die Stühle. »Nun gut, setzen wir uns. Mögen Sie Fisch? Erlauben Sie mir, für uns zu bestellen?«

»Sicher«, erwiderte Graham.

Espinel winkte einen Kellner herbei und sprach mit ihm auf Katalanisch, wobei er dramatisch mit den Händen gestikulierte.

Daniel hatte schon gehört, dass der mittelgroße, eher füllige ESA-Vorsitzende die guten Dinge des Lebens zu schätzen wusste. Aber im Leben eines Raumfahrtmanagers bestand stets ein großes Risiko für einen erweiterten Hüftumfang. Es gab einfach zu viele Bankette, zu viele Empfänge, zu viele Geschäftsessen – und gleichzeitig viel zu wenig Zeit für Sport. Daniel brauchte ein

Höchstmaß an Disziplin, die Zahl auf der Waage unter Kontrolle zu halten.

Nach wenigen Augenblicken brachte der Kellner eine Flasche Rotwein und einen Krug mit Wasser. Er öffnete die Flasche, schenkte Espinel eine kleine Menge ein und wartete, bis der ESA-Chef durch ein Nicken seine Zustimmung zur Wahl der Weinflasche ausgedrückt hatte.

Der Kellner goss zunächst Espinel und dann Burke ein. Als er bei Daniel angelangt war, legte der seine Hand über das Weinglas. »No, gracias!«

Espinel lachte. »Ach, kommen Sie! Genießen Sie einen Schluck Kataloniens.«

Graham grinste.

Daniel seufzte und nahm die Hand vom Glas. Der Kellner machte das Glas bis obenhin voll. Daniel nahm sich vor, nur ein paar Schlucke zu trinken. Es war ihm viel zu früh für Alkohol, und Wein mochte er ohnehin nicht sonderlich.

»Nun.« Espinel klatschte in die Hände. »Wir haben eine Stunde bis zu meinem nächsten Termin.«

»Was weißt du denn schon?«, fragte Graham. »Hat Farrow dich erreicht?«

»Das hat er. Er erzählte etwas von Außerirdischen und diesem Projekt Janus. Der Mission zum Mars.« Espinel lachte und trank einen Schluck seines katalanischen Weins. »Macht gute Scherze, dein Boss. Worum geht es denn nun wirklich?«

Daniel und Burke tauschten einen schnellen Blick aus. Dann holte Graham tief Luft und erzählte der Reihe nach von der Sonde der Russen, dem Manöver der Chinesen und ihren eigenen Erkenntnissen aus dem Umleiten des Satelliten im Marsorbit. Am Anfang grinste Espinel, doch das verging ihm schnell. Als Daniels Chef erklärte, dass die NASA eine bemannte Expedition zum Mars plante und dafür die Unterstützung der ESA brauchte, wich die Farbe aus dem Gesicht des ESA-Chefs. Er griff nach dem Weinglas und trank es mit zwei gewaltigen Schlucken leer. Er hustete und griff nach der Weinflasche, um sich nachzuschenken. »Wir haben die Sache mit der abgesagten ISS-Mission natürlich mitbekommen, und das Manöver der chinesischen Raumstation wurde ja sogar in der Presse diskutiert. Auch Gerüchte über gefundene Artefakte auf dem Mars habe ich gehört, aber ich habe sie nicht ernst genommen.«

»Wir wollten es am Anfang auch nicht glauben«, meinte Graham.

»Aber wie erklären wir den ...« Espinel verstummte, als zwei Kellner mit dem Essen kamen. Nachdem sie wieder verschwunden waren, hatte Daniel einen Teller mit einem großen Stück Fischfilet und Gemüse vor sich stehen.

»Ich habe gar keinen Hunger mehr.« Espinel schob den Teller ein Stück weg.

Stattdessen griff er wieder zum Weinglas und blickte Daniels Boss an. »Du willst die Unterstützung der ESA«, schloss er. »Darum bist du hier.«

»So ist es«, antwortete Graham.

Der ESA-Vorsitzende lehnte sich in seinem Stuhl zurück und sah auf das Meer hinaus.

Daniel folgte seinem Blick. Die Sonne blendete, er musste die Augen zusammenkneifen. Ein großes Kreuzfahrtschiff näherte sich vom Horizont mit Kurs auf den Hafen von Barcelona.

Daniel schaute wieder zu Espinel. Der hatte den Blick immer noch in die Ferne gerichtet. Seine Augen waren glasig. »Wir haben wenig Zeit, wenn wir den Russen und den Chinesen zuvorkommen wollen.«

Espinel stöhnte. »Das ist mir klar. Aber dennoch. Menschen zum Mars schicken? Und das mit minimaler Vorbereitungszeit? Wie soll das gehen?«

Daniel blickte Graham an. Es gab einen vorläufigen Plan, aber der war noch nicht völlig ausgearbeitet. Vor allem war er geheim. Doch Graham nickte.

»Wir widmen Module aus dem geplanten Mondprogramm zum Bau eines Marsschiffes um«, erklärte Daniel. »Dann schicken wir Raketen mit prall gefüllten Oberstufen, aber ohne Nutzlast hinauf und bündeln sie. Das ergibt die Abflugstufe.«

»Und was erwartet die NASA von Europa?«

»Unsere eigene Nutzlastkapazität reicht nicht aus. Mit der SLS, der Vulcan und der Falcon 9 können wir eine ganze Menge Masse nach oben bringen, aber wir kommen damit nicht hin, wenn wir genügend Treibstoff für den Abflug von der Erdbahn zur Marsbahn beim nächsten Fenster in drei Monaten oben haben wollen.«

Espinel lachte laut auf. Einer der Kellner an der Tür wandte den Kopf und grinste kurz.

»Sie wollen in drei Monaten ein Marsschiff bauen?« Espinel tippte sich an die Stirn. »Sie haben den Verstand verloren.«

Daniel seufzte. »Wir gehen davon aus, dass Russen und Chinesen dieses Startfenster nutzen werden und in spätestens vier Wochen abfliegen. Wenn wir auf das nächste Startfenster in einem Jahr warten, dann können wir gleich hierbleiben und die Technologie der Außerirdischen unseren Konkurrenten überlassen.«

Espinel blickte Daniel direkt in die Augen. »Außerirdische!« Er sprach das Wort langsam, Silbe für Silbe, aus, als müsse er sich der Bedeutung erst bewusst werden. »Sind Sie sich wirklich sicher?«

Graham räusperte sich. »Eine hundertprozentige Sicherheit gibt es nicht. Aber alle Daten deuten darauf hin, dass sich auf dem Marsmond eine künstliche Struktur befindet. Von Menschen kann sie nicht gemacht worden sein, also was bleibt dann noch?«

Der ESA-Chef lachte. Es war ein verzweifeltes Lachen. »Ich muss das erst verdauen.« Er griff nach seinem Glas.

»Wir brauchen die Ressourcen der ESA, sonst geht es nicht«, betonte Graham.

Espinel nickte langsam. »Ich verstehe. Aber so einfach ist das nicht. Ich bin nicht weisungsbefugt, sondern verwalte die ESA-Budgets gemäß den Beschlüssen der letzten Ministerratskonferenz. Gerade was die Nutzung von Raketen angeht, hat die ESA sehr wenig zu melden, da musst du dich eigentlich an Arianespace wenden. Ich kann streng genommen sehr wenig machen, um dich hier zu unterstützen.«

»Aber Sie können doch ganz sicher …«, begann David.

Graham hob die Hand. »Die Feinheiten der europäischen Weltraumpolitik sind uns bekannt. Wir haben uns an dich gewandt, weil ihr als europäische Weltraumorganisation nun einmal das Pendant der NASA seid. In diesem Moment finden weitere Gespräche in anderen Regierungskreisen statt, zum Beispiel zwischen dem State Department und den jeweiligen Außenministerien der europäischen Länder. Wir bitten offiziell um Hilfe bei diesem Vorhaben, das wir als Alliierte gemeinsam angehen sollten, um unseren Kontrahenten aus China und Russland zuvorzukommen.«

Espinel ließ den Blick wieder über das Meer schweifen. »Als ich bei der ESA vor dreißig Jahren anfing, war die Zusammenarbeit im Weltraum zwischen Europa und Russland intensiver als zwischen Europa und den USA. Wir hatten Russland als verlässlichen Partner auf der internationalen Bühne eingestuft. Die letzten zehn Jahre haben gezeigt, dass das nichts als Wunschdenken war.«

»Willkommen zurück im Kalten Krieg.« Der Zynismus in Grahams Stimme war nicht zu überhören.

»Ein Elend ist das. Ein Riesenelend!« Espinel griff nach seinem frisch befüllten Weinglas und trank es erneut mit einem großen Schluck leer. »In Ordnung, du hast meine Unterstützung. Ich werde mit den zuständigen Ministern reden und sie dazu auffordern, die Mission zu unterstützen.«

»Danke«, sagte Daniel erleichtert. Wenigstens diese Reise war nicht umsonst gewesen.

»Es wird nicht einfach, und man wird Bedingungen stellen«, prophezeite Espinel. »Eine davon kann ich euch schon gleich sagen.«

Daniel und Graham sahen den ESA-Vorsitzenden fragend an.

»Man wird den Mitflug eines europäischen Astronauten fordern«, sagte der.

»Darüber lässt sich reden.« Graham schüttelte Espinels Hand.

15

Jenny ließ sich von dem Mann hinter dem Tresen noch etwas Rührei auf den Teller schaufeln, dann ging sie durch den vollbesetzten Raum zu dem Tisch, an dem ihre Astronautenkollegen saßen. »Man kann über das Hotel sagen, was man will, aber sie machen ein wirklich gutes Frühstück hier.«

Clint Murdock nickte nur kurz, als Jenny sich setzte. Die anderen ignorierten sie einfach. Sie ließen sie deutlich spüren, dass sie in dieser Gruppe ein Fremdkörper war. Jenny seufzte innerlich und widmete sich schweigend Rührei und Toast.

Es war der erste Tag in Pasadena. Jenny und die anderen waren in einem Hotel im Zentrum der Stadt untergekommen. Nach dem Frühstück sollten sie zum nahen JPL fahren und dort mit den Ingenieuren zusammentreffen, um Projekt Janus zu planen. Den Flug zum Mars.

Jenny strich sich ihre Bluse glatt. Normalerweise trugen die Mitglieder des Astronautenkorps blaue Overalls mit den Insignien der NASA, aber Anne hatte ihnen befohlen, das in diesem Hotel nicht zu tun, damit sie nicht auffielen. Die Geheimhaltung war zwar inzwischen aufgehoben worden, und die Medien hatten sich auf das vermeintliche außerirdische Artefakt auf Phobos und die Mission gestürzt, aber die Details des bevorstehenden Wettrennens zum Mars sollten noch nicht öffentlich diskutiert werden.

»Wann fahren wir los?«, wandte sich Jenny an Clint.

»Gar nicht«, entgegnete der erfahrenste Astronaut der NASA zwischen zwei Bissen von seinem Bagel. Clint war mittelgroß, hatte braune Haare, in die sich erste dunkelgraue Strähnen mischten, und ein rundliches Gesicht.

»Gar nicht?«, fragte Jenny. »Was soll das heißen?«

»Die JPL-Ingenieure kommen hierher ins Hotel«, informierte sie Zack Hudson. Der Wissenschaftsastronaut mit den lockigen blonden Haaren war so groß, dass er in russischen Sojus-Kapseln nicht mitfliegen durfte.

»Im JPL sind wohl heute alle Besprechungsräume belegt«, ergänzte Benjamin Dallas. Der Mediziner war einen Kopf kleiner als Zack, dafür aber recht stämmig. Seine Halbglatze glänzte im Schein der grellen Neonröhren des Frühstücksraums.

Jenny hatte nichts dagegen.

Dann sparten sie sich die Fahrt durch den dichten morgendlichen Verkehr rüber ins JPL.

»Ich habe gehört, dass sie die Steuerung des Marsschiffes standardmäßig der Bodenkontrolle überlassen wollen«, meldete sich Dana White zu Wort. Die NASA-Pilotin war Afroamerikanerin und ziemlich klein. Sie hatte kurze, schwarze Haare.

»Das habe ich auch gehört«, sagte Clint. »Wir können aber jederzeit die Kontrolle übernehmen.«

»Und wenn es dann zu widersprüchlichen Kommandos kommt, könnte uns das erhebliche Probleme bereiten.«

»Das denke ich nicht.« Jenny hatte generell sehr großes Vertrauen in die Bodenkontrolle. »Die Ingenieure werden sicher alle Eventualitäten berücksichtigt haben.«

Dana wandte ganz langsam den Kopf. Sie sah Jenny an wie eine lästige Fliege, die doch bitte jemand erschlagen möge.

»Wir werden das mit den Planern erörtern«, erklärte Clint. »Das ist einer der Punkte auf unserer Liste.«

Jenny verzog das Gesicht.

Die Liste!

Es war eine ihrer Aufgaben, alle Details zusammenzutragen, die aus Sicht des Astronautenbüros bei der Planung der Marsmission berücksichtigt werden mussten. Diese Liste stand ihr lediglich als Online-Dokument zur Verfügung, das Jenny zwar lesen, aber nicht bearbeiten konnte. Clint hatte ihr nicht die Rechte dafür erteilt – ein weiterer Beweis für den Zweite-Klasse-Status in dieser Gruppe.

Clint checkte seine Armbanduhr. »Ich glaube, es wird langsam Zeit.«

Die anderen standen auf und verließen den Frühstücksraum. Jenny kippte sich den Rest des schalen Kaffees in die Kehle, dann stand sie auf und folgte den Kollegen zum Besprechungsraum im zweiten Stock.

Fünf Ingenieure vom JPL warteten dort schon auf sie. Jenny nahm an dem großen Tisch aus weißem Plastik Platz und schaute aus dem Fenster. Der Besprechungsraum war nach Norden ausgerichtet, und das Panorama erlaubte einen Blick auf das San-Gabriel-Gebirge mit dem Mount Wilson und seinem charakteristischen Wald aus Antennen für Radio und Fernsehen auf dem Gipfel.

Dann begann die Besprechung. Die Ingenieure stellten sich kurz vor. Jenny konnte sich nur den Namen des Chefingenieurs merken: Milton Sunday. Der Mann war ungewöhnlich dürr, mit einer ungesund bleichen Gesichtsfarbe und eingefallenen Wangen. Er mochte um die sechzig sein und trug eine dicke Brille mit schwarzem Rand.

»Die Regierung hat uns hier vor eine gewaltige Aufgabe gestellt«, verkündete Sunday. »Wir sollen in weniger als vier Monaten abfliegen, so dass uns keine Neuentwicklungen möglich sind. Bei der Montage des Marsschiffes können wir nur die Hardware nutzen, die uns ohnehin schon zur Verfügung steht. Glücklicherweise stehen die Komponenten der Gateway-Station, die den Kern des Marsschiffes bilden werden, bereit. Ich stelle Ihnen das Konzept in einer Präsentation vor.«

Der Mann trat an ein Pult und hantierte an einem Laptop herum.

Jenny lehnte sich zurück.

Die lunare Gateway-Station!

Sie bestand aus mehreren Modulen wie eine verkleinerte Version der internationalen Raumstation und sollte ab dem nächsten Jahr in der Mondumlaufbahn stationiert werden, um zukünftige Landungen auf dem Erdtrabanten zu unterstützen. Sie konnte auf Dauer vier oder fünf Astronauten am Leben erhalten.

Eine Fläche an der Wand erhellte sich, und ein Bild der Gateway-Station wurde eingeblendet. Drei tonnenförmige, silberne Module waren dabei in einem rechten Winkel aufeinandergeflanscht. Endpunkt der Station bildete ein quaderförmiges Element mit zwei großen Solarzellenflächen. »Wir beschränken uns allerdings auf die wichtigsten Module und nehmen nur das Energie- und Antriebsmodul sowie das Logistikmodul mit, das wir bis an den Rand mit Vorräten für die anderthalbjährige Reise vollstopfen. Das internationale Habitat lassen wir weg. Je weniger Masse wir haben, umso weniger Treibstoff werden wir brauchen.«

Für die Besatzung würde es eng werden. Sehr eng. Vergleichbar mit anderthalb Jahren Eingepferchtsein in einem kleinen Bus. Jenny fragte sich, ob sie eine solche Reise wirklich ertragen könnte.

Doch wenn sie zum Mars wollte, dann musste sie da wohl durch.

Falls sie die Gelegenheit dazu erhielt. Aber danach sah es im Moment nicht aus.

»Und das Ganze soll im Mondorbit montiert werden?«, fragte Clint mit skeptischem Unterton.

»Ja. Es ist nicht wirklich eine Montage, sondern eher ein Andocken. Vollautomatisch. Zuletzt kommt dann die Crew mit ihrer Raumkapsel.«

»Was ist mit einem Landemodul?« Zack schob den Kopf vor. »Die Mondlandefähre ist noch nicht fertig. Wie sollen wir auf dem Marsmond landen?«

Sunday lächelte schwach. »Die Fluchtgeschwindigkeit des Marsmondes beträgt gerade mal zehn Meter pro Sekunde. Mit einem kräftigen Sprung von der Oberfläche könnten Sie in eine Umlaufbahn gelangen. Dafür brauchen Sie keine Landefähre, sondern nur Raumanzüge mit kleinen Schubdüsen.«

Jenny musste sich wieder ins Gedächtnis rufen, wie klein der Marsmond Phobos doch war. Der irdische Mond hatte einen Durchmesser von knapp 3500 Kilometern. Phobos war mit seinen etwa 20 Kilometern dagegen ein Winzling. Entsprechend niedrig war die Masse.

Ben Dallas räusperte sich. »Das Lunar Gateway ist, wie der Name schon impliziert, für die Mondumlaufbahn gedacht. Wie soll das Ding bitte schön zum Mars gebracht werden?«

Sunday drückte auf eine Taste seines Laptops. Das Bild zeigte zwei weiße Kreise an, die Erd- und Marsbahn im Sonnensystem darstellten. Eine rote Linie, die eine halbe Ellipse bildete, verband nun die beiden Kreise der Planetenumlaufbahnen. »Der Mond ist zwar, verglichen mit dem Mars, deutlich näher an der Erde, aber von der energetischen Betrachtung her hat man am Mond schon den Großteil des Weges zum Mars zurückgelegt. Wir brauchen von einer Mondumlaufbahn lediglich einen Schubimpuls von etwa 400 Metern pro Sekunde, um auf eine niederenergetische Hohmann-Flugbahn zum Mars zu gelangen. Ein zusätzliches Treibstoffmodul wird für den nötigen Schub sorgen.«

»Das mag sein«, sagte Clint. »Aber an der Marsbahn angelangt, müssen wir abbremsen, um in eine niedrige Umlaufbahn zu gelangen. Phobos liegt tief im Gravitationsfeld des Mars.«

Jetzt grinste Sunday. »Sie haben recht. Wir bräuchten eine Geschwindigkeitsdifferenz von über 1200 Metern pro Sekunde, um auf regulärem Weg zu Phobos zu gelangen. Wir werden diesen Impuls über ein Aerobraking-Manöver gewinnen.«

Dana schüttelte den Kopf. »Irrsinn!«

Als Astronautin, die man für die ISS ausgebildet hatte, war Jenny mit interplanetaren Umlaufbahnen nicht sehr vertraut. »Könnten Sie das bitte im Detail erklären?«

Zack sah sie missbilligend an.

Sunday nickte. »Wenn Sie am Mars ankommen, sind Sie 1200 Meter in der Sekunde zu schnell. Sie können diese Geschwindigkeit über eine Bremszündung abbauen, was sehr viel Treibstoff verbrauchen würde. Oder Sie tauchen kurz in die Atmosphäre des Mars ein und lassen sich von dieser hinreichend abbremsen, um in die gewünschte Umlaufbahn zu kommen.«

Clint pfiff durch die Zähne. »Von der Erde aus kommend, ist es sehr schwer, den richtigen Winkel in die Marsatmosphäre anzupeilen. Ein kleiner Navigationsfehler, und wir verglühen in der Lufthülle des Mars.«

»Oder wir tauchen nicht tief genug ein und verschwinden auf Nimmerwiedersehen im All.« Zack machte ein grimmiges Gesicht.

Sunday schüttelte den Kopf. »Sie irren sich. Wir sind inzwischen in der Lage, ausreichend präzise Atmosphärenbremsmanöver durchzuführen. Das haben wir bei den letzten Rovern auch so gemacht, und die sind punktgenau auf dem Mars gelandet.«

Dana White lachte. »Gateway ist eine Raumstation. Sie hat keinen Schutzschild und würde in der Atmosphäre verglühen.«

Sunday zwinkerte Dana zu. »Guter Punkt. Genau deshalb werden wir Gateway einen Schutzschild verpassen. Und zwar einen aufblasbaren.«

Jenny hatte von dieser Technologie gehört. Sie war einmal für Rettungskapseln im Erdorbit vorgesehen gewesen. Aber würde das auch am Mars funktionieren?

»Aufblasbar?«, wiederholte Dana.

»Ja, aufblasbar«, bestätigte Sunday. »Es wird die Station wie ein Regenschirm vor dem Plasma des Wiedereintritts schützen. Wir werden eine Flugbahn wählen, die die Struktur der Station nur minimal belastet.«

»Wir haben alles durchgerechnet«, sagte ein anderer, ziemlich jung aussehender Ingenieur mit piepsiger Stimme. »Es wird funktionieren.«

»Durchgerechnet …«, murmelte Ben.

»Es ist ja schön, wenn das auf dem Papier funktioniert«, sagte Clint. »Aber wir werden unsere Ärsche in diesem Ding aufs Spiel setzen. Ich kann nur hoffen, dass Ihre Berechnungen und Simulationen korrekt sind. Ich sehe nach wie vor ein Risiko.«

Sunday nickte. »Das Risiko ist da. Die Wahrscheinlichkeit eines Fehlschlags liegt natürlich nicht bei null. Aber ohne Risiko gelangen wir nicht zum Mars. Jedenfalls nicht innerhalb der nächsten Monate. Ich bin mir sicher, dass der Transfer zum Marsmond mit dem Aerobraking-Manöver funktioniert.«

»Ausgedacht haben Sie es sich jedenfalls ganz hübsch«, meinte Zack.

»Ich muss zugeben, dass die Sache noch einen Schönheitsfehler hat«, gestand Sunday.

Wäre ja auch zu schön gewesen.

»Nämlich?«, fragte Clint.

Sunday wiegte bedächtig den Kopf. »Sie haben keinen Treibstoff für den Rückflug.«

Für einen sehr langen Moment herrschte Schweigen im Raum.

»Sagen Sie das noch einmal!«, forderte Dana.

»Sie haben schon richtig gehört«, entgegnete Sunday. »Es gibt nicht genügend Treibstoff für den Rückflug vom Mars zur Erde. Den werden wir Ihnen leider hinterherschicken müssen.«

16

Es begann wieder zu nieseln, als Daniel das Vietnam Veterans Memorial erreichte. Natürlich hatte er der Gedenkstätte schon früher Besuche abgestattet, aber die schiere Anzahl an Namen auf der riesigen, schwarzen Wand raubte ihm einfach den Atem. Und jeder dieser Namen stand für einen US-Soldaten, der in diesem nutzlosen Krieg gefallen oder vermisst war. Über fünfzigtausend. Rechnete man die toten Zivilisten in Asien und die gestorbenen Soldaten der anderen Seite mit ein, war diese Zahl noch einmal um ein Vielfaches höher.

Daniel trat an den schwarzen Stein und fuhr mit dem Zeigefinger eine Zeile mit Namen entlang.

So viele Menschen – gestorben wegen der Verblendung, dem Größenwahn oder einfach der Unfähigkeit von Politikern. Das war damals so gewesen und hatte sich bis heute nicht geändert.

»Danke, dass du gekommen bist«, hörte Daniel die Stimme Sergejs hinter sich.

Daniel drehte sich herum. »Ich hätte mir denken können, dass die SMS von dir kam.« Sein Handy hatte eine unbekannte Nummer angezeigt.

Daniel war müde. Erst am Nachmittag war er von einer Dienstreise nach Atlanta zurückgekommen und hatte sich schon gefragt, ob er dem Wunsch nach einem persönlichen Treffen nachkommen sollte, zumal das Wetter echt mies war. Aber er wollte sich nicht später vorwerfen müssen, einen möglicherweise wichtigen Informanten aus Bequemlichkeit ignoriert zu haben.

Sergej trug einen schwarzen Mantel und hielt einen ungeöffneten dunkelblauen Regenschirm in der Hand. Er lächelte schwach. »Gehen wir eine Runde spazieren.«

Nebeneinander schlenderten sie langsam in Richtung Washington Monument. Die Dämmerung setzte gerade ein, und starke Scheinwerfer erwachten zum Leben, um die hohe Säule in grelles Licht zu tauchen. Trotz der fortgeschrittenen Uhrzeit und des schlechten Wetters waren viele Menschen auf der Mall unterwegs.

»Was gibt es denn so Wichtiges?«, fragte Daniel.

»Dieses Projekt Janus von eurer Regierung. Ihr plant ein eigenes Marsraumschiff«, sagte Sergej knapp.

Daniel warf ihm einen schnellen Seitenblick zu.

Ein eigenes. Weder die russische noch die chinesische Regierung hatten bisher offiziell bestätigt, ein Marsschiff zu bauen.

Interessant.

»Na ja, das ist nicht wirklich ein Geheimnis«, meinte Daniel. »Es wurde auf einer Pressekonferenz verkündet, und die Medien berichten seitdem über kaum etwas anderes.«

»Also wird es ein Wettrennen zwischen Osten und Westen geben«, schloss Sergej.

»Sieht ganz so aus.« Daniel konnte sich den sarkastischen Unterton nicht ganz verkneifen. »Wir können es uns wohl kaum leisten, euch ohne weiteres eine möglicherweise fortgeschrittene Technologie zu überlassen.«

Sergej nickte. »Schon klar. Ein solches Wettrennen wird aber unter Umständen sehr gefährlich.«

Ein dicker Mann mit einem kleinen Hund kam ihnen entgegen. Daniel wartete, bis die beiden vorbeigegangen waren. »Ja, ein solcher Flug ist für die Astronauten sicher sehr gefährlich.«

»Ich meine nicht die Astronauten«, sagte Sergej. »Ich meine die Menschen auf der Erde, vor allem in unseren Ländern.«

Daniel kniff die Augen zusammen. »Droht ihr uns etwa mit Krieg, wenn wir auch zum Mars fliegen?«

»Es ist keine Drohung, sondern schlichte Realität. Im Kreml werden verschiedene Szenarien und mögliche Antworten darauf diskutiert. Einige davon könnten unsere Länder in der Tat an den Rand eines Krieges bringen.«

Wieso erzählte Sergej ihm das? Sollte Daniel etwa den Präsidenten überreden, die Marsmission einzustellen? Lächerlich! »Was wäre denn ein solches Szenario?«

»Ein Szenario wäre, wenn unsere Expedition kurz vor eurer eintrifft und ihr versucht, dennoch in den Besitz des Artefakts zu gelangen.«

Daniel verstand, worauf Sergej hinauswollte. An diese Möglichkeit hatte er noch nicht gedacht. Im Pentagon hingegen wurde über solche Optionen ganz sicher gesprochen. Würde man die Astronauten womöglich bewaffnen? Konnte es wirklich zu einem Kampf zwischen Raumfahrern auf dem Marsmond kommen? Der Präsident hatte ja verkündet, dass Amerika sich das Artefakt um jeden Preis sichern müsse. »Besteht denn die Gefahr, dass Russland uns auf Phobos angreift, wenn wir das Artefakt zuerst erreichen?«

Sergej zuckte mit den Schultern. »Bisher sind es nur Szenarien, über die diskutiert wird.« Er holte tief Luft. »Aber es gibt nun einmal keine Silbermedaille für den Zweiten. Entweder man hat die außerirdische Technologie in seinem Besitz oder man hat sie nicht.«

Schweigend gingen sie nebeneinander auf das Memorial zu. Zwei Polizisten vertrieben einen Obdachlosen, der es sich dort auf einer Bank etwas zu bequem gemacht hatte.

»Es gibt noch eine andere Möglichkeit«, sagte Sergej grimmig.

»Was geschieht, wenn tatsächlich der Westen in den Besitz der Technologie kommen sollte? Beispielsweise, wenn unsere Expedition zum Mars unterwegs scheitert?«

Na ja, in dem Fall hatte eben Amerika das große Los gezogen. »Was sollte denn dann sein?«

Sergej blickte sich um, als erwarte er Verfolger. »Es gibt Stimmen im Kreml, die sagen, dass Russland es sich nicht leisten kann, Amerika die Technik zu überlassen, und dass ein mit überragender, außerirdischer Technologie ausgestatteter Westen für Russland eine existenzielle Bedrohung ist.«

Existenzielle Bedrohung ...

Schlagartig begriff Daniel. Es war, als griffe eine eisige Hand nach seinem Herzen. Er blieb stehen. »Russland würde einen atomaren Erstschlag in Erwägung ziehen?« Er schüttelte den Kopf. »Das ist nicht dein Ernst, Sergej!«

»Die Entscheidung liegt nicht bei mir.« Seine Stimme klang bitter.

»Aber wir würden zurückschlagen!« Daniel schnappte nach Luft. »Beide Länder gehen bei einem solchen Szenario zugrunde.«

Sergej nickte. »Ja, aber ich habe darauf keinen Einfluss. Manche Personen im Kreml befürworten eine solche Lösung, weil sie meinen, dass Russland auf jeden Fall untergeht, wenn der Westen in den Besitz des außerirdischen Artefakts kommt. Sie halten es in diesem Fall für besser, Amerika mit in den Abgrund zu ziehen, solange es noch geht.«

Sie setzten ihren Weg fort. Daniel bekam eine Gänsehaut. An eine solche Möglichkeit hatte er nicht im Entferntesten gedacht. Es wollte ihm nicht in den Kopf, wie irgendjemand sein Heil darin suchen konnte, die Welt mit einem Atomkrieg zu überziehen.

Aber er musste zugeben, dass das von Sergej skizzierte Szenario eine eigene, morbide Logik hatte. »Vielleicht wäre es besser gewesen, nichts auf dem Marsmond zu finden.«

Der Nieselregen ging langsam in einen handfesten Schauer über. Sergej klappte seinen Schirm auf. »Es gibt einige Politiker in meiner Regierung, die das genauso sehen. Andere haben die Hoffnung, dass auf Phobos nichts Verwertbares zu finden ist und sich das alles als Flop herausstellt.«

Daniel glaubte nicht daran. Das Objekt auf dem Marsmond war so groß wie ein Haus. Alleine die Materialwissenschaft würde einen Riesensprung machen.

»Kollegen von mir haben eine alternative Vorgehensweise vorgeschlagen«, orakelte Sergej.

Daniel wandte den Kopf und blickte dem russischen Verbindungsmann in die blauen Augen. »Die da wäre?«

»Es steht der Vorschlag im Raum, eine gemeinsame Mission zum Mars zu starten und alle Fundstücke an einen neutralen Ort zu bringen, um sie dort von Wissenschaftlern aller Parteien auswerten zu lassen. So würde man das Gleichgewicht der Kräfte zwischen Ost und West wahren.«

Es klang verlockend. Daniel war immer für internationale Zusammenarbeit. Trotzdem schüttelte er den Kopf. »Ich glaube nicht, dass sich meine Regierung darauf einlässt.« Die westliche Raumfahrttechnik war der östlichen überlegen. Selbst bei dem zeitlichen Vorsprung von Russen und Chinesen bestand eine große Chance, dass Amerikaner zuerst am Mars eintrafen.

»Das wäre sehr schade«, meinte Sergej. »Vielleicht kann man diesen Vorschlag aber einmal einbringen. Die russische Seite ist offen für Verhandlungen.«

»Ist das die offizielle Position?«, wollte Daniel wissen.

»Es ist ein inoffizieller Vorschlag, der über verschiedene Kanäle an die amerikanische Regierung herangetragen werden soll.«

Über verschiedene Kanäle …

Daniel fühlte sich wie die Hauptperson in einem Agententhriller aus dem Kalten Krieg. Ihn schauderte. War er das? Ein

Kommunikationskanal zwischen amerikanischer und russischer Regierung?

Nun ja, als Raumfahrtmanager der NASA mit dem Schwerpunkt auf internationale Beziehungen zweifellos. Aber da ging es um wissenschaftliche Forschung und nicht um Geopolitik. Es hatte noch nie von ihm abgehangen, ob die Welt auf einen Atomkrieg zusteuerte oder nicht.

Diese neue Rolle gefiel ihm überhaupt nicht. Aber was sollte er machen?

»Okay, ich werde den Vorschlag über meinen Vorgesetzten weiterleiten.« Mehr konnte er ohnehin nicht tun.

»Das freut mich zu hören«, erklärte Sergej. »Aber das wird laut unseren Analysen nicht reichen. Wir brauchen deinen persönlichen Einsatz, damit unser Vorschlag im Weißen Haus Gehör findet.«

Daniels Unbehagen verstärkte sich. Er war sich nun sicher, dass Sergej neben seinen offiziellen Aufgaben für den russischen Geheimdienst tätig war. Wahrscheinlich hatte man dort sogar eine Akte über Daniel. Er musste aufpassen, dass Sergej ihn nicht manipulierte. Als Marionette Russlands zu enden schien ihm wenig erstrebenswert. Er würde streng nach Dienstvorschrift vorgehen, alle Gespräche mit Sergej schriftlich protokollieren und seinem Vorgesetzten melden. Sonst konnte er in Teufels Küche kommen.

»Ich werde meinem Vorgesetzten deinen Vorschlag melden«, sagte Daniel mit fester Stimme. »Mehr kann ich nicht tun.«

17

»Bremszündung in zwei Minuten.« Clint drückte eine Taste auf seiner Konsole.

»Bestätige Bremszündung in zwei Minuten«, sagte Dana, die auf dem Stuhl neben ihm saß.

Jenny ärgerte sich. Die drei anderen Astronauten hatten feste Plätze im Gateway-Simulator im JSC in Houston mit installierten Sitzen und Konsolen mit Schaltern und Bildschirmen, speziell für die Marsmission konfiguriert. Ein großer Monitor an der Wand vor ihnen simulierte ein Fenster, das später in das Steuerungsmodul der Station installiert werden sollte.

Jenny hingegen saß auf einem Klappstuhl hinter den Kollegen und konnte die Vorgänge nur beobachten. Zwar hatte sie ein Headset erhalten, damit sie in die Kommunikation zwischen Raumschiffcrew und Simulationsingenieuren einsteigen konnte, aber dennoch fühlte sie sich wieder einmal ausgegrenzt. Seit drei Wochen war sie nun in der Gruppe, hatte sich bei den Planungen mit den Ingenieuren in Pasadena eingebracht und laut Sunday einige sehr gute Vorschläge für Verbesserungen gemacht, aber das hatte sie keinen Schritt nach vorne gebracht.

Ja, sie hatte einen Fuß in der Tür. Aber ins Haus wurde sie noch nicht gelassen.

»Bestätige Bremszündung in zwei Minuten«, ertönte nun auch die quengelige Stimme von Grant Phillips, der in der Zwischenzeit zum leitenden Simulationsingenieur des Marsschiffes ernannt worden war.

»Daran müssen wir noch arbeiten«, erklärte Jenny. »In der Realität wäre das Kontrollzentrum Millionen von Kilometern entfernt und könnte in die Vorgänge durch die Verzögerung beim Funk nicht eingreifen. Wir sollten auch die Simulationen so durchführen, als wären wir auf uns allein gestellt.«

Clint drehte sich auf seinem Stuhl herum und musterte sie kühl. »Das ist hier noch keine integrierte Simulation, sondern ein Probelauf der Technik. Die unmittelbare Kommunikation mit den Simulationsingenieuren soll uns helfen, Schwachstellen aufzudecken. Und bitte halte dich mit deinen Vorschlägen zurück. Die sind eher was für das Debriefing.«

»In der Realität wärst du auf dem Flug ja auch nicht dabei.« Die Abneigung in Danas Stimme war kaum zu überhören.

Na, herzlichen Dank auch.

Jenny verschränkte die Arme vor der Brust und lehnte sich zurück.

Auf dem Fenster-Monitor vor ihnen kam der Marsmond Phobos ins Bild, nichts weiter als eine glatte, graue Kugel ohne jede Struktur, die einem menschlichen Piloten keine Bezugspunkte bot.

Dana brummte missmutig.

Jenny konnte sich ein Grinsen nicht verkneifen. Die Ingenieure hatten noch keine Zeit gehabt, ein realistisches Modell des Mondes in die Simulation einzubauen. Alles hatte sehr schnell gehen müssen.

»Bremszündung in zehn Sekunden«, verkündete Clint.

»Verstanden.« Bei Dana hörte man eine Spur Nervosität. Sie musste die Bremszündung durchführen, wobei sie natürlich vom Bordcomputer unterstützt wurde.

Die Phobos-Kugel kam auf dem Bildschirm sehr schnell näher. Gleich würden sie mit ihr kollidieren.

Obwohl es nur eine Simulation war, ballte Jenny die Hände zu Fäusten.

Clint zählte den letzten Countdown. »Drei, zwei, eins, Zündung.«

Dana drückte einen Schalter nieder, um den Bordcomputer zu autorisieren, die Zündung vorzunehmen. Aus Lautsprechern an der Decke ertönte ein leises Rauschen, das aber schnell wieder erstarb.

»Zündung beendet«, meldete Dana.

Das Manöver hatte kaum fünf Sekunden gedauert.

Die Phobos-Kugel kam nun nicht mehr näher, sondern entfernte sich wieder von ihnen.

»Parameter?«, fragte Clint.

»Minus unendlich«, krächzte Dana.

»Scheiße!«, hauchte Ben.

Jenny wusste, was das bedeutete: Das Manöver war fehlgeschlagen. Es war ihnen nicht gelungen, in eine Umlaufbahn um den Marsmond einzuschwenken.

»Was ist schiefgelaufen?«, forschte Clint.

Dana starrte auf ihren Monitor. »Die Bremszündung hat mehr Schub freigesetzt als berechnet.« Ihre Stimme klang finster. »Das Delta-V war um drei Meter pro Sekunde zu hoch.«

Jenny war hin und her gerissen. Einerseits gönnte sie Dana den Dämpfer, andererseits konnte sie nicht erkennen, dass die Pilotin einen Fehler gemacht hatte. Wenn so ein Manöver bei der richtigen Mission am Mars fehlschlug, dann brachte es die Besatzung in ernste Schwierigkeiten. Das Schiff hatte einfach nicht genug Treibstoff, um solche Fehler auszugleichen.

»Der Kurs?«, fragte Clint.

»Wir sind zurück in einer Marsbahn. Wir entfernen uns von Phobos. Sollen wir ein erneutes Manöver versuchen?«

Clint schüttelte den Kopf. »Nein. Wir müssen erst herausfinden, was schiefgelaufen ist, damit uns das nicht noch einmal passiert. Die Simulation ist beendet. Grant?«

»Verstanden«, sagte der Simulationschef. »Wir treffen uns im Debriefingraum.«

Die anderen Astronauten schnallten sich ab, während Jenny einfach von ihrem Klappstuhl aufstand. Während sie den Simulator verließen und durch die große Halle mit den Ausrüstungsgeräten des Astronautenkorps zum Gebäudeflügel mit den Büros und Besprechungsräumen gingen, herrschte eine gedrückte Stimmung.

Besonders Dana machte ein verkniffenes Gesicht. Es war offensichtlich, dass die Pilotin es nicht gewohnt war, Manöver im All zu versauen.

Jenny fragte sich die ganze Zeit, was schiefgelaufen sein könnte, aber ihr fiel nichts ein.

Schließlich saßen sie in einem fensterlosen Besprechungsraum um einen runden Tisch. Den Astronauten gegenüber hatten Grant und zwei seiner Ingenieure Platz genommen, die angespannt wirkten, als wussten sie schon, was schiefgelaufen war.

Jenny nahm die große Kaffeekanne und schenkte sich eine Tasse ein. Das Zeug war nur noch lauwarm und stand sicher noch von einer früheren Besprechung im Raum.

»Was war das Problem?«, wollte Clint wissen.

Grant holte tief Luft. »Eine Kombination aus Pilotenfehler und mangelhaften Prozeduren.«

Dana wurde grau im Gesicht.

Jenny konnte sich einen Anflug von Schadenfreude nicht verkneifen. »Können Sie das näher erklären?«

»Um die Gateway-Mondstation zu einem vollwertigen Marsschiff zu machen, haben wir sie mit einem neuen Antriebsmodul ausgestattet.«

»Das ist schon klar«, brummte Clint. »Weiter!«

»Das neue Triebwerk hat eine Regenerativkühlung«, erklärte Grant. »Damit die Schubdüse nicht schmilzt, wird das flüssige Methan durch Leitungen an der Schubglocke geleitet, um sie zu kühlen.« Er schwieg, als erkläre das alles.

»Und?«, hakte Jenny nach.

»Dadurch ist deutlich mehr unter Hochdruck stehendes Methan im System. Und darum gibt es nach dem Schließen der Treibstoffventile noch für einige Millisekunden einen andauernden Schub. Das hat in Anbetracht der niedrigen Toleranzen ausgereicht, die Umlaufbahn um den Marsmond zu verpassen.«

Dana schlug sich an die Stirn. »Das Triebwerk produziert nach dem Abschalten noch Schub? Das hätte man bei der Berechnung der Zündungsdaten aber berücksichtigen müssen. Der Fehler liegt im Computer.«

Grant schüttelte den Kopf. »Man kann die Orbitalmanöver auch mit den Lageregelungstriebwerken durchführen. Hier gibt es keine Schubrampen. Für Manöver mit dem Haupttriebwerk hätte der Pilot den Modus des Bordcomputers ändern müssen.«

Dana lief rot an. »Den Modus ändern? Das wusste ich nicht. Das wurde bei der Vorbesprechung nicht gesagt.« Sie sprach mit jedem Wort lauter.

Clint winkte beschwichtigend ab. »Niemand macht dir einen Vorwurf.«

»Es tut mir leid«, sagte Grant. »Das stand zwar in den Prozeduren, aber an der falschen Stelle. Wir werden den Fehler schnellstmöglich beheben.«

Jenny stöhnte. Die Besatzung hatte gerade mal zwei Monate, um sich auf den Flug vorzubereiten. Für ihre ISS-Mission hatte sie anderthalb Jahre trainiert. Wie sollte das alles funktionieren? Die Ingenieure entwarfen Software und Prozeduren, die gar nicht richtig getestet und trainiert werden konnten. Es würde zu Fehlfunktionen auf dem Flug kommen. Das war ganz sicher.

Und wenn eine dieser Fehlfunktionen während eines kritischen Manövers auftrat, dann würden die Astronauten sterben.

»Ich sehe, es gibt noch sehr viel zu tun.« Clint kratzte sich am Kinn. »Sonst noch irgendwelche Bemerkungen zu dieser Simulation, bevor wir zu der Besprechung mit den Navigationsspezialisten gehen?«

»Die Benutzeroberfläche des Steuerungsprogramms ist nicht optimal«, erklärte Dana. »Man könnte es so einrichten, dass der jeweilige Modus der Triebwerkszündung zwangsweise abgefragt wird. Dann wäre das Elend heute nicht passiert.«

»Guter Punkt.« Grant machte sich eine Notiz auf einen vor ihm liegenden Zettel. »Ich gebe das an die Softwareentwickler weiter.«

Jenny räusperte sich. »Wir sollten damit beginnen, Backup-Astronauten auszubilden.«

Zack Hudson verdrehte die Augen.

Dana verzog den Mund zu einem falschen Lächeln. »Und du bietest dich dafür sicher gern an, was?«

Jenny ignorierte die Pilotin. »Die Bedienung der zum Marsschiff umgebauten Orbitalstation ist außerordentlich komplex, wie wir heute wieder einmal gesehen haben. Es kann immer einer von euch krank werden oder einen Unfall haben. Wenn es dann keine Backup-Astronauten gibt, ist das Spiel gelaufen. Auf den Apollo-Missionen zum Mond hat es immer eine Backup-Mannschaft gegeben.«

Es war einfach nur logisch.

Grant strich sich über die Nase. »Ich bin mir nicht sicher, ob wir noch die Zeit haben, eine Backup-Crew auszubilden.«

Jenny nickte. Natürlich waren Ersatzastronauten eine Konkurrenz. Konkurrenz um die Ressourcen und natürlich auch um den Sitz im Raumschiff, falls sich ein Backup-Astronaut als geeigneter herauskristallisieren sollte. Und die Simulationsingenieure hatten deutlich mehr Arbeit. Aber die konnten nach dem Start der Mission in zwei Monaten die Füße hochlegen.

»Ich bestehe darauf, dass eine Ersatzcrew ausgebildet wird.« Jenny funkelte Dana an. »Und ich empfehle mich selber für den Platz des Navigators und Flugingenieurs, da ich schließlich bereits in die Arbeiten involviert bin.«

Jenny wusste, wie arrogant sie sich anhörte. Es war ihr egal.

Clint stand auf und wandte sich Jenny zu. »Kommst du bitte mal mit nach draußen.«

»Sicher.« Jenny folgte dem designierten Kommandanten der Marsmission auf den Korridor.

Clint schloss die Tür und starrte Jenny an. »Hast du komplett den Verstand verloren?«, donnerte er. »Du bestehst, forderst und empfiehlst, als hättest du hier das Kommando. Ich kann dir garantieren, dass das nicht der Fall ist.«

Jenny wich nicht zurück. »Es ist nur logisch, bei einer solchen Mission eine Backup-Crew zu haben. Das weißt du selbst.« Sie bemühte sich um einen kühlen, nüchternen Tonfall.

Clint gestikulierte wild vor ihrer Nase. »Ja, verdammt. Im Interesse der Mission wäre es hilfreich, eine Reservemannschaft zu haben. Aber das entscheidest nicht du. Und schon gar nicht steht dir ein Platz auf dieser Mission zu. Weder in der Stammmannschaft noch in der Reservecrew. Was glaubst du denn, wer du bist?«

Jenny ahnte, dass da noch mehr kommen würde, und schwieg.

»Es gibt im Astronautenbüro viele Männer und Frauen mit Erfahrung. Leute, die Monate auf der ISS verbracht und dabei bewiesen haben, dass sie mit einem Langzeitaufenthalt im All klarkommen und in einer engen Sardinendose ohne Aufstand ihre Arbeit machen. Ich werde Anne empfehlen, keinen Astronauten in die Reservecrew aufzunehmen, der nicht mindestens einen Einsatz auf der Internationalen Raumstation absolviert hat. Es gibt für eine Marsmission keinen besseren Eignungstest. Und damit kommst du als Neuling nicht einmal in die engere Auswahl.« Er schnaubte wütend. »Dein ehemaliger ISS-Kommandant Malcolm hat drei Flüge absolviert und anderthalb Jahre im All verbracht. Und den willst du jetzt einfach überspringen?« Er winkte ab.

Jenny schluckte. Clint hatte recht. Aber sie hatte ein Jahr lang die Astronautengrundausbildung absolviert und anderthalb Jahre missionsspezifisches Training mitgemacht. Sie war bereit für einen Flug ins All. Egal, ob zur ISS oder zum Mars.

»Ich werde Anne empfehlen, dass eine Reservecrew zusammengestellt wird«, entgegnete sie nüchtern. »Und ich werde ihr empfehlen, mich als Navigatorin und Flugingenieurin einzusetzen. Denn das wäre meine Aufgabe beim Flug zur ISS gewesen, den sie vorletzte Woche gestrichen hat.«

Sie drehte sich um und ging Richtung Ausgang.

18

Daniel betrachtete die Komponenten der zum Marsraumschiff umgewidmeten Gateway-Station und nickte. »Sehr beeindruckend!«

In der Montagehalle im Kennedy Space Center bei Cape Canaveral, wo sie auf ihren Abschuss vorbereitet wurden, lagen das Modul für Antrieb und Energieversorgung, das Habitat und das Logistikmodul nebeneinander. Die Luftschleuse und die externen Treibstofftanks sollten in den nächsten Tagen eintreffen.

Die Module waren größer, als Daniel erwartet hatte. Jedes hatte etwa die Ausmaße eines Schulbusses.

»Ja, beeindruckend, da muss ich Ihnen recht geben«, sagte Frank Watts, der neben Daniel, Anne und Graham zu dem Termin in Florida erschienen war.

Peter, der für die Montage zuständige Ingenieur, führte sie herum. Der Mann trug einen weißen Kittel und hatte eine riesige randlose Brille auf der Nase. »Zuerst wird in drei Wochen das Antriebs- und Energieversorgungsmodul mit einer SLS-Mondrakete hochgebracht. Es folgen die anderen Komponenten mit Falcon-9-Heavy-Raketen. Glücklicherweise hat SpaceX mehrere auf Lager und war bereit, sie für die Marsmission umzuwidmen. Die externen Treibstofftanks und das große Orbitalmanövertriebwerk werden mit Atlas- und Ariane-Raketen in die Erdumlaufbahn gebracht und fliegen dann in zwei Monaten, kurz vor der Marsbesatzung, zu der im Mondorbit wartenden Gateway-Station. Wenn beide Komponenten angekoppelt haben, ist das Marsraumschiff komplett.«

Daniels Boss streckte den Arm aus und berührte eines der silbern schimmernden, zylindrischen Module. »Da kann man nur hoffen, dass alles nach Plan läuft.«

»Wir haben dank der ISS viel Erfahrung mit der Montage von Strukturen im All«, erklärte der Ingenieur.

Ein Luftzug ließ Daniel frösteln. Offenbar hatte irgendjemand eine Tür geöffnet. In Florida war es in den letzten Wochen ungewöhnlich kalt gewesen, und das Wetter hatte sicher auch die Temperaturen in der Montagehalle absinken lassen.

Anne knöpfte ihre cremefarbene Windjacke zu. »Russen und Chinesen aber auch. Wissen wir eigentlich inzwischen etwas über ihren Starttermin?«

Frank Watts zuckte mit den Schultern. »Leider nicht wirklich. Letzte Woche hat es einen Start einer bemannten Sojus-Kapsel von Russland aus zur chinesischen Station gegeben. Gestern hat wohl ein Außenbordeinsatz von russischen und chinesischen Astronauten stattgefunden. Wir vermuten, dass sie herausfinden wollen, ob die Zusammenarbeit gelingt und ob ihre Komponenten wirklich kompatibel sind. Wir sehen aber, dass sowohl russische Protonraketen als auch chinesische Langer-Marsch-Flugkörper zur Startrampe gebracht werden. Sie bereiten sich offenbar darauf vor, große Lasten in den Orbit zu befördern.«

Vermutlich die Komponenten ihres Marsschiffes. »Also läuft es tatsächlich auf ein Wettrennen hinaus.«

Watts schnaubte. »Haben Sie etwa daran gezweifelt?«

Nein, das hatte Daniel nicht. Aber er erinnerte sich gut an das Gespräch mit Sergej in Washington, und er machte sich seitdem wirklich Sorgen, dass das Wettrennen zu der außerirdischen Technologie auf dem Marsmond in einen großen Krieg münden könnte. Natürlich hatte er Graham von der Konversation berichtet, und der hatte sich gleich an den Berater des Präsidenten gewandt. »Was hat der Präsident eigentlich zu dem Vorschlag meines Kontaktmannes gesagt, eine gemeinsame Mission zu planen?«

Watts blickte ihn einen Moment starr an, als müsse er erst darüber nachdenken, was Daniel von ihm wollte. Dann nickte er. »Ich habe den Präsidenten informiert, und wir werden zu gegebener Zeit darüber beraten.«

»Sollte das nicht besser schnell gehen?«, fragte Daniel. »Ich meine, wenn die Marsschiffe erst im Bau sind, dann könnte es für eine diplomatische Initiative zu spät sein.«

Watts verzog das Gesicht. »Wir dürfen hier nichts übereilen. Vor allem müssen wir sichergehen, dass die Gespräche unsere Mission nicht aufhalten. Denn genau das könnte der Zweck dieses Vorschlages sein: die Hoffnung der Russen auf einen zeitlichen Vorteil durch vorgetäuschte Verhandlungen.«

Daniel fand das nicht plausibel. »Wie sollen denn bloße Gespräche uns einen Nachteil verschaffen? Man kann doch einfach verhandeln und sich dann immer noch dafür oder dagegen entscheiden, während die Arbeiten am Schiff weitergehen.«

Graham lachte leise. »Da sieht man, dass du wenig Ahnung von der Psychologie internationaler Politik hast. Wenn die Ingenieure hier sehen, dass es womöglich zu einer Einigung mit den Russen kommt, dann lassen der Druck und damit auch der Arbeitseifer nach.«

Auch das klang weit hergeholt. »Vielleicht sollten wir wirklich besser eine Kooperation mit Russen und Chinesen eingehen, bevor wir uns einen Vorteil verschaffen, der die Gegenseite zu einem atomaren Erstschlag veranlasst.«

Watts winkte ab. »Dieses Szenario kann man getrost ausschließen. So blöde wären die Russen nicht.«

Daniel war nicht dieser Meinung, dass man das definitiv ausschließen konnte. Wer vermochte schon zu sagen, was dem Präsidenten Russlands im Kopf herumging? Und der entschied letztlich alleine über den Einsatz von Nuklearwaffen.

Es war Amerika nicht geholfen, wenn das Marsraumschiff mit wunderbarer außerirdischer Technologie zu einer Erde zurückkehrte, die sich durch einen Atomkrieg inzwischen selber ausgelöscht hatte.

Watts wandte sich an den Ingenieur. »Sie sagen also, dass hier alle Arbeiten nach Plan laufen, ja?«

Der Mann nickte. »Es gibt keine Probleme. Das ist der Vorteil, weil wir mit bereits existierenden Komponenten arbeiten und keine Neuentwicklungen haben, die uns zu viele böse Überraschungen bescheren könnten.«

»Was ist mit den Europäern? Gibt es Probleme?«, fragte Anne.

Der Ingenieur schüttelte den Kopf. »Wir sind die Zusammenarbeit mit der ESA inzwischen gewohnt und haben gute Kommunikationskanäle. Da die Europäer ohnehin an der Gateway-Station beteiligt waren, ist auch die Kompatibilität der technischen Komponenten gegeben.«

»Ich meine eher eventuelle politische Schwierigkeiten«, konkretisierte Anne. »Stand da nicht mal die Forderung im Raum, einen europäischen Astronauten mitfliegen zu lassen? Das könnte Unruhe in unser Team bringen.«

Graham schüttelte den Kopf. »Dieses Problem konnten wir inzwischen aus dem Weg räumen. Die Europäer sehen den Vorteil einer eingespielten NASA-Crew. Sie geben sich damit zufrieden, einen ihrer Astronauten in der Backup-Crew zu haben.«

Anne stöhnte. »Die Backup-Crew. Da haben wir ohnehin noch einige Dinge zu besprechen.«

Daniel wusste, dass seine Lebensgefährtin – soweit sie es denn überhaupt noch war – zu diesen *Dingen* gehörte. Ihm wäre es lieber gewesen, wenn dieses Gespräch in seiner Abwesenheit stattgefunden hätte.

»Das betrifft mich nicht«, sagte der KSC-Ingenieur. »Ich erlaube mir, mich zu verabschieden. Wenn Sie sich ausruhen und ein wenig aufwärmen wollen, finden Sie dort drüben die Gelegenheit dazu.«

Daniel und die anderen gingen in die Richtung, in die der Ingenieur gezeigt hatte. Nach wenigen Minuten erreichten sie eine Sitzecke, wo zwei große Couchs und drei Sessel aus schwarzem, verschlissenem Leder beisammenstanden. An der Wand dahinter gab es eine Spüle mit Anrichte, einen Kühlschrank und eine vollautomatische Kaffeemaschine. Graham und Watts nahmen sich einen Kaffee, Anne holte sich eine Flasche Wasser aus dem Kühlschrank, bevor sie sich setzten. Daniel hatte keinen Durst. Er ließ sich auf einem Sessel nieder.

»Was ist mit dieser Backup-Crew?«, fragte Watts.

»Wir haben also diesen Armin Walterscheid aus Deutschland, der nächste Woche bei uns eintrifft und als Pilot der Backup-Crew fungieren soll«, erklärte Anne. »Daneben haben wir Malcolm Berry als Kommandant und Burt Bryson als Missionsspezialist und Mediziner.«

Daniel horchte auf. Bryson und Berry waren für die Mission zur ISS gesetzt gewesen, an der auch Jenny hatte teilnehmen sollen.

Graham brummte nur. Daniels Chef hatte mit der Auswahl von Astronauten normalerweise nichts zu tun. Das wurde sonst von den Kollegen in Houston entschieden. Aber NASA-Administrator Farrow hatte die administrative Leitung der Marsmission in die Hände von Graham gelegt, und somit musste er sich nun auch mit Astronautenangelegenheiten beschäftigen.

»Haben wir denn überhaupt die Zeit, eine Ersatzcrew auszubilden?«, fragte Watts.

Anne zuckte mit den Schultern. »Geht halt zu Lasten einiger anderer Dinge. Aber wir können nicht drauf verzichten. Die Astronauten der Stammbesatzung sind kerngesund, doch man weiß nie, was passiert, und dann platzt nachher das ganze Unternehmen.«

»Das können wir nicht riskieren.« Watts nippte an seinem Kaffeebecher und verzog das Gesicht, bevor er das Gefäß beiseitestellte.

»Es ist noch ein Platz in der Reservecrew offen, und ich überlege, mit wem ich ihn besetzen soll«, sagte Anne.

Jetzt kommt's!

»Jenny Nelson bringt sich permanent ins Spiel und will die Stelle des Flugingenieurs.« Anne vermied es, Daniel anzuschauen, obwohl sie genau wusste, dass er ihr Lebensgefährte war.

»Und?«, hakte Graham nach.

»Ich würde den Platz lieber mit jemand anderem besetzen. Jackson wäre ein guter Kandidat. Er hat Raumflugerfahrung, obwohl er sich bei seiner ISS-Mission einem direkten Befehl der Flugkontrolle widersetzt hat. Mein Wunschkandidat wäre Phillipson, aber der hat schon abgesagt, weil seine Frau wieder schwanger ist.«

Graham blickte Daniel an. »Jenny Nelson. Das ist doch deine Freundin, oder nicht?«

Daniel nickte nur.

»Also kennst du sie besser als jeder andere hier. Was meinst du denn dazu?«

Daniel schluckte.

Nach wie vor wollte er, dass Jenny auf der Erde blieb. Dass sie sich wieder vertrugen, heirateten und eine Familie gründeten. Kinder in die Welt setzten. Mindestens zwei.

Aber er wusste auch, dass Jenny sich in diese Marsmission verschossen hatte. Sie war zwar nicht in der Stammmannschaft, aber als Backup würde sie fliegen, wenn mit Zack Hudson irgendetwas war. Der Ingenieur brauchte nur eine üble Infektion zu bekommen oder sich beim Joggen am Strand das Bein zu brechen, und schon reiste Jenny an seiner Stelle zum Mars.

Aber was war, wenn die Mission scheiterte und Jenny starb? Es gab so viele Tode, die man im Weltall erleiden konnte – beim Start der Rakete in einem Feuerball vergehen oder langsam ersticken, wenn das Schiff beim Flug zum Mars beschädigt wurde. Daniel würde sich für den Rest seines Lebens Vorwürfe machen, so viel war sicher.

Andererseits: Wenn sie dahinterkam, dass er für ihre Nicht-Nominierung in die Ersatzmannschaft verantwortlich war, dann war ihre Beziehung ohnehin verloren. Daran bestand kein Zweifel. Und Jenny war erwachsen. Wenn sie zum Mars gehen wollte, dann stand es Daniel nicht zu, sie daran zu hindern.

»Man kann sich hundertprozentig auf sie verlassen, und sie wird alles tun, damit die Mission ein Erfolg wird. Das weiß ich. Für sie spricht auch, dass sie mit Berry und Bryson während des ISS-Trainings gut zusammengearbeitet hat und auf der ISS ebenfalls den Part des Bordingenieurs übernommen hätte.«

»Die ISS ist nicht das Marsschiff«, wandte Watts ein.

Daniel lächelte. »Die Gateway-Station ist direkt von der Internationalen Raumstation abgeleitet. Ein großer Teil der Systeme sind lediglich Weiterentwicklungen oder sogar identisch.«

»Sie hat keinerlei Raumflugerfahrung«, konterte Anne kühl.

Das zählte nicht immer, wie Daniel aus einem Buch über das Apollo-Programm wusste, das er vor einigen Monaten gelesen hatte. »Alan Bean, Ed Mitchell, James Irvin, Charlie Duke und Harrison Schmidt waren ebenfalls unerfahren, als sie auf dem Mond landeten, obwohl andere Astronauten mit Raumflugerfahrung zur Verfügung gestanden hätten. Es gab dennoch gute Gründe, diese Leute zum Mond zu schicken.«

»Ich weiß nicht, ob man das so vergleichen kann.« Anne klang zögerlich.

»Drei dieser Astronauten sind geflogen, weil sie einfach an der Reihe waren«, erläuterte Daniel. »Und eigentlich wäre Jenny an der Reihe gewesen, ins All zu fliegen, wenn ihre Mission nicht abgesagt worden wäre.«

Graham machte eine wegwerfende Handbewegung. »Es geht doch auch nur um die Reservecrew«, sagte er genervt. »Wir sollten hiermit zum Abschluss kommen, wir haben noch andere Dinge zu besprechen.«

Anne verzog das Gesicht. »Also gut. Meinetwegen. Ich lasse Jenny Nelson in die Backup-Crew versetzen.«

Daniel presste die Kiefer zusammen. Die Entscheidung war gefallen.

19

»Lass Jenny das Schiff fliegen«, forderte Malcolm, der vor Jenny im Sitz des Kommandanten saß.

Neben ihm hatte Armin Walterscheid den Platz des Piloten eingenommen. Der drehte sich überrascht herum. »Aber ich bin doch der Pilot«, sagte er mit seinem ausgeprägten deutschen Akzent.

»Jenny ist als Bordingenieurin auch stellvertretende Pilotin«, erklärte Malcolm. »Sie muss das Manöver trainieren.«

»Klar«, sagte Armin. »Ich übergebe die Kontrolle.«

Jenny holte tief Luft. Seit sie vor einer Woche der Reservemannschaft zugeteilt worden war, hatten sie ein gutes Dutzend Simulationen in Houston durchgeführt. Wann immer die Stammmannschaft nicht vor Ort war, wurden sie in den Simulator gebeten.

Sie aktivierte ihren Steuerknüppel und stellte sicher, dass sie den richtigen Betriebsmodus gewählt hatte. Dann blickte sie aus dem Fenster. Ja, inzwischen hatte der Simulator ein richtiges Fenster, aus dem man nach draußen auf eine Leinwand mit einem projizierten Bild schauen konnte. Dort war ein 3D-Modell ihrer Rückkehrstufe. Diese würde einen Monat nach ihnen zum Mars fliegen. Nachdem sie die außerirdische Technologie sichergestellt und den Marsmond wieder verlassen hatten, würden sie damit koppeln, um zurück zur Erde zu fliegen.

Allerdings war ein manuelles Kopplungsmanöver des schweren Marsschiffes mit der entsprechenden Massenträgheit eine haarige Angelegenheit. Es war, als müsse die ISS an einer Kopie von sich selber andocken.

»Burt, unterstützt du mich?«, bat Jenny.

»Ja, sicher.«

Der Kollege würde die Sensorwerte für sie ablesen, damit sie nicht den Blick vom Fenster nehmen musste.

»Entfernung beträgt zwanzig Meter. Geschwindigkeit null.«

Jenny drückte den Steuerknüppel sanft nach vorne. Langsam kam die Raketenstufe näher. Das Vehikel war von der Ausgangslage her nicht optimal ausgerichtet und musste sich erst in eine Position manövrieren, die innerhalb des Andockkegels lag, bevor sie koppeln konnte.

»Plus zwo in Y, minus eins in Z«, meldete Burt. Bisher reagierte das simulierte Schiff sehr gut auf ihre Steuerimpulse.

Mit ruhiger Hand drückte sie den Knüppel leicht nach links, wobei sie ihn behutsam drehte.

Sanft schwebte sie an der Rückkehrrakete vorbei. Gleich würde sie den Andockkegel erreicht haben. Erst wenn sie sich innerhalb dieser imaginären Begrenzung im Raum befand, durfte sie sich der Stufe weiter annähern.

»Andockkegel erreicht«, meldete Malcolm.

Jenny brachte das Schiff zum Stillstand und schwenkte es sachte herum, bis sie ihren eigenen Dockingadapter auf den der Rückkehrstufe ausgerichtet hatte. Dann beschleunigte sie erneut.

Langsam kam das andere Schiff näher.

Bisher lief alles glatt. Aber Jenny wollte sich davon nicht täuschen lassen. Jeden Augenblick konnte irgendetwas geschehen, mit dem sie nicht rechnete. Oder die Simulationsingenieure bauten wieder absichtlich eine Schikane ein.

»Geschwindigkeit in X beschleunigt sich auf drei«, meldete Burt.

Jenny erschrak. Das konnte nicht sein. Sie hatte den Steuerknüppel nicht betätigt. Da war sie nun, die Fehlfunktion.

»Geschwindigkeit bei vier«, sagte Burt sachlich.

»Das ist zu schnell zum Andocken«, bemerkte Malcolm.

Das ist mir selber klar!

Es musste sich um ein Problem mit den Schubdüsen handeln. Schnell schaltete sie das System aus und wechselte auf ein Ersatzsystem.

»Beschleunigt weiter auf plus vier Komma fünf«, sagte Burt.

Scheiße!

Das verdammte Ventil der Schubdüse musste sich verklemmt haben. Es würde weiterfeuern, bis der Treibstoff verbraucht war.

»Plus fünf.« In Burts Stimme mischte sich nun Nervosität.

Jenny schloss die Augen.

Und öffnete sie schnell wieder. Sie musste verhindern, dass sie mit der Raketenstufe kollidierten. Einen Fehlschlag konnte sie sich nicht leisten. Es war gut möglich, dass irgendjemand diese Fehlfunktion als Test für sie befohlen hatte, um ihre Untauglichkeit zu beweisen.

Sie musste einen Weg finden, das Kopplungsmanöver erfolgreich zu beenden. Irgendwie.

Sie hatte eine Idee.

Schnell aktivierte sie das Ersatzsystem der Vernier-Schubdüsen. Die waren zwar schwächer als das Hauptsystem, aber wenn sie sie mit voller Kraft zündete, sollte es für einen Gegenschub ausreichen.

Sie stellte sicher, dass der Steuerknüppel auf den Translationsmodus geschaltet war, und zog ihn nach hinten. Entsprechende LEDs auf ihrer Konsole zeigten an, dass die Schubdüsen feuerten.

»Geschwindigkeit verringert sich. Sind auf vier.«

Dennoch kam die Raketenstufe außerhalb des Fensters schnell näher. Zu schnell.

»Drei«, meldete Burt. »Entfernung fünf Meter.«

Bei zwei konnten sie sicher andocken. Das musste zu schaffen sein. Schnell überprüfte sie an ihrem Monitor die Ausrichtung der Schiffe zueinander. Sie waren etwas nach Steuerbord gedriftet. Jenny tippte kurz in die entsprechende Richtung auf dem Steuerknüppel, um die Bewegung auszugleichen.

»Zwei«, sagte Burt. »Und zwei Meter.«

Es funktioniert!

Jenny nahm etwas von dem Gegenschub weg. Mit gleichmäßiger Geschwindigkeit bewegten sie sich weiter nach vorne.

Aus den Lautsprechern ertönte ein metallisches Geräusch, als die Schiffe aneinanderkoppelten.

»Gut gemacht.« Malcolm schnallte sich ab. »Das reicht für heute. Gehen wir noch zusammen was essen?«

»Chili?« Armin hatte offenbar Geschmack an mexikanischem Essen gefunden.

Burt stöhnte. »Hatten wir doch erst gestern.«

Jenny packte die Checkliste in ihre schwarze Pilotentasche und verließ hinter Armin die Raumschiffattrappe.

Draußen stand Anne hinter den Konsolen der Simulationsingenieure. Anne nahm normalerweise nie an irgendwelchen Übungen teil. Jenny war überzeugt, dass die Chefastronautin diese Prüfung für sie angeordnet hatte. Schon kam sie grinsend auf Jenny zu. »Gut gemacht.«

Jenny blieb vor ihrer Chefin stehen und zuckte mit den Schultern. »Was wäre geschehen, wenn ich in die Rückkehrstufe geknallt wäre?«

Anne legte den Kopf schief. »Darüber sprechen wir nicht.«

»Es war eine Prüfung, nicht wahr?«

Anne betrachtete sie einen Augenblick stumm und nickte dann. »Du wirst es uns sicher nicht übelnehmen, wenn wir bei dir ein bisschen genauer hinsehen, nicht wahr?«

Denn schließlich bin ich trotz meines jahrelangen Trainings eine blutige Anfängerin.

»Ich schätze, ich kann dankbar sein, dass du mich überhaupt in die Reservemannschaft gelassen hast.«

»Dankbar solltest du eher deinem Freund sein.«

Jenny zog die Stirn in Falten. »Welchem Freund?«

»Daniel Perito. Er hat sich bei einem Meeting am Cape für dich eingesetzt. Hat er es dir nicht erzählt?«

Jenny schüttelte den Kopf.

Anne ließ sie stehen und eilte an Malcolm vorbei nach draußen.

Langsam folgte Jenny ihren Astronautenkollegen zum Ausgang des Gebäudes. Sie hatte von Daniel seit ihrem Streit nichts mehr gehört, sich aber auch nicht die Mühe gemacht, ihn anzurufen. Sie wusste nicht einmal, ob sie noch zusammen waren oder nicht. Ebenso wenig war ihr klar, ob sie noch mit ihm zusammen sein wollte. Er schien sich doch als Partnerin eine Hausfrau und Mutter zu wünschen.

Dass er sich für sie eingesetzt hatte, überraschte sie. Vielleicht hatte er seine Einstellung geändert? Nun bekam sie ein schlechtes Gewissen. Sie hätte trotz des Stresses die Dinge mit ihm klären sollen.

Sie trat hinter den anderen ins Freie und blieb stehen. Die Sonne stand tief und blendete.

Burt drehte sich auf dem Weg zum Parkplatz herum. »Kommst du nicht mit?«

Jenny seufzte. »Ich komme nach. Ich muss noch telefonieren.«

Burt nickte und setzte den Weg zu seinem Auto fort.

Jenny fischte das Handy aus ihrer Jackentasche und drückte die Schnellwahltaste mit Daniels Nummer.

Es verging kaum eine Sekunde. »Hallo Jenny. Schön, dass du anrufst.«

»Wir haben schon länger nichts voneinander gehört. Ich dachte, es wird einfach Zeit.«

»Ich wollte mich auch schon melden«, sagte er. »Es war so viel zu tun.«

Jenny schluckte. Daniel wusste offenbar genauso wenig wie sie, was ihr Beziehungsstatus war. Doch jetzt, wo sie seine Stimme hörte, spürte sie, dass er ihr fehlte. »Wo bist du?«

»In Houston«, sagte er. »Wir hatten eine Besprechung, und ich habe gerade im Hotel eingecheckt.«

Auf der einen Seite störte es sie, dass er sich nicht gemeldet hatte, als er nach Houston gekommen war. Andererseits wusste sie nicht, ob sie es anders gemacht hätte. Es war einfach eine vertrackte Situation.

»Wollen wir was essen gehen?«, sagte er schließlich.

»Wann fliegst du zurück?«

»Morgen früh. Um vier geht der Wecker.«

Ihrer würde kaum später gehen. Sie war müde und hatte eigentlich keine Lust, die knappe Freizeit in einem förmlichen Restaurant zu verbringen. »Willst du vorbeikommen?«, fragte sie aus einem Impuls heraus. »Dann hole ich Pizza auf dem Weg.«

Er brauchte nicht eine Sekunde, um sich zu entscheiden. »Bin unterwegs.« Er zögerte. »Soll ich im Hotel auschecken?«

Wollte sie das wirklich?

Aber sie wollte es nicht nur. Sie brauchte es.

Zwei Stunden später lagen sie nebeneinander in ihrem Bett. Verschwitzt und müde.

»Ich habe dich vermisst«, sagte Daniel.

Sie konnte am Tonfall hören, dass er es ehrlich meinte. Jetzt, wo sie neben ihm lag und seine vertraute Wärme spürte, fragte sie sich, warum sie bereit gewesen war, die Beziehung einfach wegzuwerfen. Sie hatte vielleicht nur keine Zeit gehabt, richtig darüber nachzudenken.

Aber wie ging es weiter? »Anne hat gesagt, dass du dich für mich eingesetzt hast.«

Er nickte. »Es sind deine Träume und deine Ziele. Ich habe nicht vor, sie zu sabotieren. Als sie mich nach meiner Meinung fragten, ob du deinen Job ordentlich machen wirst, habe ich nur die Wahrheit gesagt.«

Sie küsste ihn auf die Wange. »Danke!«

Er zuckte mit den Schultern. »Nichts zu danken.«

Seine Stimme wirkte kühl. Es war nicht wie früher, das merkte sie. Immer noch stand etwas zwischen ihnen. »Sind wir noch zusammen?«

Sicher, sie hatten gerade Sex gehabt, aber es schien ihr, dass das eine nichts mit dem anderen zu tun hatte.

Er schwieg lange Sekunden.

»Ich weiß nicht«, sagte er schließlich. »Ich weiß nicht, ob ich das kann.«

Sie blickte ihm in die Augen. »Was meinst du?«

»Ich weiß nicht, ob ich auf dich warten kann, während du anderthalb Jahre lang zum Mars fliegst. Ich weiß nicht, ob ich die Angst um dich jeden Tag ertragen kann. Außerdem habe ich Angst davor, dass dieser Flug zu einem anderen Planeten dich verändert. Dass wir danach keine gemeinsame Basis mehr haben.«

War das so? Würde dieser Flug sie verändern? Gut, das mochte natürlich sein, aber veränderte nicht jede Reise einen Menschen, indem sie ihm neue Erfahrungen brachte?

Außerdem passierte ihr das ohnehin nicht. »Ich bin in der Ersatzmannschaft«, sagte sie leise. »Zack Hudson wird zum Mars fliegen, und ich werde ihn vom Kontrollzentrum aus als Capcom unterstützen. Dann werde ich irgendwann meinen Flug zur ISS bekommen, mein halbes Jahr im Orbit verbringen, und danach bleibe ich am Boden.«

So würde es laufen. »Und dann werde ich mit dir eine Familie gründen«, schob sie nach.

Er blickte sie durchdringend an. Sie konnte die Zweifel in seinen Augen erkennen. »Bist du sicher?«

Ja, das wollte sie. Sie wollte Kinder, und sie konnte sich Daniel sehr gut als Vater vorstellen. »Ja, ich bin sicher. Ich verspreche es.«

Er beugte sich zu ihr herüber und nahm sie in den Arm.

Doch was war, wenn Zack krank wurde oder einen Unfall hatte?

Dann werde ich mein Versprechen brechen.

20

»Triebwerkszündung in dreißig Sekunden«, sagte Flight Director Lee Kline, der hinten im Kontrollzentrum saß und den Flug überwachte.

Daniel hatte zusammen mit seinem Chef auf der Besuchergalerie des Flugkontrollzentrums im JSC in Houston Platz genommen. Eigentlich waren sie für ein Meeting mit Planungsingenieuren in die Stadt geflogen, aber sie wollten sich den Start des ersten Marsschiff-Moduls nicht entgehen lassen.

Daniel sah zu den großen Bildschirmen vorn im Raum. Der größte zeigte die Position des Raumschiffes über einer Karte der Erde: Es flog soeben südlich von Sri Lanka über den Indischen Ozean. Eine weitere Grafik stellte ein 3D-Modell des Raumschiffes dar, das noch mit der zylindrischen Oberstufe der Trägerrakete verbunden war.

Es herrschte eine angespannte Ruhe. Etwa zwei Dutzend Controller und Ingenieure saßen vor ihren Computerkonsolen. Von den Technikern bekam Daniel nur leises Murmeln mit, wenn sie in ihre Headsets sprachen.

Der Start der Falcon-Heavy von Cape Canaveral war erfolgreich gewesen. Das Kernmodul der zum Marsschiff umgewidmeten Gateway-Station befand sich nun in einer Erdumlaufbahn und wartete auf die erneute Zündung der Oberstufe, die es in eine Transferbahn zum Mond bringen sollte.

»Hoffentlich geht das gut«, sagte Graham.

Daniel nickte. Der Raketenstart von der Erde hatte ihm nicht viel Kopfzerbrechen bereitet. Die Falcon-Heavy-Rakete flog seit Jahren erfolgreich ohne einen einzigen Fehlstart. Und auch heute hatte die SpaceX-Rakete nicht enttäuscht. Daniel war davon überzeugt, dass der Einschuss in die Mondtransferbahn genauso gut gelingen würde, aber dann kamen einige kritische Momente. Das Marsschiff war überhastet fertiggestellt worden, und kurz nach erfolgreicher Triebwerkszündung sollte das Schiff von seinen internen Computern aktiviert werden. Antennen würden ausgefahren, die Solarzellenflächen entfaltet, Kühlsysteme aktiviert und elektrische Systeme hochgefahren werden. Die Anzahl der Fehler, die dabei entstehen konnten, war gigantisch.

»Zündung in drei, zwei, eins, null«, verkündete Kline unaufgeregt.

Hinter dem Modell des Raumschiffes erschien eine eher lächerlich animierte, gelbe Flamme. Sie zeigte an, dass die Zündung erfolgreich begonnen hatte. Daneben wurde nun ein Countdown eingeblendet, der die Zeit bis zum geplanten Abschalten des Triebwerks zeigte. Deaktivierte sich das Triebwerk aus welchen Gründen auch immer zu früh, dann verfehlte das Schiff den Mond und landete in einer langgezogenen ellipsenförmigen Bahn über der Erde.

»Fünf Minuten verbleiben in der Zündung«, sagte Kline.

Daniel setzte sich wieder in den Sessel neben Graham, der sich mit einem Taschentuch den Schweiß von der Stirn tupfte. »Ich könnte den Job der Controller nicht machen. Ich würde bei jedem Raketenstart einen Herzinfarkt bekommen.«

Daniel grinste kurz, ließ dabei aber die stilisierte Triebwerksflamme und den Countdown nicht aus den Augen. »Ich glaube, die brauchen das.«

Graham brummte leise. »Da ist mir ein gemütlicher Besprechungsraum mit einer Kanne Kaffee und ein paar Donuts lieber.« Er hatte schon verkündet, nie wieder die administrative Leitung einer Mission übernehmen zu wollen. Daniel konnte sich sogar vorstellen, dass sein Chef nach dem Marsflug in den Ruhestand ging. Oder einen geruhsamen Job als Leiter einer belanglosen NASA-Abteilung übernahm, wie der Typ, der auf das alte Mondgestein der lange vergangenen Apollo-Missionen aufpasste. Aber wer würde dann sein neuer Boss werden? Daniel konnte diese Stelle nicht übernehmen. Dazu war er noch zu jung und unerfahren.

Wie dem auch sein mochte – jetzt mussten sie erst einmal diese komplizierte Marsgeschichte hinter sich bringen.

Kline drückte ein paar Tasten auf seiner Konsole. »Es verbleiben drei Minuten in der Zündung. Triebwerksparameter nominal.«

Auf dem Bildschirm machte die Karte der Erde einer neuen Ansicht Platz. Links erkannte Daniel die Erde, rechts davon den Mond als deutlich kleineren Kreis. Über der Erde wurde die Bahn der Oberstufe mit dem Marsschiff als Ellipse dargestellt, deren entferntester Punkt sich immer mehr dem Mondkreis annäherte.

»Was Neues von den Russen und Chinesen?«, fragte Daniel. Er hatte bei der Frühbesprechung nicht dabei sein können, nachdem sein Mietwagen am Morgen nicht angesprungen war.

Graham zuckte mit den Schultern. »Schwer zu sagen. Sie haben eines der Wissenschaftsmodule von der Tiangong-Station entfernt, dann haben sie den Orbitalkomplex mit einer Triebwerkszündung in eine höhere Umlaufbahn gebracht. Ein Spezialist von der Space Force meint, sie positionieren sich, um Frachtlieferungen von der Erde zu empfangen. In der Tat werden mehrere Sojus- und Langer-Marsch-Raketen in diesem Moment zu den jeweiligen Startrampen in Russland und China gerollt.«

»Dann transportieren sie vielleicht die Komponenten ihres Marsschiffes hoch.«

Graham schüttelte den Kopf. »Es sieht eher so aus, als würden sie ihre Tiangong-Station zu einem Marsschiff umbauen.«

Daniel riss die Augen auf. »Sie wollen die ganze Raumstation zum Mars schicken? Vom Erdorbit aus? Da werden sie aber viel Treibstoff benötigen.«

»Ja«, erwiderte Graham. »Das mag mit einer der Gründe dafür sein, warum sie eines der Wissenschaftsmodule entsorgt haben. Das reduziert die Masse und den Treibstoffbedarf für den Einschuss in eine Marstransferbahn.«

»Dann werfen sie das andere sicher auch noch weg«, schloss Daniel.

»Ich glaube eher, dass sie das andere Modul leer räumen und als Logistikmodul nutzen«, meinte sein Boss. »Die Analysten glauben, dass die Chinesen bei den kommenden Starts Ausrüstung und Lebensmittel für den Flug zum Mars nach oben bringen, und die Russen starten einen ganzen Stapel Progress-Schiffe, die bis an den Rand mit Treibstoff gefüllt sind. Die werden dann gebündelt und schießen den ganzen Komplex zum Mars.«

Das ergab Sinn. Es war eine schnelle, unelegante Lösung, aber sie würde funktionieren. Das Schiff war dem des Westens sehr ähnlich. »Wie viele Leute schicken sie zum Mars?«

Graham zuckte mit den Schultern. »Vier, höchstens fünf. Mehr gibt ihre Station nicht her.«

»Triebwerkszündung beendet«, meldete Kline. »Wir sehen hier eine gute Transferbahn.«

Auf dem Bildschirm verband die Ellipse nun die Kreise von Mond und Erde. In einer Woche würde das Marsschiff die Mondumlaufbahn erreicht haben. In den nächsten Tagen sollten weitere Raketen von Cape Canaveral aus Treibstoffmodule in den Orbit bringen, die dann mit dem erweiterten Triebwerksmodul verbunden wurden. Alles zusammen würde dann nach Abschluss der Arbeiten zum Marsschiff in die Mondumlaufbahn gebracht werden. Ganz zum Schluss, in einem Monat, sah der Plan vor, dass die vier Astronauten das Marsschiff in Betrieb nahmen und nach einigen Tagen endgültig Kurs auf den Mars setzten.

Daniel empfand eine gewisse Erleichterung. Bisher sah es nicht so aus, als würde die Ersatzcrew mit Jenny gebraucht werden. Die Stammbesatzung fühlte sich fabelhaft und machte in ihrem Training gute Fortschritte. Einerseits bedauerte Daniel Jenny, dass ihr Traum, zum Mars zu fliegen, nicht in Erfüllung gehen würde. Aber er freute sich andererseits auf eine gemeinsame Zukunft. Irgendwann würden Jennys Marsträume verblassen und irdischen Zielen weichen.

»Wir beginnen nun mit der Aktivierung des Marsschiffes«, sagte Kline. »Aktivieren der Datenbusse und Ausfahren der Antennen folgt in den nächsten fünf Minuten.«

Jetzt wurde es wieder interessant.

»Hoffentlich klappt alles.« Graham fuhr sich erneut mit dem Taschentuch über die Stirn.

Daniel musterte die Symbole in unterschiedlichen Farben. Er kannte die Bedeutung der dargestellten Systeme nicht. Einige Zeichen waren gelb, andere leuchteten in sattem Rot. Aber die Kontrollmannschaft schien das nicht sonderlich zu beunruhigen. Die Leute saßen ruhig in ihren Sesseln vor den Konsolen und tippten auf ihre Tastaturen oder murmelten in die Mikrophone.

Daniel dachte wieder an Jenny. Er hatte eigentlich heute Abend zu ihr gewollt, aber sie musste am Nachmittag für ein neues Training nach Cape Canaveral fliegen. Sie hatte ihm angeboten, bei ihr zu übernachten, aber wenn sie eh nicht da war, ging er lieber ins Hotel, um mit seinem Chef zu Abend zu essen und danach noch einen Whisky an der Bar zu kippen. Graham wurde sehr gesprächig, wenn er einen sitzen hatte, und das wurde dann schnell interessant, besonders bei Anekdoten aus dem Shuttle-Programm.

»Bus A und B aktiviert. Primäre Antennen ausgefahren«, sprach Kline in sein Mikro. »Wir beginnen nun mit dem Ausfahren der Solarsegel.«

Das stellte den kritischsten Teil dieser Flugphase dar. Ohne Strom durch die Solarzelle war das Marsschiff nur ein Stück totes Metall.

Daniel wandte sich wieder an Graham. »Hat der Analyst etwas davon gesagt, wann Russen und Chinesen startbereit sind?«

Graham verneinte. »Das ließ sich so nicht sagen. Eine Geheimdienstquelle äußerte wohl etwas von vier Wochen, aber verifizieren lässt sich das nicht.«

Vier Wochen.

Das war in etwa der Zeitraum, in dem sie auch mit dem Start ihres eigenen Marsschiffes rechneten. Wenn es zu einem Wettlauf kam, würde er sehr knapp werden.

»Wir haben ein Problem.« Kline klang unverändert ruhig.

Daniel und Graham standen auf.

»Was ist los?«, rief Daniels Chef.

»Das Solarzellensegel ließ sich nur bis 20 Prozent ausfahren«, erwiderte der Flight Director. »Jetzt blockiert der Motor.«

Graham wurde blass.

Zwanzig Prozent. Das reichte bei weitem nicht aus, um das Schiff so weit in Betrieb zu nehmen, dass die Besatzung sich in der Mondumlaufbahn um den Rest kümmern konnte. Wenn sich der Fehler nicht beheben ließ, war die Mission gelaufen.

»Geben Sie mir die letzten Parameter«, forderte Kline seine Controller auf.

»Hoffentlich kriegen die das in den Griff«, krächzte Daniels Boss. In dem Moment klingelte Grahams Mobiltelefon, und er zog sich zurück.

»Die Temperaturen sind sehr niedrig«, informierte Kline einen seiner Ingenieure. »Das ist am unteren Rand der Toleranz. Kümmern Sie sich darum.«

Daniel wollte den Flight Director eigentlich nicht stören, aber sein Wissensdrang überwog. Er ging die paar Schritte zu dessen Konsole. »Was ist denn mit dem Motor?«

Kline nahm den Blick nicht von seinen Monitoren. »Die Temperatur ist sehr niedrig. Das Metall der Halterung zieht sich dann zusammen, und das könnte ein Grund für unser Problem sein.«

»Und was tun Sie dagegen?«, fragte Daniel.

»Wir drehen das Raumschiff ein Stück, bis der Motor in der Sonne ist.«

Daniel runzelte die Stirn. Das hörte sich für ihn nicht nach einem technisch hochwertigen Lösungsversuch an.

Er drehte sich um. Sein Chef sprach immer noch in das Telefon in seiner Linken, wobei er immer wieder mit der Rechten gestikulierte.

»In Ordnung«, verkündete Kline nach einiger Zeit. »Die Temperatur des Motors ist um fünf Grad gestiegen. Wir probieren es erneut.«

Daniel trat nervös auf der Stelle. Er versuchte zu ergründen, welches Symbol auf Klines Konsole den Zustand der Solarzellen anzeigte, aber ohne Erfolg.

»Und?«, sagte er schließlich.

Kline lächelte knapp. »Funktioniert. Solarzellen werden ausgefahren.«

Gott sei Dank!

Daniel ging zurück zu seinem Sessel und traf dort gleichzeitig mit Graham ein, der gerade sein Handy wieder in die Tasche des Jacketts beförderte.

»Und?«, fragte Daniels Chef. »Was ist mit den Solarzellen?«

»Die haben es hingekriegt.«

Graham nickte. »Gut. Pack deinen Kram. Wir fahren sofort zum Flughafen.«

Aber sie hatten doch noch ein Meeting. »Was ist denn los?«

»Das war Frank Watts«, informierte Graham ihn. »Das Weiße Haus hat beschlossen, Verhandlungen mit den Russen und Chinesen über eine gemeinsame Mission zur Bergung der außerirdischen Technologie aufzunehmen.«

21

»T minus fünf Minuten«, hallte es aus den Lautsprechern der VIP-Tribüne in Cape Canaveral.

Jenny hob ihr Fernglas und spähte nach Südosten. Dort, gut sechs Kilometer entfernt, erkannte sie die schlanke Vulcan-Centaur-Rakete auf der Startrampe.

In Florida war es immer noch kühl, dafür leuchtete der Himmel stahlblau und bot beste Beobachtungsbedingungen für den anstehenden Raketenstart. »Wir werden sie bis zum Abwurf der Booster gut verfolgen können.«

»Wahrscheinlich noch weit darüber hinaus.« Malcolm saß neben ihr, auf ihrer anderen Seite lümmelte sich Armin Walterscheid in seinem Sitz. Burt hatte noch Papierkram zu erledigen gehabt und verfolgte den Start im Livestream von NASA-TV. Außerdem waren zahlreiche Pressevertreter und Politiker eingeladen worden.

Ganz oben auf der Tribüne verfolgte natürlich die Stammbesatzung des Marsschiffes den Start. Dies war die erste Lieferung von Treibstofftanks für die Rückkehrstufe, die einen Monat nach den Astronauten auf den Weg zum Roten Planeten gebracht werden sollte, in den Orbit. Der Start heute stellte einen Teil des Rückflugtickets dar.

Auch wenn das Marsraumschiff nun gut im Mondorbit angekommen war, blieb noch jede Menge Arbeit. Treibstoff, Wasser,

Nahrung und sonstige Ausrüstung mussten für die Expedition zum Schiff gebracht werden. Alleine für diese Woche waren sechs Raketenstarts von Cape Canaveral, Wallops Island in Virginia und Kourou in Französisch-Guyana geplant.

Nichts durfte schiefgehen. Jede Verzögerung wirkte sich unweigerlich auf den Starttermin des Marsschiffes aus und verschaffte den Russen und Chinesen einen Vorteil.

»Noch zwei Minuten bis zum Start.«

Auf der Tribüne wurde es still. Jenny dachte an Daniel. Sie vermisste ihn. In den letzten Wochen hatten sie sich kaum gesehen. Er war andauernd unterwegs, und sie natürlich auch. Waren sie einmal zeitgleich in Houston, dann hatte immer mindestens einer von ihnen aus irgendwelchen Gründen keine Zeit. Erst wenn das Marsschiff in drei Wochen abgeflogen war, würde es wieder ruhiger werden. Jenny war zwar als Capcom eingeteilt und würde den Flug vom Kontrollzentrum in Houston aus mit betreuen, aber da hatte sie feste Arbeitszeiten. Dann blieb genug Zeit, Daniel wieder häufiger zu sehen.

Von der anfänglichen Euphorie, in die Ersatzmannschaft aufgenommen worden zu sein, war nicht mehr viel übrig geblieben. Die Stammbesatzung behandelte sie wie Assistenten. Einmal hatte Jenny sogar Hotels für eine Dienstreise von Clint und Dana buchen müssen. Hätte sie nicht gewusst, dass schon zu Apollozeiten die Backup-Crews solche Handlangerdienste verrichtet hatten, hätte sie sich wahrscheinlich geweigert. Jenny rechnete nicht damit, in die Stammcrew befördert zu werden. Zack machte seinen Job außerordentlich gut, und er war topfit. Sein letztes Medical hatte er mit fliegenden Fahnen bestanden. Nur ein Unfall konnte ihn jetzt noch an einem Flug zum Mars hindern. Und Zack mied jedes Risiko. Sogar sein geliebtes Motorrad ließ er in der Garage stehen und kam morgens mit dem Familienkombi zur Arbeit.

Nein, Jenny würde sich den Flug zum Mars vom Kontrollzentrum aus anschauen. Sie musste sich damit abfinden.

Nächstes Jahr bekam sie ihren Flug zur ISS und konnte die Erde vom Weltall aus sehen. Und damit hatte sie schon mehr erreicht als die meisten anderen Menschen. Es war okay.

»Hoffentlich geht alles gut«, murmelte Malcolm. Ihr ehemaliger ISS-Kommandant wirkte nervös, was für ihn ziemlich ungewöhnlich war.

»Hast du Zweifel?«, fragte Armin mit seinem dicken deutschen Akzent.

Malcolm nickte langsam. »Die Vulcan ist eine recht neue Rakete. Sie ist bisher nur zweimal geflogen, und beim letzten Mal hat ein Triebwerk zu früh abgeschaltet. Die Umlaufbahn war um ein gutes Dutzend Kilometer niedriger als beabsichtigt. Zum Glück hatte der Erdbeobachtungssatellit Reserven in seinem eigenen Lageregelungssystem, und die Ingenieure haben es benutzt, um den Vogel auf seine angepeilte Höhe zu hieven.«

»Habe ich gar nicht mitbekommen«, wunderte sich Jenny.

Malcolm grinste schief. »Man hat das Ganze kleingeredet. Ich hoffe nur, dass die Ingenieure inzwischen den Fehler gefunden haben.«

»T minus eine Minute«, verkündete der Kommentator. »Noch sechzig Sekunden bis zum Start.«

Malcolm stand auf, Jenny und die anderen erhoben sich ebenfalls.

»Zehn, neun, acht, sieben, sechs …«

»Ich hasse den letzten Countdown«, murmelte Armin.

Jenny versteifte sich unwillkürlich.

»… zwei, eins, Zündung!«

Zuerst erschien eine weiße Dampfwolke neben der Rakete, die sich schnell ausbreitete. Dann zündeten die Feststoffbooster, und die Rakete schoss mit einem Satz nach oben. Sie beschleunigte sehr schnell und hatte nach wenigen Augenblicken die Startrampe hinter sich gelassen.

Jenny hatte ihr Leben lang Raketenstarts im Fernsehen gesehen, aber einen live zu erleben war doch etwas ganz anderes. Vor allem die blendende Helligkeit des aus den Triebwerken schießenden Feuers konnte der Bildschirm nicht vermitteln.

Jenny blinzelte, als die Rakete immer höher stieg und dabei schnell kleiner wurde.

Bisher war das alles in völliger Lautlosigkeit geschehen. Der Schall hatte noch keine Gelegenheit gehabt, sie zu erreichen. Doch jetzt hatte der Donner der Triebwerke die sechs Kilometer Luftlinie zu ihnen zurückgelegt.

Es war wie ein Gewitter, bei dem die Donnerschläge so unmittelbar aufeinanderfolgten, dass sie ineinander übergingen und ein fortlaufendes Tosen erzeugten. Die durch die Luft rauschenden Vibrationen drangsalierten ihr Trommelfell und raubten ihr den Atem, selbst auf diese Entfernung. Sie konnte sich kaum vorstellen, selber einmal auf der Spitze einer solchen Rakete in den Himmel aufzusteigen.

Die Rakete stieg höher und höher.

»Sieht doch ganz gut aus«, meinte Armin.

In diesem Moment gab es einen hellen Lichtblitz. Die Rakete war verschwunden. Stattdessen breitete sich eine weiße Wolke mit rötlichen Sprenkeln aus.

»Scheiße!«, brüllte Malcolm.

Die Rakete war explodiert.

Trümmer regneten schon nach unten in den Atlantik, während Jenny immer noch das Grollen der Triebwerke hörte.

»Haltet euch die Ohren zu!«, rief Malcolm. »Das wird laut!«

Jenny gehorchte sofort.

Gerade noch schnell genug. Der Knall war dennoch so laut, dass sie befürchtete, taub zu werden. Der Boden der Tribüne wackelte wie bei einem Erdbeben. Autoalarmanlagen jaulten hinter ihnen auf.

Dann hallte nur noch das Echo über den Platz.

Schweigend sahen Jenny und ihre Kollegen zu, wie die Wolke langsam verwehte. Noch Minuten später regneten Trümmerstücke in den Atlantik.

»Das hat sicher Konsequenzen für den Start des Marsschiffes.« Armin starrte finster auf den Ozean.

»Nein, die Explosion der Rakete mit den Treibstoffdepots für die Rückkehrstufe wird den Start zum Mars nicht verschieben.« Jenny wandte den Kopf zu der Tribüne, wo die Astronauten der Stammbesatzung mit versteinerten Mienen standen und wie Armin hinaus auf den Ozean starrten. »Aber Clint und seine Crew werden länger in der Marsbahn ausharren müssen, bis sie eine Gelegenheit zur Heimreise bekommen.«

22

Als die Flugbegleiter den Landeanflug ankündigten, packte Daniel seinen Laptop in die Tasche und schob sie unter den Sitz. Er streckte sich und schaute aus dem Fenster. Über den morgendlichen Nebel erhoben sich die Spitzen der Wolkenkratzer Dubais. Daniel erkannte die charakteristische Silhouette des Burj Khalifa, des höchsten Gebäudes der Welt.

Daniel war noch nie in Dubai oder einem anderen der Länder des Mittleren Ostens gewesen und hatte sich auf den Flug gefreut. Diese Freude war am Flughafen Dulles schnell verflogen, als sein Chef ihm mitgeteilt hatte, dass es nicht mehr genug Plätze in der Businessclass gab und Daniel darum als Einziger der Delegation einen Platz in der Economy zugewiesen bekommen hatte.

Die ganze Zeit über hatte er sich geärgert, dass er nun auf einem winzigen Sitz eingezwängt seine Papiere durchgehen musste, während Graham und Watts in der Bar des doppelstöckigen Megaliners einen Whisky nach dem anderen kippten.

Mit einem Ruck setzte die Maschine auf und rollte gemächlich zu ihrer Parkposition. Seinen Koffer bekam er zwar schnell, aber an den Schaltern der Einreisekontrolle musste er fast anderthalb Stunden lang warten.

Endlich stieß er zu den anderen. Neben Watts und Graham stand Harry Doubleton. Der Diplomat des Außenministeriums war füllig, hatte ein teigiges Gesicht und graue, kurze Haare. Sie hatten sich auf der Fahrt zum Flughafen kurz unterhalten. Doubleton war mehrere Jahre in der amerikanischen Botschaft in Moskau tätig gewesen und sprach fließend Russisch.

Ein Araber mit holprigen Englischkenntnissen holte sie ab und geleitete sie zu einer schwarzen Limousine. Das Fahrzeug brachte sie ins Hotel, wo das Treffen mit der russisch-chinesischen Delegation geplant war.

Nach langem Hin und Her hatten sich NASA-Chef Farrow und Masutkin, der Chef von Roskosmos, auf Sondierungsgespräche geeinigt. Sie sollten auf neutralem Boden stattfinden, darum die Reise nach Dubai. Da dieses Gespräch über die Kompetenzen der Raumfahrtpolitiker hinausging, hatte das Weiße Haus Doubleton mitgeschickt, der lange mit dem Präsidenten und dem Verteidigungsminister geredet hatte. Als Ort für die Sondierungen war das Gelände eines nahen Hotels ausgewählt worden.

Die Fahrt dauerte nur eine knappe Viertelstunde. Bei dem Hotel handelte es sich eher um ein Resort, das aus mehreren, zweistöckigen Gebäuden bestand und über ein kleines Konferenzzentrum verfügte. Als Daniel aus dem klimatisierten Wagen stieg, spürte er zum ersten Mal die sehr warme, sehr feuchte Luft. Sofort begann er in seinem schwarzen Anzug zu schwitzen. Er schnappte nach Luft.

»Ist nur ein kurzer Moment.« Doubleton grinste und entblößte dabei eine Reihe gelber Zähne. »Drinnen ist es angenehm klimatisiert.«

»Offenbar waren Sie schön öfters hier«, schloss Daniel.

Doubleton nickte. »Ist nicht selten, dass Gespräche zwischen russischen und amerikanischen Delegationen in neutralen Ländern geführt werden. Dubai eignet sich dafür sehr gut.«

Daniel brummte. »Die Vereinigten Arabischen Emirate liegen aber deutlich näher an Moskau denn an Washington. Wäre eine Stadt in Europa nicht fairer?«

Doubleton wirkte erheitert. »Europa ist doch nicht wirklich neutral. Vielleicht abgesehen von der Schweiz, aber die sehen ihr Land nicht gerne als Verhandlungsort. Das hat mal richtig Ärger gegeben. In Dubai hingegen interessiert es niemanden. Abgesehen davon, dass man sich hier nach manchen Gesprächen noch ein paar schöne Tage in der Sonne machen kann.«

Daniel verkniff sich eine Antwort. Er zweifelte nicht daran, dass sich der ranghohe Diplomat gewiss schon einige angenehme Kurzurlaube auf Staatskosten in Dubai gegönnt hatte.

Er trat hinter Doubleton, Graham und Watts in die Hotellobby. Eiskalte Luft wehte ihm entgegen, und er fröstelte sofort. In Amerika übertrieben es seine Landsleute gelegentlich mit der Klimaanlage, aber hier fühlte er sich wie in einem Gefrierfach. Er hätte besser einen Wintermantel mitgenommen.

Doubleton kannte offenbar den Weg und führte die Gruppe durch die weitläufige, größtenteils aus Marmor bestehende Lobby. Sie gingen an einer Gruppe japanischer Touristen vorbei, die mit teuer aussehenden Kameras in den Händen offenbar auf ihren Reiseleiter warteten, und bogen in einen Korridor ein, der laut englischsprachiger Beschilderung zum Konferenzzentrum führte.

Doubleton brachte sie in einen mittelgroßen, hellen Besprechungsraum. Die Fenster gingen auf einen Hinterhof hinaus.

Die russisch-chinesische Delegation war bereits eingetroffen: Vier Männer, alle über fünfzig in Zivil, standen um einen Stehtisch herum und unterhielten sich leise auf Russisch. Als Daniel und seine Gefährten eintraten, endete das Gespräch abrupt, und die Männer wandten sich den Neuankömmlingen zu.

»Schön, Sie zu sehen«, sagte ein mittelgroßer, schlanker Mann in dunklem Anzug, den Daniel sofort als Roskosmos-Chef Arkadi Masutkin erkannte. »Wir freuen uns, dass dieses Treffen zustande kommen konnte.«

Graham ging auf Masutkin zu und gab ihm die Hand. »Ich freue mich, dich wiederzusehen, Arkadi.«

Natürlich kannte Graham den russischen Raumfahrtchef. Trotz der politischen Schwierigkeiten der letzten Jahre war die Zusammenarbeit in der Raumfahrt durch den Betrieb der Internationalen Raumstation sehr intensiv gewesen.

Graham stellte Watts, Doubleton und Daniel vor, Masutkin die Mitglieder seiner Delegation.

Der großgewachsene, grauhaarige Aleksandr Bykowski war Diplomat aus Moskau und befugt, für den Kreml zu verhandeln. Er strahlte etwas sehr Aristokratisches aus, als stamme er direkt aus der russischen Zarenzeit.

Valentin Gubarew trug zwar einen anthrazitfarbenen, zivilen Anzug, war aber General im russischen Militär. Er war stämmig und hatte ein blasses Gesicht, in dem dunkle Augenringe dominierten.

Der Dritte war ein Chinese namens Liu Guangfu, ein Diplomat aus Peking: ein kleiner, drahtiger Mann in einem Anzug und mit einer kreisrunden, randlosen Brille auf der Nase.

Die Russen und der Chinese sprachen gut Englisch, so dass sie keine Übersetzer brauchten. Nach einigen Minuten Smalltalk am Stehtisch schloss Masutkin die Tür, und sie setzten sich an den runden Tisch in der hinteren Raumhälfte. Daniel langte nach vorne zur Kaffeekanne und schenkte sich ein. Gubarew griff sich einen Teller mit Keksen und stellte ihn zwischen sich und Guangfu.

Die Atmosphäre war gelöst, das verblüffte Daniel. Andererseits waren bis auf ihn hier alle Profis, die zweifellos schon an vielen solcher Gesprächsrunden teilgenommen hatten.

Wenn die Sondierungsgespräche tatsächlich zu einem Erfolg führten, dann würde es sehr bald zu richtigen Verhandlungen kommen. Daniel war sich sicher, dass es dort ganz anders zuging.

Graham räusperte sich. »Zunächst bitte ich, das Fehlen von Bill Farrow zu entschuldigen«, sagte er. »Seine Anwesenheit wurde in Washington verlangt.«

Masutkin machte eine wegwerfende Handbewegung. »Das ist kein Problem. Ich weiß doch, dass Bill die Dinge gerne weiterdelegiert.«

Daniel musste schmunzeln. Den Eindruck hatte er auch. Farrow wirkte immer so geschäftig und wichtig, da hatte es auch bei ihm eine Zeitlang gedauert, bis er bemerkt hatte, dass der NASA-Administrator eher bei Sektempfängen glänzte und die wirklich relevanten Gespräche anderen Leuten überließ.

»Haben Sie schon Ihre Kosmonauten für den Marsflug ausgewählt?«, fragte Harry Doubleton.

»Ja, unsere Kosmonauten stehen bereit.« Masutkin grinste.

»Und die Taikonauten«, ergänzte Guangfu.

»Ich nehme an, Ihre Astronautengruppe ist auch schon ausgewählt«, vermutete General Gubarew.

»Aber sicher doch.« Grahams Miene war undurchdringlich.

»Wie viele Astronauten fliegen denn?«, wollte Bykowski wissen.

»Wir verraten es Ihnen, wenn Sie uns verraten, wie viele Kosmonauten zum Mars fliegen«, erklärte Doubleton.

Daniel verstand. Ihrer Delegation ging es nicht nur darum, die Möglichkeiten einer Kooperation auszuloten, sondern auch darum, möglichst viele Informationen über die gegnerische Mission zu erhalten.

»Welche Masse hat Ihr Schiff?« Masutkin blickte Graham direkt in die Augen.

Der lächelte. »Da kommen schon ein paar Tonnen zusammen. Wie viele davon hat Ihres?«

»Wir werden später darauf zurückkommen, das sind ja nur unwichtige technische Kennzahlen«, wich Masutkin aus.

Watts lachte leise. »Na, so unwichtig scheinen sie nicht zu sein, wenn Sie so direkt danach fragen.«

»Wann wollen Sie denn starten?«, machte sich General Gubarew in beiläufigem Tonfall bemerkbar.

»Bald, General«, sagte Watts. »Sehr bald. Und Sie?«

»Wir schließen gerade die letzten Vorbereitungen ab«, antwortete Masutkin.

Der Chinese schwieg die ganze Zeit.

»Wir haben in Ihren Nachrichten gesehen, dass eine Ihrer Raketen mit einem Treibstoffdepot beim Start explodiert ist«, fuhr Masutkin fort. »Es wird doch nicht Ihre Pläne beeinträchtigen, oder?«

Daniel unterdrückte ein Seufzen. Das war eine der Schwachstellen der westlichen Offenheit. Chinesen und Russen konnten den Großteil der gewünschten Informationen einfach aus den amerikanischen und europäischen Nachrichten entnehmen, während ihre eigenen Starts und der Zustand ihres Marsschiffs strikter Geheimhaltung unterlagen. Natürlich erhielt der Westen die wichtigsten Informationen schließlich über die Geheimdienste, aber das dauerte eben seine Zeit.

Graham lachte gekünstelt. »Das berührt uns überhaupt nicht. Wir haben ausreichend Nutzlastkapazität in Reserve, um genügend Treibstoff in die Umlaufbahn und schließlich zum Marsschiff zu bringen.«

Das war eine glatte Lüge. Daniel wusste das. Graham wusste das. Und Masutkin wusste das ganz sicher auch, wenn er CNN geschaut hatte.

»Über wie viel Treibstoffmasse verfügt denn Ihr Marsschiff?«

Graham lachte wieder. »Das kann ich dir nicht genau sagen, Arkadi.«

Das war wohl wahr. Wenn die Russen die genaue Treibstoffmenge kannten, waren sie in der Lage, zusammen mit der Leermasse des Marsschiffes, die aus den Medien bekannt war, die Flugbahn und das Ankunftsdatum am Mars zu berechnen.

Masutkin lehnte sich in seinem Stuhl zurück und lächelte. »Wenn wir die Möglichkeit einer gemeinsamen Kooperation in Erwägung ziehen sollen, müssen wir schon die technischen Parameter Ihres Schiffes kennen.«

Doubleton schlürfte lautstark an seiner Kaffeetasse. »Liebe Kollegen, wir werden später bestimmen, welche technischen Parameter wir gegenseitig austauschen. Zunächst sollten wir die politischen Eckpunkte einer gemeinsamen Mission zwecks Bergung der außerirdischen Technologie definieren. Oder wollen Sie am Ende gar nicht in ernsthafte Verhandlungen treten?«

Das war gut.

Nur so konnte es weitergehen.

Das gekünstelte Lächeln Masutkins verschwand. Stattdessen drehte er den Kopf und starrte den Chinesen an.

Guangfu rückte auf seinem Stuhl ein wenig nach vorne. »Wir sind im Auftrag Pekings und Moskaus befugt, die Kernpunkte einer gemeinsamen Mission zum Mars und einer gemeinsamen Analyse der außerirdischen Technologie zum Wohle der gesamten Menschheit zu verhandeln.«

Daniel fiel ein Stein vom Herzen, die Russen und Chinesen meinten es ernst.

23

Jenny kam völlig verschwitzt im Simulatorgebäude des JSC in Houston an. Der Verkehr auf dem Weg vom Flughafen bis hierher war an diesem Freitagnachmittag mörderisch gewesen. Sie lief in die Garderobe, zog sich die schicke Bluse aus und stieg in ihre blaue NASA-Astronautenkombi. Dann ging sie durch die große Tür in die Halle, wo die Attrappe des Marsraumschiffes auf sie wartete. Malcolm stand neben einem mit Papieren bedeckten Tisch und musterte sie fragend.

Jenny ging zu ihm. »Tut mir leid. Ich habe im Verkehr festgesteckt.«

Er hob beschwichtigend die Arme. »Ist nicht so schlimm. Wir müssen ohnehin noch warten.«

Jenny blickte zum Simulator. Ein gelbes Licht zeigte an, dass das Gerät gerade in Betrieb war. Sie hatte nicht darauf geachtet.

»Die Stammbesatzung?«, vermutete Jenny.

Malcolm nickte. »Machen ein Rendezvoustraining mit der Rückkehrstufe.«

»Wie lange sind die schon drin?«

Malcolm hob eine Kladde auf, die neben ihm auf der Konsole lag. »Fünf Stunden.«

Jenny stöhnte leise. Sie und Malcolm würden sicher genauso lang im Simulator sitzen. Dabei war es fast schon Abend.

»Alles in Ordnung?«, erkundigte sich Malcolm. »Du siehst müde aus.«

»Bin ich auch.« Jenny strich sich die Kombi glatt. »Ich war Montag in Atlanta zum Industrietreffen, Dienstag am Cape für das Evakuierungstraining, Mittwoch in Houston, gestern in Los Angeles für ein Meeting mit dem Planungsstab und bin von da eben erst über Chicago zurückgekommen.«

Malcolm lächelte. Er hatte sicher eine nicht weniger aufreibende Woche hinter sich, aber er sah frisch und munter aus, als sei er eben erst ausgeschlafen aus dem Bett gestiegen. Jenny hingegen fühlte sich, als hätte sie seit Wochen nicht mehr richtig geschlafen.

Normalerweise hatte sie damit keine Schwierigkeiten, aber jede Nacht in einem anderen Bett war einfach zu viel.

»Das Astronautenleben ist schon ein stressiges.« Malcolm grinste.

»Wobei wir die ganzen letzten Monate schon das ermüdende ISS-Training absolviert haben«, meinte Jenny säuerlich. »Und jetzt auch noch das Marstraining!«

Malcolms Grinsen erlosch. »Na ja, du wolltest unbedingt in die Backup-Mannschaft.«

Jenny antwortete nicht. Er hatte ja recht. Aber ihr war nicht bewusst gewesen, wie stressig das alles werden würde. Am meisten frustrierte sie, dass die ganze Arbeit für die Katz war. Sie durchlief alle Trainingseinheiten, doch in drei Wochen würde nicht sie, sondern Zack zum Mars fliegen.

»Hast du was von deinem Freund gehört?«, fragte Malcolm.

Jenny schüttelte den Kopf. Daniel war nach wie vor bei den Sondierungsgesprächen in Dubai und hatte sich noch nicht gemeldet. Am Vorabend in ihrem Hotelzimmer in Los Angeles war ihr der Gedanke gekommen, ihn anzurufen, aber sie war einfach zu müde dazu gewesen. »Ich habe keine Ahnung, wie es läuft.«

»Ich hoffe, dass sie zu einer Einigung kommen«, erklärte Malcolm. »Es wäre für uns alle besser, wenn wir uns das Wissen der Außerirdischen teilen.«

»Sehe ich auch so.« Jenny wusste, dass sie und Malcolm mit dieser Meinung im Astronautenkorps ziemlich alleine dastanden. Die meisten anderen Raumfahrer, vor allem die ehemaligen Militärpiloten, wollten die Technologie der Fremden für Amerika sichern, um ihrem Land die Vormachtstellung unter den Nationen der Erde zu garantieren.

Jenny sah sich um. »Wo bleiben die anderen?«

»Wir machen das Training zu zweit«, informierte Malcolm sie. »Burt wurde zu einem Meeting mit Lee und Anne gerufen, und Armin ist für heute krankgeschrieben.«

Jenny horchte auf. »Krank?« Sie hatte vorgestern den ganzen Tag neben Armin im Simulator gesessen. Es fehlte noch, dass er sie dabei mit irgendetwas angesteckt hatte.

Malcolm winkte ab. »Halb so wild. Er hat sich den Magen verdorben.« Er lachte. »Wahrscheinlich bei seinem Lieblingsmexikaner.«

Jenny schmunzelte. »Nichts dagegen, wenn er uns da nicht mehr so oft hinschleppt.«

Malcolm wurde wieder ernst. »Wir haben inzwischen ein Startdatum.«

Jenny betrachtete ihn abwartend.

»Heute in drei Wochen«, sagte Malcolm.

Das konnte nicht stimmen. »Ich habe in L.A. etwas von vier bis fünf Wochen gehört.«

Malcolm grinste. »Denen sind die neuesten Geheimdienstberichte wohl noch nicht zu Ohren gekommen, wonach Russen und Chinesen womöglich in zwei Wochen startbereit sind.«

Jenny glaubte, sich verhört zu haben. »Zwei Wochen? Wie soll das denn möglich sein?«

»Keine Ahnung.«

»Und wie wollen wir das in drei Wochen hinbekommen?« Jenny war immer noch fassungslos.

»Wir warten nicht auf die erfolgreiche Ankunft der Transferstufe am Marsschiff. Die Stammbesatzung bricht gleichzeitig auf.«

»Und wenn mit der Ankunft der Transferstufe am Mond irgendwas schiefläuft?«, wollte Jenny wissen.

»Dann müssen wir eben weitersehen.«

»Was ist mit den automatischen Checks?«

Malcolm zog eine Augenbraue hoch. »Die werden eben unterwegs gemacht werden müssen.«

Jenny lachte verzweifelt. »Aber die Checks sollen vor dem Abflug sicherstellen, dass das Schiff funktioniert. Wenn wir einmal abgeflogen sind, können wir nicht mehr zurück.«

Der ganze verdammte Treibstoff der Stufe ging bei dem Einschuss in die Marstransferbahn drauf. Es gab keinen Saft mehr, zur Erde zurückzukehren, selbst wenn die im Rückspiegel noch deutlich zu erkennen war. Egal, was dann passierte, die Astronauten mussten zum Mars fliegen und dort auf das Eintreffen der Rückkehrstufe warten.

»Ich kann es nicht ändern«, erwiderte Malcolm schroff.

Jenny atmete langsam aus. Das ganze Unternehmen war wirklich mit der heißen Nadel gestrickt. Es war gefährlich, und es wurde von Tag zu Tag gefährlicher. Vor wenigen Wochen noch wäre niemand bei der NASA auf die Idee gekommen, eine solche Mission zu riskieren.

Sie fragte sich, ob sie wirklich bereit war, das Risiko auf sich zu nehmen, wenn sie in die Stammmannschaft gebeten wurde. Sie musste doch bescheuert sein, für einen solchen Flug womöglich ihr Leben wegzuwerfen.

»Würdest du fliegen?«, fragte sie den Kommandanten der Backup-Crew.

Malcolm kniff die Augen zusammen. »Was meinst du?«

»Ich meine, wenn Clint krank wird oder aus anderen Gründen nicht fliegen kann«, erläuterte Jenny. »Würdest du trotz des Risikos an seiner Stelle zum Mars fliegen?«

»Natürlich.« Malcolm musste offenbar nicht einmal darüber nachdenken.

Aber er war ehemaliger Militärflieger. Er war es gewohnt, auf gefährliche Missionen zu gehen, selbst wenn es ihn das Leben kosten konnte.

»Du etwa nicht?«, wollte er wissen.

Sie zögerte. »Mit jedem Tag erscheint mir die ganze Sache gewagter.«

Malcolms Gesichtszüge verhärteten sich. »Wenn du wirklich an deiner Bereitschaft zweifelst, die Mission mitzumachen, dann solltest du sofort zu Anne gehen, damit ein Ersatz gefunden werden kann.«

Sie blickte zu Boden. Ihre Zweifel waren inzwischen so stark geworden, dass sie tatsächlich eigentlich den Platz räumen musste. Vielleicht war es wirklich sinnvoll, um Ablösung zu bitten. Ein Astronaut musste hundertprozentig hinter seiner Mission stehen, denn es wurde von ihm hundertprozentige Leistung erwartet. Und das über einen sehr langen Zeitraum.

Ein lauter Summton riss Jenny aus ihren Gedanken.

Malcolm klatschte in die Hände. »Na, dann können wir jetzt endlich.«

Die Tür des Simulators öffnete sich, und Clint Murdock trat heraus. Dana White folgte ihm und ging in Richtung Toilette. Beide sahen blass aus. Auch sie fanden sicher nicht allzu viel Schlaf.

Clint wischte sich über die Stirn und ging auf Malcolm und Jenny zu. »Sorry, Leute, aber wir machen nur eine Pause.« Er stöhnte. »Wir haben das Kopplungsmanöver versaut und werden es noch mal probieren.«

Malcolm nickte nur.

Jenny unterdrückte ein Stöhnen. Das würde weitere fünf Stunden dauern.

»Ist in Ordnung.« Malcolm drehte sich zu Jenny um. »Wir ruhen uns ein wenig aus und treffen uns dann um Mitternacht wieder hier.«

Jenny fasste es nicht. »Das darf doch wohl nicht wahr sein!«

»Ist es aber«, sagte Malcolm mit unbarmherziger Härte in der Stimme. »Das Kopplungsmanöver muss sitzen. Jeder von uns kann noch im letzten Moment in die Stammbesatzung berufen werden, egal, wie niedrig die Wahrscheinlichkeit zurzeit ist. Wir brauchen volle Einsatzfähigkeit.«

Jenny war klar, dass sie jetzt nicht einfach nach Hause fahren und ein paar Stunden schlafen konnte. So funktionierte sie nicht. Sie würde bestenfalls etwas dösen und sich dann die Nacht im Simulator um die Ohren schlagen. Wie sie sich völlig übermüdet auf das Kopplungsmanöver konzentrieren sollte, wusste sie nicht.

Dazu kam, dass sie sich morgen auch nicht ausruhen konnte. Um neun musste sie zum Flughafen aufbrechen, da nachmittags erneute Trainings am KSC in Cape Canaveral angesetzt waren.

Was habe ich mir nur angetan?

Dana trat wieder in die Halle und kam auf sie zu. Sie fischte einen Schlüssel aus der Tasche ihrer Kombi und gab ihn Jenny.

»Was ist das?«, wollte Jenny wissen.

»Mein Haustürschlüssel.« Dana starrte sie durchdringend an. »Mein Abfluss ist verstopft und um acht wollte ein Bekannter vorbeikommen, um danach zu schauen. Ich würde dich bitten, ihm die Tür aufzuschließen.«

»Das ist jetzt nicht dein Ernst«, flüsterte Jenny.

»Es ist mein voller Ernst.« Dana klang, als wäre es ihr komplett egal.

Jenny starrte Malcolm an. »Ist üblich«, sagte der. »Die Stammmannschaft hat absolute Priorität.«

»Und hier.« Dana drückte ihr einen kleinen Zettel in die Hand. »Ich wollte etwas aus der Reinigung abholen. Aber du musst dich beeilen, die macht um sieben Uhr zu.«

Jenny presste mit Gewalt die Zähne zusammen, damit sie nicht etwas sagte, das sie später bereuen würde. Sie drehte sich um und ging zum Ausgang. Sie kochte vor Wut.

24

Daniel war müde, als er den noch leeren Besprechungsraum betrat. Er und Graham waren am Abend zuvor zum Burj Khalifa gefahren. Dort hatten sie sich die farbenfrohe Lichtershow an dem riesigen Springbrunnen angeschaut und waren danach noch durch das große Einkaufszentrum daneben geschlendert. Daniel war ja aus den USA schon große Konsumtempel gewohnt, aber die Dubai Mall toppte wirklich alles.

In einem nahe gelegenen Restaurant hatten sie ein fabelhaftes Steak gegessen und vorzüglichen Wein getrunken. Die Rechnung hatte Daniel dann zwar die Tränen in die Augen getrieben, aber Graham hatte das großzügig übernommen und dabei Daniel ausdrücklich für die gute Zusammenarbeit der letzten Jahre gelobt.

Daniel setzte sich und rieb sich die Schläfen. Das letzte Glas Rotwein war eines zu viel gewesen.

Nacheinander betraten Doubleton, Graham und Watts den Raum. Die russisch-chinesische Delegation kam als letzte. Masutkin und Gubarew wirkten ebenfalls übernächtigt. Daniel hatte die beiden nach der Rückkehr noch an der Hotelbar sitzen sehen.

Guangfu legte einen Stapel Papiere vor sich auf den Tisch. »Wollen wir beginnen?«

Daniel war sich der Bedeutung der Unterredung bewusst.

Heute würde sich entscheiden, ob es tatsächlich zu einer gemeinsamen Mission kam oder nicht.

»Wir haben gestern einen Vorschlag ausgearbeitet und mit unseren Regierungen besprochen«, sagte Masutkin. »Was den Flug zum Mars angeht, könnten wir zum selben Zeitpunkt starten und in einer Art Formationsflug auf einer identischen Bahn zum Mars reisen, so dass wir gleichzeitig dort ankommen.«

Das war nur fair.

Doubleton schrieb fleißig in seinem Notizbuch mit. Graham hackte in die Tastatur seines Laptops.

»Auf dem Marsmond angekommen, unternehmen wir Außenbordeinsätze mit gemischten Teams«, fuhr Masutkin fort. »Wir untersuchen das Artefakt zusammen und teilen alle Informationen mit den beteiligten Regierungen und Wissenschaftlern. Zu keinem Zeitpunkt werden russische, chinesische oder amerikanische Astronauten alleine in die Nähe des Artefakts gehen.«

»Das ist in Ordnung«, sagte Graham. »Weiter.«

Masutkin las von einem Papier ab. »Geborgene technische Artefakte werden zum Zwecke der Bergung zu gleichen Teilen auf beide Raumschiffe verteilt und nach der Rückkehr zur Erde unmittelbar zu speziellen Einrichtungen in neutralen Ländern gebracht, wo sie von Teams der beteiligten Länder gemeinsam untersucht werden. Die wissenschaftlichen Erkenntnisse werden offiziell geteilt, wie dies bei internationalen Wissenschaftseinrichtungen wie dem CERN bereits üblich ist. Außerdem …«

Doubleton unterbrach ihn. »Hier habe ich einen Einwand.«

»Und der wäre?«, fragte Guangfu missmutig.

Doubleton rieb sich das Kinn. »Was ist, wenn außerirdische Waffentechnik untersucht wird? Es gibt Nationen, die dieses Wissen besser nicht in die Hände bekommen sollten.«

»Zum Beispiel?«, fragte General Gubarew.

»Nordkorea oder Iran«, präzisierte Doubleton. »Wir sollten eine Art Nicht-Proliferationsabkommen abschließen, wonach die Weitergabe außerirdischer Waffentechnologie an Drittstaaten verboten ist.«

Gubarew und Guangfu redeten leise miteinander.

Daniel seufzte verstohlen. Es gab so viele Punkte, die noch geklärt werden mussten – das würden sie niemals bis zum Start der Marsmission schaffen. Aber wenn das Grundgerüst stand, konnten die Details noch von Delegationen geklärt werden, während die Raumschiffe schon zum Mars unterwegs waren.

Guangfu wandte sich wieder an die Amerikaner. »Grundsätzlich wäre das in Ordnung. Aber wir wollen nicht ausschließen, dass wir eventuell fortgeschrittene Waffen an unsere Alliierten liefern. Nun, die Details klären wir später noch. Beispielsweise wird die Erstellung einer Liste von Ländern erforderlich, an die definitiv keine außerirdischen Waffen geliefert werden dürfen.«

Daniel konnte sich ein Grinsen nicht verkneifen. Natürlich wollte auch China nicht, dass fortgeschrittene Waffen beispielsweise an Taiwan geliefert wurden.

»Gut, dann wäre das geklärt«, meinte Graham. »Welche Punkte haben wir sonst noch?«

Bykowski beugte sich nach vorne. »Wir müssen klären, in welchem Land wir die Einrichtung zur Untersuchung und Verwahrung der außerirdischen Technik stationieren.«

»Wie wäre es mit der Türkei?«, schlug Daniel vor. Das Land hatte sich in den letzten Krisen als neutral gezeigt. Die Türkei hatte gute Beziehungen sowohl zum Westen als zum Osten.

General Gubarew winkte ab. »Die Türkei ist NATO-Mitglied.«

Das war auch wieder wahr. Daniel hatte es vergessen.

»Was ist mit einem Land des Mittleren Ostens?«, erkundigte sich Guangfu. »Die Vereinigten Arabischen Emirate wären eine gute Heimat für diese Einrichtung. Zwar arbeiten sie eng mit

Amerika zusammen, aber mit dieser Wahl könnten wir leben. Zudem gibt es genug Wüste, in der man ein entsprechendes Zentrum für die Untersuchung potenziell gefährlicher Gegenstände fernab der Bevölkerung errichten könnte.«

Doubleton wiegte den Kopf. »Ich bin jetzt nicht befugt, darüber zu entscheiden, aber das können unsere Regierungen noch über die regulären Kanäle klären. Die VAE wären dabei sicher eine Option.«

»Gut«, sagte Masutkin. »Über die Architektur und das Personal der Untersuchungseinrichtung können wir ebenfalls später noch entscheiden. Zur Diskussion stehen allerdings noch sicherheitstechnische Aspekte.«

»Was meinen Sie?«, fragte Daniel.

»Eine Anlage, in der außerirdische Technik gelagert wird, könnte internationale Begehrlichkeiten wecken. Sie muss militärisch geschützt werden. Wer soll das übernehmen?«

Eine berechtigte Frage.

»Das Gastgeberland vielleicht?«, schlug Graham vor.

»Da diese Technik die Zukunft der gesamten Menschheit beeinflussen dürfte, wäre vielleicht eine UN-Mission gerechtfertigt«, gab Guangfu zu bedenken.

Doubleton verzog das Gesicht. Wie einige andere ranghohe Diplomaten, die Daniel hatte kennenlernen dürfen, hielt Harry nicht viel von der internationalen Einrichtung.

»Ich glaube nicht, dass die VAE von einem Einsatz von UN-Truppen im Landesinneren sehr angetan wäre«, verkündete Doubleton.

»Wir haben uns noch nicht auf die Vereinigten Arabischen Emirate als Gastgeber der Einrichtung geeinigt«, bremste ihn Masutkin.

Graham verdrehte die Augen. »Auch diesen Punkt können wir später noch klären.«

»Nun gut«, sagte der Roskosmos-Chef. »Meinetwegen lassen wir das erst einmal so stehen.«

»Okay.« Doubleton nickte. »Einverstanden.«

Guangfu holte ein Blatt Papier aus seinem Koffer. »Ich habe hier eine Liste von Punkten, die zwar sekundär sind, aber dennoch besprochen werden sollten. Zum einen ...«

Doubletons Handy klingelte laut. Er holte es aus der Tasche seines Jacketts und blickte auf das Display. »Entschuldigung, da muss ich rangehen. Kurze Pause?«

Masutkin nickte.

Doubleton stand auf und verließ den Raum, um das Gespräch anzunehmen.

Masutkin holte ein Taschentuch aus seiner Hosentasche und putzte sich leise die Nase. Guangfu fixierte bewegungslos einen Punkt an der Wand.

Daniel beugte sich zu Graham hinüber. »Läuft doch eigentlich ganz gut, oder?«

Sein Chef zuckte mit den Schultern. »Abwarten. Vor allem die Russen sind Meister im Verhandeln. Zuerst sieht alles ganz gut aus, man denkt, dass nur noch die Unterschrift fehlt, und freut sich auf den Heimflug. Und dann kommt wie aus dem Nichts eine Forderung, die alles wieder in Frage stellt.«

Graham sprach sicher aus Erfahrung. Er hatte damals noch als junger Manager die ISS-Verträge mitverhandelt und war in dieser Zeit oft in Moskau gewesen.

Doubleton ließ sich Zeit. Daniel schenkte sich einen Kaffee ein und fragte sich, mit wem der Diplomat wohl telefonierte.

Schließlich kam Doubleton wieder herein, setzte sich auf seinen Platz und steckte das Handy weg. »Wir können fortfahren. Entschuldigen Sie bitte die Unterbrechung.«

»Kein Problem«, meinte Masutkin gönnerhaft.

Guangfu räusperte sich. »Ein weiterer Punkt ist die Finanzierung der Einrichtung, in der die außerirdische Technik untersucht wird.«

»Na, das sollte von den beteiligten Parteien zu gleichen Teilen übernommen werden«, erklärte Watts.

»Wir sind anderer Meinung«, widersprach Bykowski. »Wir leiden immer noch unter den Sanktionen des Westens, die noch nicht vollständig aufgehoben wurden. Auch die Handelsbilanz unseres Partners China könnte besser sein, wenn gewisse Waren von den USA nicht boykottiert würden. Ich schlage daher vor, dass die Finanzierung der Einrichtung zu zwei Dritteln vom Westen getragen wird.«

Daniel wusste, dass das noch für einige zeitraubende Diskussionen sorgen würde. Aus der Perspektive Russlands war es vielleicht logisch, dass der ›reiche‹ Westen den Löwenanteil anfallender Kosten trug, aber aus amerikanischer Sicht was das nicht fair.

Doubleton grinste. »Darüber lässt sich dann reden, wenn wir auch zwei Drittel der Profite aus den Patenten bekommen, die wir nach Analyse der fremden Technologie ganz sicher anmelden werden.«

Bykowski funkelte den amerikanischen Diplomaten böse an. »So war das jetzt nicht gemeint.«

Doubleton lachte leise. »Das ist mir schon klar, dass das von Ihnen so nicht gemeint war. Aber über die Details der Finanzierung sollte in späteren Runden entschieden werden. Eventuell können als Kompromiss höhere Kosten auch von westlichen Alliierten geschultert werden. Deutschland beteiligt sich zum Beispiel immer gerne an solchen Mehrkosten.«

Masutkin dachte einen Moment nach. »Damit könnten wir leben.«

»Was ist mit Ihrer Liste?«, wandte sich Doubleton an den Chinesen.

Der holte tief Luft und starrte das Blatt vor ihm an. »Wenn ich genauer darüber nachdenke, können die Punkte auch bei den späteren Verhandlungen geklärt werden. Wichtig ist, dass die Eckpunkte stehen, was nunmehr der Fall sein dürfte. Wir sollten die Ergebnisse jetzt schriftlich fixieren.«

Na, das war ja mal ein Ausblick. Die Wortklauberei würde sicher den ganzen Nachmittag dauern.

»Sehr gerne«, erwiderte Doubleton. »Ich habe noch einen kleinen Punkt, der mir doch tatsächlich entgangen war. Ist nur eine Formalität.«

Daniel horchte auf. Eigentlich hatten sie alle für Amerika wichtigen Angelegenheiten geklärt.

»Ja?« Guangfu lehnte sich vor.

»Ein amerikanischer Militärastronaut übernimmt nach Abflug von der Erde das Kommando über die Gesamtmission. Er ist gegenüber allen Astronauten, Kosmonauten und Taikonauten weisungsbefugt.«

Daniel konnte nicht glauben, was er gerade gehört hatte. Davon war nie die Rede gewesen. Das würden die anderen auf keinen Fall akzeptieren.

Guangfu und Gubarew schauten sich an.

Masutkin runzelte die Stirn. »Sie belieben wohl zu scherzen! Selbstverständlich hat jedes Raumschiff seinen eigenen Kommandanten, der gegenüber seiner Crew weisungsbefugt ist.«

Doubleton schüttelte den Kopf. »Es ist eine gemeinsame Mission, also brauchen wir einen gemeinsamen Kommandanten. Das kann aus unserer Sicht nur ein Amerikaner sein.«

Graham beugte sich zu Doubleton hinüber. »Harry, ich glaube nicht, dass wir ...«

Der Diplomat unterbrach Daniels Chef mit einer Handbewegung.

General Gubarews Gesichtszüge verhärteten sich. »Sie meinen das ernst, nicht wahr?«

»Allerdings«, sagte Doubleton.

Gubarew stand zeitgleich mit Guangfu auf. »Dann sind wir hier fertig. Unter diesen Umständen ist eine Zusammenarbeit unserer Nationen nicht möglich.«

Die beiden packten ihren Kram zusammen und verließen wortlos den Raum. Bykowski folgte ihnen.

Masutkins Gesichtsausdruck war traurig. Er zog sein Jackett an, nahm seine Tasche und machte sich auf den Weg nach draußen. Neben Graham blieb er stehen. »Wir hatten einen guten Weg gefunden. Ich finde es beschämend, dass es so endet. Wenn Amerika sich entschließt, diese Dreistigkeit hinter sich zu lassen und wieder auf Augenhöhe zu verhandeln, dann ruf mich an.«

Grahams Kiefermuskeln mahlten. Er nickte leicht. Ihm war das sicher furchtbar peinlich.

Daniel begriff nicht, was gerade geschehen war.

Graham wartete, bis Masutkin den Raum verlassen hatte, dann wandte er sich Doubleton zu. »Hast du den Verstand verloren?«, brüllte er.

Doubleton hob beschwichtigend die Hände. »Tut mir leid, Graham. Das war eine Anweisung von oben.«

Daniel schüttelte verständnislos den Kopf. »Von oben?«

»Ja, von oben.« Doubleton war spürbar genervt. »Der Anruf eben kam direkt aus dem Weißen Haus. Ich wurde angewiesen, die Verhandlungen platzen zu lassen.«

Graham griff nach einem Glas Wasser. Seine Hände zitterten.

»Aber warum, zum Teufel?« Daniel fühlte sich elend.

»Es gibt wohl neue Erkenntnisse vom Geheimdienst«, erklärte der Diplomat. »Russen und Chinesen geben ihrer Mission nur eine zwanzigprozentige Wahrscheinlichkeit, den Mars zu erreichen. Der Präsident hat darum entschieden, das Risiko einzugehen und zu versuchen, die außerirdische Technik alleinig für Amerika zu bergen.«

Daniel schloss die Augen. Wieder dachte er an die Aussagen Sergejs, wonach Russland mit der Option eines nuklearen Erstschlages gegen Amerika spielte.

Er hätte eine gemeinsame Mission zum Mars definitiv bevorzugt.

Davon abgesehen war völlig unklar, ob ihre eigenen Chancen so viel höher standen.

25

Jenny sortierte im Büro ihre Papiere, als Daniel anrief.

»Hi, wo bist du?«, fragte sie.

»Ich bin noch in Houston.« Er klang gut gelaunt. »Ich fliege nicht zurück und bleibe über Nacht, weil wir nicht fertig geworden sind. Soll ich zu dir kommen?«

Jenny freute sich. »Na klar.«

»Nicht zu viel Stress?«

Jenny lachte. »Nein, der geht langsam vorbei. Die Stammbesatzung bricht morgen zum Cape auf, um für den Start nächste Woche in Quarantäne zu gehen, und wir fliegen ihnen einen Tag später hinterher. Das lässt uns etwas Luft. Ich räume gerade mein Büro auf und wollte früh Schluss machen.«

»Keine Simulationen?« Daniel hörte sich fast ungläubig an.

»Nein«, antwortete Jenny. »Das ist vorbei. Zumindest bis zum Start. Die Backup-Crew wird danach zwar noch regelmäßig im Simulator sitzen, um die Ankunftsprozeduren am Mars zu verfeinern, aber der Stress hat jetzt erst einmal ein Ende.«

»Ich bin hier auch fast fertig«, meinte Daniel. »Wollen wir was trinken gehen? Das Wetter ist so schön.«

»Gute Idee.« Jenny hatte richtig Lust darauf. »Wir könnten ins Marina Café gehen und einen Cocktail trinken.«

»Marina Café?«, wiederholte Daniel. »Ist das diese schnucklige kleine Bar am Clear Lake?«

Jenny lächelte. »Genau die.«

»Abgemacht.« Die Vorfreude war Daniel anzuhören. »Treffen wir uns dort? In einer halben Stunde?«

»Einverstanden.«

Jenny legte das Telefon weg. Sie war gut gelaunt und freute sich auf den ruhigen Abend mit Daniel. Sie hatte sich damit abgefunden, nicht zum Mars zu fliegen. Als Capcom spielte sie trotzdem eine wichtige Rolle bei dieser Mission.

Sie pfiff eines ihrer Lieblingslieder, während sie einen Teil der Papiere vom Schreibtisch in die Mülltonne warf und den anderen auf ihre Schubladen verteilte.

Sie wollte gerade aufstehen, als das Telefon auf ihrem Schreibtisch klingelte. Jenny blickte auf die Uhr. So kurz vor Feierabend. Seufzend nahm sie den Hörer ab.

Es war Anne. »Kannst du bitte mal hochkommen?« Ihre Stimme klang seltsam tonlos.

Jenny runzelte die Stirn. »Sicher. Wann?«

»Jetzt gleich, bitte.«

»Klar.«

Jenny legte den Hörer auf. Da stimmte was nicht. Irgendetwas musste vorgefallen sein. Wollte man sie schon wieder mit einer Sonderaufgabe im Dienste der Stammbesatzung betrauen? Oder verzögerte sich der Start? Sie hoffte nur, dass sie nicht länger hierbleiben musste, denn sie freute sich auf das Date mit Daniel.

Sollte sie ihre Tasche mitnehmen, um im Anschluss an das Gespräch direkt zum Auto gehen zu können? Sie entschied sich dagegen – erst mal schauen, was Anne wollte.

Sie verließ das Büro, ging durch den langen Korridor zum Fahrstuhl und fuhr nach oben.

Anne saß an ihrem Schreibtisch und starrte aus dem Fenster. Die Chefastronautin war merkwürdig blass.

»Setz dich.« Anne wandte sich Jenny zu.

»Alles in Ordnung?«, fragte Jenny.

»Nein«, antwortete Anne leise. »Gar nichts ist in Ordnung.«

Jenny schluckte und wartete.

Anne ließ die Bombe platzen. »Zack fliegt nicht mit.«

Jenny glaubte, ihren Ohren nicht zu trauen. »Wie bitte?«

»Ich sagte, Zack fliegt nicht mit!« Ein leicht hysterischer Unterton hatte sich in Annes Stimme geschlichen.

»Warum nicht?«

»Es ist eine private Entscheidung.«

Zack fliegt nicht mit!

Dann traf sie die Erkenntnis wie ein Schlag. »Aber das würde ja bedeuten, dass … dass …« Sie verstummte.

»Dass du seine Stelle einnimmst.« Anne zog ein verkniffenes Gesicht.

Ich werde seine Stelle einnehmen.

Jenny spürte, wie ihre Wangen brannten.

Ich werde nächste Woche zum Mars fliegen.

Sie konnte es nicht glauben. Anne hatte bestimmt einen Witz gemacht. Jeden Augenblick würde sie laut loslachen und sich darüber amüsieren, dass Jenny darauf reingefallen war.

Doch Anne blieb todernst.

O mein Gott!

Ihr Herz raste. Adrenalin schoss durch ihre Blutbahn und eine unglaubliche Euphorie erfasste sie.

Ich werde zum Mars fliegen!

»Ich bin nach wie vor nicht der Meinung, dass du die geeignetste Kandidatin bist«, erklärte Anne. »Ich kann und werde es dir nicht befehlen, und darum möchte ich dich fragen, ob du dich für diese Mission bereit fühlst.«

Jenny wischte sich über den Mund. Sie hatte die letzten Simulationen alle gemeistert und war sich sicher, ihre Arbeit nicht schlechter zu machen als die anderen von der Stammbesatzung.

Die Prozeduren kannte sie in- und auswendig, und sie zweifelte nicht daran, auch mit überraschenden Situationen gut umgehen zu können.

Doch plötzlich kamen ihr Zweifel.

Wollte sie das wirklich? Das Risiko eingehen? Und was das für ihre Beziehung zu Daniel bedeutete, hatte sie immer gewusst.

Sie musste es mit ihm besprechen.

»Habe ich Bedenkzeit?«, fragte sie.

Anne schüttelte den Kopf. »Nein, hast du nicht. Ich brauche eine Antwort, und ich brauche sie sofort.«

Jenny schaute aus dem Fenster. Der Himmel war stahlblau und die Sicht so klar, dass sie trotz der Tageszeit den Mond über dem Horizont erkennen konnte.

Ich werde nicht nur zum Mond fliegen. Ich werde dahin gehen, wo noch nie zuvor ein Mensch gewesen ist.

All die langen Jahre des naturwissenschaftlichen Studiums. Das anstrengende Astronautentraining. Sie fühlte sich, als wäre ihr ganzes Leben auf diesen einen Punkt zugesteuert. Ja, es würde gefährlich und unbequem werden. Und ja, es war vermutlich das Aus für ihre Beziehung. Aber das Schicksal hatte sie in diesen Raum geführt, damit sie die wichtigste Entscheidung ihres Lebens traf.

Nun konnte sie wirklich einen Beitrag für die Menschheit leisten. Wenn sie ablehnte, würde sie das für den Rest ihres Lebens bedauern. Irgendwann als alte Frau würde sie verbittert zurückblicken und erkennen, dass sie zu feige gewesen war, nach den Sternen zu greifen, als sie ihr auf dem Silbertablett angeboten worden waren. Auf die Frage gab es nur eine Antwort, das war ihr immer klar gewesen.

»Ich fliege!«

Auf dem Weg zum Fahrstuhl blieb sie immer wieder stehen. Sie fühlte sich wie betäubt. Oder wie in einem Traum. Gleich würde sie aufwachen.

Doch sie wachte nicht auf.

Als sie an Zack Hudsons Büro vorbeikam, fiel ihr auf, dass die Tür einen Spalt geöffnet war. Vorsichtig klopfte sie an.

»Ja«, ertönte es knapp von drinnen.

Jenny vergrößerte den Spalt ein wenig. »Darf ich?«

Zack starrte sie einen Moment stumm an. Dann nickte er. »Komm rein. Mach die Tür hinter dir zu.«

Jenny gehorchte.

»Ich nehme an, du hast schon mit Anne gesprochen«, sagte Zack emotionslos.

Jenny nickte. »Warum?«, fragte sie.

Zack blickte auf seinen Schreibtisch. Dort stand ein gerahmtes Bild seiner Frau. »Wegen ihr.« Jenny kannte Megan. Die stille Blonde war nett und sympathisch. Im Gegensatz zu anderen Frauen hatte sie nie viel Gehabe um den Astronautenstatus ihres Mannes gemacht. Sie schien aber immer sehr stolz auf Zack zu sein.

»Ich möchte es ihr nicht zumuten«, erklärte Zack. »Sie hat schon so viel mitgemacht. Die ganzen Flüge zur ISS.«

»Ich dachte immer, es macht Megan nicht viel aus.« Zumal die beiden auch keine Kinder hatten.

Zack trat an den Schreibtisch und strich zärtlich über das Bild. »Das täuscht. Beim letzten Mal brauchte sie einen Therapeuten.«

»Das wusste ich nicht«, murmelte Jenny.

Zack lächelte schwach. »Ich auch nicht. Sie hat es mir erst gestern gesagt. Aber da war für mich klar, dass ich den Marsflug nicht mitmachen kann.«

Jenny nickte.

»Wirst du fliegen?«, fragte Zack.

»Ich werde fliegen.«

»Ich habe dich im Simulator beobachtet.« Zack nickte ihr zu. »Du wirst einen guten Job machen. Wenn ich dich irgendwie unterstützen kann, dann werde ich es tun. Ich habe bereits Anne gesagt, dass ich mich darauf freue, die Mission als Capcom und als Simulationsingenieur zu unterstützen.«

Jenny dankte ihm und verließ das Büro.

Sie holte ihre Tasche, schloss ihr eigenes Büro ab und ging zum Auto.

Sie fühlte sich immer noch wie in einem Traum.

Ich fliege zum Mars.

Was würde Daniel sagen? Wie sie hatte er sich darauf eingestellt, dass sie zu Hause blieb.

Er würde es nicht gut aufnehmen, so viel war klar. Aber hierbei ging es einfach nicht um ihn, das musste er doch einsehen.

Sie verließ das JSC und fuhr nach Osten. Nach einer Viertelstunde erreichte sie das Marina Café.

Ein Mietwagen stand auf dem Parkplatz, das war sicher Daniels Auto. Er wartete drinnen auf sie.

Der Laden hatte eine nette Terrasse mit Blick auf den Clear Lake. Dort saß Daniel schon in der Sonne und winkte freudig, als sie auf ihn zukam.

Sie entschied sich, direkt zur Sache zu kommen, und setzte einen ernsten Gesichtsausdruck auf.

Er gab ihr einen flüchtigen Kuss. »Ist alles in Ordnung? Eben am Telefon hast du dich noch gut gelaunt angehört.«

Jetzt musste sie mit der Sprache heraus.

Doch bevor sie den Mund aufmachen konnte, kam der Kellner, und sie bestellte ein Glas Weißwein. Jenny wartete, bis der Mann wieder gegangen war.

»Zack fliegt nicht mit. Aus privaten Gründen.«

Die Schlussfolgerungen würde Daniel selber ziehen können.

Er sah sie fassungslos an. »Er fliegt nicht mit? Und was wirst du tun?«

Sie schaute ihm direkt in die Augen. »Ich ersetze ihn natürlich.«

Daniel lehnte sich in seinem Stuhl zurück. Er schwieg, wandte den Blick ab und schaute auf den Clear Lake hinaus. Kleine Segelboote fuhren dort hin und her.

Jenny suchte nach den richtigen Worten, fand sie jedoch nicht. Also schwieg auch sie.

Als der Kellner die Getränke brachte, war Daniel noch immer stumm.

Jenny griff zu ihrem Weinglas, ihre Hand zitterte.

Schließlich blickte Daniel sie wieder an. Er wirkte traurig. »Ich weiß nicht, was ich sagen soll.«

»Ich verstehe das«, erwiderte Jenny. »Es wird für dich nicht leicht werden, dass ich …«

Er unterbrach sie mit einer Handbewegung. »Ja, es wird für mich nicht leicht werden, da hast du recht.« Zorn mischte sich in seine Stimme. »Was ich nicht verstehe, ist, warum du es ganz alleine entschieden hast, ohne mit mir darüber zu sprechen.«

Da war es wieder, sein Bedürfnis nach der klassischen Rollenverteilung. Wie viele männliche Astronauten hatten ihre Frauen wohl in den vergangenen Jahrzehnten auf die gleiche Weise vor vollendete Tatsachen gestellt. Und die Frauen hatten es wohl oder übel hinnehmen müssen. Hatte sie als Frau dieses Recht nicht genauso? Sie spürte, dass sie auch wütend wurde. »Ja, du hast eine schwere Zeit, aber ich riskiere bei diesem Flug mein Leben. Sei nicht so wehleidig!« Sie bereute ihre Worte sofort. Versöhnlicher fuhr sie fort: »Daniel, ich muss das tun. Diese Gelegenheit kommt niemals wieder. Du kannst nur dann echte Gefühle für mich haben, wenn du das verstehst.«

Er schwieg wieder für eine lange Zeit.

»In Ordnung«, sagte er schließlich tonlos. »Ich verstehe das. Auch dass du die Entscheidung allein getroffen hast.«

Er stand auf, holte eine Zwanzigdollarnote aus seinem Geldbeutel und legte sie auf den Tisch. »Dann werde ich nun ebenfalls eine Entscheidung treffen.«

Er kam um den Tisch herum. Neben ihr blieb er stehen und sah sie an, als wollte er sich ihr Gesicht einprägen. »Ich wünsche dir alles Gute, Jenny.«

Dann machte er sich auf den Weg zum Ausgang.

26

»Das werden wir unterwegs klären müssen«, sagte Anne.

Daniel konnte den Spruch nicht mehr hören. Es gab einfach zu viel, das unterwegs geklärt werden musste.

Es waren nur noch wenige Tage bis zum Start der Stammbesatzung zum Marsschiff, das im Mondorbit auf sie wartete, und dennoch saß er hier in diesem kahlen, fensterlosen Besprechungsraum in Houston zusammen mit Graham, Anne Musgrave und Lee Kline vor zwei dicken Ordnern mit Prozeduren, die nicht bis zum Ende ausgearbeitet waren. Auch Details zum Rückflug standen noch immer nicht fest. Würde die NASA die Rückkehrstufe in einen Orbit um Phobos bringen, oder sollten die Astronauten ein Rendezvousmanöver durchführen, um den Rückflug mit der Zweitstufe aus einer höheren Marsumlaufbahn zu beginnen? Ebenso fehlten für das Aerobraking-Manöver in der Marsatmosphäre noch wichtige Parameter.

»Welche Punkte sind vor dem Start denn noch offen?«, fragte Graham. »Ich meine, welche Prozeduren sind essenziell wichtig?«

Lee hatte einen roten Kopf und tippte mit dem Zeigefinger auf den dicken Ordner vor ihm. »Als wir vor sechzig Jahren zum Mond geflogen sind, stand jede Prozedur vom Anfang bis zum Ende fest. Es gab keine offenen Fragen. Alles war bis zum Erbrechen in den Simulatoren geprobt und verifiziert worden.

Die einzige Ausnahme machte Apollo 13, als Gene und seine Kollegen die Prozeduren für die Rückkehr in aller Eile erstellen mussten. Und da gab es Referenzprozeduren, auf die wir zurückgreifen konnten. Außerdem waren wir zu diesem Zeitpunkt schon vier Mal um den Mond geflogen. Hier haben wir gar nichts.«

Anne nickte. »Die ganze Mission zum Mars ist ein Notfall wie Apollo 13. Wenn meine Astronauten unterwegs in Schwierigkeiten geraten, dann haben wir ein gewaltiges Problem. Sobald sie weiter von der Erde entfernt sind, wird kein direkter Funkkontakt mehr möglich sein. Umso wichtiger wären ausgearbeitete Prozeduren. Wollen Sie wissen, wie hoch die neuesten Schätzungen für einen Erfolg der Mission und eine sichere Rückkehr der Astronauten sind?«

Graham funkelte die Chefastronautin an. »Ich bitte darum.«

»Vierzig Prozent«, fauchte Anne. »Die Chance, dass die Astronauten auf dem Weg zum Mars oder am Planeten selber umkommen, ist höher als die, dass sie gesund zurückkehren.«

Daniels Wangen brannten. Es waren nicht nur irgendwelche Astronauten. Jenny würde an Bord sein.

Er bedauerte seinen Ausbruch letzte Woche. Sie hatten sich seitdem nicht mehr gesehen und auch nicht miteinander gesprochen. Er fand es nach wie vor egoistisch von ihr, dass sie einfach zugesagt hatte, ohne zumindest mit ihm darüber zu reden. Was sollte das für eine Basis für eine gemeinsame Zukunft sein? Auf der anderen Seite hatte sie die Gelegenheit bekommen, ihre kühnsten Träume wahrzumachen. Hätte er an ihrer Stelle anders gehandelt? Er wusste es nicht.

Ebenso wenig war ihm klar, ob er noch mit ihr zusammen sein wollte, falls sie gesund vom Mars zurückkehrte. Dennoch wollte er versuchen, sich mit ihr auszusprechen, bevor sie in den Weltraum flog. Irgendwie.

»Wie gehen wir denn nun weiter vor?«, fragte Graham. »Ich meine, die Crew fliegt nächste Woche zum Mars. Oder versucht es zumindest. So hat der Präsident entschieden und so wird es geschehen. Uns bleibt nur, das Beste daraus zu machen.«

Das traf den Punkt.

Lee seufzte und schlug den Ordner auf. »Vor allem müssen wir die offenen Prozeduren vervollständigen. So schnell wie möglich. Ich erstelle eine Liste und lege die Reihenfolge entsprechend der Priorität im Flugplan fest. Dann bearbeiten wir das zusammen mit den Simulationsingenieuren. Viel Freizeit werden die in den nächsten Monaten nicht haben.«

Anne nickte. »Das ist der Weg vorwärts. Ich stelle Astronauten zur Unterstützung ab.«

»Danke.« Lee neigte den Kopf.

»Gut«, sagte Graham befriedigt. »Das hört sich vernünftig an.«

»Ist sonst noch was?«, erkundigte sich Lee.

Daniel räusperte sich. »Ich habe eine Anfrage aus Russland vorliegen.« Sergej hatte wieder mit ihm Kontakt aufgenommen. Graham wusste bereits davon.

Anne stöhnte. »Was wollen die denn schon wieder?«

»Es ging darum, Verbindungsleute in Zusammenhang mit den Marsmissionen zu bestimmen. Für den Fall, dass eines der Schiffe unterwegs in Schwierigkeiten kommt, ist das Konkurrenzschiff die einzige Hilfe weit und breit.«

Das war ein wichtiger Punkt. Gerade bei solch unsicheren Missionen konnte es gut sein, dass eines der Schiffe in Not geriet. »Ich würde das befürworten«, schob er nach.

»Ich weiß nicht.« Graham zog die Augenbrauen nach oben. »Ich habe eben noch mit Watts darüber gesprochen, und der war der Meinung, im Zweifelsfall einfach weiterzufliegen und die Russen und Chinesen zu ignorieren.«

Daniel hatte gedacht, ihn könnte nichts mehr überraschen. Da hatte er sich wohl geirrt. »Würden wir die Russen etwa sterben lassen, statt ihnen zu helfen?«

Anne schnaubte. »Wir sind Raumfahrer«, verkündete sie mit fester Stimme. »Wir lassen einander in einer Notlage nicht im Stich, egal, ob es sich um Astronauten, Kosmonauten oder Taikonauten handelt.«

Graham hob hilflos die Arme. »Es tut mir leid, aber die einhellige Meinung im Weißen Haus scheint zu sein: Nichts ist wichtiger, als die außerirdischen Artefakte zu untersuchen und zu bergen, und nichts darf die Erfüllung dieser Aufgabe gefährden. Es könnte ja sein, dass uns Russen und Chinesen eine Falle stellen, wenn sie unseren Vorsprung erkennen.«

»Diese Einstellung finde ich ziemlich grässlich.« Lee sprach voller Abscheu. »Ich bin nach wie vor der Meinung, dass man diese Mission gemeinsam hätte durchführen sollen.«

»Sehe ich auch so«, bestätigte Graham. »Aber die Befehle von oben sind nun mal andere. Ich kann es nicht ändern.«

Was für eine menschenverachtende Vorgehensweise. Daniel fragte sich, wie es wohl andersherum wäre. Würden die Russen Jenny und ihre Kameraden sterben lassen, wenn das amerikanische Schiff in Not geriet?

Er konnte nur hoffen, dass es dazu nie kam.

»Der Präsident kann es sich doch gar nicht leisten ...« Anne wurde vom Klingeln ihres Handys unterbrochen.

Als sie das Gespräch annahm, begann Lees Mobiltelefon zu bimmeln. Auch er nahm den Anruf entgegen.

Daniel beugte sich hinüber zu Graham. »Es kann doch nicht sein, dass man Kosmonauten am Mars zugrunde gehen lassen würde, wenn wir ihnen helfen könnten.«

»Das werden wir wohl entscheiden müssen, wenn es so weit ist«, meinte Graham.

Anne beendete ihr Gespräch. Sie sah verunsichert aus.

»Was ist denn?«, wollte Daniel wissen.

»Irgendetwas geht bei den Russen und Chinesen vor. Sie ändern schon wieder die Umlaufbahn.«

»Vielleicht bringen sie sich in Startposition«, vermutete Daniel.

Auch Lee beendete das Gespräch. »Ich habe es ebenfalls gehört. Sie feuern in diesem Moment die Schubdüsen einer Progress-Kapsel und gehen mit der Station in eine elliptische Umlaufbahn.« Er stand auf. »Kommen Sie, wir gehen rüber ins Kontrollzentrum. Vielleicht erfahren wir dort mehr.«

Daniel stand auf. Zusammen mit den anderen verließ er das Gebäude in Richtung des nahen Kontrollzentrums.

Es konnte gut sein, dass die Kontrahenten die Umlaufbahn für den baldigen Start ihres Marsraumschiffes anpassten. Eine elliptische Umlaufbahn, die ihren höchsten Punkt schon weit über der Erdoberfläche hatte, würde ihnen beim endgültigen Start helfen. Ein niedriges Perigäum erlaubte es gleichzeitig der Besatzung mit einer Sojus-Rakete zum Marsschiff zu fliegen.

Sie betraten das Kontrollzentrum. Ein gutes Dutzend Controller saß vor ihren Konsolen. Da das Marsschiff im Moment im Standby-Modus war, hatten sie nicht viel zu tun. Alle starrten auf den großen Monitor, der eine Karte der Erde anzeigte.

Daniel und die anderen gingen zu dem Mann an der Konsole des Flight Director. Daniel kannte ihn nicht. Der Mann war füllig mit schütteren Haaren. Trotz der klimatisierten Luft standen ihm Schweißperlen auf der Stirn, und er hatte ein gerötetes Gesicht.

»Was ist los?«, fragte Lee.

Der Flight Director deutete auf die große Karte. »Sie zünden immer noch. Der gelbe Punkt zeigt das gegnerische Marsschiff. Das Apogäum liegt bei fünfzehntausend Kilometern.«

Lee sah konzentriert auf den Monitor. »Die Beschleunigung entspricht der einer Progress-Kapsel. Davon haben sie in den letzten Tagen mehrere hochgebracht und mit der Station verbunden. Ich frage mich, wie hoch sie noch gehen.«

Endlich hatte Daniel die Zahl auf dem Monitor gefunden, die er gesucht hatte. Das Apogäum zeigte den erdfernsten Punkt der neuen Flugbahn. Es lag nun bei zwanzigtausend und stieg weiter, während sich der erdnächste Punkt kaum veränderte.

»Das Apogäum liegt schon bei dreißigtausend.« Anne schüttelte den Kopf. »Dabei fliegen sie auf der neuen Umlaufbahn weit durch den Van-Allen-Strahlungsgürtel. Ihre Kosmonauten müssen eine ordentliche Strahlendosis abkriegen.«

Dann veränderte sich die Zahl nicht weiter.

Fünfzigtausend Kilometer. Das war ganz schön hoch.

»Ich frage mich, wann sie wirklich starten«, grübelte Lee. »Allzu lange können sie in dieser Umlaufbahn nicht bleiben.«

»Wie viele Raumfahrer sind im Moment an Bord?«, fragte Anne.

»Wir vermuten, vier.« Der Flight Director schaute auf einen Monitor seiner Konsole. »Die haben die Montage in den letzten Wochen begleitet. Wahrscheinlich wird bald die richtige Crew eintreffen. In Russland steht eine Sojus-Kapsel bereit zum Abflug. Es kann nur noch wenige Tage dauern.«

Jenny flog in fünf Tagen. Womöglich starteten die anderen gleichzeitig oder sogar noch etwas früher zum Mars.

Anne stieß einen überraschten Laut aus. »Hey, was ist das?«

Daniel wandte sich wieder dem Monitor zu. Die Zahl des Apogäums stieg erneut schnell an. »Sie haben anscheinend schon wieder gezündet.«

»Das Radar erfasst einen kleinen Körper, der sich von der Station entfernt«, meldete der Flight Director.

»Das ist die Progress, die eben gezündet hat«, kommentierte Lee. »Sie haben sie als Raketenstufe benutzt. Nun feuert eine andere Stufe.«

»Siebzigtausend.« Anne schüttelte den Kopf. »Was haben die nur vor?«

Die Zahl stieg immer schneller an. Wenn man erst mal eine gewisse Apogäumshöhe erreicht hatte, brauchte man stetig weniger Energie, um noch höher zu fliegen.

»Hunderttausend«, rief Anne.

Daniel schwante Übles. »Ich glaube, wir haben uns geirrt!«

»Ich glaube auch«, erwiderte Lee.

Daniel konnte den Blick nicht von der Zahl nehmen, die rasant anstieg.

Zweihunderttausend.

Dreihunderttausend.

Vierhunderttausend.

Dann verwandelte sich die Zahl in ein einzelnes Symbol, das einer liegenden Acht glich.

Unendlich.

Und noch immer beschleunigte das russisch-chinesische Schiff.

»Ist es das, was ich denke?«, fragte Graham tonlos.

Daniel nickte wie in Trance. Es konnte nicht anders sein.

»Ich fürchte, ja.« Der Flight Director wischte sich mit der Hand die Schweißperlen von der Stirn. »Das russisch-chinesische Schiff ist nun unterwegs zum Mars.«

Daniel biss sich auf die Lippe, bis er Blut schmeckte.

Fast eine ganze Woche vor unserem.

27

Jenny schaute aus dem Fenster. Dort draußen stand ihre Rakete, mit der sie morgen Nachmittag ins All fliegen würde.

Nicht nur ins All. Zuerst zum Mond und dann zum Mars!

Sie konnte immer noch nicht glauben, wie sich das Schicksal gefügt hatte.

Ihre Unterkunft lag direkt neben der großen Montagehalle im Kennedy Space Center bei Cape Canaveral. Die Astronautenquartiere hier gab es schon seit über fünfzig Jahren. Einige Tage vor dem Start pflegten sich die Raumfahrer dort in Quarantäne zu begeben, damit sie sich nicht noch kurzfristig mit einer Krankheit infizierten.

Jennys Zimmer war klein und spartanisch eingerichtet: ein Bett, ein Schrank und ein Schreibtisch. Dazu ein kleiner Fernseher und ein Telefon. Mehr hatte sie hier nicht. Ein Stück den Korridor hinunter gab es noch eine kleine Küche und einen Aufenthaltsraum.

Aber sie hatte Glück gehabt, eines der Fenster mit Blick nach Osten in Richtung Strand und Startrampen zu bekommen.

Sie wurde nicht müde, die Rakete in etwa acht Kilometern Entfernung auf der Startrampe 39B von Cape Canaveral zu bewundern.

Die SLS war groß. Fast so groß wie die Saturn 5, die damals amerikanische Astronauten zum Mond gebracht hatte. Sie bestand aus dem orangefarbenen Zylinder der ersten Stufe, an dem seitlich zwei weiße, schlanke Feststoffraketen angebracht waren. An der Spitze, über der weiß-schwarzen Oberstufe, ruhte hinter einer Nutzlastverkleidung die Orion-Kapsel, die sie zu ihrem im Orbit wartenden Marsschiff bringen würde.

Sie wusste um das Risiko. Dennoch verspürte sie keine Angst. Eher eine freudige Erregung.

Dann dachte sie an Daniel, und ihre Vorfreude verwandelte sich in Traurigkeit. Ihr Traum, zum Mars zu fliegen, würde morgen wahr werden. Aber der Preis dafür war hoch.

Sie konnte verstehen, dass Daniel verärgert reagiert hatte. Die Aussicht, auf der Erde anderthalb Jahre auf die Rückkehr eines Partners zu warten, der – wenn die Dinge schiefliefen – womöglich überhaupt nicht zurückkehrte, war schlechterdings verstörend.

Daniel hatte sie eine Egoistin genannt. Und damit hatte er recht. Es gab nichts schönzureden – sie hatte die Entscheidung ohne ihn getroffen, und er hatte allen Grund, gekränkt zu sein. Sie konnte ihm eigentlich nicht vorwerfen, dass er sich nun von ihr trennen wollte.

Sie seufzte. Nun war es zu spät. Wenn sie schließlich vom Mars zurückkehrte, hatte er womöglich längst eine andere Partnerin.

Und sie? Was war dann mit ihr? Sie war durch ihre Reise in das Sonnensystem so weit über alle anderen Menschen hinausgegangen, dass sie wahrscheinlich niemals einen Partner fand. Sie würde für alle die erste Frau am Mars sein. Eine lebende Legende. Ein Mythos. Würde sie überhaupt jemals wieder normale Freunde finden? Alle Mondspaziergänger von damals hatten von den Tiefpunkten im Leben danach berichtet. Von den Scheidungen, der Einsamkeit, den Depressionen, dem Trost im Alkohol.

Es war wirklich ein hoher Preis, den sie zahlen musste.

Für einen Rückzieher war es nun zu spät.

Oder? Ich könnte auch einfach Anne anrufen, mich unten vor den Astronautenquartieren in mein Auto setzen und davonfahren.

Sie musste unfreiwillig grinsen. Nein. Das konnte sie nicht.

Nur eine Sache war vorher noch wichtig. Sie musste mit Daniel reden. Ihn zumindest anrufen. Sich mit ihm aussprechen, so gut es ging.

Aber wann?

Sie sah ihr Handy auf dem kleinen Schreibtisch liegen.

Warum nicht jetzt?

Sie wollte gerade das Mobilgerät aufnehmen, als es an der Tür klopfte.

Es war Clint. »Kommst du mit?«

»Ich würde gern zuerst telefonieren.«

Er lächelte. »Es wird nicht lange dauern. Aber wir haben noch einige Änderungen an den Prozeduren aus Houston bekommen.«

Jenny seufzte und hob ihre Tasche auf. »Klar.«

Sie folgte dem Kommandanten der Mission in den Aufenthaltsraum. Ben Dallas und Dana White saßen bereits an dem weißen Tisch vor ihren Padcomputern.

Jenny nahm neben Dana Platz, die ihr zunickte, und packte ihren eigenen Computer aus.

»Also, wir haben einige Änderungen in den Prozeduren von Liste 29 bekommen. Das umfasst das Andocken der Orion-Kapsel an das Marsschiff«, erklärte Clint.

Jenny rief die Seite ihres Flight Manuals auf.

»Punkt 5 entfällt. Die Nummerierung aller folgenden Punkte ändert sich entsprechend«, las Clint von einem Blatt Papier ab.

Jenny änderte ihre Datei.

»Punkt 8 wird verschoben hinter Punkt 12. Auch hier ändert sich die Nummerierung entsprechend.«

Diese Änderung trug Jenny ebenfalls ein.

Weitere Modifikationen im Flugplan folgten, allerdings war keine davon gravierend. Es ging nur um die Einheitlichkeit der Prozeduren in ihren Computern. Kurz vor dem Start wurden zwar noch Updates in die Rechner übertragen, aber die dürften keine Unterschiede mit den vorliegenden Flugplänen haben. Das Update diente lediglich der Verifizierung, dass alle Prozeduren der Astronauten auf dem aktuellen Stand waren und niemandem eine wichtige Änderung entgangen war.

Das Meeting war nach einer guten halben Stunde beendet.

»Lasst uns noch etwas quatschen.« Clint ging zur Küchenzeile. »Will jemand ein Bier?«

Dana und Ben hoben beide die Hände.

Auf der großen Uhr über der Tür zum Flur war es beinahe sechs. Gleich wurde es dunkel. »Klar«, antwortete sie. Das half sicher beim Einschlafen.

»Hast du schon mit deinem Freund geredet?«, wollte Dana wissen.

»Nein, hat sich noch nicht ergeben.«

»Du solltest es vor dem Start noch regeln, sonst machst du dir den ganzen Flug über Vorwürfe.«

Danas Verhalten hatte sich um 180 Grad gedreht, seit Jenny in die Stammcrew gewechselt war. Ihre Arroganz und die Überheblichkeit waren von einem Augenblick auf den anderen verschwunden und hatten einer professionellen Freundlichkeit Platz gemacht.

Dana war nicht dumm. Sie würden nun über anderthalb Jahre auf engstem Raum miteinander leben und sich womöglich gemeinsam tödlichen Gefahren stellen müssen. Da brauchte man ein umgängliches Miteinander. Natürlich war Dana dazu in der Lage, denn sonst hätten die NASA-Psychologen sie niemals als Astronautin zugelassen.

Sympathischer machte das Dana zwar nicht, aber Jenny war

sich sicher, dass sie auf dem Flug zum Mars miteinander auskommen würden.

Clint erschien wieder im Raum, vier Bierdosen in der Hand, die er verteilte.

Jenny riss ihre auf und nahm einen vorsichtigen Schluck. Eigentlich mochte sie kein Bier. Sie würde nur einige Schlucke nehmen und die Dose dann stehenlassen.

»Hast du die Sache mit deiner Frau auf die Reihe bekommen?«, fragte Clint, an Ben gewandt. Jenny wusste, dass der Kollege verheiratet war, allerdings kinderlos. Seine Frau hatte sie nie kennengelernt.

Ben nickte. »Es war nicht einfach. Aber ich denke, wir haben einen Weg gefunden, damit umzugehen.« Er lachte gedämpft. »Sonst wäre Zack nicht der Einzige, der sich aus der Crew verabschiedet hätte. Wie sieht es bei dir aus, Clint?«

Clint winkte ab. »Da die Ehe zwischen Nicole und mir ohnehin nur noch auf dem Papier existiert, ist das scheißegal.« Er kicherte. »Ich vermute, sie könnte gut damit leben, wenn ich bei dem Flug draufgehe. Da hätte sie sich die Scheidung gespart.«

Dana lachte herzhaft. Aber sie hatte auch weder einen Ehemann noch einen festen Freund.

Jenny schauderte innerlich. Da waren sie nun, am Vorabend des Starts. Astronauten, die Helden der Nation, die sich todesmutig an die Spitze einer Rakete setzten. Aber gleichzeitig auch Soziopathen, zu keiner engen Bindung fähig.

»Ich werde einige Filme mitnehmen«, verkündete Clint. »Das rate ich euch auch. Wir haben viel Zeit. So können wir Filmabende veranstalten.«

Dana nickte. »Wie auf der ISS.«

Jenny wusste Bescheid. Es war wichtig, dass die Besatzung abseits der Arbeit gemeinsame Aktivitäten pflegte. Sie würden darauf achten müssen, dass sich niemand isolierte. Schon in der ISS hatte es diese Tendenz gegeben, dass sich introvertierte Astronauten an ein Fenster zurückzogen und ihre gesamte Freizeit über nichts anderes taten, als hinab zur Erde zu schauen. Das führte sehr schnell zu Heimweh.

»Wir werden alle Mahlzeiten zusammen einnehmen. Die Psychologen haben auch weitere Vorschläge gemacht, zum Beispiel Vorträge oder Lesungen zu halten«, erklärte Clint. »Karten und Brettspiele sind ebenso eine Idee. Wir sollten ausreichend dabeihaben.«

»Es wird uns schon nicht langweilig werden«, meinte Ben. »Ich nehme mir Bücher mit.«

Clint schüttelte den Kopf. »Es geht nicht, dass sich jemand die ganze Zeit hinter Büchern verkriecht.«

Jenny fand Clints Strategie zufriedenstellend. Er war ein guter Kommandant und würde es ganz sicher schaffen, die Besatzung zusammenzuführen. »Wir werden ohnehin jede Menge Zeit mit Reinigung und Wartung des Marsschiffes verbringen.« Auch auf der ISS ging der Großteil der Zeit in die tägliche Pflege des Fluggerätes. Allein die vielen Luftfilter jeden Tag zu reinigen kostete Unmengen an Zeit.

»Dazu kommt das tägliche Training«, ergänzte Dana.

Auch das war eine gute und wichtige Beschäftigung. Damit die Muskeln in der Schwerelosigkeit nicht abbauten, nahmen sie Trainingsgeräte mit, die von jedem Astronauten an Bord benutzt werden mussten. Mindestens ein, zwei Stunden am Tag.

»Hat jeder von euch sein Testament gemacht?«, fragte Clint plötzlich.

Ben nickte. »Klar, Chef.«

Dana winkte ab. »Brauche ich nicht. Habe niemanden.«

»Deine Eltern«, wandte Clint ein.

»Die kriegen ohnehin alles, was ich habe. Das brauche ich nicht extra in einem Testament zu vermerken.«

Clint stöhnte. Er griff in seine schwarze Ledertasche und holte Papiere hinaus. »Hier sind Vordrucke. Die habe ich aus dem Internet, sie sind ganz gut. Ich möchte, dass jeder ein Testament vorliegen hat.«

»Ja, aber …«, begann Dana.

Clint unterbrach sie brüsk. »Dann schreib wenigstens was Nettes drauf, was deine Eltern im Fall der Fälle tröstet.«

Er wandte sich Jenny zu. »Was ist mit dir?«

Jenny atmete tief ein. »Meine Eltern sind längst tot.«

Clint sah sie bedeutungsvoll an und schob ihr einen Testamentsvordruck hinüber.

Jenny seufzte, nahm den Vordruck und stand auf. »Ich mach das in meinem Zimmer.«

Clint nickte. »Klar.«

Sie ging zur Küche und öffnete den Kühlschrank. Es stand tatsächlich eine kleine Flasche Weißwein darin. Sie nahm sie sich, holte ein Glas aus dem Schrank und zog sich in ihr Quartier zurück.

Während sie von dem bitter schmeckenden Wein nippte, starrte sie das Papier vor sich wie einen Fremdkörper an.

Was sollte sie schreiben?

Sie hatte nicht viel. Ein paar tausend Dollar auf dem Konto, ein schrottiges Auto und ein eher mäßig gelaufenes Aktiendepot, in das jeden Monat ein Teil ihres Gehaltes floss. Es gab zwei Möglichkeiten. Entweder Daniel bekam es, oder sie konnte es an eine gemeinnützige Organisation spenden. Ein paar ehemalige Astronauten hatten eine Stiftung gegründet, die sich um benachteiligte Kinder kümmerte.

Schließlich entschloss sie sich, dass ihre Güter im Fall der Fälle an die Stiftung gingen. Dennoch wollte sie Daniel ein paar Zeilen schreiben.

Er war bereit gewesen, seine Zukunft mit ihr zu teilen. Ihm

eine Botschaft zukommen zu lassen war das Mindeste, was sie tun konnte.

Aber die richtigen Worte wollten ihr einfach nicht einfallen. Was sie in einer letzten Botschaft schreiben konnte, hing auch davon ab, wie sie auseinandergingen.

Es nützte alles nichts.

Sie griff nach ihrem Handy.

28

Lustlos las Daniel E-Mails in seinem Büro. Nichts Wichtiges dabei. Die meisten Nachrichten schob er direkt in die virtuelle Mülltonne, und den Rest verteilte er auf die Archivordner. Das war wirklich eine Unsitte geworden, so viele Leute wie möglich in den Verteiler zu setzen. Bei einigen Kollegen hatte er den Eindruck, dass sie es darauf anlegten, der halben NASA eine Kopie ihrer Nachrichten zu schicken.

Seufzend schloss er das Programm, stand auf, ging ein paar Mal auf und ab und schaute dann aus dem Fenster seines Büros auf die E Street.

Es dämmerte bereits, und viele Autos schoben sich durch den dichten Verkehr. Die Straßen schimmerten durch den leichten Nieselregen im Licht der Autoscheinwerfer.

Daniel wusste nichts Rechtes mit sich anzufangen. Er hätte eigentlich nach Hause fahren sollen, um zu packen, denn morgen sollte er mit seinem Chef zusammen nach Cape Canaveral fliegen, um sich den Start der Crew zum Mars mit anzuschauen. Er konnte den Gedanken kaum ertragen, dass Jenny in der Spitze der Rakete saß.

Er bedauerte seinen Ausbruch von letzter Woche immer mehr. Im Grunde hatte er immer gewusst, dass Jenny so ein Angebot nicht ausschlagen würde. Warum hatte er es nicht einfach akzeptiert oder sie für eine Aussprache angerufen? Er drehte sich zu dem Telefon auf seinem Schreibtisch um. Die Möglichkeit bestand immer noch.

Er überlegte einen Moment, griff dann aber doch nicht zum Hörer. Jenny hatte die Entscheidung getroffen, nicht nur ihn, sondern die Erde zu verlassen, also lag es an ihr, sich von ihm zu verabschieden.

Er machte sich auf den Weg zu den Waschräumen. Außer ihm war niemand auf dem Flur. Die meisten Kollegen befanden sich schon am Cape oder in Houston. Keiner wollte sich den Start entgehen lassen. Eigentlich hätten Daniel und Graham schon heute Morgen fliegen sollen, doch ein dringendes Gespräch im Pentagon war dazwischengekommen. Immerhin stand ihnen morgen ein Privatjet zur Verfügung.

Als er in sein Büro zurückgehen wollte, fiel Daniel auf, dass im Büro seines Chefs noch Licht brannte. Die Tür war einen kleinen Spalt geöffnet, und ein heller Strich lag auf dem Boden des Korridors.

Daniel runzelte die Stirn. Eigentlich hatte Graham nach der Besprechung nach Hause fahren wollen. Er klopfte vorsichtig an.

»Herein.« Graham klang resigniert.

Daniel trat ein.

Sein Chef saß zurückgelehnt in seinem Sessel, die Füße auf dem Schreibtisch. In der Hand hielt er ein breites Glas, zur Hälfte gefüllt mit einer goldfarbenen Flüssigkeit. Der Flasche auf dem Schreibtisch nach zu urteilen, handelte es sich um einen sehr alten und sehr teuren Whisky. »Ist alles in Ordnung?«

Graham winkte ihn näher. »Sicher, alles bestens.« Sein Tonfall verriet das Gegenteil. »Auch einen Schluck?«

Na ja, fahren musste er heute nicht mehr. »Gerne.«

»Nimm dir ein Glas vom Regal.« Graham lallte ein wenig, also war das nicht sein erster Drink. »Kannst dir ja selber einschenken.«

Daniel ging mit dem Glas zum Schreibtisch und schenkte sich einen Fingerbreit ein. Kurz schielte er auf die Flasche. Ein Scotch. Dreißig Jahre alt.

Er setzte sich auf die Couch an der Wand. »Nicht nach Hause zu deiner Frau?«

Graham schwenkte das Glas in seiner Hand. »Wollte ich eigentlich.« Er lachte wieder. »Aber ich habe gesehen, dass das Auto von Greg in der Einfahrt stand, und bin dann wieder ins Büro gefahren.«

Daniel runzelte die Stirn. »Greg?« Er konnte sich nicht daran erinnern, dass sein Chef diesen Namen jemals erwähnt hatte.

Graham verzog das Gesicht. »Greg ist der Mann, von dem ich weiß, dass er meiner Frau gerne Gesellschaft leistet, wenn ich auf Dienstreisen bin.«

Es dauerte einen Moment, bis Daniel verstand. »Tut mir leid.«

Graham machte eine wegwerfende Handbewegung. »Ist eigentlich nichts Neues. Das geht schon seit Jahren so. War nur heute das erste Mal, dass ich sein verdammtes Auto in meiner verdammten Einfahrt gesehen habe. Im Schlafzimmer brannte gedämpftes Licht. Da fängt die Fantasie an, Saltos zu drehen, kann ich dir sagen.«

Daniel war das peinlich. Er trank einen großen Schluck Whisky. In den ganzen Jahren, in denen er nun für Graham arbeitete, hatte er dessen Frau nur einmal gesehen. Denise war blond, groß gewachsen und hatte ein bestimmendes Wesen. Mehr konnte er über sie nicht sagen.

Grahams Ehe war seine Sache. Das ging Daniel nichts an. Aber er wurde den Eindruck nicht los, als würde Graham heute Abend jemanden zum Reden brauchen. Also musste er da wohl durch. »Hast du mit deiner Frau darüber gesprochen?«

Graham schüttelte den Kopf. »Nur ganz oberflächlich. Und gleich hat sie mir vorgeworfen, zu oft fort zu sein.« Er lachte wieder leise. »Und es stimmt. Ich bin regelmäßig unterwegs und hatte auch nie das Bedürfnis, daran etwas zu ändern. Also, was soll ich ihr vorwerfen? Ich glaube, ich habe es nicht besser verdient.«

»Sie hat nie von Trennung gesprochen?«

»Nein.« Graham leerte sein Glas und stellte es so heftig zurück auf den Tisch, dass es knallte. »Ich glaube, sie liebt mich immer noch. Aber ich schenke ihr nicht so viel Zeit und Aufmerksamkeit, wie sie verdient. Eigentlich kann ich ihr dankbar sein, dass sie mich noch nicht verlassen hat. Vielleicht hofft sie, dass es anders wird, wenn ich in Pension gehe.«

»Das wird wohl noch ein paar Jährchen dauern.« Daniel erinnerte sich daran, wie Graham vor einigen Monaten in der Abteilung seinen sechzigsten Geburtstag gefeiert hatte. Dort hatte er vollmundig verkündet, mindestens noch zehn weitere Jahre arbeiten zu wollen. Wenn auch nicht unbedingt bei der NASA.

»Was willst du bis dahin tun?«, fragte Daniel.

»Nichts.« Graham sah traurig aus. »Gar nichts.«

Unangenehmes Schweigen stand plötzlich im Raum.

Schließlich langte Graham nach vorne, nahm die Flasche und goss sich noch einmal großzügig nach. »Ich glaube, ich weiß, was ich mache. Ich werde mir mit dem Zeug hier jetzt ordentlich einen hinter die Binde kippen. Dann lege ich mich auf die Couch und schlafe, bis es Zeit wird, zum Flieger zu gehen.«

»Das dürfte einen hübschen Kater geben«, prophezeite Daniel.

Graham zuckte mit den Schultern. »Wäre nicht der erste. Sehen wir es als Training für morgen.«

»Training für morgen?«, wiederholte Daniel verblüfft.

Graham schnaubte. »Wenn der Start erfolgreich ist, findet eine rauschende Launch-Party am Cape statt. Wie immer. Dabei gibt es erst einen Grund zum Feiern, falls die Crew in anderthalb Jahren gesund zurückkehrt. Wenigstens bin ich bald die Verantwortung los. Ab morgen wird der Lead Flight Director als oberster Manager übernehmen. Ist mir nur recht.«

»Wir haben auch so in den nächsten Monaten noch genug Arbeit«, merkte Daniel an.

»Allerdings. Du hast doch diese fragwürdigen Kontakte in russische Kreise?« Graham sah ihn seltsam an.

»Warum?«, wollte Daniel wissen.

»Na ja, Russen und Chinesen haben zwar einen leichten Vorsprung, aber laut unseren Flugbahnberechnungen werden wir sie bald einholen und mehr oder weniger auf einer identischen Bahn zum Mars fliegen. Wir sollten alle Kanäle nutzen, um auf dem Laufenden zu sein, was bei denen vor sich geht.«

Daniel dachte an Sergej. »Dafür werden meine Kontakte aber ebenfalls Informationen haben wollen.«

Graham nickte. »Das ist in Ordnung. Lass ihnen die Informationen zukommen. Aber übertreibe es nicht. Ich decke dich, wenn es Ärger von oben gibt.«

Das war Daniel in der Tat wichtig. »Ja, ist gut.«

Er stand auf. Es gab keinen Grund für seine Anwesenheit, während sein Chef sich ins Nirwana soff. Er trank seinen Whisky aus und stellte das leere Glas auf die Kommode, dann ging er Richtung Tür.

»Hast du dich mit deiner Freundin wieder vertragen?«, fragte Graham plötzlich.

Woher weiß er das denn?

Aber die NASA war halt eine große Familie. Letzten Endes blieb nichts geheim.

»Nein«, erwiderte Daniel knapp.

»Schließe Frieden«, empfahl ihm Graham sanft. »Sie tut, was sie tun muss. Ich würde sie deswegen nicht verurteilen. Lass sie ziehen, bleib ihr treu, und wenn sie wiederkommt, wird sie das zu schätzen wissen.«

Daniel fühlte sich unwohl, dieses Gespräch mit seinem Chef zu führen, der genug Probleme mit seiner eigenen Beziehung hatte. »Ich weiß nicht, ob ich diese anderthalb Jahre durchstehen kann.«

Graham lächelte. »Liebst du sie?«

Daniel brauchte nicht nachzudenken. »Ja.«

Graham blickte auf sein Whiskyglas und wieder zu Daniel. »Dann kannst du diese anderthalb Jahre auch durchstehen.«

Daniel drehte sich um und verließ das Büro seines Chefs.

In seinem eigenen Büro angekommen, musterte er eine Weile das Handy auf seinem Schreibtisch. Ja, er musste mit Jenny reden.

Als er nach dem Telefon griff, klingelte es.

Es war Jenny.

»Ich wollte dich gerade anrufen«, sagte Daniel.

»Tatsächlich?«

»Ja.«

»Wir sollten die Dinge klären«, sagte Jenny mit ruhiger Stimme.

»Ich bin deiner Meinung«, erwiderte Daniel.

»Ich kann nachvollziehen, dass du nicht auf mich warten willst.« Sie machte eine längere Pause. »Ich habe meine Entscheidung getroffen, und es tut mir leid, dass du darunter leiden musst. Ich akzeptiere, wenn wir nun kein Paar mehr sind, aber ich möchte mit dir nicht im Streit auseinandergehen.«

Daniel schluckte. »Eigentlich möchte ich mit dir überhaupt nicht auseinandergehen.«

»Ich weiß«, sagte Jenny.

Graham hatte es ihm noch einmal vor Augen geführt – er liebte Jenny, und diese Liebe war nicht an Bedingungen geknüpft. Der Flug war ihr wichtiger als alles andere, das schmerzte ihn, aber er liebte sie trotzdem. Oder vielleicht gerade deshalb. Er konnte sich nicht vorstellen, ab morgen nach jemand anderem zu suchen. Genauso wenig konnte er sich vorstellen, jemanden zu finden, für den er so empfand.

»Kommst du morgen zum Cape?«, fragte Jenny.

»Die Maschine geht im Morgengrauen.«

»Ich würde dich gerne sehen.« Jenny klang aufrichtig. »Um dir Lebewohl zu sagen.«

Daniel nickte. Das wollte er auch. »Aber es geht ja nicht. Die Quarantäne.«

»Triff mich am Strandhaus«, meinte Jenny. »Um zehn. Ich sage einfach, ich gehe ein letztes Mal joggen.«

»Einverstanden.«

Eine kurze Pause entstand. Schließlich sagte Jenny leise: »Danke.«

Daniel wollte schon auflegen, doch dann spürte er, dass der Zeitpunkt gekommen war, es auszusprechen: »Ich liebe dich.«

29

Daniel parkte seinen Mietwagen am Strand. Über den Horizont des ruhigen Meeres stieg gerade eine tiefrote Sonne auf. Er atmete tief ein. Es war deutlich wärmer geworden in Florida, aber der Himmel war immer noch klar. Für den Start am Abend hatte der NASA-Meteorologe beste Bedingungen angekündigt.

Von der Straße aus führte ein Weg zu einem kleinen Haus, das malerisch zwischen den Dünen ruhte. Es war eine Legende, alle nannten es nur das *Beachhouse*.

Das Strandhaus nördlich der Air Force Base in Cape Canaveral hatte die NASA schon in den Sechzigern des letzten Jahrhunderts gekauft und umgebaut. Während der letzten Tage auf der Erde diente es den Astronauten als Rückzugsort. Hier konnten sie sich von ihren Familien in einer angenehmen Atmosphäre verabschieden, bevor sie in die Quarantäne vor dem Start gingen.

Das Gebäude war wunderschön mit hellem Holz verkleidet und mit einer großen Terrasse ausgestattet. Heute war dort der Barbecue-Grill aufgebaut. Früher hatte man im Haus übernachten können, aber die NASA hatte den Schlafbereich zu einem kleinen Konferenzraum umfunktioniert. Immerhin gab es noch eine Bar und einen gemütlichen Aufenthaltsraum mit Kamin.

Aber er war nicht hier, um die Vorzüge des Gebäudes zu würdigen, sondern um auf Jenny zu warten, deren letzter Tag auf der

Erde angebrochen war. Entweder für sehr lange Zeit oder, wenn etwas schieflief, für immer.

Daniel ging die Stufen bis zur Veranda nach oben. Jenny musste von Norden kommen, vom NASA-Gelände mit den Startrampen. In einigen Kilometern Entfernung konnte er Launch Pad 39 erkennen, die Silhouette der SLS-Rakete zeichnete sich deutlich vor dem Morgenhimmel ab.

Für Daniel ähnelte das Ding einem Monster, das nur darauf wartete, mit Treibstoff befüllt zu werden und zum Leben zu erwachen.

Dann sah er Jenny durch die Dünen auf das Strandhaus zu joggen. Sie trug einen kurzen Trainingsanzug und Laufschuhe, die so orangefarben waren wie die erste Stufe der Rakete.

Als sie ihn erkannte, blieb sie stehen, lächelte und kam dann langsam auf ihn zu.

Daniel verließ die Veranda und ging ihr entgegen. Er spürte, dass sein eigenes Lächeln ein wenig bemüht wirkte.

»Ich freue mich, dass das noch geklappt hat«, sagte Jenny.

»Ja, ich mich auch«, krächzte Daniel.

In der vergangenen Nacht hatte sein Gehirn ihm noch einmal alle Worst-Case-Szenarien durchgespielt. Ihm die Frage gestellt, ob er tatsächlich bereit war, Jennys Weg mitzugehen.

Doch jetzt, wo sie sich gegenüberstanden, waren alle Zweifel fort. Sie war die Frau, mit der er sein Leben verbringen wollte. Und das bedeutete, dass er bereit sein musste, das Risiko mitzutragen. Als er daran dachte, dass sie in einigen Stunden in diese verdammte Rakete dort drüben steigen würde, wurde ihm schlecht. Seine Augen begannen sich mit Tränen zu füllen.

»Du wirst wirklich fliegen, nicht wahr?« Da war ein allerletzter Funken Hoffnung.

Jenny blickte zu Boden. »Es tut mir leid.«

Daniel fühlte, wie eine Last von ihm abfiel. Die Entscheidung war also getroffen, und sie war richtig. »Ich werde auf dich warten«, sagte er mit fester Stimme.

Jenny sah ihm überrascht in die Augen.

»Das heißt«, schob er nach, »wenn du das willst.«

Sie lächelte. »Ja, das will ich«, flüsterte sie.

Die Distanz zwischen ihnen schmolz dahin. Sie umarmten einander fest. Ihre Lippen suchten die seinen, und sie küssten sich innig.

Daniel genoss die vertraute Wärme. Es dauerte lange, bis sie sich voneinander lösten.

»Wie viel Zeit hast du?«, wollte er wissen.

»Nicht viel.« Sie grinste ihn verschwörerisch an. »Aber es wird reichen.«

Daniel runzelte die Stirn. »Was meinst du?«

Sie zeigte auf das Strandhaus. »Ich habe den Schlüssel.«

Sie gingen hinein, zogen sich aus und sanken ineinander verschlungen auf die Couch.

Es ging so viel schneller vorbei, als ihm lieb war.

Danach lagen sie Arm in Arm nebeneinander, aber Jenny war spürbar unruhig. Es dauerte zwar noch über zehn Stunden bis zum Start, aber für die Astronauten war bis dahin sicher noch viel zu tun.

»Und du bist sicher, dass du auf mich warten willst?«, fragte Jenny leise.

Er nickte nur.

»Wenn ich zurückkehre, werde ich nicht mehr fortgehen«, sagte sie leise. »Das verspreche ich.«

Wenn du zurückkehrst!

Es kostete ihn viel Mühe, diesen Gedanken nicht laut auszusprechen. »Geh einfach kein Risiko ein.«

Sie sah ihn mit einem schwer zu deutenden Blick an.

»Oder zumindest so wenige Risiken wie möglich.«

»Ich bemühe mich.« Nach einem Moment fuhr sie fort: »Ich würde dich gerne heiraten, wenn ich zurück bin.«

Es war das erste Mal, dass er es in dieser Deutlichkeit aus ihrem Mund hörte. »Ich dich auch«, erwiderte er. »Ich würde dich sogar heute noch heiraten, wenn es ginge.«

Schweigend lagen sie nebeneinander und starrten die Decke des Strandhauses an.

Dann drehte sich Jenny plötzlich zu ihm um. »Dann lass uns doch heute heiraten.«

Er stutzte. »Wie sollte das gehen?«

Jenny lächelte verschmitzt. »Die NASA wird es möglich machen.« Sie küsste ihn sanft. »Willst du?«

Da musste er nicht groß überlegen. »Ja, ich will.«

30

Daniel hatte nie darüber nachgedacht, wie oder wo er heiraten wollte. Er wusste zwar, dass das irgendwann passieren würde, aber die Details drum herum waren ihm egal gewesen.

Dass er nun, ohne jede Vorbereitung, unmittelbar unter den Triebwerken einer Mondrakete getraut werden würde, auf den Gedanken wäre er niemals gekommen.

Es ging nicht anders. Jennys Zeitplan in den Stunden vor dem Start war eng getaktet. Die Trauung war während der letzten Inspektion der Startrampe durch die Crew eingeschoben worden.

Irgendwer hatte einen Standesbeamten aus dem nahen Merrit Island herbeigeschafft, der nun auf einem Metalltisch die nötigen Papiere ausbreitete und immer wieder misstrauisch zu den Triebwerken hinaufschaute.

Daniel trug denselben Anzug, den er in den letzten Jahren zu Dutzenden Meetings angehabt hatte. Jenny steckte in ihrer blauen Astronautenkombi. Sie hatte nicht die Zeit gehabt, etwas Passenderes anzuziehen.

Der Rest der Crew war auch dabei. Clint Murdock, Ben Dallas und Dana White hatten sich einige Minuten Zeit genommen, um der Zeremonie beizuwohnen. Außerdem waren Graham, der eine dunkle Sonnenbrille trug und den ganzen Morgen wortkarg gewesen war, und Frank Watts gekommen. Er hatte Daniels Chef am Morgen im Hotel getroffen.

Einige Mitglieder der Close-out-Crew, die bis zum letzten Moment an der Startrampe arbeiteten, standen ebenfalls herum.

Der Standesbeamte, ein großer, hagerer Typ mit schneeweißen Haaren und randloser Brille, zeigte auf die Papiere vor sich auf dem Tisch. »Bitte unterschreiben Sie hier.«

Daniel und Jenny traten nach vorne und setzen nacheinander ihre Unterschrift auf das Dokument.

»Die Trauzeugen?«

Daniel und Jenny tauschten Blicke. Das hatten sie ganz vergessen. Daniel drehte sich zu seinem Chef um. »Graham? Würdest du mir die Ehre erweisen?«

Graham fuhr erschrocken auf, dann zuckte er mit den Schultern. »Warum nicht?«, sagte er und stellte sich neben Daniel.

Fehlte noch eine Trauzeugin. Es gab nur eine einzige Frau in der Gruppe. »Dana?«, sagte Jenny. »Darf ich dich bitten?«

Dana zog die Augenbrauen hoch. Sie schien an einen Scherz zu glauben. Doch dann lächelte die Astronautin. »Sicher.«

Dana stellte sich neben Graham an den Tisch und unterschrieb ebenfalls.

»Somit ist die Trauung nunmehr vollzogen«, verkündete der Standesbeamte. »Ich habe eine Rede, die ich standardmäßig halte, in der ich dem Brautpaar alles Gute …«

Clint Murdock unterbrach ihn mit einer Handbewegung. »Dafür haben wir keine Zeit. Wir müssen zum Mars.« Er winkte Dana White und Ben Dallas zu sich und wandte sich dann an Jenny. »Du hast fünf Minuten, dann erwarte ich dich oben auf der Plattform.«

Jenny nickte.

Die Astronauten gingen zum Fahrstuhl, der sie zu ihrem Raumschiff an der Spitze der Rakete brachte.

Graham, Watts und die Männer und Frauen der Close-out-Crew zerstreuten sich.

Daniel seufzte. Er wandte sich Jenny zu und nahm ihre Hände. »Ich fürchte, Hochzeitsnacht und Flitterwochen werden wir in anderthalb Jahren nachholen müssen.«

Sie schmunzelte, wurde aber schnell wieder ernst. »Anderthalb Jahre sind eine lange Zeit.«

»Ich werde auf dich warten«, flüsterte er. »Das verspreche ich dir.«

Sie lächelte ihn erneut an und beugte sich dann zu ihm herüber. Er legte all seine Empfindungen in diesen Kuss – seine Liebe zu ihr und seine Angst um sie. Für einen Moment wünschte er sich, die anderthalb Jahre wären vorbei und dies wäre eine Begrüßung statt eines Abschieds.

»Ich muss los«, sagte Jenny schließlich. Ihre Augen waren feucht.

»Ja, klar.« Er zog sie ein letztes Mal für einen Kuss und eine Umarmung zu sich heran.

Dann löste sie sich von ihm und ging zum Fahrstuhl. Sie lächelte ihm ein letztes Mal zu, dann stieg sie in den Lift und war verschwunden.

Daniel stand alleine am Fuß der Rakete, die seine frisch angetraute Frau in ein paar Stunden von der Erde fortbringen würde. Er kam sich verloren vor. Verlassen.

Ganz oben an der weißen Kapsel sah er einen Menschen über einen Steg an der Startrampe laufen. Er war zu weit weg, um zu erkennen, ob das Jenny war.

Die Astronauten stiegen jetzt noch nicht ein, sondern inspizierten ein letztes Mal ihre Kapsel. Der Bus neben der Startrampe brachte sie anschließend für eine letzte medizinische Untersuchung zu ihren Quartieren. Dann folgten eine Mahlzeit und ein Briefing mit Meteorologen, Ingenieuren und Managern. Zum Schluss stiegen sie in die Raumanzüge und fuhren ein letztes Mal zur Startrampe. Diesmal ohne Wiederkehr.

Er konnte den Blick nicht von der Kapsel dort oben nehmen.

Ich bin jetzt verheiratet, und meine Frau fliegt gleich ins All. Weiter weg, als jemals ein Mensch geflogen ist.

Er fühlte sich, als würde ihm der Boden unter den Füßen weggezogen.

Nur Gott alleine weiß, ob sie lebend zur Erde zurückkehren wird.

31

»MS 2, Comm-Check«, hallte es aus Jennys Helmlautsprechern, doch sie nahm es kaum wahr.

Die Orion-Kapsel erinnerte so derart frappierend an den Simulator, dass sie sich immer wieder ins Gedächtnis rufen musste, nun in einem *richtigen* Raumfahrzeug zu sitzen, das auf einer *richtigen* Rakete festgemacht war. Ihr Leben lang war das ihr Ziel gewesen, und nun wirkte es beinahe surreal, dass das Schicksal sie tatsächlich hierhergeführt hatte.

»MS 2, Comm-Check«, wiederholte Reid Huntford, der heute als Capcom eingesetzt war. Diesmal eindringlicher.

Jenny zuckte zusammen. »MS 2, laut und klar.«

»Danke, Jenny«, sagte Reid.

Damit waren die Kommunikationschecks beendet, ebenso wie ihre Aufgaben an Bord. Clint als Kommandant und Dana als Pilotin, die in den zwei Sitzen weiter vorne saßen, hatten in den nächsten Minuten und Stunden noch jede Menge zu tun.

Das galt jedoch nicht für Jenny und Ben, dessen Sitz neben dem ihren war. Sie hatten noch nicht einmal Konsolen mit Computern, auf denen sie die Flugparameter überwachen konnten. Wenn Jenny einen Blick aus einem der wenigen Fenster werfen wollte, musste sie den Kopf weit nach links drehen. Sie konnte nicht mehr tun, als in ihrem orangefarbenen Raumanzug dazuliegen und darauf zu hoffen, dass alles gut ausging.

Tausend Gedanken schossen ihr durch den Kopf. Würde die Rakete zuverlässig funktionieren, oder vergingen sie in wenigen Minuten in einem Feuerball? Würde sie die Erde jemals wiedersehen?

Dann dachte sie an Daniel.

Ich bin verheiratet! Ich habe jetzt einen Ehemann.

Es war alles so schnell gegangen. Dennoch zweifelte sie nicht eine Sekunde an ihrer Entscheidung. Daniel war willens, sie auf dieses Abenteuer gehen zu lassen und anderthalb Jahre auf der Erde auf sie zu warten.

Sie hatte es weder von ihm verlangt noch erwartet. Er tat das, weil er sie liebte, wie sie war. Er verstand ihre Träume und war bereit, sie zu akzeptieren. Was konnte man sich von einem Partner mehr wünschen? Sie nahm sich vor, wiedergutzumachen, wenn sie schließlich zur Erde zurückkehrte.

Wenn ich denn jemals zurückkehre.

Es gab so viele offene Fragen. Was geschah, wenn sie unterwegs oder am Mars mit den Russen und Chinesen zusammentrafen, war völlig unklar. Ebenso, ob das Rendezvous mit der Rückkehrstufe im Marsorbit gelang.

»Noch zehn Minuten bis zum Start«, hörte sie Reids ruhige Stimme durch die Lautsprecher im Helm.

Jenny reckte den Kopf in Richtung Fenster. Draußen war es dunkel, die Sonne längst untergegangen. Einen blauen Himmel würde sie erst in anderthalb Jahren wiedersehen.

»Wenn noch einer aussteigen will, ist jetzt die letzte Gelegenheit dazu«, verkündete Clint trocken. Laut Flugplan hatte er bis zum letzten Countdown auch nicht viel zu tun, außer die Messwerte auf seiner Konsole im Auge zu behalten.

»Ich könnte noch mal aufs Klo gehen«, sagte Dana ebenso trocken.

Natürlich konnte nun, abgesehen von einem Notfall, niemand

mehr die Kapsel verlassen. Wer jetzt noch auf die Toilette musste, war gezwungen, die Windeln zu benutzen, die sie alle unter ihren Raumanzügen trugen.

»Und ich möchte mir noch einen letzten Burger bei McDonald's holen«, erklärte Ben.

»Kannst du in anderthalb Jahren wieder machen.« Clint seufzte. »Mein nächstes Bier wird es dann ebenfalls erst in anderthalb Jahren geben.«

Dana winkte ab. »Ach komm, du hast dir doch sicher einen Flachmann an Bord geschmuggelt.«

»Hab's versucht«, erwiderte Clint. »Aber Anne hat persönlich mein Gepäck durchwühlt und den Schnaps weggeworfen.«

»Vielleicht stoßen wir ja unterwegs auf die Russen«, überlegte Jenny. »Von denen können wir sicher etwas Wodka schnorren.«

Es ging das Gerücht, dass es auf der ISS im russischen Teil der Station einen versteckten Vorrat zur Hebung der Moral gab. John hatte auf seiner Pensionierungsfeier sogar behauptet, dass die ehemaligen Mir-Kosmonauten an Bord der russischen Raumstation geraucht hatten. Jenny hatte es nicht glauben wollen.

»Den Wodka kriegst du nur, wenn du mit den Genossen zusammen auch den Borschtsch isst.«

»Dann lass mal.« Clint klang nicht begeistert. »Hab das Zeug mal in Moskau probiert. Ekelhaft, dieser Geschmack nach Roter Beete. Dann bleibe ich lieber Abstinenzler.«

Es war Tradition, dass Astronauten in den langen Minuten vor dem Start Späße miteinander machten. Es lockerte die Spannung für zumindest ein paar Augenblicke.

»Noch fünf Minuten bis zum Start«, meldete Reid.

Jenny holte tief Luft. Gleich ging es los.

Dann erinnerte sie sich daran, dass sie auf einer riesigen, bis zum Anschlag mit flüssigem Wasserstoff und Sauerstoff gefüllten Rakete saß. Wenn das Ding beim Start explodierte, hatte das die

Wucht einer kleinen Atombombe. Vermutlich würde sie ihr Ende gar nicht mitbekommen.

Andererseits hatte die Besatzung der Challenger damals auch die Explosion überlebt. Das Cockpit war weitgehend intakt geblieben und auf einer ballistischen Bahn wie ein nach oben geworfener Stein noch lange weiter in den Himmel gerast. Die Astronauten waren erst gestorben, als sie, angeschnallt in ihren Sitzen in den Überresten der Challenger gefangen, nach einigen Minuten im freien Fall auf der Wasseroberfläche des Atlantiks aufschlugen.

Jenny zwang sich, nicht an die Katastrophen der Vergangenheit zu denken. Die bisherigen Starts der SLS waren problemlos verlaufen, auch wenn es beim letzten Flug Schwierigkeiten mit der Orion-Kapsel gegeben hatte.

Sie hatte große Hoffnungen, es in einem Stück in den Erdorbit zu schaffen. Von dort hatten sie im Notfall die Möglichkeit, zurückzukehren.

»Noch eine Minute bis zum Start«, verkündete Reid. »Das gesamte Kontrollzentrum wünscht euch eine gute Reise. Kehrt gesund zurück.«

»Danke«, erwiderte Clint. »Wir bedanken uns auch bei den Kollegen im Kontrollzentrum und bei allen Wissenschaftlern und Ingenieuren, die diesen Flug möglich gemacht haben. Wir wissen, dass wir bei dieser Mission eine gewaltige Verantwortung tragen, und wir werden unser Möglichstes tun, das amerikanische Volk nicht zu enttäuschen.«

Jenny musste schmunzeln. Die patriotischen Worte passten zu Clint. Er hatte sie sich sicher vorher überlegt.

»Noch dreißig Sekunden«, meldete Reid. »Sequenzer aktiviert.«

Das Kontrollzentrum hatte nun die Kontrolle an die Computer der Rakete übergeben. Die Kollegen, die in einigen Kilometern

Entfernung vor ihren Bildschirmen saßen, kontrollierten nur noch die Daten aus den Tausenden Sensoren.

»Visiere schließen!«, befahl Clint.

Jenny klappte die Sichtblende ihres Helmes herunter. Ihr Herzschlag beschleunigte sich.

Es gab zwei rote Knöpfe. Einen konnten die Ingenieure drücken, um den Start bis zur Zündung der Feststoffraketen noch abzubrechen.

Wenn die Booster einmal gezündet waren, konnten sie nicht mehr abgeschaltet werden, bis sie ausgebrannt waren.

Dafür existierte noch ein anderer roter Knopf auf der Konsole des Range Safety Officer. Er musste ihn drücken, wenn die Rakete aus irgendwelchen Gründen vom Kurs abwich und auf bewohntes Gebiet zuraste. Den Druck dieses Knopfes würden Jenny und ihre Kollegen nicht überleben.

Nicht dran denken!

»Zehn Sekunden«, sagte Reid. »Zündungssequenz aktiviert.«

Das Schiff begann zu vibrieren, als in diesem Moment tief unter Jenny mächtige Pumpen zum Leben erwachten und unter extrem hohem Druck Tonnen an Treibstoff aus den Tanks zu den vier Haupttriebwerken pressten.

Dann wurden die Triebwerke gezündet. Es fühlte sich an, als stünde die Kapsel auf einer Rüttelplatte.

Mit der Zündung der Feststoffbooster gab es einen furchtbaren Schlag. Die Rakete schoss nach oben, und Jenny wurde tief in ihren Sitz gepresst.

Sie ächzte. Das Gefühl hatte der Simulator nicht vermitteln können.

Sie wurde brutal in ihren Gurten hin und her geworfen.

»Startturm passiert«, meldete Reid.

Der Druck war so gewaltsam, dass sie kaum einen klaren Gedanken fassen konnte. Ihr Blick verschwamm. Selbst wenn sie eine Computerkonsole vor sich gehabt hätte, wäre sie nicht imstande gewesen, irgendetwas darauf zu erkennen.

Wie, zum Teufel, konnten Clint und Dana bei diesem Geschüttel den Flug überwachen?

Sie musste sich darauf verlassen, dass das Kontrollzentrum den Überblick behielt.

»Flugbahn nominell«, drang Reids Stimme wie durch dichten Nebel an ihr Ohr.

Der Andruck verstärkte sich noch einmal, und Jenny hatte Mühe, zu atmen. Wenn das so weiterging, würde sie ohnmächtig werden.

Nein, der Raketenstart war nicht wie erwartet. Sie wusste, dass die Beschleunigung der SLS sehr hoch war, aber diese Brutalität, mit der die Feststoffraketen das Schiff in den Himmel schossen, war jenseits von allem, womit sie gerechnet hatte.

Worauf habe ich mich nur eingelassen?

»Flughöhe dreißig Kilometer. Bodendistanz sechzehn Kilometer. Flugbahn nominell«, meldete Reid.

Das Gerüttel wollte einfach nicht aufhören. Jenny glaubte nicht, dass sie das noch lange durchstehen konnte.

Dann endlich waren die Feststoffbooster ausgebrannt. Es gab einen lauten Knall, als die nunmehr leeren, weißen Aluminiumhüllen abgesprengt wurden.

Damit wurde der Flug schlagartig ruhiger. Das Gerüttel hörte auf, und die Beschleunigung ließ deutlich nach. Die Rakete flog nun nur noch durch die Kraft der vier Flüssigtriebwerke.

»Boostertrennung nominell«, sagte Reid. »Ihr könnt die Visiere wieder öffnen.«

Jenny klappte ihres eilig hoch. Das vermittelte ihr das Gefühl, besser atmen zu können. Sie kämpfte den Schwindel nieder. »Das war heftig.«

»Es ist noch nicht vorbei.« Clints Stimme klang angespannt.

Klar. Die Triebwerke, die aus dem alten Shuttleprogramm stammten, würden weitere sechs Minuten lang feuern. Ein kleiner Fehler, eine zerberstende Turbinenschaufel oder ein Defekt in einem der Steuerungscomputer, und die Rakete flog ihnen um die Ohren.

Doch die Triebwerke arbeiteten unverändert zuverlässig. Der Andruck erhöhte sich wieder, als die Rakete nach und nach ihren Treibstoff verbrannte und leichter wurde, und schon bald wurde Jenny wieder tief in den Sitz gepresst. Sie wollte einen Blick aus dem Fenster werfen, aber es gelang ihr nicht, den Kopf zu drehen.

Dann schalteten sich die Triebwerke ab. Mit einem Mal hing Jenny schwerelos in ihren Gurten.

»MECO erfolgt«, meldete Reid. »Flugbahn nominell.«

Mit einem lauten Knall trennte sich die Orion-Kapsel von der ersten Stufe ihrer Trägerrakete. Eine kurze Triebwerkszündung der Oberstufe brachte das Raumschiff von der SLS fort, damit sie später im Flug nicht kollidierten.

»Willkommen im Weltraum, Jenny«, sagte Clint. »Jetzt bist du eine richtige Astronautin.«

Ben schlug ihr sanft auf die Schulter.

Jenny schluckte. Sie stand immer noch tief unter dem Eindruck des Raketenstarts.

Doch sie beruhigte sich schnell. Sie wandte den Kopf. Im Fenster konnte sie die Sichel der Erde sehen, über der gerade die Sonne aufging. Sie erkannte eine Küstenlinie und dahinter das tiefe Grün des zentralafrikanischen Dschungels.

Sie war wirklich im Weltraum!

»Solarzellenflächen erfolgreich ausgefahren«, meldete Reid.

»Roger«, bestätigte Clint knapp.

Jenny war nicht in der Lage, den Blick vom Fenster abzuwenden. Der Anblick, die Farben! Es war unglaublich. Wie gerne hätte sie Daniel hier gehabt und diesen Moment mit ihm geteilt.

Auch die anderen schauten schweigend aus den Fenstern der Kapsel, obwohl sie diese Aussicht von ihren Missionen zur ISS bereits hätten gewohnt sein sollen.

Schließlich brachte Reids Stimme sie wieder in die Wirklichkeit zurück. »Ihr habt Go für TLI.«

Trans Lunar Injection.

Jenny hätte es beinahe vergessen. Sie waren nicht in die Erdumlaufbahn geflogen, um die schöne Sicht zu genießen. Sie mussten den niedrigen Erdorbit schnell wieder verlassen und zum Mond fliegen.

»Roger, Houston«, bestätigte Clint. »Wir sind Go für TLI.«

Die Manöver geschahen automatisch. Der Bordcomputer richtete das Schiff unter den skeptischen Blicken von Clint und Dana auf seinen Kurs zum Mond aus.

»Oberstufe in Stand-by«, meldete Reid. »Zündung in fünf, vier, drei …«

Jenny versteifte sich, bereitete sich auf einen neuen Schlag in ihren Rücken vor.

Aber als das Oberstufentriebwerk zündete, war es so sanft, dass sie zunächst dachte, das Manöver wäre fehlgeschlagen.

»ICPS erfolgreich gezündet«, verkündete Clint. »Flugbahn sieht gut aus. Verbleibende Brenndauer fünfzehn Minuten.«

Jenny lehnte sich zurück und versuchte, sich zu entspannen. Bisher verlief der Flug völlig nach Plan. Hoffentlich ging es so weiter.

»Verbleibende Brenndauer vierzehn Minuten«, meldete Reid.

Entspannung wollte sich nicht einstellen. Dafür wusste Jenny zu gut über die Konsequenzen von Fehlfunktionen Bescheid. Wenn das Triebwerk zu früh abschaltete, verfehlten sie die Mondbahn und fielen in einer langen Ellipse zur Erde zurück.

Die Minuten zogen sich wie Kaugummi. Zwischen den Statusmeldungen Reids, die alle sechzig Sekunden erfolgten, schienen Stunden zu vergehen.

Endlich verstummte das Triebwerk.

»Flugbahn nominell«, meldete Reid.

Mit einem lauten Knall wurde nun auch die Oberstufe der Rakete abgetrennt. Sie würde mit ihnen weiter zum Mond fliegen und dahinter in die Dunkelheit des Alls fortdriften.

»Das war's.« Jenny konnte die Erleichterung in der Stimme des Kommandanten hören. »Wir sind unterwegs zum Mond.«

Jenny wandte wieder den Kopf. Hinter dem Fenster wurde die blaue Kugel zusehends kleiner. Das Schiff entfernte sich mit rasender Geschwindigkeit von der Erde.

32

»Muss bitter für dich sein«, meinte Graham.

Daniel saß zusammen mit seinem Chef auf der Besuchergalerie des Kontrollzentrums in Houston. »Einerseits ja, andererseits freue ich mich für sie.«

Dann wandte sich Daniel wieder den großen Bildschirmen an der Vorderseite des Kontrollzentrums zu, wo er seine Frau neben einem der Fenster der Orion-Kapsel schweben sah. Sie trug eine hellblaue Kombination und hatte ein Headset auf, das über ein langes Kabel mit einem Kasten an ihrem Gürtel befestigt war.

Außerhalb des Fensters war der Mond. Riesengroß und unglaublich nah.

Er konnte nicht begreifen, dass Jenny nun dort war. So weit von ihm entfernt und so dicht am Mond, wie es seit der letzten Apollo-Mission in den Siebzigern niemand mehr gewesen war. Und das war erst der Anfang. Gleich würden Jenny und ihre Astronautenkollegen an das Marsschiff andocken.

Es hatte inzwischen auch einen Namen. Die Besatzung hatte es *Hope* getauft.

Hoffnung.

Daniel hatte das mit gemischten Gefühlen aufgenommen. Eine wirkliche Hoffnung für die Menschheit wäre es gewesen, wenn die Großmächte dieser Erde gemeinsam zum Mars aufgebrochen wären.

Jenny verschwand aus dem Blickfeld.

Dann schwenkte außerhalb des Fensters auch der Mond zur Seite, und das Marsschiff schob sich an seine Stelle.

Flight Director Lee Kline stellte sich kerzengerade vor seiner Konsole auf. »Orion, ihr habt unser Go für Docking. Ich wiederhole. Go für Docking.«

»Verstanden.« Dana White agierte bei dem Manöver als Pilotin. Normalerweise wurde die Kopplung vom Kommandanten durchgeführt, aber Clint Murdock hatte die Aufgabe an Dana weiterdelegiert. Da sie immer noch im Ruf stand, die beste Pilotin der NASA zu sein, schien Daniel diese Entscheidung gerechtfertigt.

Jenny hatte bei dem Manöver nicht viel zu tun. Nur im Notfall sollte sie laut Flugplan für Dana und Clint einspringen. Bei einem Teilausfall der Sensoren würde sie die Entfernung zwischen Orion und Hope während des Rendezvous mit einem tragbaren Laserinterferometer messen.

Aber ein Blick auf die großen Monitore zeigte Daniel, dass alles normal lief.

»Wir sind im Zentrum des Andockkegels«, meldete Dana. »Entfernung noch hundert Meter.«

Einer der Monitore an der Wand änderte seine Ansicht zu einer der Außenkameras an Bord der Kapsel. Sie zeigte das Marsschiff in atemberaubenden Details. Es bestand aus drei an einem Kopplungsadapter aneinandergeflanschten, silbernen Modulen. An einem dieser Module war die neue Antriebssektion festgemacht, die den Schub für den Flug zum Roten Planeten liefern würde. Als Ganzes sah das Schiff wie ein großes, silbernes T aus. Antennen und andere Ausrüstungsgegenstände ragten aus den Zylindern ebenso hervor wie drei große Solarzellenflächen, die das Schiff mit Strom versorgten. Da der Mars weiter von der Sonne entfernt war als die Erde, verfügten die Astronauten dort nur über ein Viertel der Energie.

Die NASA hatte eine Weile geplant, die Solarzellen zu demontieren und stattdessen einen Radionuklidgenerator an Bord zu nehmen, aber es konnte kurzfristig nicht genügend Plutonium für die Montage eines RTGs geliefert werden. Also hatten die findigen Ingenieure neue Prozeduren zum Stromsparen entwickelt. Auf die Mitnahme nicht notwendiger wissenschaftlicher Instrumente war verzichtet worden, was am JPL in Pasadena großen Unmut hervorgerufen hatte.

Die Eierköpfe würden für ihre Forschungen auf eine andere Marsmission warten müssen. Priorität hatte die Sicherstellung der außerirdischen Technologie. Alles andere war unwichtig, hatten Weißes Haus und Pentagon entschieden.

Daniel lehnte sich in seinem Sessel zurück. Das Manöver zog sich in die Länge. Dana ging äußerst umsichtig vor, sie wollte ganz offensichtlich keinen Fehler machen.

Er drehte sich zu Graham um. »Warst du inzwischen mal bei deiner Frau?«

Der Manager schüttelte den Kopf. »Habe die letzten Tage seit dem Start im Büro geschlafen.«

»Was sagt sie dazu?«

Graham zuckte mit den Schultern. »Nichts. Habe ihr eine Nachricht geschickt, dass ich die ganze Zeit unterwegs bin. Da kommen für gewöhnlich keine Rückfragen.«

Daniel verstand das nicht. »Aber warum bist du in Washington nicht nach Hause gefahren? Zeit wäre doch genug gewesen.«

Das stimmte allerdings. Seit dem Start der Astronauten von Cape Canaveral hatten sie nicht viel zu tun gehabt. Erst wenn der Abflug zum Mars erfolgreich war, wollten sie versuchen, ihre Kanäle nach Russland und China zu aktivieren.

»Ich weiß nicht«, antwortete Graham gedehnt. »Als ich das Auto von dem Arschloch in meiner Einfahrt gesehen habe, ist irgendetwas in mir zerbrochen.« Er stöhnte leise. »Irgendwie ist mein Zuhause nun nicht mehr mein Zuhause, sondern nur noch das meiner Frau. Ich bin mir gar nicht sicher, ob ich dorthin zurückkehren will. Wahrscheinlich ist da ohnehin nichts mehr zu retten. Ich glaube, ich werde mich scheiden lassen und nächstes Jahr einen Neuanfang machen, wenn ich die NASA verlasse.«

Daniel setzte sich überrascht auf. »Du verlässt die NASA? Ist das sicher?«

Graham nickte. »Ich habe genug. Ich bin müde. Wenn das Marsschiff nächstes Jahr zurückgekehrt ist, werde ich meinen Hut nehmen und mir für meine letzten Jahre etwas Ruhigeres suchen.«

»Wer weiß davon?«

Graham lächelte. »Du, Daniel. Bisher nur du. Aber mein Entschluss steht fest.«

»Das wäre dann doch eine gute Möglichkeit, dich wieder mit deiner Frau zu vertragen.«

Graham winkte ab. »Das habe ich auch gedacht. Aber die gemeinsamen schönen Erinnerungen sind so lange her, dass es sich wie eine Episode aus einem anderen Leben anfühlt.«

»Du hast gesagt, dass du sie liebst.«

Graham schüttelte den Kopf. »Das habe ich immer wieder gesagt, aber wenn ich ehrlich in mich hineinhöre, dann muss ich mir eingestehen, dass dieses Gefühl vergangen ist.«

Daniel antwortete nicht darauf. Graham musste selber wissen, was er tat. Es war sein Leben.

Das Marsschiff war auf den Monitoren inzwischen so nah, dass man es nicht mehr in seiner Gänze erkennen konnte. Stattdessen sah man in der Mitte des Bildes den Kopplungsmechanismus, an den die Orion-Kapsel andocken sollte.

»Noch zwanzig Meter«, meldete Dana.

»Sieht aus unserer Warte alles sehr gut aus«, erklärte Clint.

»Ja, unseren Systemen nach ist alles grün«, bestätigte Lee.

Der Kopplungsadapter verschwand im Schatten der Orion-Kapsel.

»Angedockt«, meldete Dana einige Augenblicke später.

»Verstanden«, sagte Lee. »Wir haben eine gute Verriegelung.«

»Wir beginnen jetzt mit den Checks«, verkündete Jenny.

Daniel fühlte einen Stich, als er die Stimme seiner Frau hörte. Fast wünschte er sich irgendeinen Defekt auf dem Marsschiff, bevor es abfliegen konnte, damit Jenny mit den anderen an Bord der Orion-Kapsel zur Erde zurückkehren musste.

Aber nur fast. Sie durften dem Osten nicht die außerirdische Technik überlassen. Wenn es zu einem Wettkampf kam, dann musste Amerika ihn gewinnen.

»Haben wir irgendwelche neuen Informationen aus Russland oder China?«

Graham verneinte. »Nur das, was sie in ihren eigenen Nachrichten verbreiten. Ihr Schiff ist nach heutigem Stand schon eine Million Kilometer von der Erde entfernt mit Kurs auf den Mars. Das deckt sich mit unseren Beobachtungen. Gestern haben sie wohl eine Korrekturzündung vorgenommen, die nach Plan verlaufen sein soll. Mehr wissen wir nicht.«

»Das Schiff ist vor einer Woche gestartet. Sie haben inzwischen einen ganz schönen Vorsprung.«

Graham grinste schief. »Das täuscht. Sie sind zwar früher losgeflogen, aber der Zeitpunkt war ungünstig am Rande des Startfensters gelegen. Dafür haben sie irrsinnig viel Treibstoff verbraucht. Letzten Endes bringt sie das, wenn man ihre Bahn berücksichtigt, nur einen Tag vor uns in den Marsorbit. Wenn wir eine gute Zündung hinlegen und genug Reserven übrig haben, dann können wir die für die weitere Beschleunigung benutzen. Eine optimierte Flugbahn könnte dafür sorgen, dass wir die anderen überholen.«

Abwarten!

»Die Checks waren alle gut«, hallte Jennys Stimme aus den Lautsprechern. »Ich denke, wir können die Luken nun öffnen.«

»Das übernehme ich«, sagte Clint.

Sicher. Es war Sache des Kommandanten, sein Schiff als Erster zu betreten.

Der Bildschirm wechselte wieder auf eine Innenansicht der Kapsel. Die Luke war zu sehen. Clint schwebte ins Bild und machte sich am Öffnungsmechanismus zu schaffen. »Ist recht schwergängig«, erklärte er. »Entweder haben sich die Federn beim Start verzogen, oder die Temperaturen sind außerhalb der berechneten Toleranzen.«

Der Kommandant zog noch stärker an dem Hebel, aber das sorgte in der Schwerelosigkeit nur dafür, dass er sich selber drehte, während sich der Hebel nicht um einen Millimeter bewegte.

»Verdammt«, fluchte Clint.

Daniel war erstaunt. Es konnte ja wohl nicht sein, dass vier Astronauten auf einer riesigen Rakete zum Mond geflogen waren, sich in einer Milliarden Dollar teuren Kapsel befanden, die mit modernster Technik vollgestopft war, und nun wegen einer klemmenden Luke nicht in ihr Marsschiff gelangten.

Clint korrigierte seine Position und hakte sich mit den Füßen in zwei Schlaufen am Boden ein. Dann zog er erneut an dem störrischen Hebel.

Aus den Lautsprechern tönte ein fürchterliches Knirschen, und endlich gab der Hebel nach. Die Luke schwenkte auf.

»Da sind Späne am Mechanismus«, meldete Clint. »Irgendetwas ist da im Eimer. Auf jeden Fall müssen wir die Späne entfernen, damit wir die Luke später wieder schließen können.«

Das würde morgen passieren. Wenn die Astronauten das Marsschiff aktiviert hatten, koppelten sie die Orion-Kapsel ab und ließen sie in der Mondumlaufbahn zurück. Das hatte unter einigen Ingenieuren und Managern für hitzige Diskussionen geführt. Das Marsschiff, das im Grunde genommen als Raumstation im Mondorbit gedacht war, hatte kein Hitzeschild, und für die Astronauten gab es keine Möglichkeit, ohne eine neue Kapsel nach dem Rückflug zur Erde den Wiedereintritt durchzuführen. Sie würden nach getaner Arbeit im Erdorbit warten müssen, bis man sie abholte.

Andere hatten argumentiert, dass die Kapsel mit ihren unabhängigen Systemen im Notfall als Rettungsboot dienen könnte, so wie die Mondlandefähre damals bei Apollo 13.

Aber die Kapsel war sehr schwer, und die Treibstoffvorräte der Antriebssektion reichten nicht aus, um sie zum Mars und wieder zurück zu schleppen.

»Ich öffne jetzt die Luke auf der Stationsseite«, sagte Clint.

Wenige Augenblicke später korrigierte sich der Kommandant. »Ich meine die Luke auf der Seite des Marsschiffes.«

»Verstanden«, erwiderte Lee.

Daniel gähnte. Nach den Strapazen der letzten Wochen fühlte er sich müde und ausgebrannt. In den Monaten des langen Fluges zum Mars würde es ein wenig ruhiger werden. Er hoffte nur, dass es nicht zu ruhig wurde, denn die Arbeit lenkte ihn ja auch von der Sorge um Jenny ab. Auf jeden Fall wollte er bald wieder Kontakt mit Sergej aufnehmen.

Die Kamera folgte Clint ins Marsschiff. Der Kommandant benutzte einen batteriebetriebenen Scheinwerfer, um das Innere auszuleuchten, das frappierend an die Internationale Raumstation ISS erinnerte. Der Querschnitt war viereckig mit Schubfächern und Instrumenten, die in den Wänden, dem Boden und in der Decke untergebracht waren. Fenster gab es so gut wie keine.

Clint machte sich an einer Konsole zu schaffen und legte einige Schalter um. Flackernd schalteten sich Neonleuchten an und tauchten das Innere des Marsschiffes in ein kühles, unangenehmes Licht. Sehr gemütlich wirkte es auf den Aufnahmen nicht.

Eher wie ein Labor, das ganz nüchtern in weißer Farbe gehalten war. Daniel konnte sich nicht vorstellen, wie es sein mochte, anderthalb Jahre seines Lebens in diesem Ding zu verbringen.

»Die ersten Checks sehen gut aus«, meldete Clint. »Die Hauptsysteme sind problemlos hochgefahren. Die Selbstdiagnose meldet ebenfalls keine Fehler.«

Die Ingenieure des Kontrollzentrums klatschten.

Lee lachte. »Ist halt gute amerikanische Wertarbeit.«

Wie es aussah, war das Marsschiff in perfektem Zustand. Es gab nun zwar noch zwei Tage lang einige Arbeiten zu verrichten und Vorräte aus der Orion-Kapsel zu verstauen, aber es war bereits klar, dass Jennys Flug zum Mars nichts mehr im Wege stand.

Daniel schloss die Augen.

Er hätte heulen mögen.

33

Im Steuerungsmodul des Marsschiffes war es eng. Den meisten Platz nahmen die Konsolen und Geräte ein, die an den Wänden untergebracht waren. An der vorderen Seite des zylinderförmigen Moduls befanden sich drei große Fenster. Dahinter prangte der Mond, der sich langsam drehte. Nein, das sah nur so aus. Es war das Marsschiff, das langsam rotierte, damit die Struktur in der unbarmherzigen Sonne des Weltalls eine gleichmäßige Temperatur hielt.

Jenny saß in ihrer blauen Bordkombi neben Ben, vor ihnen überprüften Clint und Dana die Systeme für den Flug zum Mars.

Immerhin hatte Jenny als Bordingenieurin hier eine eigene Konsole, mit der sie theoretisch die Steuerung des Marsschiffes übernehmen konnte. Doch wenn alles glatt lief, war sie wieder einmal nur Passagier und würde sich auf das Beobachten der wichtigsten Systemparameter beschränken.

»Abflugfenster öffnet sich in zehn Minuten.« Aus dem Lautsprecher hallte die Stimme von Reid Huntford, der in Houston erneut als Capcom fungierte. Jenny wusste, dass Daniel nur ein paar Meter hinter Reid saß. Seit der Hochzeit hatte sie nicht mehr mit ihm sprechen können.

»Verstanden«, bestätigte Clint. »Wir haben die Flugbahnparameter im Bordcomputer überprüft. Temperaturen und Druck in der Triebwerkssektion innerhalb der Toleranzen. Es gab hier ein paar Fehlermeldungen vom Steuerungscomputer von Triebwerk 1, aber nachdem wir auf den Backup-Controller geschaltet haben, war Ruhe.«

»Wir haben das hier unten auch bemerkt«, sagte Reid. »Flight schlägt vor, den Controller nach der Zündung zu resetten.«

»Werden wir machen«, sagte Clint.

Dann kehrte wieder gespannte Ruhe ein. Einmal mehr befanden sie sich in einem Countdown, von dessen Ausgang der Erfolg der Mission abhing. Jenny kam es so vor, als seien die letzten Tage mit dem Raketenstart von der Erde und dem Flug in den Mondorbit nur ein Vorgeplänkel gewesen. Heute ging sie auf die richtige Reise. Die Triebwerkszündung in ein paar Minuten erhöhte die Geschwindigkeit des Raumschiffes so weit, dass es den Einflussbereich der Erde verlassen und in den interplanetaren Raum des Sonnensystems eindringen konnte. Die Flugbahn führte das Schiff in einem weiten Bogen um die Sonne und zielte auf einen Punkt im leeren Raum. In acht Monaten befand sich dort der Mars.

Niemals zuvor hatten Menschen so etwas versucht.

Bis auf die Russen und Chinesen vor einigen Tagen.

Die Position der Planeten war heute etwas günstiger als beim Start der Kontrahenten. Sie würden weniger Treibstoff brauchen und konnten mit etwas Glück genügend Geschwindigkeit aufbauen, um sie in einem Monat einzuholen, vielleicht sogar zu überholen.

Jenny wandte den Kopf. Vor dem Fenster stand, riesengroß, der Mond. Sie erkannte die Oberflächenstrukturen, die Berge und Krater und die flachen Mare. Obwohl sie die Fotos von den Apollo-Missionen gesehen hatte, war es ein unwirklicher, fast schon absurd wirkender Anblick. Sie musste sich immer wieder daran erinnern, dass sie wirklich hier am Mond war und nicht in einer der realitätsnahen Simulationen in Houston.

Sehnsüchtig blickte sie hinab. Wie gerne wäre sie auf dem Erdtrabanten gelandet und wie Armstrong, Aldrin und die anderen Mondspaziergänger in ihrem Raumanzug durch den grauen Staub gehüpft. So nah und doch so fern. Sie verstand nun, wie Michael Collins sich gefühlt haben musste, der im Orbit auf die Apollo-Kapsel aufgepasst hatte, während Neil und Buzz mit der Mondfähre gelandet waren.

»Noch eine Minute bis zur Zündung«, meldete Clint. »Wir übergeben jetzt die Steuerung an den Computer. Dana! DAP auf Auto. GPC auf Programm 1355.«

»Verstanden.« Dana betätigte die entsprechenden Schaltungen auf ihrer Konsole.

Jenny konnte auf ihrem eigenen Bildschirm erkennen, dass der Bordcomputer in den richtigen Modus wechselte.

»Wir haben eine leichte Abweichung in den Kreiseln«, erklärte Ben. »Ist aber noch innerhalb der Toleranz. Soll ich sie korrigieren?«

»Nein.« Clint klang schroff. »Dann müssten wir das Manöver verschieben, und das will ich nicht. Wenn wir innerhalb der Toleranz liegen, kriegen wir das später mit einer Kurskorrektur hin.«

Jenny runzelte die Stirn. Korrekturmanöver waren zwar vorgesehen, verbrauchten aber Treibstoffvorräte, die sie gut gebrauchen konnten, wenn sie das gegnerische Schiff einholen wollten. Andererseits kostete es auch Treibstoff, wenn sie den optimalen Zeitpunkt für die Zündung verpassten. Sie würden damit leben müssen.

Dann begann sich das Schiff langsam zu drehen. Der Bordcomputer brachte es in die richtige Ausrichtung für die Zündung. Der Mond verschwand. Stattdessen kam kurz die Erde in Jennys Sichtfeld. Sie hatte die Größe eines Fußballs in der ausgestreckten Hand.

Jenny schluckte. Sie hatten seit dem Abflug von der Erde so viel zu tun gehabt, dass ihr keine Zeit geblieben war, mehr als einen flüchtigen Blick aus dem Fenster zu werfen. Und wenn, dann hatte sie immer nach dem größer werdenden Mond geschaut.

Den Mond aus der Nähe zu sehen war eindrucksvoll, ganz sicher. Aber der Anblick der Erde in ihrer Gänze vor der Schwärze des Alls war einfach atemberaubend.

Sie erkannte die Landmasse Afrikas, mit ihren braunen, grünen und gelben Farben, umgeben vom tiefen Blau des Ozeans. Darunter war die Antarktis als weiße, strukturlose Fläche zu erkennen. Ein ausgedehntes Wolkenband zog sich entlang der innertropischen Konvergenzzone über den Indischen Ozean. Die Atmosphäre war so dünn, dass sie aus dieser Entfernung gar nicht zu erkennen war.

Einfach magisch!

Neben dem Grau des Mondes und dem tiefen Schwarz des Weltalls war die Erdkugel der einzige Ort mit Farben.

Jenny wusste, dass sie Jahre hier oben verbringen konnte, ohne sich an diesem Anblick jemals sattzusehen.

Dann verschwand die Erde wieder und machte der Dunkelheit des Alls Platz.

»Raumschiff ausgerichtet«, meldete Clint. »Treibstoffvorventile geöffnet. Wir sind bereit für die Zündung.«

»Viel Glück«, sagte Reid aus der Bodenkontrolle.

Dana zählte den letzten Countdown. »Drei, zwei, eins, Zündung.«

Jenny wurde tief in ihren Sitz gepresst, als das Triebwerk der Transferstufe zündete. Trotz der hohen Masse des Marsschiffes hatte es genug Schub, um sie mit der doppelten Erdbeschleunigung in Richtung Mars zu treiben. Tonnen an flüssigem Methan und Sauerstoff flossen durch die Rohrleitungen der Transferstufe in die beiden Triebwerke. Sie mussten für fünf Minuten erfolgreich brennen, damit das Manöver glückte.

Jenny ließ die Brennparameter auf ihrem Computer nicht aus den Augen. Drücke in den Tanks. Betriebstemperaturen der Pumpen und Brennkammern. Es sah gut aus.

Eine Kurve auf dem Monitor zeigte die aktuelle Flugbahn. Noch hatten sie nicht genug Geschwindigkeit aufgebaut, um das Schwerefeld der Erde zu verlassen. Wenn jetzt die Triebwerke versagten, würde das Schiff in einer hohen, elliptischen Umlaufbahn um die Erde kreisen. Aber der höchste Punkt der Ellipse entfernte sich immer weiter und immer schneller von der Erde.

Dann verschwand die Ellipse und verwandelte sich in eine Kurve, die zum Rand des Bildschirmes führte.

Das war es jetzt.

Sie hatten nun genug Energie aufgebaut, um den Einflussbereich des Heimatplaneten zu verlassen. Bei einem Ausfall der Triebwerke zu diesem Zeitpunkt gab es keine Rückkehr mehr. Wie ein kleiner Planet würde das Marsschiff auf einer eigenen Kreisbahn um die Sonne kreisen. Nun mussten sie zum Mars, um letztlich wieder die Erde zu erreichen.

Aber um zu ihrem Ziel zu kommen, musste das Triebwerk noch zwei Minuten brennen.

»Eure Parameter sehen weiterhin gut aus«, sagte Reid. »Abweichungen im Kurs sind innerhalb des Toleranzbereiches.«

»Gut«, erwiderte Clint knapp.

Für den Rest der Brenndauer war es völlig still im Marsschiff. Jenny starrte auf die Anzeigen, bis ihr die Augen tränten.

Dann war der Zeitpunkt der Abschaltung gekommen, und Jenny hing wieder schwerelos in ihrem Sitz.

»Einschuss in die Marstransferbahn erfolgreich«, informierte Reid sie. »Wir beglückwünschen euch zu diesem fantastischen Manöver und wünschen euch einen guten Flug zum Mars.«

»Projekt Janus ist auf dem Weg zum Roten Planeten. Wir bedanken uns beim Bodenkontrollzentrum für die Unterstützung«, entgegnete Clint.

Jenny atmete tief durch. Nun waren sie also tatsächlich unterwegs. In acht Monaten würden sie ihr Ziel erreichen.

»Wollen wir nicht mal einen Blick zurückwerfen?«, fragte Jenny.

Clint wandte den Kopf und überlegte einen Augenblick lang. Dann nickte er. »Dana, bring uns in eine retrograde Ausrichtung.«

Dana schwieg, nahm aber an ihrer Konsole die entsprechenden Einstellungen vor. Sie machte sich nicht die Mühe, den Steuerknüppel zu berühren, sondern überließ das Manöver dem Autopiloten.

Langsam schwenkte das Schiff herum.

Dann kam der Mond in Sicht. Sie hatten sich bereits ein gutes Stück von ihm entfernt, und er wurde zusehends kleiner. Während er zurückwich, ging die Erde über dem Mondhorizont wieder auf. Der Heimatplanet hinter dem Mond, das war ein schier unfassbarer Anblick.

Auch die Erde wurde kleiner. Ein paar Tage lang würden sie sie noch als schrumpfende Kugel sehen, dann war sie nur noch ein Stern unter vielen. Bis zur Ankunft am Mars gab es da draußen nichts weiter als die Schwärze des Alls.

34

Daniel hatte gerade seinen Rollkoffer verstaut, als sein Handy klingelte. Er lief ins Wohnzimmer und blickte auf das Display. Er hatte erwartet, den Namen seines Chefs zu sehen, aber die Nummer, die angezeigt wurde, kannte er nicht.

Eigentlich hatte er vorgehabt, sich ein Bier zu gönnen und dann todmüde ins Bett zu fallen, denn in den letzten Tagen seit dem Abflug des Marsschiffes vom Mondorbit war er pausenlos unterwegs gewesen. Von Houston nach Los Angeles. Von Los Angeles nach Portland in Oregon. Von dort aus wieder nach Houston. Und nun hatte er endlich mal ein freies Wochenende in Washington vor sich, von dem er sich fest vorgenommen hatte, es mit Schlafen und Ausruhen zu verbringen.

Er überlegte, ob er den Anruf einfach ignorieren sollte, aber er entschied sich dagegen. »Perito.«

»Ich beglückwünsche euch zum erfolgreichen Start eures Marsschiffes.« Das war Sergej.

Er runzelte die Stirn. Wusste der Freund etwa, dass Daniel gerade in seiner Wohnung eingetroffen war? Es hätte ihn nicht gewundert. »Danke. Ich beglückwünsche euch ebenso.«

»Wie wäre es mit einem zwanglosen Treffen?«

Daniel bezweifelte, dass eine solche Verabredung zwanglos sein konnte. Sergej war zweifellos ein Sprachrohr der russischen Regierung oder zumindest eines Teils davon.

Er seufzte innerlich. Lust hatte er keine, aber er konnte es sich kaum leisten, abzulehnen. Er dachte an ihre letzte Unterhaltung und bekam eine Gänsehaut. »Na schön«, sagte er schließlich. »Wo?«

»Ich war schon lange nicht mehr im National Air and Space Museum.«

Es war vier Uhr. »In einer halben Stunde?« Das Museum schloss um halb sechs, dann hatten sie ausreichend Zeit.

»Prima.« Sergej legte auf.

Daniel ging resigniert ins Badezimmer, sprang noch einmal kurz unter die Dusche und machte sich dann auf den Weg zur National Mall. Glücklicherweise hatte man an einem Samstag kein Problem, dort einen Parkplatz zu finden. Der Jahreszeit entsprechend war es in Washington kalt und grau. Daniel fröstelte, als er aus dem Auto stieg.

Sergej stand vor dem Museum, das als flacher, grauer Bau mit schwarz getönten Glaselementen direkt an der National Mall lag. Es war vor kurzem erst saniert worden. Daniel hatte vorgehabt, es mal wieder zu besuchen, um zu sehen, was sich verändert hatte. Aber nicht gerade heute.

Sergej trug einen grauen Mantel und eine schwarze Wollmütze. Er grinste schelmisch. »Habe ich dich von deiner Couch aufgescheucht?«

»So in etwa«, gab Daniel zurück. »Ich hatte eigentlich meine Wohnung heute nicht mehr verlassen wollen.«

Sergej schlug ihm sanft auf den Rücken. »Bewegung ist gesund. Für die Couch ist nachher immer noch Zeit.«

Sie gingen hinein und ließen die Sicherheitskontrolle über sich ergehen. Dann standen sie vor den Maschinen. Daniel erkannte die Bell-X-1, das erste Flugzeug, das Testpilot Chuck Yeager von fast achtzig auf Überschallgeschwindigkeit gebracht hatte. Da war die *Spirit of St. Louis* und auch der Wright Flyer. In einer anderen Halle marschierten sie an der Kommandokapsel von Apollo 11 vorbei.

An diesem Nachmittag war nicht sehr viel los im Museum, so dass sie die Exponate fast für sich alleine hatten.

Sergej zeigte auf die Apollo-Kapsel. »Sehr eindrucksvoll, euer Mondprogramm. Ich habe Amerika für seine Ambitionen im Weltall immer bewundert.«

Daniel brummte nur.

»Du solltest einmal das Kosmonautenmuseum in Russland besuchen.«

Daniel lachte leise. »Das habe ich vor zwei Jahren getan.« In der Tat hatte ihn die Ausstellung mit dem großen segelförmigen, über hundert Meter hohen Turm mit seinen Mondrovern, Satelliten und Kapseln sehr beeindruckt. Allerdings hatten er und Graham nicht viel Zeit gehabt, bevor sie durch den dichten Moskauer Verkehr zu einem Meeting im Sternenstädtchen erwartet worden waren.

Aber eigentlich war Daniel nicht gekommen, um sich über die Vorzüge amerikanischer oder russischer Raumfahrtmuseen zu unterhalten. »Lass uns gleich zur Sache kommen, Sergej. Das Treffen hat doch einen bestimmten Grund, oder nicht?«

Sergej schüttelte den Kopf. »Es hat keinen bestimmten Grund.«

Daniel war verblüfft. »Nicht?«

»Nein«, erwiderte Sergej. »Aber ich finde es wichtig, dass wir Kontakt zueinander halten. Wenn unsere Regierungen nicht wirklich miteinander reden, dann sollten wir das umso intensiver tun.«

»Ich komme mir langsam vor wie ein Agent im Kalten Krieg.« Daniel lachte. Da wären sie wohl besser in das Spionagemuseum gegangen, das ein paar Blocks weiter lag.

Sergej schüttelte den Kopf. »Der Kalte Krieg ist vorbei.«

»Immerhin den haben wir gewonnen.«

Sergej verzog das Gesicht. »Ich empfinde diese Einstellung der Amerikaner als eine Dreistigkeit ohnegleichen. Die USA haben den Kalten Krieg nicht gewonnen. Michail Gorbatschow und Ronald Reagan haben beschlossen, den Kalten Krieg zu *beenden*, um eine Phase der Kooperation zu beginnen.«

Daniel schluckte. So war es natürlich. »Dennoch ist die Sowjetunion dann zerbrochen.«

Sergej nickte. »Ja, die Sowjetunion ist zerbrochen, aber das hat wenig mit dem Ende des Kalten Krieges zu tun, sondern mit der wirtschaftlichen Situation. Nur Idioten wünschen sich diese Zeit zurück.«

Daniel legte den Kopf schief. »Wenn man sich die derzeitige Politik Moskaus anschaut, dann könnte man allerdings den gegenteiligen Eindruck gewinnen.«

Sergej schnaubte. »Nein. Auch wenn die Medien im Westen das als Grund für die Krisen angeben, so ist die Wirklichkeit komplizierter. Der Westen versucht, Russland als minderbemittelte Bananenrepublik darzustellen, nimmt mein Land und seine Politiker nicht ernst und wildert mit der NATO in unserem geopolitischen Vorgarten. Das konnte nicht folgenlos bleiben.«

Daniel hatte wenig Lust, seinen freien Samstag mit einem Vortrag der russischen Propaganda zu verbringen. »Womöglich hat der Westen Fehler im Umgang mit Russland gemacht. Aber Kriege anzuzetteln ist wohl kaum ein adäquater Problemlösungsansatz.«

»Dabei hat es so gut angefangen.« Sergej klang bedauernd. »Wir haben nach dem Ende des Kalten Krieges vielfältige Kooperationen begonnen. Im Weltraum. Auf der Erde. Wir lieferten Rohstoffe und Energie nach Europa. Wir haben dem Westen die ganze Zeit die offene Hand geboten. Wir, Russland, Europa und Amerika, wir hätten zusammen die Welt beherrschen können. Aber ihr habt die Hand ausgeschlagen und euch über Russland lustig gemacht. Anstatt uns in der Wirtschaftskrise der Neunziger zu helfen, habt ihr die Gelegenheit genutzt, euren Einflussbereich in den Osten zu erweitern und Raketenabwehrsysteme an unseren Grenzen in Osteuropa zu installieren.«

»Das sind Defensivsysteme. Um uns und unsere Alliierten zu schützen.«

Sergej lachte. »Wenn Defensivsysteme einen gefahrlosen nuklearen Erstschlag erlauben, werden sie ganz schnell zu Offensivsystemen.«

Das war nicht gerade Daniels Spezialgebiet, und er hatte keine Lust, weiter darüber zu diskutieren. »Ich gebe ja zu, dass der Westen im Umgang mit Russland Fehler gemacht hat. Ich will keinen Konflikt, und meine Philosophie ist Kooperation. Wenn es nach mir ginge, würden sich unsere Regierungen wieder an einen großen, runden Tisch setzen, ihre Probleme aus der Welt räumen und die Zukunft der Erde gemeinsam gestalten.«

Das war tatsächlich Daniels Überzeugung. Armut, Überbevölkerung, Klimakrisen ... diese Probleme ließen sich nur global lösen. Und dazu mussten Westen und Osten wieder zusammenarbeiten, wobei es erforderlich war, China mit einzubeziehen. Auch wenn das vielen Politikern nicht passte, für Daniel ging es nicht anders. »Ich möchte, dass wir kooperieren.«

Sergej entspannte sich merklich. »Das geht mir ebenso, und darum bin ich hier. Und ich finde es schade, dass es keine gemeinsame Mission zum Mars gegeben hat.«

Sie blieben vor einer Vitrine stehen, in der ein echter Mondstein lag. Der grau-schwarze Klumpen sah unscheinbar aus. Hätte Daniel ihn auf einem Spaziergang neben dem Weg liegen sehen, er hätte ihn achtlos fortgekickt. Er wandte sich Sergej zu. »Das sehe ich genauso. Ich war in Dubai und habe mitgeholfen, eine gemeinsame Mission vorzubereiten. Leider wurden unsere Vorschläge nicht aufgegriffen«, sagte er vorsichtig.

Sergej grinste. »Wir brauchen nicht Verstecken zu spielen. Wir wissen, dass die amerikanische Regierung das Interesse an einer solchen Kooperation verloren hatte.«

»Du bist gut informiert.«

»Ich habe meine Kontakte«, antwortete Sergej.

Davon war Daniel überzeugt. »Wie läuft es denn bei eurem Flug? Alles planmäßig?«

»Wir hatten ein Leck in einem der chinesischen Logistikmodule«, antwortete Sergej. »Wir mussten die Vorräte umlagern, das Modul schließen, und mittlerweile steht es nicht mehr unter Druck. Man kann sich vorstellen, dass es nun in den anderen Modulen ziemlich eng ist.«

Das war Daniel neu. Selbst die Geheimdienstberichte, zu denen er neuerdings Zugang hatte, hatten nichts davon berichtet. Er hatte keine Ahnung, warum Sergej mit dieser Information rausrückte, aber vielleicht wollte er Vertrauen schaffen. Oder hoffte er auf entsprechende Informationen von Daniel? »Bei uns läuft im Moment jedenfalls alles nach Plan.«

Sergej nickte. »Das freut mich zu hören. Allerdings ist es noch ein weiter Weg bis zum Mars. Und ein noch weiterer zurück zur Erde. Man kann nicht ausschließen, dass es entweder bei euch oder bei uns zu Problemen kommt.«

»Nein, das kann man nicht.«

»Die Raumschiffe fliegen zwar nicht in Formation, sind sich auf der Flugbahn zum Mars aber so nahe, dass gegenseitige Unterstützung möglich wäre. Es wäre beruhigend zu wissen, dass die Gegenseite willens ist zu helfen.«

Dieses Gespräch hatten sie ja bereits geführt. Der Präsident hatte abgelehnt.

»Vor allem wenn man einen Ehepartner an Bord eines Schiffes hat«, schob Sergej nach.

Daniel war nicht besonders überrascht, dass der Russe Bescheid wusste. Einer von der Close-out-Crew hatte geplaudert, und vorgestern hatten bereits mehrere Zeitungen und Online-Redaktionen um ein Interview gebeten. Er hatte sie alle ignoriert. »Man wird gegenseitige Hilfe im konkreten Fall prüfen müssen.«

Sergej nickte. »Es wäre schön, ein Abkommen über eine gegenseitige, *garantierte* Hilfeleistung zu schließen.«

Daniel stöhnte. »Es gibt bereits allgemeine Weltraumverträge, in denen sich Nationen zur Hilfe verpflichtet haben.« Allerdings war es sicher nicht schwer, eine Ausrede zu finden, Hilfe zu verweigern, um den Mars als Erster zu erreichen.

»Es ist schade, dass hier nicht mehr machbar ist«, meinte Sergej.

Daniel sah das auch so, aber was sollte er tun? »Lass uns das klären, wenn es dazu kommen sollte.«

Sie gingen noch ein Stück durch die Ausstellung und blieben schließlich vor dem Rumpfsegment einer Boeing 747 stehen. Wie oft war Daniel in diesem Flugzeugmuster schon zu internationalen Konferenzen geflogen? Er konnte es nicht sagen.

»Ich möchte einen Vorschlag machen.« Sergej schaute versonnen auf das Ausstellungsstück. »Washington hat so viele schöne Museen. Wie wäre es, wenn wir uns wöchentlich treffen und sie gemeinsam erforschen? Zumindest, solange die Marsmissionen dauern.«

Daniel hatte keine große Lust, sich in diese Kalter-Krieg-Agenten-Nummer drängen zu lassen. Aber selbst Graham hatte ihn gebeten, seine Kommunikationskanäle zu aktivieren. Vielleicht ließen sich doch noch nützliche Informationen austauschen. Es mochte sinnvoll sein, engen Kontakt zu Sergej zu halten, falls es zu einer Notlage kommen sollte.

»Einverstanden.« Daniel nickte.

Sie gaben sich die Hand. Sergej lächelte. »Das freut mich wirklich. Es gibt viel zu besprechen.«

»Zum Beispiel?«, wollte Daniel wissen.

»Wie unsere Astronauten miteinander umgehen sollen, falls sie gleichzeitig am Marsmond eintreffen.«

35

Jenny schreckte auf, als sie ein Geräusch hinter sich hörte.

Es war Clint. Er schwebte durch die Luke in das Steuerungsmodul. »Darf ich stören?« Er lächelte.

Jenny setzte sich aufrecht in den Sitz des Kommandanten, in dem sie nun schon gefühlte Stunden aus dem Fenster starrte. »Du störst nicht. Möchtest du hierhin?« Schließlich war es sein Platz.

Clint machte eine wegwerfende Handbewegung. »Nein, ich bin nicht dienstlich gekommen.« Er schwang herum und setzte sich auf den Sessel des Piloten. »Du hältst dich oft hier auf.«

Jenny nickte. »Es ist der einzige Raum mit Fenstern, die diese Bezeichnung verdienen.« Die anderen Module hatten nur kleine Bullaugen.

Clint lachte leise und zeigte in die Schwärze draußen. »Stimmt natürlich. Aber sehr viel zu sehen gibt es dort nicht.«

Clint hatte recht. In der Finsternis zogen lediglich gemächlich Sterne vor dem Fenster vorbei, weil das Schiff langsam rotierte. Jenny gefiel das trotzdem. »Es regt zum Nachdenken an. Wir sind eine winzige Insel in der Leere des Alls. Wie eine Miniaturwelt, die sich durch die ewige Dunkelheit bewegt.«

Clint seufzte. »Auf der Internationalen Raumstation sah man aus fast jedem Fenster auf die Erde hinab. Es war ein erhabener Anblick, den man nie leid wurde. Die Erde war immer ein paar hundert Kilometer entfernt, und das gab uns ein Gefühl der Sicherheit. Mit den Rettungskapseln konnten wir im Notfall innerhalb einer Stunde zurück auf dem Boden sein. Selbst am Mond dominierte die Erde den Himmel. Hier ist gar nichts. In jeder Richtung nur völlige Leere.«

Wie auf ein Stichwort tauchte die Erde auf der anderen Seite des Fensters auf. In den vier Wochen, die sie nun bereits unterwegs waren, war sie von der Größe eines Fußballs zunächst zum Umfang einer Murmel geschrumpft, und schließlich war sie kaum mehr als ein heller, blauer Stern, der von Tag zu Tag blasser wurde. Dagegen blieb ihr Ziel – der Mars – ein ferner Stern, der einfach nicht näher kommen wollte.

»Wir halten uns auf der Erde für die Krone der Schöpfung, und die Menschen drehen sich im Grunde genommen nur um sich selber. Aber wenn man hier draußen ist und aus dem Fenster schaut, dann sieht man, wie unwichtig und unbedeutend die Menschheit eigentlich ist. Wie kleinlich und dämlich viele unserer irdischen Probleme sind, wird einem erst klar, wenn die Erde nur noch ein Stern unter vielen ist.«

Clint nickte. »Ja, bei diesem Anblick neigt man dazu, philosophisch zu werden. Dennoch darf man nicht vergessen, dass die Erde der einzige Planet ist, den wir haben. Er ist das Zentrum der Menschheit, und das wird er noch für lange Zeit bleiben.«

»Für lange Zeit?«, fragte Jenny.

Clint lächelte. »Zumindest, bis der Mensch sich über das Sonnensystem ausgebreitet hat.«

Jenny fiel es schwer, sich das vorzustellen. »Ob das jemals der Fall sein wird? Hier draußen bekommt man überhaupt erst ein Gefühl dafür, wie gewaltig die Entfernungen zwischen den Planeten sind. Ebenso lang sind die Flugzeiten. Acht Monate sind wir nun bis zum Mars unterwegs. Wenn wir zu den Monden des Jupiter oder Saturn wollen, dann werden wir Jahre brauchen.«

»In dem Maße, wie der Mensch sich weiterentwickelt, werden auch die Flugzeiten schrumpfen«, sagte Clint. »Denk an die Erde. Mit Schiffen war man im britischen Empire Monate bis nach Australien unterwegs. Heute fliegen wir nonstop von London nach Sydney in 20 Stunden. Die Raumfahrt macht Fortschritte.«

»Das wird noch lange dauern«, sagte Jenny bitter. Die grundlegende Technik hatte sich in den letzten sechzig Jahren kaum geändert. Noch immer flogen sie in Raketen in den Weltraum. Noch immer nutzten sie Aggregate, die Unmengen an Treibstoff brauchten und die über die Jahre nur minimal effizienter geworden waren.

Clint schüttelte den Kopf. »Du vergisst, warum wir diese Reise auf uns nehmen. Wir sollen auf dem Marsmond außerirdische Technik in unseren Besitz nehmen. Mit ihr werden wir nicht nur die Planeten, sondern vielleicht sogar die Sterne erreichen können.«

Jenny war sich da nicht so sicher. »Wir haben überhaupt keine Ahnung, was wirklich unter dem Staub des Marsmondes verborgen liegt. Nicht die geringste. Vielleicht verstehen wir es überhaupt nicht. Vielleicht sind es nur leere Bauten ohne jeden Nutzen.« Seit dem Abflug vom Mondorbit hatte sie zum ersten Mal seit der Entdeckung Zeit gehabt, darüber nachzudenken. Nicht alle ihre Überlegungen waren optimistisch.

»Ich bin felsenfest davon überzeugt, dass uns die Technik der Außerirdischen in ein neues Zeitalter führt.« Clint sprach mit Nachdruck. »Das Artefakt kennen wir bereits von früheren Marssonden. Wir haben die Daten nur fehlinterpretiert. Ich glaube, dass die Außerirdischen dort etwas für uns hinterlassen haben. Sie *wollten*, dass wir das Artefakt finden. Ich denke, es ist ein Geschenk.«

Jenny war skeptisch. »Ein Geschenk? Meinst du das wirklich?«

Clint nickte. »Vielleicht sind sie irgendwann in grauer Vorzeit einmal durch das Sonnensystem geflogen und haben gesehen, dass sich auf der Erde intelligentes Leben entwickeln könnte. Dann haben sie den Monolithen auf Phobos installiert, damit wir ihn finden, wenn wir so weit sind.«

»Und warum nicht gleich auf der Erde?«, fragte Jenny.

»Es könnte viele Gründe dafür geben. Vielleicht, weil sie uns ihre Technik erst überlassen wollten, wenn wir eine gewisse Zivilisationsstufe erreicht haben. Außerdem sind Objekte auf der Erde Wind und Wetter ausgesetzt. Auf dem Marsmond gibt es keine Erosion. So konnten sie sicher sein, dass wir das Artefakt finden, sobald wir eine fortgeschrittene Raumfahrt entwickeln.«

Jenny war nicht überzeugt. »Und warum haben sie das Geschenk nicht gut sichtbar auf dem Erdmond positioniert?«

Clint zuckte mit den Schultern. »In sieben Monaten werden wir es erfahren, wenn wir das Geschenk der Fremden entgegennehmen.«

»Was ist, wenn sie uns feindlich gesinnt sind?«, dachte Jenny laut nach. »Was ist, wenn sie in jedem Sonnensystem einen solchen Monolithen installieren? Quasi als Falle. Die naiven Einheimischen fliegen hin, sobald sie es entdecken, und aktivieren unbewusst eine interplanetare Bombe, die das Heimatsystem vernichtet.«

Clint lachte. »Du bist aber sehr misstrauisch.«

»Manchmal denke ich, wir sollten besser auf Abstand zu dem Ding gehen.«

Clint wurde wieder ernst. »Das wird nicht möglich sein. Wenn *wir* es uns nicht schnappen, tun es Russen und Chinesen ganz sicher.«

Jenny dachte an Daniel und an eines ihrer Gespräche, bevor ihr Mann zu den Verhandlungen nach Dubai geflogen war. »Ich glaube, dass wir die diplomatischen Kanäle nicht wirklich ausgereizt haben. Es ging nur um eine gemeinsame Mission. Genauso gut hätte man in einem Abkommen den Marsmond zum Sperrgebiet erklären und das Artefakt einfach in Ruhe lassen können.«

Clint winkte ab. »Darauf hätten sich die anderen niemals eingelassen. Und unsere Seite auch nicht.«

Der Gedanke deprimierte Jenny. »Wie Motten fliegen sie ins Licht.« Sie hoffte nur, dass im Licht nicht die große Falle auf sie wartete. »Wer mögen sie gewesen sein?«

»Die Außerirdischen?«, hakte Clint nach.

Jenny nickte. »Wir wissen wirklich gar nichts.«

Schweigend saßen sie lange Minuten nebeneinander und blickten aus dem Fenster in die Schwärze des Alls.

Die Ankunft am Mars würde ein einschneidendes Ereignis in der Geschichte der Menschheit sein. Zum ersten Mal erreichten irdische Astronauten einen anderen Planeten, auch wenn sie ihn nicht betreten würden. Und nicht nur das. Zum ersten Mal stand die Menschheit einem Beweis gegenüber, dass sie nicht alleine im Weltall war und dass es andere Intelligenzen dort draußen gab.

Und wenn sie auf Phobos tatsächlich eine überlegene Technik vorfanden, von der die Menschen lernen konnten, dann würde sich die Erde in rasendem Tempo verändern. Daran bestand für Jenny keinerlei Zweifel. Da spielte es keine Rolle, ob Osten oder Westen die Ersten am Ziel waren.

Obwohl ... die letzten Daten deuteten darauf hin, dass sie gleichzeitig mit den anderen auf Phobos eintreffen würden.

»Wo sind eigentlich unsere Freunde?«, fragte Jenny.

Clint beugte sich über die Konsole des Piloten und machte einige Eingaben. »Noch zweihunderttausend Kilometer voraus. Aber wir sind schneller und werden sie in zwei bis drei Wochen eingeholt haben.«

»Also sind wir doch vor ihnen am Ziel«, schloss Jenny.

»Nicht wirklich«, erwiderte Clint. »Wenn wir sie eingeholt haben, müssen wir leider eine Korrekturzündung machen, die unsere Geschwindigkeit reduziert.«

»Eine Bremszündung? Wieso das denn?«

Clint seufzte. »Auf dem jetzigen Kurs kreuzen wir die Marsbahn zu früh. Darum ist es erforderlich, die Geschwindigkeit wieder etwas zu reduzieren, damit wir nicht an unserem Ziel vorbeifliegen. Je länger wir damit warten, umso mehr Treibstoff werden wir für dieses Manöver brauchen.«

»Was sagen die neuesten Prognosen bezüglich unserer Ankunftszeit?«, fragte Jenny.

»Einen Tag vor den Russen und Chinesen. Höchstens.«

Und dann? Sie hatten sich bisher noch nicht wirklich Gedanken darüber gemacht. »Selbst wenn wir vor ihnen am Artefakt sind, wie sollen wir sie daran hindern, in dessen Nähe zu kommen?«

Clint lächelte schwach. »Ich habe in der Tat Anweisung, die anderen daran zu hindern, Besitz von dem Artefakt zu ergreifen.«

»Und wie sollen wir das machen?« Jenny fühlte sich immer unwohler. Sie wollte nicht gegen Kosmonauten kämpfen, von denen sie sicher einige in Moskau kennengelernt hatte.

Außerdem hatten sie ohnehin keine Waffen dabei.

Oder?

»Clint, sag mir bitte, dass wir keine Waffen an Bord haben.«

Clint senkte den Kopf und mied ihren Blick. »Na ja, Houston und das Pentagon haben uns schon ein paar Überraschungen für unsere russischen und chinesischen Freunde mitgegeben.«

36

Daniel betrat das Kontrollzentrum in Houston weit angespannter als sonst.

Ein mittelgroßer Mann mit lockigen, schwarzen Haaren und einem NASA-Aufnäher auf dem Poloshirt empfing ihn auf der Besuchergalerie. »Daniel Perito?«, fragte er.

»Ja.«

»Kommen Sie mit.« Der NASA-Angestellte brachte Daniel zu einem abgetrennten, fensterlosen Raum. Darin gab es nur einen Stuhl und einen Tisch, auf dem ein Monitor mit einer Webcam stand. Der Bildschirm war aktiviert, zeigte aber nur ein Archivbild des Marsschiffes.

»Setzen Sie sich«, sagte der Mann. »Der Capcom wird die Verbindung freigeben, wenn Jenny Nelson bereit ist.«

»Ja, danke.« Daniel setzte sich auf den Stuhl und atmete tief ein.

Der Angestellte verließ das Zimmer und schloss die Tür hinter sich.

Daniel war nervös. Es würde das erste persönliche Gespräch mit Jenny nach dem Start sein.

Die Astronauten der ISS konnten über ihr Kommunikationsnetzwerk und die Relaissatelliten ganz normal mit Leuten auf der Erde telefonieren oder eine Internetverbindung für ein Videomeeting aufbauen, aber das Marsraumschiff nutzte das Deep-

Space-Netzwerk der NASA, mit dem die Raumfahrtagentur die Robotersonden im Sonnensystem steuerte und kontrollierte, und das hatte nur eine limitierte Datenrate. Für eine sichere, private Verbindung war es nicht ausgerüstet, und die Ingenieure hatten eine längere Zeit gebraucht, persönliche Gespräche zwischen der Besatzung und ihren Angehörigen zu ermöglichen. Das war auch nur hier im Kontrollzentrum möglich. Die Videoqualität würde nicht sehr hoch sein, aber es war besser als gar nichts.

Daniel lehnte sich zurück und wartete, dass der Capcom endlich die Verbindung herstellte.

Über einen Monat war Jenny nun schon unterwegs zum Mars. Sieben weitere hatte sie noch vor sich. Und dann stand natürlich auch die Rückreise an. Das würde dauern, zumal es mit der Rückkehrstufe, die eigentlich in diesen Tagen zum Mars hatte starten sollen, Verzögerungen gab.

Endlich wurde der Bildschirm hell, und Jennys Kopf tauchte als Pixelbrei vor ihm auf. Sie sagte etwas, aber aus dem Lautsprecher kam nur Fiepen und Zischen.

»Ich kann dich nicht verstehen«, sagte Daniel laut in das Mikrophon vor sich auf dem Tisch.

Wieder fiepte und piepte es, dann wurde der Bildschirm schwarz.

Daniel seufzte. Er würde Geduld haben müssen.

Erneut erhellte sich der Monitor. Diesmal war Jenny besser zu erkennen. Es war zwar nach wie vor kein tolles Bild, immer wieder verwandelten sich Teile von Jennys Gesicht in grobe Vierecke, aber es würde gehen. Er sah immerhin, dass seine Frau lächelte. »Kannst du mich verstehen?«

Jenny reagierte nicht.

Daniel wollte schon seine Frage wiederholen, aber dann antwortete sie doch noch. »Ja, ich kann dich gut verstehen. Das Bild ist in Ordnung. Ich freue mich, dich endlich zu sehen. Wie geht es dir dort unten auf der Erde?«

Hinter Jenny befanden sich technische Einrichtungen, aber auch die Kojen der Besatzung, die hinter Schubtüren in die Wand eingelassen waren. Sie musste im Wohnmodul des Marsschiffes sein. »Mir geht es gut. Du fehlst mir sehr. Wie sieht es bei dir aus?«

Wieder reagierte Jenny lange Zeit nicht. So schlecht sah die Verbindung doch gar nicht aus. »Wie sieht es bei dir aus?«, wiederholte er seine Frage.

Dann fiel es ihm ein. Natürlich! Jenny war nun schon Millionen Kilometer von der Erde entfernt. Das Funksignal, das sich mit Lichtgeschwindigkeit bewegte, benötigte einige Sekunden, um das Marsschiff zu erreichen. Wenn Jenny geantwortet hatte, brauchte das Signal dann auch wieder eine gewisse Zeit, um zur Erde zu kommen.

Und das war erst der Anfang! In einigen Wochen war Jenny so weit von Daniel entfernt, dass kein direktes Gespräch mehr möglich war.

»Mir geht es gut«, antwortete Jenny. »Am Anfang fand ich es sehr eng, aber man gewöhnt sich schnell an die neue Umgebung und den Tagesablauf. Wir haben gut zu tun, warten und pflegen das Raumschiff, machen unseren Sport auf den Geräten und haben trotz der mangelnden Ausrüstung einige wissenschaftliche Untersuchungen mit den Bordinstrumenten durchgeführt. Mir bleibt aber auch Zeit, um zwischendurch zu lesen oder einfach mal aus dem Fenster zu schauen. Wir machen hier als Crew auch recht viel gemeinsam. Wir sehen zusammen Filme an und spielen uns gegenseitig unsere Lieblingsmusik vor.« Sie lachte. »Obwohl ich gestehen muss, dass ich Clints Countrymusik schon jetzt nicht mehr hören kann. Wie vertreibst du dir die Tage? Hast du viel zu tun?«

»Na ja«, sagte Daniel. »Es ist seit deinem Abflug schon etwas ruhiger geworden. Wir haben regelmäßig unsere Meetings und halten uns gegenseitig auf dem neuesten Stand. Da die meisten anderen Projekte, an denen ich vorher gearbeitet habe, auf Eis gelegt wurden, habe ich im Moment auch nicht viele Dienstreisen. Stattdessen hänge ich oft am Telefon und versuche zu erfahren, was bei den Russen und Chinesen vor sich geht.«

»Wir haben das andere Schiff auf dem Radar. Wir nähern uns ihnen immer schneller an. Kontakt haben wir bisher aber keinen aufgenommen. Hast du über deine Kanäle denn noch etwas Neues erfahren?«

Daniel zögerte. Er hatte gestern noch mit Sergej telefoniert. Der hatte Daniel gegenüber zugegeben, dass es auf dem anderen Schiff Probleme gab. Ein Russe hatte sich wohl eine Infektion zugezogen, die sie mit ihrer Bordapotheke nicht in den Griff bekamen. Daniel wollte das Jenny gegenüber aber nicht erwähnen, da er keine Ahnung hatte, wer letzten Endes doch noch Zugriff auf dieses private Gespräch erhalten würde. »Bei denen scheint alles nach Plan zu gehen«, erwiderte er knapp. »Das Kontrollzentrum wird euch hier über alle Neuigkeiten informieren.« Das war deren Job und nicht seiner.

»Was machst du in deiner Freizeit?«, fragte Jenny. »Warst du mal wieder aus?«

Daniel bejahte. Auch dafür hatte er endlich mal wieder etwas mehr Zeit. Unterwegs zu sein brachte ihn außerdem auf andere Gedanken. Es fiel ihm nach wie vor sehr schwer, zu akzeptieren, dass Jenny nun seine Frau und gleichzeitig Millionen Kilometer entfernt zu einem anderen Planeten unterwegs war. »Ja, ich war mit Paul aus der Abteilung ein paar Mal essen. Du kennst ihn ja. Er hat sich von seiner Freundin getrennt und darum im Moment auch nicht viel in seiner Freizeit zu tun. Wir waren bei einem fabelhaften Balinesen, der neu in Georgetown aufgemacht hat. Da müssen wir unbedingt hin, wenn du wieder zu Hause bist. Am Sonntag war ich außerdem im Kino. Hatte leider keiner Lust mitzugehen, aber ich wollte mir unbedingt den neuen Star-Wars-Film anschauen. Ich fand den ziemlich gut. Am Ende hat es eine Überraschung gegeben. Ich würde dir davon erzählen, aber du interessierst dich ja ohnehin nicht für Star Wars.« Er seufzte. »Die Zeit geht schon rum, aber ich kann den Gedanken trotzdem kaum ertragen, dass wir uns erst nächstes Jahr wiedersehen.«

Warten.

»Es geht mir genauso«, erwiderte Jenny. »Ich bin nach wie vor davon überzeugt, die richtige Entscheidung getroffen zu haben, aber die anderthalb Jahre ohne dich werden hart. Ich hätte es nicht für möglich gehalten, mich so sehr an dich zu gewöhnen.« Sie lachte und zwinkerte, dann wurde sie wieder ernst. »Ich bin froh, dass wir wenigstens auf diese Art miteinander reden können. Allerdings wird das immer schwieriger werden, je weiter wir uns von der Erde entfernen. Vielleicht sollten wir Videobotschaften austauschen. Du schickst mir jeden Tag ein Video, und ich schicke dir eins zurück. Es würde am ehesten einem Gespräch ähneln. Wir haben das mit der Bodencrew schon besprochen. Sie werden die Videos verschlüsseln und per E-Mail an die Angehörigen weitersenden. Du kannst dann dein Video einfach per Mail zurücksenden.«

Daniel nickte. Das hörte sich nach einer guten Idee an. »Ich bin auf jeden Fall dafür.« Er zögerte. »Ich hoffe, dass wir uns bis dahin noch ein paar Mal richtig unterhalten können, auch wenn die Verzögerung in der Funkverbindung immer größer wird.«

Warten.

»Das machen wir auf jeden Fall. Jetzt, wo die private Verbindung funktioniert, wollen wir sie auch nutzen. Bleibst du noch ein paar Tage in Houston? Morgen ist Dana dran, aber übermorgen könnten wir wieder reden.«

Daniel stöhnte. »Das geht leider nicht. Ich fliege heute Abend wieder nach Washington. Wir haben morgen und übermorgen Meetings, davon eins im Pentagon. Am Freitag könnte ich wieder nach Houston kommen. Wenn es irgendwie geht, reden wir dann.« Bis dahin hatte sich Jenny weitere Millionen Kilometer von ihm entfernt.

Schließlich nickte Jenny. »Ich bespreche es mit der Bodenkontrolle. Die werden es schon irgendwie einrichten. Wenn du in Houston bist, kannst du ruhig in meiner Wohnung übernachten. Sag nur vorher Mary Bescheid, damit sie keinen Schreck kriegt, wenn plötzlich Licht brennt.«

Mary war eine junge Frau, die ein Stück von Jenny entfernt die Straße hinunter wohnte. Sie hatte versprochen, während Jennys Abwesenheit auf die Wohnung aufzupassen. Die ganzen anderthalb Jahre.

Daniel nickte. »Das mache ich. Bist du eigentlich alleine? Ist das da hinten im Bild deine Schlafkoje?«

Nach langen Sekunden drehte Jenny sich um. »Nein, das ist die Koje von Dana. Wir teilen uns das Habitat. Clint macht seinen Schlafsack meistens an der Wand vom Steuerungsmodul fest, und Ben kuschelt sich im Logistikmodul zwischen den Vorräten ein.« Sie lachte. »Dana vermutet, dass er vor dem Start Schokolade an Bord geschmuggelt und dort irgendwo versteckt hat. Dana ist übrigens ganz nett. Hinter ihrer rauen Schale steckt ein weicher Kern. Ich glaube, es dauert einfach, bis sie jemanden an sich heranlässt. Inzwischen erinnert mich das Habitat ein wenig an ein Zimmer in einem Mädelswohnheim an der Uni.«

Daniel konnte sich das nicht so wirklich vorstellen. »Es ist schön, dass es euch gutgeht, dass ihr euch versteht und dass ihr die Zeit halbwegs gut rumkriegt.«

»Es sind zwar noch sieben Monate, aber es liegt schon eine gewisse Anspannung in der Luft, was uns dort am Mars erwartet. Das andere Schiff ist natürlich auch ein Unsicherheitsfaktor.«

Das glaubte Daniel gern. Nichts wäre schlimmer als eine gewaltsame Auseinandersetzung zwischen Astronauten und Kosmonauten am Mars. Die internationalen Beziehungen zwischen Amerika und Europa auf der einen und Russland und China auf der anderen Seite waren so frostig wie selten zuvor, nachdem es in der Ukraine erneut zu Feindseligkeiten gekommen war und China Taiwan wieder mit einer Invasion gedroht hatte. Offen sprach zwar niemand von Krieg, aber ein Kampf auf Phobos um die mutmaßlich außerirdische Technologie konnte ganz schnell in eine globale Auseinandersetzung auf der Erde münden. Sergej hatte angedeutet, dass Russland eine erneute diplomatische Initiative bezüglich einer gemeinsamen Mission nach Ankunft auf dem Marsmond begrüßen würde, und Daniel hatte diese Information sogleich weitergeleitet, aber der Präsident hatte Gespräche diesbezüglich nach Rücksprache mit dem Pentagon zurückgewiesen. Hopkins war zusammen mit seinen Generälen offenbar unverändert willens, das außerirdische Wissen exklusiv für den Westen zu sichern.

Daniel hätte sich einen anderen Weg gewünscht, und das hatte er Graham auch so gesagt. Doch der hatte nur mit den Schultern gezuckt.

Daniel fragte sich, ob sich die Einstellung des Präsidenten ändern würde, wenn es auf dem Marsschiff zu Problemen kam.

»Ich muss jetzt die Verbindung beenden«, erklärte Jenny. »Wir haben gleich einen Download unserer Sensorendaten für die Ingenieure zu Hause im Flugplan. Dafür muss ich die Leitung freigeben. Ich fand es wunderbar, dass unser Gespräch heute geklappt hat. Ich freue mich auf Freitag und wünsche dir eine schöne Woche.«

Sie zögerte. »Ich liebe dich.« Es hörte sich ungelenk und holprig an. Sie war es wohl einfach nicht gewohnt, diese intimen Worte auszusprechen.

Aber Daniel spürte, dass sie sie ernst meinte. »Ich liebe dich auch. Wir sehen uns am Freitag. Ich freue mich auch darauf.«

Dann wurde der Bildschirm schwarz.

37

Jenny absolvierte gerade ihr Training auf dem Laufband im Steuerungsmodul, als der Interkom piepte.

Auch das noch. Sie machte sich nicht die Mühe, das Gerät anzuhalten, streckte den Arm aus und erreichte den Knopf zum Annehmen des Gespräches gerade so. »Ja?«

»Kommst du nicht zum Essen?« Es war Dana.

Jenny blickte auf ihre Armbanduhr, die wie die Borduhr nach Houstoner Zeit ging. Es war tatsächlich später, als sie gedacht hatte. »Ich brauche noch fünf Minuten, dann komme ich.«

»Okay.«

Zwei Stunden Training pro Tag waren für jeden von ihnen Vorschrift. Jenny nestelte an den elastischen Gurten, die sie in der Schwerelosigkeit nach unten auf das Laufband zogen, und lief weiter. Sie hatte keine Lust, nach dem Abendessen noch einmal auf die Geräte zu steigen. Schludern konnte sie hier nicht. Nicht einmal für fünf Minuten. Die Bodenkontrolle sah es in den Telemetriedaten.

Nach Monaten der immergleichen Tage mit dem ausgedehnten Sportprogramm hatte Jenny keine rechte Motivation mehr. Sie konnte das Laufband nicht mehr sehen.

Genau genommen konnte sie allmählich auch das Raumschiff nicht mehr sehen. Inzwischen zogen sich die Tage in die Länge, daran konnten weder Filme noch Bücher etwas ändern.

Und es waren immer noch vier Monate bis zum Mars. Ständig schaute sie aus den Fenstern und erwartete, dass sich der Rote Planet allmählich von einem Punkt in eine kleine Kugel verwandelte, aber er blieb ein ferner Stern. Der Blick nach draußen bot nichts außer Dunkelheit, Sternen und einer Sonne, die nach und nach an Leuchtkraft verlor, während sie weiter ins äußere Sonnensystem flogen.

Der Gedanke an den langen Rückflug wurde immer erschreckender. Diese neun Monate würden dann eine wirkliche Qual werden.

Sie wünschte sich auf die Erde zurück. Was hätte sie für einen Tag am Strand von Galveston gegeben. Ein abendlicher Spaziergang mit einem Schirm durch den Regen hätte ihr schon gereicht.

Doch am meisten fehlte ihr Daniel. Sie waren inzwischen so weit von der Erde entfernt, dass kein direktes Gespräch mehr möglich war. Zwischen einer Frage und der Antwort lagen mehrere Minuten. Also schickten sie sich täglich Videobotschaften hin und her. Aber das vermochte ein direktes Gespräch nicht zu ersetzen. Die einzigen Menschen, mit denen sie reden konnte, waren ihre Astronautenkameraden.

Endlich piepte die Steuerungseinheit des Laufbandes. Ihre Zeit war um.

Jenny seufzte erleichtert und löste die elastischen Gurte. Dann schaltete sie das Gerät aus und klappte es zurück in die Nische in der Wand.

Mit einem Handtuch wischte sie sich den Schweiß aus dem Gesicht. Natürlich hätte sie gerne geduscht, aber diesen Luxus gab es hier oben nicht. Ihre nächste Dusche konnte sie erst in mehr als einem Jahr wieder genießen. Eine morgendliche Katzenwäsche musste reichen. Am Anfang hatte der von den Kameraden ausgehende Geruch sie gestört, aber inzwischen hatte sie sich daran gewöhnt. Selbst die unangenehm intensive Note, die von Ben ausging, roch sie nicht mehr. Aber sie war überzeugt, dass ein Überraschungsgast auf dem Schiff umgehend von dem Gestank in Ohnmacht fallen würde.

Sie schaltete das Licht im Steuerungsmodul aus und schwebte durch den Kopplungsknoten in das Habitat, wo die anderen sich schon zum Essen zusammengefunden hatten. Einen wirklichen Tisch gab es hier nicht.

Clint holte gerade sein Tablett aus der Küchenzeile. Er zog die Beine an und befestigte es an einem Klettband auf dem Oberschenkel seiner Bordkombination. »Gibt heute Kartoffelstampf mit Erbsenpüree und Hühnchen.«

»Ist gar nicht mal so schlecht.« Dana schwebte neben Ben und schob sich eine Gabel in den Mund.

»Na ja, man kann es essen.« Ben guckte düster drein.

Clint schwebte an ihm vorbei und berührte ihn sanft an der Schulter. »Sei doch nicht so schlecht gelaunt heute.«

Jenny stieß sich an der offenen Luke ab und schwebte zur Küchenzeile. Sie nahm sich ein Tablett, auf dem das gefriergetrocknete Essen in entsprechenden Vertiefungen lag, und zog die Plastikfolie ab. Dann schob sie es in den Schlitz des Küchenautomaten und drückte auf den roten Knopf daneben. Nadeln führten dem Essen heißes Wasser zu, und Infrarotlampen erhitzten es zusätzlich. Nach zwei Minuten konnte sie das Tablett entnehmen. Sie holte sich Besteck aus dem Fach und schwebte zu den anderen.

»Ein richtiges Steak«, sagte Clint. »Was würde ich für ein richtiges Steak geben!«

»Eine Pizza!« Danas Augen leuchteten. »Eine Peperoni-Pizza von Albertos in Galveston. Kennt ihr den?«

Jenny nickte. »Ich ziehe ›The fresh Italian‹ vor. Bei Albertos ist mir der Boden zu dick.«

Dana verdrehte die Augen. »Aber so lecker! Gleich nach der Landung auf der Erde in einem Jahr werde ich dorthin fahren.«

»Chili con Carne«, fügte Ben an. »Aus dem Sombrero Inn in Houston. Das wird mein erstes Essen sein, wenn wir wieder zurück auf der Erde sind.«

»Morgen gibt es auch bei uns Chili«, verkündete Clint.

Ben winkte ab. »Das abgepackte Zeug kann absolut nicht mit dem göttlichen Chili vom Sombrero mithalten.«

Jenny lachte leise. Tag für Tag drehten sich die Gespräche bei den Mahlzeiten nur ums Essen. Es hatte in der zweiten Woche begonnen. Clint hatte sie anfangs ermahnt, das Essen an Bord nicht schlechtzureden, und darauf bestanden, das Thema zu wechseln, aber inzwischen beteiligte er sich mit zunehmender Begeisterung an ihren kulinarischen Träumereien.

Gutes Essen. Eine Dusche. Ein Spaziergang. Jenny merkte inzwischen, dass ihr die einfachen Dinge des Lebens fehlten. Sie war zwar noch nicht so weit, die Teilnahme an der Marsmission zu bedauern, aber dieser Punkt würde kommen, da war sie sich inzwischen sicher. Spätestens auf dem Rückflug würde sie sich verfluchen, sich für die Mission freiwillig gemeldet zu haben.

»Und ein kühles Bier dazu.« Ben seufzte. »Das wäre jetzt die Krönung.«

»Ein Jahr noch.« Clint lächelte aufmunternd. »Ein Jahr. Es wird vorbeigehen.«

»Welchen Film sehen wir uns heute Abend an?«, fragte Dana.

»Ich glaube, ich bin dran.« Clint kratzte sich am Kinn. »Ich stelle euch Top Gun oder Avengers zur Auswahl.«

»Top Gun«, rief Dana. »Ich kann mit diesen Superheldenfilmen nichts anfangen.«

»Avengers war aber sehr unterhaltsam«, meinte Clint.

»Top Gun«, meldete sich Jenny zu Wort. Den hatte sie zwar

schon einige Male gesehen, aber auf Superhelden hatte sie auch keine Lust.

»Ich glaube, ich setze heute mal aus«, meinte Ben. »Ich möchte gerne mein Buch fertig lesen.«

Clint musterte den Kollegen kritisch. »Wir sollten nicht zu viel Zeit alleine verbringen. Die Gesellschaft ist wichtig.«

Jenny war auch aufgefallen, dass Ben in den letzten Tagen stiller geworden war. Sein trockener Humor kam nur noch selten zum Zug. Sie hoffte, dass es sich nur um eine Phase und nicht um den Vorboten einer Depression handelte.

Ben wedelte mit den Händen. »Ist nur diesmal. Beim nächsten Mal bin ich wieder dabei. Ich möchte wirklich gerne mein Buch fertig lesen.«

»Was liest du denn?«, fragte Jenny.

»*Das Schloss* von Franz Kafka«, antwortete Ben.

Kein Wunder, dass er in Depressionen verfiel.

Clint verzog das Gesicht. »Wie kann man denn nur so etwas lesen?«

Ben funkelte ihn an. »Das ist ein Klassiker der Weltliteratur.«

»Ja.« Dana zog die Augenbrauen hoch. »Aber …«

Lautes Piepsen unterbrach sie. Wenige Augenblicke später wurde es dunkel im Modul.

»Was zum Teufel …«, begann Clint. Er verstummte, als die Notbeleuchtung sich selbständig aktivierte.

Clint löste sein Tablett, ließ es einfach im Raum schweben und stieß sich von der Wand ab. Er schwebte Richtung Kopplungsknoten.

Jenny und die anderen folgten ihm ins Steuerungsmodul, das auch durch die Notbeleuchtung erhellt wurde.

Clint fing sich neben der zentralen Steuerungskonsole ab. Seine Hände flogen über die Tastatur. »Fehlfunktion im Solarmodul. Wir sind auf Batteriebetrieb.«

Die reichten nur für einige Stunden. Dann wurde es kalt und dunkel im Schiff.

Jenny bekam eine Gänsehaut. Wenn sie den Schaden nicht reparieren konnten, würden sie erfrieren. Die Strahlung der Sonne reichte hier draußen nicht aus, um das Schiff auf Temperatur zu halten.

Da war sie nun, die erste große Krise.

»Das Solarmodul selber scheint in Ordnung zu sein.« Clint studierte auf dem Monitor die Telemetriedaten ihrer elektrischen Systeme. »Es sieht nach einem Schaden in der Elektronik aus. Draußen im Schaltkasten. Vielleicht ein Kurzschluss.«

Er stöhnte. »Das Problem werden wir von hier aus nicht lösen können. Einer muss rausgehen.«

Plötzlich starrten alle Jenny an.

Sie schluckte.

Ich bin die Bordingenieurin. Das ist meine Aufgabe.

»Bist du bereit dazu?«, fragte Clint sanft.

Jenny erstarrte. Sie würde sich den Raumanzug anziehen und den Schaltkasten von außen inspizieren müssen. Einen Weltraumspaziergang machen – nichts, wofür sie nicht in Houston trainiert hatte. Und doch bekam sie Angst, in das schwarze Nichts hinauszumüssen.

Doch es half ja nichts. »Klar«, krächzte sie.

»Dann sollten wir nicht warten«, erklärte Clint.

Jenny schwebte rüber zur Luftschleuse, die am Logistikmodul angebracht war. Dort nahm sie den Raumanzug aus dem Fach und entkleidete sich bis auf die Unterwäsche. Dass Clint und Ben mit im Raum waren, störte sie nicht. Sie zog sich die mit kleinen Schläuchen durchsetzte Thermounterwäsche des Raumanzugs über ihre eigene. Dana half ihr beim Anziehen des weißen Unterteils und des Torsos, an dessen Rücken das sperrige Lebenserhaltungssystem befestigt war.

Den Helm behandelte sie mit äußerster Vorsicht, denn das Glas war sehr empfindlich und zerkratzte schnell. Dana unterstützte sie beim Aktivieren und Überprüfen der Systeme, dennoch dauerte der Prozess fast eine halbe Stunde.

»Ich habe eine Antwort aus Houston«, meldete Ben. »Sie lesen aus der Telemetrie auch nichts anderes ab als wir. Flight und EECOM befürworten unseren Plan einer Inspektion des Schaltschranks bei einer Außenbordaktivität.«

Jenny tauchte kopfüber in die Schleusenkammer, die Dana hinter ihr verriegelte.

»*Hope*, Comm-Check«, sprach Jenny in ihr Helmmikrophon.

»Wir verstehen dich gut«, hörte sie Clints Stimme in ihrem Helmlautsprecher. »Ich bin im Steuerungsmodul am Computer. Ich unterstütze dich von hier aus. Dana bleibt an der Schleuse, falls es zu Problemen kommt.«

»Verstanden.« Jenny pumpte die Luft aus der Schleusenkammer und öffnete die äußere Luke.

Als sie, mit einer Leine gesichert, in den Weltraum schwebte, blieb ihr beinahe das Herz stehen. Es war, als würde sie in die sternengefüllte Unendlichkeit fallen. Die Schwerelosigkeit verstärkte das Gefühl noch.

Wenn ich den Halt verliere und die Leine reißt, komme ich nie wieder zurück an Bord.

Das Herz schlug ihr bis zum Hals. Alles in ihr schrie danach, sofort wieder in die Schleuse zurückzukehren. Sie war kurz davor, in Panik zu verfallen.

Mit Gewalt zwang sie sich zur Ruhe und atmete dreimal langsam ein und aus. Ihr konnte nichts passieren. Selbst wenn die Leine riss, war sie imstande, sich mit den Schubdüsen des Raumanzugs zurück in die Schleuse zu manövrieren.

Jenny bemühte sich, die Wand des Moduls vor sich zu fixieren und nicht zu den Sternen zu blicken.

Allmählich beruhigte sie sich.

»Ist alles in Ordnung?«, fragte Clint.

»Ja, mir geht es gut.« Ihr war klar, dass ihr hysterischer Tonfall das komplette Gegenteil ausdrückte. »Es geht schon.«

»Gut, lass dir Zeit.« Clint klang locker. »Wir haben inzwischen wieder Strom, nachdem ich die stärksten Verbraucher abgeschaltet habe. Aber es kommt nur die Hälfte der Solarzellenleistung im Inneren an. Irgendetwas ist definitiv da draußen im Eimer.«

Jenny hangelte sich an den Haltegriffen des Schiffes entlang. Sie starrte immer nur den nächsten Griff an und konnte so die immer wieder aufkommende Panik zurückdrängen.

Sie war zwar schwerelos, doch der sperrige Raumanzug hatte immer noch seine Masse, und das machte das Vorankommen sehr mühsam. Sie schnaufte, und schon bald beschlug die Sichtscheibe ihres Helms. »Ich kann nichts mehr sehen«, meldete sie. Sie gab für die Kollegen zweifellos kein gutes Bild ab, aber daran konnte sie gerade nichts ändern.

»Beruhige dich«, sagte Clint. »Ich kenne das. Schalte das Gebläse deines Helmes höher.«

Darauf hätte ich auch selber kommen können.

Sie drehte den entsprechenden Regler des Steuerungsgerätes auf ihrer Brust höher, und wenige Augenblicke später hatte sie wieder freie Sicht.

Stück für Stück arbeitete sie sich weiter nach vorne am Schiff entlang.

Schließlich erreichte sie das Steuerungsmodul, an dem die Solarzellenmodule festgemacht waren. Der weiße Schaltkasten war gut sichtbar an der Verbindung. Sie öffnete die Klappe und blickte ins Innere.

Sofort erkannte sie, was nicht stimmte. »Einer der beiden Wechselrichter scheint einen Defekt zu haben. An der Stelle, wo das Kabel in das Gehäuse führt, ist es ganz schwarz.«

Die beiden Wechselrichter waren für die Stromversorgung unerlässlich. Die Solarzellen produzierten Gleichstrom, während die Geräte und Instrumente im Inneren des Schiffes Wechselstrom brauchten. Die Wechselrichter wandelten den Strom entsprechend um.

»Mach ihn ab und bring ihn mit rein«, befahl Clint. »Wir müssen ihn reparieren. Unbedingt.«

Jenny holte einen Schraubendreher aus der Werkzeugtasche an ihrem linken Bein und machte das Bauteil los. Dann steckte sie es mit äußerster Vorsicht, damit es nicht ins Nichts davonschwebte, in den Beutel am Gürtel.

Anschließend machte sie sich auf den Rückweg zur Schleuse.

Clint hatte recht. Sie mussten den Wechselrichter reparieren, sonst hatten sie nicht genug Strom.

Und ein Ersatzteil dafür gab es nicht.

38

Daniel starrte trübsinnig aus dem Fenster seines Büros, als das Telefon klingelte. Es war sein Chef. »Komm bitte sofort rüber.« Er konnte schon am Tonfall hören, dass etwas vorgefallen sein musste.

Hoffentlich geht es den Astronauten gut.

Er machte sich sofort auf den Weg zu Graham. Der telefonierte. »Nein, ich muss das Meeting für heute Nachmittag absagen. Nein, es geht wirklich nicht. Ich melde mich.«

»Was ist passiert?«, fragte Daniel.

Graham zeigte auf den Stuhl vor seinem Schreibtisch, und Daniel setzte sich.

»Es hat einen Systemausfall gegeben«, sagte Graham. »Einer von zwei Wechselrichtern hat sich verabschiedet, und die *Hope* hat nun nur noch die Hälfte der Energiereserven.«

Das war übel. Ohne Strom lief auf einem Raumschiff gar nichts. »Kann der Schaden repariert werden?«, fragte Daniel.

Graham schüttelte den Kopf. »Nein. Jenny Nelson hat einen Außenbordeinsatz absolviert und …«

Daniel verfiel fast in Panik. Jenny hatte immer auf die Gefahren eines Weltraumspaziergangs hingewiesen. »Nur ein kleiner Mikrometeorit, und ich bekomme mein Ende nicht mal mehr mit«, hatte sie gesagt. »Einen Außenbordeinsatz? Ist sie …«

Graham hob die Hand. »Immer mit der Ruhe. Deiner Frau geht es gut. Sie hat das beschädigte Bauteil mit ins Innere des

Raumschiffes gebracht und dort untersucht. Auf der Platine hat es einen Kurzschluss gegeben. Offenbar ist ein Metallspan in die Box gelangt. Jedenfalls ist ein Transistor zerstört, für den es keine Ersatzteile an Bord gibt.«

»Und jetzt?«

Graham sah zur Decke. »Ich habe mit Lee Kline und Anne Musgrave gesprochen. Für die nötigsten Systeme reicht die Stromversorgung noch aus. Aber die *Hope* entfernt sich natürlich weiterhin von der Sonne. Selbst bei größter Einsparung steht spätestens nach der Ankunft am Mars nicht mehr genügend Strom für das Lebenserhaltungssystem zur Verfügung. Die Heizung wird schon früher abgeschaltet werden müssen.«

Ganz toll! Dann können sich die Astronauten aussuchen, ob sie erfrieren oder ersticken wollen.

Nein, ersticken würde Jenny nicht. Sobald der Strom weg war, arbeiteten die Filter nicht mehr, und die Atemluft reicherte sich mit Kohlendioxid an. Jenny würde an einer Kohlendioxidvergiftung sterben, wenn sie keinen Ausweg fanden.

Es muss einen geben!

»Die Ingenieure sitzen sicher in Houston schon an der Problemlösung.«

Würde aus der Marsmission eine Neuauflage von Apollo 13 werden?

Graham schüttelte den Kopf. »Die Ingenieure waren sich gleich einig, dass der Wechselrichter mit Bordmitteln nicht repariert werden kann. Es fehlt ein passender Transistor als Ersatzteil. Bei jeder normalen Mission wäre einer an Bord gewesen, aber hier wurde es schlicht vergessen. Es war zu wenig Zeit, um alle Eventualitäten zu durchdenken.«

Daniel schloss die Augen. Er hatte befürchtet, dass diese viel zu schnell auf die Beine gestellte Mission ein Himmelfahrtskommando war.

»Irgendetwas müssen wir tun können.« Daniel hörte seine Stimme zittern. »Irgendwie müssen wir ein Ersatzteil an Bord schaffen, bevor sie zu weit von der Sonne entfernt sind. Oder können sie vielleicht aus einem anderen Gerät einen passenden Transistor ...«

Graham unterbrach ihn mit einer Geste. »Ich bin mir sicher, dass die Ingenieure in Houston das alles in Betracht gezogen haben. Wenn es einen passenden Transistor an Bord gäbe, dann wäre die Crew schon an der Arbeit.« Er holte tief Luft. »Lee hatte eine andere Idee. Ich glaube nicht, dass das etwas bringt, aber wir sollten mal drüber reden.«

»Was ist die Idee?«, fragte Daniel. Selbst wenn es nur ein Strohhalm war ...

»Das andere Schiff«, antwortete Graham. »Lee meinte, dass die Russen und Chinesen ähnliche Wechselrichter benutzen. Vielleicht haben sie ein Ersatzteil an Bord.«

Daniel lehnte sich in seinem Stuhl zurück. Er konnte sich nicht vorstellen, dass ein solcher Austausch zustande kam. »Die Russen hätten sicher nichts dagegen, wenn die amerikanische Expedition scheitert. Warum sollten sie uns helfen?«

Graham brummte laut. »Ist nur so eine Idee, aber als ich gestern mit Frank Watts gesprochen habe, hatte der Geheimdienst Informationen, dass die anderen ebenfalls Probleme haben. Vielleicht wäre hier ein Handel möglich. Hast du in letzter Zeit etwas über deine Quellen erfahren?«

Daniel schüttelte den Kopf. Er hatte sich am Wochenende erneut mit Sergej getroffen, aber abgesehen davon, dass einer der Kosmonauten nach wie vor an einer Infektion litt, hatte der Russe nichts gesagt. »Nein, ich wüsste nicht, dass es dort größere Probleme gibt.«

»Dann sieh zu, dass du deinen Kontaktmann erreichst. Finde heraus, was das Problem der anderen ist und ob die Russen unter Umständen zu einem Deal bereit sind.«

Graham reichte ihm einen Zettel. Daniel nahm ihn entgegen. Darauf waren technische Spezifikationen aufgeschrieben.

»So ein Teil brauchen sie«, sagte Graham.

Daniel stand auf. »Würde der Präsident denn überhaupt einem Handel zustimmen? Er hat doch schon gesagt, dass er den Russen und Chinesen jegliche Hilfe verweigert.«

Graham zeigte auf sein Telefon. »Das kläre ich. Aber der Präsident kann sich auch nicht erlauben, durch Untätigkeit vier tote Astronauten um den Mars kreisen zu haben.«

Daniel kehrte in sein eigenes Büro zurück. Er schloss die Tür hinter sich, fischte sein Handy aus seiner Aktentasche und wählte Sergejs Nummer an.

Er musste nicht warten. »Ich habe mich schon gefragt, wann du anrufst.« Sergej wirkte nicht im mindesten überrascht.

»Du scheinst mal wieder gut informiert zu sein.« Daniel war beinahe sauer.

»Ich werde dafür bezahlt, gut informiert zu sein.« Sergej lachte.

Aber woher? Der Genosse hatte doch nicht etwa eine Wanze bei Daniel installiert? »Was weißt du denn bereits?«

»Irgendetwas ist bei euch an Bord kaputt, und ihr braucht ein Ersatzteil. Um was genau es sich dabei handelt, weiß ich allerdings nicht.«

»Ein Wechselrichter ist an Bord beschädigt. Alternativ würde schon ein Transistor reichen, damit die Crew das Gerät selber reparieren kann.« Er las die Spezifikationen vor.

»Das habe ich mir notiert«, entgegnete Sergej. »Ich kann nichts garantieren, aber ich werde mich schlaumachen, ob wir hier helfen können. Ganz ohne Gegenleistung wird da aber nichts zu machen sein.«

»Was schwebt euch denn für eine Gegenleistung vor?«

»Du könntest in Erfahrung bringen, welche Antibiotika sich in der Bordapotheke der *Hope* befinden«, antwortete Sergej.

Daniels Augen weiteten sich. »Aber die Infektion ist doch schon Monate her.«

»Das Crewmitglied ist leider nie wirklich gesundet. Aus der Infektion hat sich eine Lungenentzündung entwickelt. Wir haben eigene Antibiotika an Bord, aber es haben sich wohl Resistenzen gebildet. Wir bräuchten Reserveantibiotika. Gut wären Linezolid oder Tigecyclin.«

»Ich verstehe«, sagte Daniel. »Ich höre nach.«

Sergej legte auf.

Daniel bemühte sich um innere Ruhe. Dann griff er nach dem Hörer des Telefons auf seinem Tisch und rief einen Kontaktmann in Houston an. Der bestätigte ihm, dass die Crew der *Hope* beide der von Sergej gewünschten Antibiotika an Bord hatte.

In der Zwischenzeit war eine Nachricht auf seinem Handy eingetroffen. Sie stammte von einer unbekannten Nummer: »Die gewünschte Ware ist an Bord. Zwei passende Transistoren können übergeben werden.«

Das bedeutete, dass ein Austausch möglich war. Er rief Graham an und erzählte von dem Gespräch mit Sergej.

»Interessant«, kommentierte dieser. »Pack deinen Kram zusammen, wir fahren ins Weiße Haus.«

»Zum Präsidenten?«

»Nein, zu Watts. Der Präsident hat die Entscheidung an ihn weiterdelegiert. Grundsätzlich ist er wohl offen für einen Austausch, aber nur wenn den anderen dadurch kein Vorteil entsteht.«

Daniel zog seine Winterjacke an, griff nach seiner Aktentasche und traf Graham vor dem Gebäude. »Nehmen wir ein Taxi?«

Der schüttelte den Kopf. »Wir gehen zu Fuß. Ich habe die ganzen letzten Tage nur im Büro herumgesessen. Etwas Frischluft pustet den Kopf frei.«

Es war trotz des blauen Himmels sehr kalt. Nicht unwahrscheinlich, dass Anfang April der Winter noch einmal Einzug hielt. Sie gingen zur National Mall, passierten das Washington Monument, an dem sich gerade eine Schülergruppe einen Vortrag anhören musste, und erreichten schließlich das Weiße Haus, das sie nach der obligatorischen Sicherheitskontrolle durch einen Seiteneingang betraten.

Frank Watts empfing sie in einem kleinen Besprechungsraum im Obergeschoss des Westwing, durch dessen Fenster man hinunter auf den Pool des Weißen Hauses blicken konnte.

Graham überließ es Daniel, den Berater des Präsidenten zu informieren.

»Und Sie glauben, dass ein solcher Austausch von Material durchführbar ist?« Watts trug einen schwarzen Anzug mit weißem Hemd und roter Krawatte.

»Die Schiffe sind gerade mal zwanzigtausend Kilometer voneinander entfernt und bewegen sich in etwa mit derselben Geschwindigkeit in Richtung Marsbahn«, erklärte Daniel. »Es wäre kein großes Problem, ein Rendezvousmanöver durchzuführen.«

»Sollen die Schiffe etwa andocken?«, erkundigte sich Watts.

Daniel wiegte den Kopf. »Das wäre zwar möglich, da beide Schiffe androgyne Kopplungsadapter besitzen, wie sie bei der ISS üblich sind, aber das wird nicht nötig sein. Zwei Astronauten in Raumanzügen werden den Austausch vornehmen.«

»Und den Russen und Chinesen wird dadurch kein Vorteil entstehen?«, hakte Watts nach.

Das konnte Daniel klar verneinen. »Wir retten lediglich das Leben eines Kosmonauten.«

»Oder Taikonauten«, ergänzte Graham.

Daniel knirschte unterdrückt mit den Zähnen. Die anderen hatten immer noch nicht bekannt gegeben, wer an Bord des Schiffes war. Klar war nur, dass es sich um zwei Russen und zwei Chinesen handelte. Daniel hatte bei seinen internationalen Meetings und Konferenzteilnahmen in den letzten Jahren einige russische und chinesische Raumfahrer kennengelernt, mit ihnen in Hotelbars und bei Empfängen gelacht und getrunken. Er fragte sich, ob er eines oder mehrere der Besatzungsmitglieder persönlich kannte. »Jedenfalls wundert es mich, dass die Russen uns helfen wollen«, sagte er. »Unsere Mission ist ernsthaft gefährdet, wenn die Stromversorgung der *Hope* zusammenbricht.«

»Ich glaube, die Russen haben Angst, dass sie in diesem Falle völlig umsonst zum Mars fliegen.«

Daniel runzelte die Stirn. »Was meinen Sie damit?«

Watts sah abwechselnd Graham und Daniel an. »Na gut, irgendwann müssen Sie es ja erfahren.« Er seufzte. »Für den Fall, dass die Russen uns zuvorkommen oder unsere Mission scheitert, haben wir noch ein Überraschungspaket an Bord. Aber wahrscheinlich wissen es die anderen bereits durch ihre Geheimdienste.«

Daniel bekam ein sehr ungutes Gefühl. »Was meinen Sie? Was für ein Überraschungspaket?«

»Im Logistikmodul befindet sich eine sehr wirkungsvolle Wasserstoffbombe.«

Daniel schnappte nach Luft.

Graham sprang auf. »Das ist nicht Ihr Ernst!«

Watts lächelte schwach. »Es ist mein voller Ernst. Wenn wir das Artefakt nicht in die Hände kriegen, dann werden es die Russen auch nicht schaffen. Im Krisenfall verwandeln wir die *Hope* in eine interplanetare Atomrakete und vernichten das außerirdische Ding.«

»Und die Crew? Jenny? Wissen die davon?«, fragte Daniel hysterisch.

»Clint Murdock weiß es«, antwortete Watts. »Aber er hat den Befehl, zu schweigen.«

Daniel schloss die Augen.

Das ganze Unternehmen verwandelte sich in einen Albtraum.

39

»Ich kann es sehen.« Dana zeigte aus dem Fenster.

Jenny streckte sich nach vorne. Doch draußen waren nur die üblichen Sterne.

Dann fiel ihr auf, dass sich einer davon langsam nach hinten bewegte. Das musste die *Gagarin* sein.

Zumindest war das der Name, den die Russen dem Schiff gegeben hatten, wie sie über die Bodenkontrolle erfahren hatten. Die Chinesen benutzten für das Raumfahrzeug einen anderen Namen.

»Sie verringern die Relativgeschwindigkeit.« Clint schwebte vor der Steuerungskonsole und guckte ebenfalls aus dem Fenster. »Hundert Meter pro Sekunde fallend.«

»*Hope*, Houston«, hörte Jenny die Stimme von Reid. »Moskau meldet die *Gagarin* im finalen Rendezvousmanöver. Zusammentreffen um 9 Uhr 44. Ihr habt grünes Licht für die Operation. Viel Glück. Haltet uns auf dem Laufenden.«

Noch eine gute Viertelstunde bis zum Zusammentreffen. Eigentlich hätte Jenny rüber zur Schleuse gehen sollen, um ihren Raumanzug vorzubereiten, aber sie wollte das Manöver vom Steuerungsmodul aus beobachten. »Ich kann immer noch nicht glauben, dass die auf der Erde wirklich einen Austausch eingefädelt haben.«

»Eigentlich ist es nur logisch«, meinte Clint. »Wir und die Kosmonauten drüben auf der *Gagarin* sind die einzigen Menschen im Umkreis von Millionen Kilometern. Für mich ist es zwingend, dass wir uns gegenseitig unterstützen.«

Dana nickte. »Was mich angeht, hätte ich denen das Antibiotikum auch ohne unsere Schwierigkeiten zukommen lassen.«

»Nach dem Annäherungsmanöver werden wir erst recht dicht nebeneinander dem Mars entgegenfliegen«, erklärte Jenny. »Es wäre schön, wenn die sich unten auf der Erde doch noch auf eine gemeinsame Expedition einließen.«

Clint winkte ab. »Das wird wohl ein Wunschtraum bleiben.«

Jenny seufzte. So war es wohl. Sie sah wieder aus dem Fenster. Aus dem Stern der *Gagarin* war inzwischen eine komplexe Struktur geworden. Ähnlich wie die *Hope* war das Schiff eine T-förmige Ansammlung von Raumstationsmodulen der Russen und Chinesen. Am Heck befand sich eine Gitterstruktur, an der kugelförmige, silbern schimmernde Tanks festgemacht waren. Dahinter saß ein großes Triebwerk.

Im Gegensatz zur *Hope* hatte dieses Schiff nicht ein einzelnes, sondern mehrere über die Module verteile Solarzellen.

»Hier ist die *Gagarin*«, schallte es plötzlich aus den Lautsprechern, nachdem Ben die von Houston genannte Frequenz eingestellt hatte. »Wir grüßen die Astronauten der *Hope*. Wir freuen uns auf die Begegnung und bereiten nun das finale Manöver für die Annäherung vor. Wir gehen etwa hundert Meter entfernt auf Ihrer Steuerbordseite in Position.«

Jenny glaubte, die Stimme zu kennen, konnte sie aber nicht zuordnen.

Clint drückte auf eine Taste am Kabel seines Headsets. »Hier ist Murdock, Kommandant der *Hope*. Wir sind bereit für das Annäherungsmanöver. Mit wem spreche ich denn?«

Nach kurzem Zögern kam die Antwort. »Hier spricht der Bordingenieur der *Gagarin*. Ich werde nach dem Stillstand im Raumanzug von Bord gehen und mit den Ersatzteilen auf Ihren Astronauten warten.«

Clint drehte sich zu Jenny und den anderen herum. »Offensichtlich wollen sie uns immer noch nicht verraten, welche Kosmonauten an Bord sind. Was für ein Schwachsinn!«

Jenny verstand es auch nicht. Nachdem das russische Weltraumprogramm nach dem Ende des Kalten Krieges eine Zeitlang so offen geworden war, war nun die Geheimhaltung finsterster Sowjetzeiten wieder eingekehrt. Was für eine Schande!

Das fremde Schiff näherte sich immer weiter an und kam schließlich neben der *Hope* zum Stillstand. Die silbernen Module schimmerten im Licht der fernen Sonne.

Dana zeigte aus dem Fenster. »Seht euch mal das oberste Solarsegel an. Das schaut aber ziemlich übel aus.«

Jenny reckte den Kopf nach vorne. Tatsächlich! Ein riesiges Loch prangte in dem Solarpaneel.

»*Gagarin,* es gibt eine deutliche Beschädigung in einem Ihrer Solarsegel.«

»Ja, wissen wir. War ein Mikrometeoritentreffer. Die Auswirkungen auf die Energieversorgung sind aber minimal. Wir haben genug Reserven.«

Im Gegensatz zu uns!

Clint studierte die Instrumente. »*Gagarin,* wir sehen, dass Sie gestoppt haben. Entfernung hundertzwei Meter.«

»Bestätige«, sagte der sich vertraut anhörende Kosmonaut. »Einhundertzwei Meter von Schleuse zu Schleuse. Ich schlage vor, wir treffen uns in der Mitte. Ich muss noch den Raumanzug anlegen. Erwarten Sie mich in etwa einer halben Stunde.«

»Verstanden, *Gagarin*«, erwiderte Clint.

Jenny schwebte mit Dana zur Luftschleuse. Die Kameradin half ihr erneut beim Anlegen des Raumanzugs. Wieder war Jenny nervös. Sie hoffte, dass sie diesmal keinen Panikanfall bekam.

Schließlich schwebte sie kopfüber in die Luftschleuse und wartete, bis Dana die Luke verriegelt hatte. Dann ließ Jenny die Luft aus der Schleuse ab und verließ sie durch die Außenluke.

Ihr Herz pochte bis zum Anschlag, aber diesmal beruhigte sie sich schnell. Direkt vor ihr befand sich die *Gagarin*. Das Schiff bot ihren Augen einen guten Fixpunkt, so dass das Gefühl, alleine in der Unendlichkeit zu schweben, nicht so stark war. Die Schleuse der *Gagarin* lag direkt gegenüber.

Sie musste einige Minuten warten, dann öffnete sich auch dort die Luke, und ein Kosmonaut in einem cremefarbenen Raumanzug mit roten Streifen auf dem Helm winkte ihr zu. »Hören Sie mich?«

»Ja, laut und deutlich.«

»Gut.« Der Kosmonaut stieß sich mit den Beinen an der Luke ab und flog auf sie zu. Er war durch eine rote Leine gesichert.

Jenny überprüfte ihre eigene Sicherungsleine und stieß sich dann ebenfalls ab.

Langsam schwebten sie aufeinander zu. Der Kosmonaut hatte einen goldenen Sonnenfilter über sein Visier geschoben, sodass sie sein Gesicht nicht erkennen konnte.

Schließlich bremste Jenny mit den Schubdüsen am Anzug ab und kam neben dem Kollegen aus dem anderen Schiff zum Stillstand.

Sie streckte die Hand aus. »Es ist ein ungewöhnlicher Ort für ein erstes Zusammentreffen. Ich freue mich, Sie kennenzulernen, wer auch immer Sie sind.«

Der Kosmonaut nahm ihre Hand und schüttelte sie. Dann griff er sich an den Helm und schob den Sonnenfilter nach oben.

»Mikhail!«

Der Kosmonaut grinste, öffnete die Arme und umarmte sie herzlich. Jenny dachte daran, dass sie, wenn die Russen das Artefakt nicht entdeckt hätten, zusammen mit Mikhail zur ISS geflogen wäre und sie nun dort gemeinsam forschen würden.

»So treffen wir dann doch noch im All zusammen«, sagte der Russe.

Jenny konnte nicht anders, als zu lachen. »Ja, man sieht sich immer zweimal im Leben. Es ist wohl das denkwürdigste Zusammentreffen seit Stanley und Livingstone.«

»Oder seit Nansen und Jackson«, sagte Mikhail.

»Wer ist das?«, fragte Jenny.

Mikhail winkte ab. »Zwei Polarforscher. Nicht so wichtig.« Er nestelte an seiner Tasche am Bein herum und holte einen Beutel heraus. »Wechselrichter können wir leider keine erübrigen, aber hier sind zwei Transistoren, die auf eure Spezifikationen zutreffen. Ich habe sie persönlich überprüft. Sie werden funktionieren.«

»Danke«, sagte Jenny. »Damit helft ihr uns ganz außerordentlich.«

Sie hakte eine Tasche vom Gürtel ab. »Hier sind die Antibiotika. Zwei unterschiedliche mit jeweils der doppelten Anwendungsmenge. Ich hoffe, es hilft.«

Mikhail nickte. »Das hoffen wir auch. Qi geht es wirklich schlecht.«

»Lungenentzündung?«, fragte Jenny.

»Ja, es fing als kleine Erkältung an, wollte aber einfach nicht weggehen. Seit einem Monat wird es immer schlechter. Unsere eigenen Antibiotika schlagen einfach nicht an. Ich fürchte, er wird sterben, wenn die Bakterien auch gegen eure Mittel resistent sind.«

»Wir wünschen dem Taikonauten eine baldige Genesung«, erklärte Jenny.

»Danke.«

Plötzlich hob Mikhail den Zeigefinger und führte ihn in einer theatralischen Geste zu der Steuerung seines Raumanzuges. Dann schaltete er sein Funkgerät aus und zwinkerte mit ernster Miene.

Jenny fragte sich, was jetzt wohl kam, schaltete aber ihr eigenes Funkgerät aus.

Mikhail beugte sich nach vorne, bis sich ihre Helme berührten. »Kannst du mich verstehen?«, hörte sie seine dumpfe Stimme.

Der Schall übertrug sich durch das Material der Helme. So konnten sie sich ohne die Funkgeräte und ohne Zuhörer unterhalten. »Ja, ich verstehe dich.«

»Ganz ehrlich, uns geht es nicht gut«, gestand Mikhail. »Die Medien sagen natürlich etwas anderes, aber bei uns mangelt es an fast allem. Ein Teil der Nahrungsvorräte ist verdorben, und wir haben ein Leck im Wassertank zu lange nicht bemerkt. Auch die Zusammenarbeit zwischen uns und den Chinesen funktioniert nicht wirklich. Nachdem es vor zwei Wochen fast zu einer Prügelei gekommen wäre, gehen wir uns aus dem Weg.«

»Es tut mir leid, das zu hören.« Jenny war betroffen. Aber es wunderte sie nicht, dass die russischen und chinesischen Medien alles nur in den schönsten Farben malten. Sie war über Mikhails Offenheit froh.

»Es wird vielleicht bald zu einer neuen diplomatischen Initiative kommen«, meinte Mikhail. »Es wäre schön, wenn wir diese Mission doch noch gemeinsam durchführen könnten.«

Jenny entschied sich, ihrerseits offen zu sprechen. »Ich sehe es genauso, aber ich weiß, dass unsere Regierung in den alleinigen Besitz der außerirdischen Gegenstände auf Phobos gelangen will. Ich befürchte, dass man es uns nicht erlauben wird, mit euch zusammenzuarbeiten.«

Er blickte ihr tief in die Augen. »Jenny, was ich dir jetzt sage, ist unheimlich wichtig. Wir haben den Befehl, euch daran zu hindern, das Artefakt für euch alleine zu beanspruchen. Wenn es nicht zu einer Zusammenarbeit kommt, dann sind wir gezwungen, jedes Mittel anzuwenden, und das schließt auch Gewalt nicht aus. Ich möchte das nicht. Ich würde eine Zusammenarbeit bevorzugen.«

Jenny bekam eine Gänsehaut. Die Russen hatten also auch Waffen an Bord. »Würdest du auf mich schießen, Mikhail?«

Seine Lippen wurden zu Strichen. »Ich möchte das nicht, Jenny. Ich möchte das wirklich nicht. Aber wir haben unsere Befehle, die wir nicht ignorieren können.«

Das war deutlich. Wie war das bei ihr? War sie im Falle einer Konfrontation imstande, auf Mikhail und die anderen Kosmonauten zu schießen?

»Jenny, da ist noch etwas anderes.« Mikhail musterte sie eindringlich.

Das reicht doch schon! Was denn jetzt noch?

»Wenn sich abzeichnet, dass ihr das Artefakt erobern und sichern könnt, dann haben wir den Befehl, es zu vernichten. Wir haben ein entsprechendes Gerät an Bord.«

Eine Bombe! Sie haben eine Bombe an Bord!

»Zusammen mit allen Astronauten, die sich in seiner Umgebung aufhalten«, schob Mikhail nach.

40

»Gehen Sie direkt durch«, forderte die Sekretärin sie auf. »Mr. Numan erwartet Sie bereits.«

»Danke.« Graham öffnete die Tür zum Büro des Verteidigungsministers im Pentagon.

Daniel folgte ihm.

Der Raum war recht groß, hatte weiße Wände und einen blauen Teppichboden. An der Wand hingen Bilder von bekannten Washingtoner Sehenswürdigkeiten. Die Sonne fiel durch die breiten Fenster und tauchte den Raum in goldenes Licht. Dennoch war es kühl.

Thomas Numan saß neben einem General der Space Force und Frank Watts in einer kleinen Sitzecke. Der grauhaarige Verteidigungsminister war klein und schlank und hatte ein hageres Gesicht, was ihn sehr asketisch wirken ließ. Er winkte Daniel und seinen Chef heran. »Kommen Sie, setzen Sie sich.«

Graham ließ sich auf einem freien Sessel nieder. Daniel nahm neben dem General auf der Couch Platz.

»Das ist General Mike Ogilvy«, stellte Numan den anderen Mann vor. »Er ist stellvertretender Kommandeur der Space Force.«

Ogilvy gab zunächst Graham und dann Daniel die Hand. Der General war von mittlerem Wuchs und hatte eine kräftige Figur. Er mochte Anfang sechzig sein. Auf der Wange hatte er eine deutlich sichtbare Narbe, die sich vom Kiefer bis knapp unter sein linkes Auge zog. Daniel fragte sich, ob er sie sich in einem Gefecht zugezogen hatte.

Numan bot den Neuankömmlingen Getränke an. Daniel entschied sich für einen Kaffee.

»Was können wir für Sie tun?«, fragte Graham den Verteidigungsminister.

Numan lächelte schwach. »Ich wollte mich nur ein bisschen unterhalten.« Er straffte sich ein wenig. »Der Einsatz auf dem Mars steht unmittelbar bevor, und nachdem nun die technischen Details geklärt sind, versuche ich mir ein Bild davon zu machen, was in einigen Tagen auf dem Marsmond geschehen wird.«

Ja, es war so weit. Die acht Monate des Wartens hatten ein Ende. Auf den Bildern von der *Hope* war der Mars von einem Stern zu einer Kugel gewachsen. In drei Tagen würde das Aerobraking-Manöver stattfinden und kurz darauf der Eintritt in den Orbit des Marsmondes Phobos erfolgen. Der Einsatz zur Untersuchung und Sicherstellung der außerirdischen Artefakte begann unmittelbar im Anschluss.

Graham räusperte sich. »Das hängt natürlich auch davon ab, was die Russen und Chinesen machen.«

»Wo sind die denn nun überhaupt?«, wollte der Verteidigungsminister wissen.

»Die *Hope* und die *Gagarin* befinden sich weitestgehend auf parallelem Kurs. Nach der Annäherung vor einigen Monaten sind die Schiffe wieder auf Distanz gegangen. Die Entfernung beträgt etwa zwanzigtausend Kilometer. Die Schiffe haben sich nicht weiter voneinander entfernt. Das liegt an einer inoffiziellen Abmachung, falls eine gegenseitige Unterstützung noch einmal notwendig wird.«

Der General schüttelte den Kopf. »Es ist für mich immer noch ein Wunder, dass es zu diesem Austausch gekommen ist. Ich bin nach wie vor nicht überzeugt, dass das eine gute Idee war. Die anderen hätten das Manöver nutzen können, um unser Schiff zu beschädigen oder zu zerstören.«

»Wir sind doch nicht im Krieg!«, sagte Frank Watts.

»Das könnte sich bald ändern«, murmelte der Verteidigungsminister.

»Ist denn nun klar, wer zuerst am Mars ankommen wird?«, erkundigte sich General Ogilvy.

Daniel wiegte den Kopf. »Schwer zu sagen. Als die *Hope* das Rendezvous mit der *Gagarin* hatte, konnten unsere Astronauten einen guten Blick auf das Raumschiff werfen. Es verfügt, soweit wir das beurteilen können, über keine Mechanismen für die Durchführung eines Aerobraking-Manövers. Dafür haben sie größere Treibstofftanks in ihrer Transferstufe. Daher vermuten wir, dass sie den Einschuss in die Marsumlaufbahn auf herkömmlichem Wege mit einer Triebwerkszündung vornehmen. Da wir im Gegensatz zu ihnen in die Marsatmosphäre eintauchen, werden wir eine höhere Geschwindigkeit aufbauen können. Auch die Flugbahn um den Mars herum ist für uns kürzer. Das sollte uns einen gewissen Vorteil verschaffen.«

»Wie viel?«, fragte Watts.

»Eine Stunde«, sagte Daniel vorsichtig. »Vielleicht zwei.«

»Wie wollen wir denn das außerirdische Artefakt überhaupt sichern?«, fragte Numan. »Wie wollen wir verhindern, dass die Russen und Chinesen dort ebenfalls tätig werden?«

»Die Astronauten müssen sich bewaffnen«, erklärte der General. »Sie haben entsprechende Ausrüstung dabei.«

»Das sind Wissenschaftler und Ingenieure«, empörte sich Daniel. »Sie können doch nicht erwarten, dass die auf die Kosmonauten schießen.« Was für ein entsetzlicher Gedanke, Jenny könnte dort am Mars in einen Kampf verwickelt werden.

»Clint Murdock ist ehemaliger Marine.« Ogilvy blieb kühl.

»Dana White ist ebenfalls eine Angehörige der Streitkräfte. Sie werden sich zu verteidigen wissen.«

Der Verteidigungsminister seufzte. »Nun, es ist klar, dass wir die Astronauten von der Erde aus dabei unterstützen müssen. Die große Frage ist, wie wir hier militärisch und politisch vorgehen.«

»Am wichtigsten ist zunächst, dass unsere Astronauten zuerst am außerirdischen Artefakt eintreffen«, verkündete der General. »Sie werden die amerikanische Flagge hissen und die Gegend um den Fundort für uns in Besitz nehmen. Dann betrachten wir das Land als amerikanischen Grund und Boden und können eine konzertierte Drohkulisse aufbauen, falls dieser von Angehörigen einer feindlichen Nation betreten wird.«

Daniel lachte laut auf. »Das wird nicht funktionieren. Die internationalen Weltraumverträge lassen eine Inbesitznahme extraterrestrischer Körper nicht zu. Interplanetare Ressourcen, und dazu könnte man außerirdische Artefakte durchaus zählen, stehen allen Nationen der Erde gleichermaßen zur Verfügung.«

Der General grinste ihn beinahe diabolisch an. »Dann sollen Russland und China sich an die UN wenden und um Vermittlung bitten, was hier der gängige Weg ist. Bis das geklärt ist, befindet sich die außerirdische Technik längst in unserem Besitz.«

Der Verteidigungsminister rieb sich das Kinn. »Und was ist, wenn die anderen sich nicht an diese Regeln halten und unsere Astronauten auf dem Marsmond überfallen?«

Watts schüttelte den Kopf. »Was für ein Irrsinn!«

Der General ignorierte ihn. »Das ist eine gute Frage. Wir haben das bereits mit Militärstrategen besprochen. Genau dafür ist es unerlässlich, dass wir eine militärische Drohkulisse aufbauen. Wir müssen den anderen unmissverständlich klarmachen, dass ein Angriff auf dem Marsmond für uns gleichbedeutend mit einer Kriegserklärung auf der Erde ist. Ich schlage daher vor, weitere NATO-Truppen an die russische Grenze zu verlegen und die Pazifikflotte näher an das chinesische Festland rücken zu lassen. Zudem sollten wir unmittelbar vor dem Einsatz auf dem Marsmond zu Defcon 2 wechseln und somit die strategischen Nuklearwaffen in Gefechtsbereitschaft versetzen. Das dürfte ausreichen, um China und Russland unseren Standpunkt zu verdeutlichen.«

Daniel fand keine Worte. Watts hatte recht. Das war alles blanker Irrsinn!

Der Verteidigungsminister schenkte sich Kaffee nach und schüttete sich großzügig Zucker in seine Tasse. »Mir gefällt das nicht. Die anderen werden sich darauf einstellen, indem sie ebenfalls ihre Streitkräfte in äußerste Alarmbereitschaft versetzen. Wenn es dann zu einem Missverständnis kommt, könnten wir unbeabsichtigt in den dritten Weltkrieg rutschen.«

Der General wirkte unbeeindruckt. »Wir müssen das Risiko einfach eingehen. Wir können auf keinen Fall zulassen, dass die Russen und die Chinesen in den Besitz der außerirdischen Technologie gelangen.« Er blickte Daniel an. »Sie sagen, dass wir wahrscheinlich als Erste an dem Artefakt ankommen?«

Daniel nickte.

»Dann besteht eine hohe Wahrscheinlichkeit, dass wir es auch in Besitz nehmen«, erklärte der General. »Und wenn wir auf der Erde standhaft bleiben, können wir es auch behalten.«

Daniel holte tief Luft. »Es gibt immer noch eine andere Möglichkeit. Ich habe über meinen Kontaktmann erfahren, dass Moskau und Peking nach wie vor an einer gemeinsamen Mission interessiert sind, die fremde Technologie der gesamten Menschheit zur Verfügung zu stellen.«

Der General schnaubte verächtlich.

Verteidigungsminister Numan schüttelte den Kopf. »Der Präsident hat nun einmal anders entschieden.«

»Gegen meinen ausdrücklichen Rat«, erklärte Frank Watts wehmütig.

Daniel wusste von seinem Chef, dass die Militärs sehr viel Einfluss auf Präsident Hopkins ausübten. Gegen die geballte Macht der Generäle stand selbst Watts auf verlorenem Posten.

»Im Kreml ist man nach wie vor der Meinung, dass man es sich nicht erlauben kann, Amerika die außerirdischen Artefakte zu überlassen«, erklärte Daniel. »Wenn wir eine Atombombe an Bord der *Hope* haben, dann sollte man doch davon ausgehen, dass die Russen und die Chinesen ebenfalls eine Kernwaffe an Bord haben. Kosmonaut Gidzenko äußerte gegenüber meiner Frau eine entsprechende Warnung.«

Der General setzte sich aufrecht hin und beugte sich zu Daniel herüber. »Wenn wir erst das Artefakt gesichert und die irdische Drohkulisse entsprechend aufgebaut haben, dann werden unsere roten Freunde sich nicht trauen, uns anzugreifen. Schon gar nicht mit einer Kernwaffe, da dies einen sofortigen Gegenschlag zur Folge hat.«

»Und falls die Russen das anders sehen?«, fragte Graham.

»Sie werden es nicht wagen, uns anzugreifen«, wiederholte General Ogilvy überzeugt.

Es war sinnlos, mit diesem sturen Menschen zu diskutieren.

»Was ist denn, wenn es den anderen irgendwie gelingt, uns abzuhängen und als Erste auf dem Marsmond bei dem Artefakt zu landen?«, wollte Graham wütend wissen. »Nehmen wir einmal an, dass die den Fundort schon gesichert haben. Was schlagen Sie in dem Fall vor, Herr General?«

Der General starrte Daniels Chef mit lässigem Gesichtsausdruck an. »In diesem Fall bleibt uns gar nichts anderes übrig, als sie anzugreifen, um es ihnen wegzunehmen.«

Der Verteidigungsminister nickte.

Irrsinn. Einfach nur Irrsinn.

Die Miene des Generals verhärtete sich. »Und wenn uns das nicht gelingt, dann werden wir in einem Akt der nationalen Notwehr dazu gezwungen sein, unsere Kernwaffe einzusetzen, um das fremde Artefakt zu vernichten.«

41

Jenny konnte den Blick einfach nicht vom Fenster abwenden.

Dort draußen, endlich, nach monatelanger Fahrt, war das Ziel ihrer Reise, in voller Pracht.

Der Mars!

Er war nicht so rot, wie sie von den Fotos her erwartet hatte. Braune Farben in allen Abstufungen dominierten.

Der Planet hatte nun die Größe eines Fußballes auf Armeslänge. Und er wurde zusehends größer.

Jenny rückte im Sitz des Piloten enger an die Fensterscheibe heran. Sie erkannte Canyons, Gebirge und Hochebenen. An den Polen mischten sich weiße Farbtöne in das Braun. Auf der Südhalbkugel gab es einige Tiefebenen, die eine ungewöhnlich dunkle Tönung hatten.

All die hochauflösenden Fotos der robotischen Marsexpeditionen der letzten Jahrzehnte hatten diesen Anblick nicht annähernd wiedergeben können.

Jenny war sich bewusst, dass sie zu den ersten Menschen gehörte, die einen anderen Planeten als die Erde mit den eigenen Augen sahen, ohne ein Teleskop zu Hilfe zu nehmen.

Doch sie nahm auch gleich den Unterschied zum Heimatplaneten wahr. Während die Erde einer Oase im Schwarz des Weltraums glich, so hatte der Mars nichts Freundliches. Ihr Zielplanet war eine tote Wüste, auf der Menschen nicht leben konnten. Ein Blick reichte aus, um sich dieser Tatsache bewusst zu sein.

War die dünne Atmosphäre der Erde vom Weltraum aus kaum zu erkennen, so hatte der Mars scheinbar überhaupt keine. Jenny wusste, dass der Druck auf der Marsoberfläche gerade mal sechs Hektopascal betrug. Das entsprach auf der Erde einer Höhe von 35 Kilometern. Kein Mensch war imstande, ohne Raumanzug auf dem Roten Planeten spazieren zu gehen. Und der Himmel würde dunkel und trostlos wirken – genau wie die Oberfläche. Jenny hätte sich niemals vorstellen können, als Kolonistin für immer auf den Mars zu ziehen, wie es einige Visionäre forderten.

»Nicht erschrecken!«

Jenny zuckte zusammen und drehte sich um.

Dana schwebte langsam in das Steuerungsmodul. »Etwas Gesellschaft bei der Show?«

»Na klar!« Jetzt erst merkte Jenny, dass sie eigentlich in Danas Sessel saß. Sie erhob sich, aber Dana setzte sich einfach in den Sitz des Kommandanten an der linken Seite.

»Was für ein fantastischer Anblick«, sagte die Pilotin der *Hope*.

»Das finde ich auch«, erwiderte Jenny.

»Hast du Phobos schon gesehen?«, wollte Dana wissen.

»Nein. Die Monde müssen gerade auf der anderen Seite des Planeten sein.«

»Der Mars schaut so ganz anders aus, als ich ihn mir vorgestellt habe«, gestand Dana.

»Ja, die Farben auf den Fotos waren immer falsch. Ich glaube, bei der Farbkalibrierung hat man es in der Vergangenheit mit den Rottönen übertrieben. Aus der Nähe ist der Mars gar nicht so rot.«

»Es ist so schade, dass wir nicht dort landen können.« Man konnte das Bedauern in Danas Stimme hören. »Jetzt sind wir schon den ganzen Weg um die Sonne bis hierher geflogen und machen noch nicht einmal einen Spaziergang auf dem Mars.«

Diesen Gedanken hatte Jenny auch schon gehabt. Aber der Mars war nun mal nicht ihr Ziel. Es ging um das fremde Artefakt auf Phobos. Ohne Landefähre war der Mars eh unerreichbar. Sie musste sich mit einem Blick aus dem Orbit begnügen. Aber das reichte auch. Jenny war in ihrem Leben weiter gekommen, als sie es sich in ihren kühnsten Träumen hätte vorstellen können.

»Ich habe Angst vor morgen«, gestand Dana leise.

Jenny nickte. »Ich habe auch die Befürchtung, dass es nicht gut ausgeht. Ich kann einfach nicht vergessen, was Mikhail zu mir gesagt hat. Ich möchte nicht um das Artefakt kämpfen. Ich will nicht mit einer Waffe da rausgehen, ich will nicht auf die Kosmonauten schießen.«

Dana zuckte mit den Schultern. »So ist das Leben. Wir stehen nun einmal im Dienst des Staates, und wenn wir den Befehl bekommen, das Artefakt mit Waffengewalt zu erobern, dann bleibt uns nichts anderes übrig.«

Die Kameradin war Soldatin, sie hatte leicht reden. »Ich bin Astronautin bei der NASA«, sagte Jenny. »Und das ist eine Zivilbehörde.«

Dana lachte leise. »Das ist aber keine NASA-Mission, sondern eine, an der das Pentagon beteiligt ist. Das macht das Ganze zumindest in Teilen militärisch.«

»Das spielt für mich keine Rolle«, sagte Jenny. »Ich nehme keine Waffe in die Hand. Ich kenne Mikhail. Ich habe beim Training für meine ISS-Mission seine Familie in Moskau besucht. Ich habe mit seiner Frau Wodka getrunken und seine Tochter auf meinem Schoß sitzen gehabt. Ich werde nicht seine Frau zu einer Witwe und seine Kinder zu Waisen machen. Ich lasse mich nicht zur Mörderin machen«, sagte sie voller Überzeugung.

Dana seufzte. »Ja, es ist sehr unglücklich, dass wir den Gegner persönlich kennen. Das macht es schwieriger. Aber wenn man gezwungen ist, sein eigenes Leben zu verteidigen, dann fällt einem das Töten plötzlich erschreckend leicht.«

Jenny wandte den Kopf. »Du hast schon auf Menschen geschossen? Ich dachte, du hättest als Pilotin gedient.«

Dana nickte langsam. »Ich war in Afghanistan und hatte Ausrüstung zu einem vorgeschobenen Außenposten geflogen.« Ihr Blick ging in die Ferne. »Da gab es kaum mehr als eine Schotterpiste für unsere Mühle. Gleich nach meiner Landung trafen mehrere Granaten die Landebahn. Als der Schaden behoben war, war es bereits zu spät, und ich musste die Nacht im Camp verbringen. Natürlich gab es in dieser Nacht einen Großangriff der Taliban auf das Camp, das sich tief in einem staubigen Tal befand. Die verdammten Bastarde standen oben auf den Hügeln und ballerten mitten in unser Lager. Wir saßen wie auf dem Präsentierteller. Sie kamen immer näher. Wenn sie es geschafft hätten, uns zu überwältigen, wäre niemand von uns am Leben geblieben. Ich als Frau hätte Chancen gehabt, Star im neuesten Köpfungs-Video zu werden. Also habe ich mir ein Scharfschützengewehr aus der Ausrüstungskammer geschnappt und mit dem Infrarotzielgerät auf alles geschossen, was ich anvisieren konnte. Vierzehn Männer habe ich erledigt, einige davon waren noch halbe Kinder.«

Jennys Hals wurde eng. Sie war froh, niemals Soldatin geworden zu sein. Eine Zeitlang hatte sie mit dem Gedanken gespielt, sich bei den Marines zu bewerben.

»Zuerst war ich euphorisch«, erzählte Dana. »Ich habe mich gefühlt, als hätte ich ein zweites Leben geschenkt bekommen, weil ich diese Nacht überstanden habe. Aber dann zu Hause kam der Zusammenbruch. Mir wurde klar, dass ich Menschen getötet habe. Das ist das Schlimmste, was man machen kann.«

Jenny konnte nichts darauf antworten.

»Nach einiger Zeit habe ich mich wieder beruhigt und meinen Frieden gemacht«, berichtete Dana. »Ich bin nicht mehr stolz auf diese Nacht, aber ich hege auch keinen Groll gegen mich. Ich habe nicht aus Berechnung geschossen. Ich habe mein Leben gerettet. Das war der Grund. Ich bedauere die Menschen, die ich auf dem Gewissen habe, aber es ging nicht anders. Wenn ich irgendwann vor Gott stehe, bin ich mir sicher, dass er Verständnis für mich hat.«

Jenny sah, dass eine Träne an der Wange der Kameradin hinablief. Sie wollte die Hand nach Dana ausstrecken, aber sie ahnte, dass die Geste nicht willkommen sein würde.

Jenny schaute wieder auf den Mars, der seinen Namen einem römischen Kriegsgott verdankte. Sie konnte nur hoffen, dass der Planet seinem Namen nicht alle Ehre machte, wenn sie morgen auf einem seiner Monde landeten.

»Ich hatte gedacht, dass die Regierungen auf der Erde sich doch auf eine gemeinsame Mission einigen«, sagte Dana bedauernd. »Aber daraus ist wohl nichts geworden.«

»Daniel hat mir in seinem letzten Video erzählt, dass die Russen und die Chinesen in den vergangenen Monaten wiederholt Angebote für eine Zusammenarbeit übermittelt haben, die von Präsident Hopkins und seinem Stab aber alle ausgeschlagen worden sind. Ich denke manchmal, das Weiße Haus glaubt, dass ihm diese Technik gottgewollt zustehe.«

Dana lachte. »Amerikanischer Exzeptionalismus? Wäre typisch. Wir hätten uns viel Leid im Irak und in Afghanistan erspart, wenn wir nicht immer glauben würden, die Moral auf unserer Seite zu haben.«

Jenny war überrascht. »Ich hatte eigentlich immer angenommen, dass du als Soldatin hinter den Entscheidungen der Regierung stehst.«

Die Kameradin fuhr sich durch die Haare. »Das war früher mal so. Inzwischen erlaube ich mir zu vielen Themen meine eigene Meinung. Das mag wohl das Alter mit sich bringen.«

Jenny zögerte einen Moment, bevor sie die Worte aussprach. »Und wenn wir uns querstellen?«

Dana kniff die Augen zusammen. »Was meinst du?«

»Wenn wir uns weigern zu kämpfen und das Artefakt mit den Russen und Chinesen gemeinsam erreichen? Wir könnten eine verschlüsselte Ansprache an das andere Schiff senden. Mikhail scheint einer Meinung mit mir zu sein.«

Dana grinste humorlos. »Oh, Jenny. Ich fürchte, du bist sehr naiv.«

Das traf, aber Jenny schwieg.

»Zum einen wird Clint das ganz sicher nicht mitmachen. Und ich auch nicht, denn ich bin immer noch Soldatin, schon vergessen?«

»Nein, aber ...«

Dana brachte Jenny mit einer Handbewegung zum Schweigen. »Wenn wir ein entsprechendes Angebot an die *Gagarin* schicken, dann nutzen die das in ihrem Sinne. Wir haben durch das Aerobraking-Manöver einen zeitlichen Vorteil. Sobald wir unsere Flugbahn ändern, um gleichzeitig mit den Russen und Chinesen auf Phobos anzukommen, kommen die uns zuvor und lachen sich über uns tot. Und wir kehren nach Hause als elende Verlierer zurück, die durch ihre Dämlichkeit die außerirdische Technologie dem Feind überlassen haben.« Sie schüttelte vehement den Kopf. »Das wird mit mir an Bord nicht geschehen. Ich vergesse deinen Vorschlag und werde ihn Clint nicht melden, denn das wäre eindeutig ein Versuch, eine Meuterei anzuzetteln. Ich möchte so etwas aber nie wieder hören.«

Jenny presste die Lippen zusammen. Sie hatte nicht mit Begeisterungsstürmen angesichts ihres Vorschlags gerechnet, aber doch zumindest mit der Chance, diese Idee mit Dana und den anderen zu diskutieren.

»Es ist deine Sache, ob du morgen eine Waffe mitnimmst«, erklärte Dana. »Ich werde dich nicht dazu zwingen. Clint wird es sicherlich auch nicht. Aber eins möchte ich dir sagen: Wenn wir morgen da unten vor dem außerirdischen Artefakt stehen und eine Stunde später die Russen landen, dann kann es gut sein, dass dein Freund Mikhail mit einer Pistole auf dich zielt, um dich zu erschießen. Und wenn du dann nicht eine eigene Waffe in einem Holster an deinem Gürtel trägst, dann wirst du diese Entscheidung zutiefst bedauern.«

42

Daniel ging zu Jennys Kühlschrank und nahm sich eine Flasche Bier. Er drehte die Kronkorken ab und stellte sich ans Fenster. Draußen fuhr ein Polizeiauto mit Blaulicht am Haus vorbei durch die Dunkelheit. Es war nicht das erste heute Abend.

Daniel war müde. Die letzten Tage vor der Ankunft des Raumschiffs am Mars waren anstrengend gewesen, und dann kam noch der Flug nach Houston hinzu, wo er morgen das Bremsmanöver und die Ankunft auf Phobos im Kontrollzentrum der NASA miterleben wollte. Graham hatte ihm vorgeschlagen, im Hotel zu übernachten und vor dem großen Tag ein paar Drinks an der Bar zu kippen, aber Daniel war es lieber, den Abend in Jennys Wohnung zu verbringen, denn hier fühlte er sich seiner Frau ganz nahe. Niemand konnte wissen, was der morgige Tag brachte. Wenn alles schieflief, dann konnte es nicht nur für die Astronauten gut und gerne der letzte Tag sein.

Die Menschen draußen auf der Straße und in ihren Häusern wussten das. Seit einigen Tagen schon herrschte eine seltsame Stimmung im Land. Die Geschäfte machten Umsätze wie nie zuvor, als wollten die Leute sich vor dem großen Knall noch ein letztes Mal etwas gönnen. Im Radio war gesagt worden, dass die Casinobesitzer in Las Vegas im Moment das Geschäft ihres Lebens machten.

Auch Daniel war eher pessimistisch gestimmt. Er hatte ein

letztes Mal über Watts dem Präsidenten nahegelegt, sich doch noch auf eine Verhandlungslösung mit Russen und Chinesen einzulassen und das Artefakt gemeinsam zu erkunden. Aber er hatte noch nicht einmal eine Antwort erhalten.

Stattdessen hatte es eine Fernsehansprache Hopkins' gegeben, in der er die Russen und die Chinesen vor Feindseligkeiten gegen amerikanische Astronauten auf dem Marsmond gewarnt hatte. Eine Stunde später sprach der Staatspräsident der Volksrepublik China eine im Wortlaut fast identische Warnung aus.

Eigentlich war klar, wie der Tag morgen ablief: Eines der Schiffe traf zuerst am außerirdischen Artefakt ein und hisste dort seine Flagge. Das zweite Schiff hatte dann den Befehl, die fremde Technologie entweder gewaltsam an sich zu reißen oder, – wenn das nicht möglich war – sie mit seiner Atombombe zu zerstören.

Daniel bekam ein Gefühl dafür, wie sich die Leute damals in der Kubakrise gefühlt hatten.

Er blickte immer wieder zu seinem Laptop hinüber, der auf dem Esszimmertisch aufgeklappt bereit für eine Nachricht vom Mars war. Jenny hatte versprochen, ihm ein letztes Video zu schicken. Und er hatte sich fest vorgenommen, darauf zu antworten. Es würde ihre letzte Kommunikation vor dem großen Tag sein.

Daniel trank den letzten Schluck aus seiner Bierflasche, als erneut ein Polizeiauto mit Blaulicht und laufender Sirene vor dem Fenster vorbeifuhr.

Er starrte die leere Flasche in seiner Hand an und überlegte, ob er sich noch eine zweite gönnen sollte, da kündigte ein Glockenton aus den Lautsprechern des Laptops eine Nachricht an.

Daniel stellte die leere Bierflasche auf den Tisch und setzte sich vor das Gerät. Es war eine E-Mail des NASA-Kontrollzentrums mit einem Link, unter dem er sich das verschlüsselte Video von Jenny anschauen konnte.

Mit zitternden Händen führte er die Maus zu dem Link und klickte darauf. Ein Fenster öffnete sich, und Jennys Gesicht erschien auf dem Bildschirm.

Sie trug ihre blaue Bordkombi und lächelte in die Kamera, sah aber müde aus. Sie hatte dunkle Ringe unter den Augen. Die Astronauten hatten in den letzten Stunden sicher viel zu tun gehabt. Und dazu ihre eigenen Sorgen wegen der Begegnung morgen.

»Schau mal hinter mich«, sagte Jenny.

Er erkannte das Fenster im Steuerungsmodul. Dort prangte der Mars, der inzwischen größer als die Scheibe war. Daniel bekam Gänsehaut. Jenny hatte es tatsächlich geschafft. Sie gehörte mit zu den ersten Menschen, die von der Erde aus die gewaltige Entfernung zu einem anderen Planeten zurückgelegt hatten. Er fühlte Stolz. Gewaltigen Stolz.

Viele Menschen ignorierten ihre eigenen Wünsche oder brachten nicht die Energie dafür auf, ihrer Bestimmung zu folgen. Aber Jenny war der Beweis dafür, dass sich Mut, Zielstrebigkeit und Fleiß auszahlten. Dass jeder zumindest die Chance hatte, seine größten Träume wahrzumachen. Er selbst fühlte sich dagegen klein und unbedeutend.

»Wir sind angekommen.« Sie lächelte immer noch. »Wir sind tatsächlich am Mars angekommen. Damit haben wir der Menschheit gezeigt, dass sie dazu in der Lage ist, das Sonnensystem zu erobern, wenn sie es nur will.«

Daniel nickte. Konnten die politischen Führer denn daraus nichts lernen? Das verdammte Sonnensystem war groß genug, dass jeder seinen Platz darin finden konnte. Welchen Sinn hatten die ganzen Streitigkeiten um Ressourcen auf der Erde? Diese sinnlosen Kriege um geopolitische Vormachtstellungen und Territorialgewinne. Ressourcen und Land gab es in endloser Menge, wenn man sich nur die Mühe machte, in den Himmel zu schauen.

»Wir sind guter Dinge, das Bremsmanöver in die Marsumlaufbahn morgen zu schaffen«, fuhr Jenny fort. »Wir sind auch davon überzeugt, vor den anderen auf Phobos einzutreffen. Zumindest eine, vielleicht sogar zwei Stunden. Genug Zeit, um eine Flagge zu hissen, aber viel zu wenig, um die Technik zu bergen und wieder zu verschwinden. Dann landen Russen und Chinesen auf dem Marsmond, und ich habe Angst, was geschehen wird. Ganz ehrlich! Ich habe Angst davor, dass es zu einer Auseinandersetzung kommt, und ich habe Angst vor den Konsequenzen auf der Erde.«

Daniel erinnerte sich wieder an seine Vision. Das ruhmreiche Schiff der Amerikaner mit unendlich fortgeschrittener Technologie an Bord kehrte zu einer Erde zurück, die sich durch einen Atomkrieg selber vernichtet hatte. Es schnürte ihm die Luft ab.

»Wir haben inzwischen besprochen, wie wir vorgehen. Clint, Dana und ich landen auf der Oberfläche des Marsmondes, während Ben versuchen wird, die *Hope* zu verteidigen. Ich habe beschlossen, eine Waffe mit auf die Oberfläche zu nehmen, obwohl ich es eigentlich nicht wollte. Aber ich will mir auch nicht die Möglichkeit nehmen, mich im Notfall zu verteidigen.«

Daniel schüttelte den Kopf. »Was für ein Wahnsinn!«, flüsterte er leise.

Jenny holte tief Luft. »Vielleicht ist das meine letzte Botschaft an dich, wenn die Dinge morgen schlecht laufen. Ich möchte dir darum noch einmal sagen, dass ich dich liebe. Ich weiß, wir hatten Angst, mein Flug zum Mars könnte uns auseinanderführen, aber ich bin mir mit jedem Kilometer, den die Reise mich von dir entfernt hat, sicherer geworden, mit dir den richtigen Mann in meinem Leben zu haben. Ich bin froh, dass wir geheiratet haben, und unendlich dankbar dafür, dass du auf mich warten willst. Ich freue mich auf eine gemeinsame Zukunft mit dir. Ich werde mein Möglichstes tun, damit es hier nicht zum Äußersten kommt. Möge es auf dem anderen Schiff Menschen geben, die das ebenfalls so sehen. Dass Mikhail an Bord der *Gagarin* ist, lässt mich hoffen.«

Daniel war froh, nicht direkt antworten zu müssen. Seine Kehle war wie zugeschnürt.

Jenny lächelte. »Ich muss jetzt Schluss machen. Die anderen wollen auch noch ihre Botschaften schicken. Ich weiß, ich habe es eben schon gesagt und wünsche mir, dass das jetzt nur für heute das letzte Mal ist: Ich liebe dich.«

Dann wurde das Fenster schwarz.

Daniel saß noch lange vor dem Bildschirm und bemühte sich, seine Gedanken zu ordnen.

Er hätte Jenny in diesen kritischen Stunden so gerne bei sich gehabt, statt sie dort oben im Mittelpunkt des Geschehens zu wissen.

Er seufzte schwer und rückte den Laptop wieder zurecht. Nun würde er seine Botschaft an Jenny aufzeichnen. Was sollte man zu einem geliebten Menschen sagen, am Vorabend der Entscheidung, ob man sich noch einmal wiedersah?

Er überlegte, ob er seine Botschaft auf dem Papier vorformulieren sollte, aber dann beschloss er, frei zu sprechen. Er wollte authentisch wirken.

Er öffnete das Videoaufzeichnungsprogramm und drückte auf die Aufnahmetaste. Dann atmete er tief durch. »Meine liebe Jenny. Ich habe gerade deine Botschaft angesehen und hoffe, dass du dir meine noch anschauen kannst, bevor morgen das Manöver beginnt.« Er musste sich räuspern. »Wir sind hier auf der Erde alle sehr nervös wegen morgen. Alle wissen, dass kritische Stunden bevorstehen.«

Er zwang sich ein Lächeln auf. »Ich bin gerade in deiner Wohnung und muss sagen, deine Nachbarin passt sehr gut darauf auf. Selbst die Blumen auf der Fensterbank haben bisher alle überlebt. Hätte ich den Job übernommen, wäre das vermutlich anders.« Er lachte leise. Nun ja, das waren Trivialitäten.

»Ich werde das Bremsmanöver und die Landung auf Phobos morgen mit Graham im Kontrollzentrum beobachten. Ihr seid so weit entfernt – wir können euch nicht wirklich unterstützen, aber wir fiebern mit euch und beten, dass alles gut ausgeht. Wir wissen natürlich weder, was euch bei dem außerirdischen Artefakt erwartet, noch, was die Russen und die Chinesen tun werden, wenn sie wie berechnet nach euch auf Phobos eintreffen.«

Er konnte nur hoffen, dass die nicht direkt ihre Atombombe aus dem Marsorbit auf die Amerikaner abwarfen. Und da das JSC der NASA in Houston zweifellos auf der Zielliste der strategischen Raketentruppen Russlands lag, würde er nach einem Kriegsausbruch höchstens eine Stunde länger leben als Jenny.

»Aber ich möchte daran glauben, dass sich morgen ein Ausweg aus dieser verfahrenen Situation ergibt. Ich hoffe, ihr und die Besatzung der *Gagarin* findet eine Möglichkeit, die große Eskalation zu vermeiden. Und ich freue mich darauf, dich in ein paar Monaten wieder fest in meine Arme zu schließen und dann nicht mehr fortgehen zu lassen.« Er spürte, dass ihm schon wieder die Tränen kamen. »Ich liebe dich!«

Dann beendete er die Aufzeichnung. Mehr gab es nicht zu sagen.

43

»Alles bereit?«, fragte Clint.

»Alles klar«, kam es von Dana.

»Ich bin bereit«, verkündete Ben.

Jenny starrte aus dem Fenster, hinter dem der Mars sich rasend schnell näherte. Es waren nur noch wenige Minuten bis zu dem kritischen Bremsmanöver, für das sie in die Atmosphäre des Mars eintauchen mussten.

Clint drehte sich auf seinem Sitz herum. »Jenny?«

Jenny nickte hastig. »Alles klar.« Ihre Stimme hörte sich in ihren Ohren belegt an.

Es knackte in den Lautsprechern. »Hier ist das Kontrollzentrum in Houston«, hörte sie die Stimme Reids so deutlich, als säße er neben ihr im Büro und befände sich nicht über hundert Millionen Kilometer entfernt auf einem anderen Planeten. »Ihr habt unser Go für das Bremsmanöver. Zusammen mit dieser Übertragung solltet ihr ein letztes Update eures Vektors basierend auf unseren Navigationsdaten erhalten. Die Unsicherheit liegt innerhalb der Toleranz, und auch die Systemparameter der *Hope* sehen gut aus. Somit bleibt uns nichts anderes übrig, als euch viel Glück zu wünschen. Wir sehen uns auf der anderen Seite.«

Dann verstummten die Lautsprecher.

Der große Moment war da.

Das Schiff würde auf einer extrem engen Bahn um den Mars herumrasen und dabei tief in die Atmosphäre des Roten Planeten eintauchen. Da die Erde während des Bremsmanövers auf der anderen Seite des Mars stand, hatten sie von nun an keinen Funkkontakt mehr. Wenn Houston das nächste Mal von ihnen hörte, war alles gutgegangen, und sie befanden sich unmittelbar in der Nähe des Marsmondes Phobos.

»Entfernung bis zum Eintrittsfenster beträgt noch fünftausend Kilometer.« Ben übernahm die Navigation während des Manövers. »Noch zwei Minuten.«

Clint ließ ein Brummen hören. »Dann wird es Zeit, den Regenschirm aufzuspannen. Jenny?«

Das war ihre Aufgabe als Bordingenieurin. Sie hatte den entsprechenden Modus auf ihrer Konsole schon ausgewählt und drückte nun auf den Auslöser.

Ein lauter Knall dröhnte durch das Schiff, als die Ventile der Druckgaspatrone geöffnet wurden. Vor dem Fenster pumpte sich ein Luftsack schnell auf. Wenn er völlig aufgeblasen war, hatte er die Form eines Schirms, der mit seiner ablativen Oberfläche das Schiff vor der Hitze der Marsatmosphäre schützte.

Plötzlich leuchtete ein rotes Licht auf Jennys Konsole auf, und ein durchdringendes Piepen schmerzte in ihren Ohren. »Fehlfunktion des Druckgaskanisters.« Sie drückte den Alarm weg und starrte aus dem Fenster. Der Schutzschild hatte sich nicht mal auf die Hälfte seiner Größe aufgeblasen. So war er ihnen keine Hilfe.

»Ersatzsystem?«, fragte Clint ruhig.

Jenny presste schnell den entsprechenden Knopf. Zum Glück hatten sie damit gerechnet, dass sich eine der Druckgaspatronen während des langen Fluges zum Mars entladen könnte, und deshalb ein zweites System mitgenommen, das noch dazu über einen alternativen Stromkreis lief. Doch was war, wenn das Ersatzsystem auch versagte?

Die Antwort war klar: Sie würden in wenigen Minuten in der dünnen Lufthülle des Mars verglühen. Bei der hohen interplanetaren Geschwindigkeit, mit der sie auf die Atmosphäre zustürzten, blieben nicht mehr als Moleküle von ihnen übrig, die sich in der Gashülle des Roten Planeten verteilen und Teil des Wettergeschehens auf dem Mars werden würden.

Endlich erreichte das Gas des Ersatzsystems den Sack des Hitzeschildes, der sich rasch vergrößerte.

Jenny kontrollierte die Systemsteuerung auf ihrem Computer. »Druck im Hitzeschild steigt. Sieht gut aus. Okay, Schutzschirm ist aufgeblasen und betriebsbereit. Der Druck bleibt stabil.«

»Na, das war dann wohl ein erster Schreck«, sagte Clint trocken. »Hoffentlich bleibt es bei dem einen.«

»Wir erreichen das Eintrittsfenster in sechzig Sekunden«, meldete Ben. »Zweihundert Kilometer über der Atmosphäre.«

Damit war Jennys Job erledigt. Das Manöver wurde von Clint und Dana geflogen, und Ben kümmerte sich um die Navigation. Jenny hatte nichts anderes zu tun, als auf ihren Bildschirm zu starren. Natürlich konnte sie aus dem Fenster schauen, aber dort sah sie nun nur noch die Gashülle des Hitzeschildes.

Sie konzentrierte sich auf ihren Atem und versuchte, sich zu entspannen. Aber das ging nicht so einfach. Der aufblasbare Hitzeschild war eine ungetestete Neukonstruktion. Man hatte zwar schon Satelliten mit dieser Technik auf die Erde zurückgeholt, aber die waren um ein Vielfaches kleiner gewesen. Hier musste das Ding nicht nur ein bemanntes Schiff von hundert Tonnen schützen, sondern dazu auch noch in der Atmosphäre eines fremden Planeten funktionieren, über die man wenig wusste.

Die Ingenieure hatten sich zuversichtlich gegeben, aber das hatten sicher auch die Techniker getan, die die vielen gescheiterten unbemannten Marsmissionen zu verantworten hatten. Immerhin gab es einen Trost: Wenn der Hitzeschild versagte, dann würde es schnell gehen. Es war kein qualvolles Verbrennen. Sie würden von einem auf den anderen Augenblick vergehen wie Sägespäne in einem Hochofen.

»Wir passieren das Eintrittsfenster in fünf, vier, drei, zwei, eins, jetzt!« Bens Stimme zitterte.

Zunächst änderte sich nichts. Kein Feuerball vor dem Fenster, kein Fahrtwind von der dünnen Atmosphäre draußen. Doch dann sah Jenny auf ihren Anzeigen das Steigen der Temperatur des Hitzeschildes.

Hatte sie eben noch bei zwanzig Grad Celsius gelegen, so wanderte sie nun allmählich Richtung hundert.

Dann spürte Jenny die Bremskraft. Sie wurde nach vorne in ihre Gurte gedrückt. Gleichzeitig stieg die Temperatur des Hitzeschildes rasant. Als hätte jemand einen Schalter umgelegt, durchstieß sie nach wenigen Augenblicken die Tausend-Grad-Marke.

Immer tiefer wurde Jenny in ihre Gurte gedrückt.

Ben ächzte.

Außerhalb der Fenster sah Jenny ein rotes Glimmen neben dem Hitzeschild. Alles geschah in völliger Lautlosigkeit.

»Das macht keinen Spaß.« Ben stöhnte.

»Ruhe!«, forderte Clint.

Immer weiter stieg die Temperatur des Hitzeschildes, bis sie schließlich über 2000 Grad lag. Dort stabilisierte sich der Wert allmählich.

»Vierzig Kilometer über der Oberfläche«, sagte Dana gequält. »Wir erreichen den niedrigsten Punkt.«

Jenny seufzte. Nach monatelangem Flug und Hunderten Millionen zurückgelegter Kilometer war sie nur noch vierzig Kilometer vom Mars entfernt. Näher würde sie ihm wohl niemals kommen.

»Wir steigen wieder«, rief Dana. »42 Kilometer.«

Irgendwann würden andere Astronauten von der Erde zum Mars fliegen und in die Atmosphäre tauchen. Sie würden die letzten Kilometer des Weges zu Ende gehen und auf dem Planeten landen. Sie würden aussteigen und die ersten Schritte auf dem Mars gehen. Die ersten Menschen, die tatsächlich den Fuß auf einen anderen Planeten setzten. Jenny hoffte, es mitzuerleben, wenn es so weit war. Entweder in Houston als Capcom im Kontrollzentrum oder zu Hause im Fernsehen, neben Daniel auf der Couch, während Kinder um sie herumtollten.

»Fünfzig«, meldete Dana.

Das Glimmen auf der anderen Seite des Fensters wurde schwächer. Auch die Temperatur des Hitzeschildes sank.

Schließlich hing Jenny wieder schwerelos in ihrem Sitz.

Clint klatschte in die Hände. »Ich hätte es fast nicht geglaubt, aber es hat geklappt.« Er lachte rau. »Diese Teufelskerle von Ingenieuren!«

»Wir haben eine temporäre Umlaufbahn mit einer Apoapsis von 9450 Kilometern«, las Dana von ihren Kontrollen ab. »Das ist exakt der von der Bodenkontrolle berechnete Wert. Wir sind genau auf Kurs.«

Jenny konnte es auf ihren eigenen Anzeigen sehen. Sie hatten die Atmosphäre des Mars verlassen und gewannen schnell wieder an Höhe. Doch während sie vorher eine hyperbolische Bahn um den Mars gehabt hatten, die sie nach einem Umlauf wieder vom Roten Planeten fortgeführt hätte, sorgte das erfolgreiche Bremsmanöver nun dafür, dass sie sich in einer festen Umlaufbahn um den Mars befanden. Und auf dem höchsten Punkt dieser Kurve würden sie mit dem Marsmond Phobos zusammentreffen.

»Systemchecks?«, fragte Clint.

Jenny las die Anzeigen ihres Computers ab. »Alle Systeme im grünen Bereich. Die *Hope* hat das Bremsmanöver ohne Schäden überstanden. Vielleicht braucht sie an der einen oder anderen Stelle einen Eimer frischer Farbe.«

»Den bezahle ich dem Schiff sogar aus eigener Tasche«, knurrte Clint. »Dana, wo sind wir?«

»Wir nähern uns dem höchsten Punkt der Umlaufbahn. Ich bereite die *Hope* auf die Korrekturzündung vor.«

»Okay. Irgendwas vom Kontrollzentrum?«

»Bisher nichts, aber es ist auch noch zu früh«, erwiderte Ben. »Aus deren Sicht sind wir gerade erst hinter dem Mars wieder aufgetaucht, und deren Nachricht braucht halt noch fünf Minuten, bis sie uns erreicht.«

»Die *Gagarin*?«, fragte Clint. »Irgendwas von denen zu sehen?«

Ben schüttelte den Kopf. »Ich habe keine Ahnung, wo die sind. Nichts auf dem Radar.«

»Dann haben wir sie abgehängt.« Clint klang befriedigt.

Die tauchen schnell wieder auf, dachte Jenny.

»Korrekturzündung in fünf, vier, drei, zwei, eins ...«

Jenny wurde in ihren Sitz gedrückt, als die Triebwerke der Transferstufe feuerten. Der Andruck war nicht groß, aber durch die lange Zeit in der Schwerelosigkeit hatte Jenny das Gefühl, ein Amboss würde auf ihrer Brust liegen.

Zum Glück war das Manöver nach wenigen Sekunden beendet.

»Wo sind wir?«, fragte Clint.

»Wir sollten uns nun in unmittelbarer Nähe von Phobos befinden«, antwortete Ben.

»Jenny, sorge dafür, dass wir etwas sehen können«, forderte Clint.

Klar, der Hitzeschild hatte seine Aufgabe erfüllt und versperrte ihnen jetzt nur noch die Sicht.

Jenny legte eine Sicherung um und drückte den Schalter dahinter. Mit einem lauten Knall wurde der Schutzschirm abgesprengt. Er flog zur Seite davon und verlor dabei schnell seine Luft.

Als Jenny aus dem Fenster schaute, blieb ihr beinahe das Herz stehen.

Der Mars stand riesengroß unter ihnen. Die Canyons waren so nahe, dass sie das Gefühl hatte, sie berühren zu können, wenn sie nur die Hand nach ihnen ausstreckte.

Darüber schwebte, direkt vor ihnen, ein bräunlich gelber Gesteinskörper von der Form einer Kartoffel. Er war von Furchen und Kratern durchzogen. Er sah gar nicht aus wie ein Planet oder Mond. Eher so, als habe ein kosmischer Riese einen Berg aus dem Mars herausgerissen und in die Umlaufbahn geschleudert.

Er war nah. Sehr nah. Nur ein paar Kilometer entfernt.

Phobos.

44

Daniel und Graham hatten gerade ihre Plätze auf der Besuchergalerie des Kontrollzentrums eingenommen, als Flight Director Lee Kline sich erhob. Er ging nach vorne, blieb unter den großen Bildschirmen stehen und räusperte sich. Eine Ansprache.

»Liebes Team, liebe Besucher«, sagte Lee. »Wir haben heute etwas geschafft, das noch vor einigen Monaten völlig unmöglich schien. Wir haben mit minimaler Vorbereitungszeit einen bemannten, interplanetaren Flug durchgeführt und vier amerikanische Astronauten wohlbehalten zum Mars gebracht. Das ist eine Leistung, auf die wir alle stolz sein können. Zum ersten Mal seit dem Apollo-Programm vor über fünfzig Jahren werden heute Amerikaner ihren Fuß auf einen fremden Himmelskörper setzen.«

Daniels Wangen brannten. Seine Frau würde einer dieser Menschen sein. Ihr Name würde künftig in einem Atemzug mit Neil Armstrong oder Juri Gagarin genannt werden. Vorausgesetzt, die Welt überstand diesen schicksalhaften Tag.

»Ich hätte mir diesen Moment vor einem anderen Hintergrund gewünscht. Ich habe damals als junger Ingenieur die Internationale Raumstation mit aufgebaut. Sie war nicht nur ein Meilenstein der Weltraumtechnik, sondern auch für die internationale Kooperation zwischen zwei ehemals verfeindeten Ländern. Seit fast dreißig Jahren leben und arbeiten dort amerikanische und russische Astronauten Seite an Seite. Darunter Militärastronauten, die als ehemalige Kampfpiloten für den Krieg ausgebildet wurden. Ich habe in diesen langen Jahren viele Astronauten gesehen, die in Russland neue Freunde gefunden haben. Einige von ihnen reisen immer noch regelmäßig dorthin, um ihre Freunde und deren Familien zu besuchen. Die ISS hat gezeigt, dass die Menschen unserer Länder in Frieden miteinander leben können, und vor allem hat sie gezeigt, was wir zu erreichen in der Lage sind, wenn wir nur zusammenarbeiten.«

Aus Lees Tonfall konnte Daniel die Frustration heraushören.

»In meinen Augen hätte die Internationale Raumstation den Friedensnobelpreis verdient.«

General Ogilvy, der eine Reihe hinter Daniel saß, schnaubte. »Er hätte ihn wohl am liebsten eigenhändig entgegengenommen und in sein Regal gestellt.«

»Vor diesem Hintergrund schmerzt es mich, dass nun erneut gegenseitiges Misstrauen und Konkurrenzdenken eingekehrt sind. Wie vor fünfzig Jahren wetteifern wir um Ressourcen, den Einfluss auf andere Länder und inzwischen sogar um außerirdische Technologie. Wir hätten diese gemeinsam in Besitz nehmen sollen, um sie der ganzen Menschheit zur Verfügung zu stellen.«

Der Flight Director blickte jetzt explizit auf die Besuchergalerie, wo neben Daniel, Graham und Ogilvy zahlreiche hochrangige Militärs und Politiker saßen. »Für das, was heute geschieht, sind Sie mitverantwortlich. Wie dieser Tag ausgeht, liegt alleine bei Ihnen. Ich weiß, dass die hier anwesenden Herren Generäle direkt mit dem Pentagon in Verbindung stehen. Ich kann Ihnen nur raten, die Entscheidungen mit Besonnenheit zu treffen.«

»Passen Sie auf, was Sie sagen!«, rief ein älterer General mit hochrotem Kopf nach vorne.

Lee lachte. »Was wollen Sie tun? Mich feuern? Ich kann Sie beruhigen. Dies hier wird meine letzte Mission sein. Danach trete ich als Flight Director zurück und gehe in den Ruhestand. Tun Sie also, was Sie wollen. Passen Sie nur auf, dass dieser Tag nicht unser letzter ist. Wie so viele von uns habe ich eine Familie, zu der ich heute Abend zurückkehren will.«

Das war wahr gesprochen, und Daniel empfand tiefen Respekt vor Kline. Er nahm sich vor, ihm im Anschluss für seine Rede – die sogar der Präsident vom Situation Room des Weißen Hauses verfolgte – zu danken. Frank Watts, der neben Graham saß, hatte vorhin bei einem Kaffee gesagt, dass ein Hubschrauber mit laufenden Motoren auf dem Rasen des Regierungssitzes bereitstand, den Präsidenten in Sicherheit zu bringen, falls Überwachungssatelliten den Start von Atomraketen aus Russland oder China meldeten.

Jetzt wandte sich Lee an die Männer und Frauen, die im Kontrollzentrum an den Konsolen und Computern saßen. »Wie gesagt, ich bin stolz auf das, was wir hier erreicht haben. Dies ist ein großer Tag. Niemand weiß, was unsere Astronauten auf dem Marsmond erwartet. Durch die lange Funklaufzeit haben wir nur begrenzte Einflussmöglichkeiten. Aber das soll uns nicht daran hindern, auf die nun folgenden Ereignisse Einfluss zu nehmen und unsere Männer und Frauen dort oben so gut es geht zu unterstützen. Wenn der Außenbordeinsatz beginnt, werden wir Augen und Ohren der Mission sein. Vor allem müssen wir herausfinden, wo die Russen und Chinesen sind und was sie vorhaben.«

Graham brummte missmutig. »Wenn sie sehen, dass wir vor ihnen am Artefakt sind, werfen die sicher gleich ihre Atombombe ab.«

Daniel dachte an Jenny und die Gefahr, in der sie schwebte, und merkte, dass seine Hände zitterten.

Lee ging zu seiner Konsole zurück und stöpselte sein Headset ein. »Sind alle bereit? Dann geben Sie mir grünes Licht auf die Konsole.«

Die Controller hatten drei Statusknöpfe auf ihren Konsolen. Grün, rot und gelb. Wenn sie einen davon drückten, konnte Lee auf seinem Bildschirm den Status seiner Mitarbeiter ablesen.

Nach einigen Sekunden nickte er. »In Ordnung. Vielen Dank. Capcom, informieren Sie die Besatzung der *Hope*, dass sie grünes Licht für den Außenbordeinsatz hat.«

Daniel blickte nach oben zu den großen Bildschirmen des Kontrollzentrums. Auf dem größten davon war eine Aufnahme des Marsmondes zu sehen, die von einer der Außenkameras der *Hope* stammen musste. In wenigen Minuten würden Jenny und ihre Kameraden vor dem außerirdischen Artefakt stehen, das in den letzten Monaten einen solchen Wirbel verursacht hatte.

Was erwartete sie dort?

45

»Irgendwas von der *Gagarin*?«, fragte Clint.

Ben schüttelte den Kopf. »Ich habe nichts auf dem Radar.«

Jenny starrte über die Schulter des Kameraden. Der Bildschirm war leer. Wahrscheinlich steckten die anderen noch mitten in ihrem Bremsmanöver. Irgendwo auf der anderen Seite des Mars. Doch das würde nicht ewig dauern.

»In Ordnung. Dann auf. Sehen wir uns mal dieses außerirdische Artefakt an«, sagte der Kommandant.

Ben lächelte schief. »Ich würde mich ja totlachen, wenn sich das Ding nur als stinknormaler Felsblock mit einer etwas untypischen Zusammensetzung entpuppt.«

Jenny folgte Clint und Dana zur Luftschleuse. Sie trugen bereits ihre Raumanzüge, allerdings noch ohne die Helme. Clint und Dana hatten an ihren Gürteln Maschinenpistolen befestigt.

Der Kommandant griff in ein Fach an der Wand und holte eine Pistole in einem weißen Gürtelholster heraus. Er hielt sie Jenny vor die Nase. »Kannst du damit umgehen?«

Jenny presste die Lippen zusammen. Nach wie vor wollte sie nicht auf die anderen schießen. Aber sie erinnerte sich an Danas Worte.

Was ist, wenn ich doch gezwungen bin, mich zu verteidigen? Um mein Leben zu retten?

Schließlich griff sie sich die Waffe und machte sie an ihrem Raumanzug fest.

Clint und Dana schwebten in die Schleuse, und Jenny verriegelte sie von der Bordseite aus. Leider passten sie nicht alle gleichzeitig hinein.

Jenny wartete, bis Kommandant und Pilotin das Schiff verlassen hatten, dann stieg sie selber in die Luftschleuse, verriegelte ihren Helm und ließ die Luft ab.

Als das Licht an der Konsole auf Grün wechselte, öffnete sie die äußere Luke und schwebte langsam hinaus.

Wow!

Der Anblick war einfach überwältigend. Unter sich hatte sie den braunen, kartoffelförmigen Marsmond, und über ihr hing riesengroß der Mars.

Mond und Schiff trieben auf einer engen Umlaufbahn schnell um den Planeten herum. Die Landschaften des Mars rasten förmlich über ihr vorbei.

»Anzugdüsen aktivieren.« Die Anspannung des Kommandanten war deutlich in seiner Stimme zu hören. »Wir haben keine Zeit zu verlieren.«

Jenny griff zu dem Kasten auf ihrer Brust und schaltete das System ein.

»Kurze Stöße«, befahl Clint. »Passt auf, dass ihr keinen Treibstoff verschwendet.«

Die Schubdüsen des Raumanzugs waren eigentlich nur für Notfälle gedacht. Zum Beispiel wenn ein Astronaut bei der Arbeit am Schiff den Halt verlor. Die Tanks fassten nur ein Minimum an Treibstoff.

Gas strömte aus den winzigen Düsen von Clints Raumanzug, und er schwebte langsam in Richtung Marsmond davon.

Dana und Jenny folgten ihm.

Die Oberfläche kam allmählich näher. Die *Hope* blieb hinter ihnen zurück. Dana hatte das Schiff in eine quasistationäre Umlaufbahn in einer Höhe von zehn Kilometern über dem Mond gebracht. Das Artefakt war noch nicht zu sehen.

»Schaut euch mal Stickney an«, rief Dana. »Echt riesig!«

Jenny sah es. Der neun Kilometer große Stickney-Krater nahm fast die gesamte Hälfte des Mondes ein. »Als habe jemand ein großes Stück aus Phobos herausgebrochen.«

»Mit dem Krater sieht der ganze Mond ein wenig wie der Todesstern aus«, meinte Dana.

»Mund halten jetzt«, kommandierte Clint barsch. »Wir sind hier nicht zum Sightseeing.«

Sie sanken tiefer und tiefer. Die Oberflächenstrukturen wurden immer besser erkennbar. Jenny sah kleine und große Krater und Unmengen an Felsen und Geröll. Feine Linien zogen sich an manchen Stellen über den Mond, als habe vor langer Zeit einmal jemand mit einem großen Besen darüber gekehrt.

»Wir befinden uns jetzt einen Kilometer über der Oberfläche«, meldete Clint an Ben und die Bodenkontrolle in Houston. »Was Neues von unseren Freunden?«

»Ich habe immer noch nichts auf dem Radar«, antwortete der Kamerad an Bord der *Hope*.

Dana schnaubte. »Denen würde ich zutrauen, dass sie sich von der anderen Seite des Mondes an uns heranpirschen.«

In diesem Moment entdeckte Jenny unter sich den Monolithen. Das mutmaßliche außerirdische Artefakt. »Ich kann es sehen. Direkt unter uns.«

»Wirkt wirklich ein wenig wie eine altertümliche Telefonzelle«, sagte Dana.

»Aber grau«, ergänzte Clint. »Und deutlich größer.«

Da sie sich direkt von oben näherten, konnte Jenny nur die Oberseite der Struktur erkennen.

Clint feuerte wieder seine Düsen und schwebte seitwärts davon. »Wir landen in einem Abstand von hundert Metern. Ich will nicht auf dem Dach niedergehen.«

Jenny und Dana folgten ihm.

Nach und nach wurden die Seiten des Objekts sichtbar. Jenny verschlug es fast den Atem.

»Mein Gott!«, murmelte Clint.

Das Artefakt ähnelte aus der Nähe einem Obelisken aus schwarzem Metall. Feine Linien zogen sich über seine Oberfläche und merkwürdige Symbole waren in das Material geritzt.

»Was ist denn da?«, fragte Ben nervös. »Ich kann es auf den Bildern eurer Helmkameras nicht erkennen.«

»Ich denke, wir haben hier wirklich einen Volltreffer gelandet«, antwortete Clint. »Es ist definitiv eine künstliche Struktur. Und irdischen Ursprungs ist sie ganz sicher nicht.«

Jennys Herzschlag beschleunigte sich noch weiter. Insgeheim hatte sie gehofft, dass sich der Monolith doch als natürlich entpuppte. Dann wäre die ganze Aufregung umsonst gewesen, und die Mächte auf der Erde hätten sich wieder einkriegen können. Doch diese Hoffnung war nun definitiv zunichte.

Jenny setzte mit ihren Stiefeln zuerst auf dem staubigen Boden auf. Es war mehr loses Geröll als fester Fels. Erst dann ging ihr auf, dass sie die erste Frau war, die ihren Fuß auf einen anderen Himmelskörper gesetzt hatte. Und der erste Mensch auf einem Mond abseits des Erdmondes.

Dana und Clint landeten neben ihr. Der Kommandant nahm eine Funkkamera, um das Objekt für das Kontrollzentrum abzutasten.

Jenny fühlte sich unbehaglich. Der aus dem Geröll ragende schwarze Obelisk wirkte durch und durch fremdartig. Fast bedrohlich. Das Material schimmerte ein wenig im Sonnenlicht.

»Was tun wir jetzt?«, fragte Dana.

Clint seufzte und steckte die Kamera weg. »Wir tun das, wofür wir hierhergeschickt wurden.«

Dann holte er aus einer Tasche eine amerikanische Flagge. Er rollte sie auf und steckte sie ohne Mühe in das Geröll des Marsmondes. »Im Namen der Vereinigten Staaten von Amerika nehme ich hiermit diese Region des Marsmondes Phobos in Besitz. Sie ist alleiniges Eigentum der USA.« Es lag ein leichter Widerwillen in seiner Stimme.

Jenny konnte sich denken, dass ihm diese Worte auferlegt worden waren und dass er eigentlich etwas anderes hätte sagen wollen.

Es waren keine freundlichen Worte, und vor einem internationalen Gerichtshof würde die Inbesitznahme des Artefakts auch nicht anerkannt werden. Es war nur ein schmieriger Trick, um die Russen und Chinesen lange genug auf Abstand zu halten.

Doch die ließen sich durch diese unwürdige Show ganz sicher nicht davon abbringen, selber hier zu landen.

Clint seufzte erneut. »Also schön, dann sehen wir uns das Ding mal aus der Nähe an.«

Die Schwerkraft war viel zu niedrig, um ein Gehen oder Springen zu ermöglichen. Clint feuerte wieder seine Schubdüsen und schwebte dem Obelisken entgegen.

Jenny fühlte sich immer unwohler, je weiter sie sich dem fremden Objekt näherten. Welchen Zweck hatte das Ding bloß? Und wie lange stand es schon auf dem Marsmond? Waren die Außerirdischen selber hier gewesen? Oder hatten Roboter es errichtet?

Sie landeten unmittelbar vor der schwarzen Wand. Jenny blickte nach oben. Das Artefakt wirkte wie ein finsteres Hochhaus, das in Richtung Mars zeigte.

»Was geschieht denn da unten?«, fragte Ben.

»Wir stehen vor dem Artefakt«, antwortete Clint nüchtern. »Wofür das Teil gut sein soll, erschließt sich mir nicht. Wir werden Zeit brauchen, um es zu untersuchen.«

Jenny streckte die behandschuhte Hand aus. Sie zögerte kurz, berührte aber dann die schwarze Hülle. Sie konnte nicht sagen, ob das Material kalt oder warm war, dazu isolierte der Raumanzug viel zu gut. Aber sie meinte eine leichte Vibration zu spüren. Vielleicht bildete sie sich das nur ein.

»Ist es eine technische Einrichtung?«, wollte Ben wissen.

»Kann ich nicht sagen«, antwortete der Kommandant. »Von außen sieht es eher wie ein Denkmal aus.«

»Möglicherweise ist es genau das«, überlegte Jenny. »Es ist über und über mit Symbolen bedeckt. Unter Umständen wollten sie einfach nur markieren, dass sie hier gewesen sind.«

»Ich frage mich, ob es noch mehr von den Dingern im Sonnensystem gibt«, sagte Dana.

»Wenn es sich um nicht mehr als ein Denkmal handelt, dann können die Russen und Chinesen gerne zu Besuch kommen«, erklärte Jenny. »Dann besteht kein Grund für Feindseligkeiten.«

»Wir wissen nicht, was es ist«, bremste Clint sie. »Und solange das nicht feststeht, werde ich meinen Befehlen folgen und ihnen den Zugriff zu diesem Artefakt verweigern.«

»Ist es ein Gebäude?«, fragte Ben. »Gibt es vielleicht eine Tür oder einen Eingang?«

»Bisher habe ich noch nichts Derartiges gesehen«, erwiderte Clint.

Der Kommandant aktivierte wieder seine Schubdüsen und flog an der Hülle des Artefakts entlang. Jenny und die anderen taten es ihm nach.

Sie folgten der Außenhülle des schwarzen Objekts und erreichten schließlich eine Öffnung. Clint landete davor. »Was ist das?«

Nein, es war nicht wirklich eine Öffnung, mehr eine rechteckige Nische. Ein Mensch konnte bequem in sie hineingehen. Aber es sah nicht so aus, als wäre dort drinnen eine Tür verborgen.

»Wofür soll denn das gut sein?«, grübelte Clint. Dann schwebte er langsam in die Nische hinein.

Und verschwand, als hätte er sich in Luft aufgelöst.

Jenny konnte einen Schrei nicht unterdrücken.

»Wo ist er hin?«, fragte Dana hysterisch.

»Was ist denn geschehen?«, rief Ben. »Ich empfange nichts mehr von Clints Helmkamera.«

»Er ist verschwunden«, stammelte Jenny.

»Was heißt verschwunden?« Ben keuchte.

»Er war einfach weg. Als wenn …«

Plötzlich tauchte Clint wieder in der Nische auf.

»Was zum …«, begann Dana.

»Was war mit dir?«, fragte Jenny. »Wo warst du?«

Clint schwebte heraus und zeigte in die Nische. »Es ist eine Transporteinrichtung.« Seine Stimme zitterte. »Sie transportiert einen in das Innere.«

»In das Innere?«, fragte Ben. »Des Monolithen?«

»Nein«, antwortete Clint. »Der Raum, in dem ich war, ist riesig. Unter uns muss sich eine ganze Basis befinden. Wir werden zusammen hineingehen.«

»Ich glaube nicht, dass das eine gute Idee ist«, gab Ben zu bedenken. »Ich werde keine Signale von euch empfangen können.«

Jenny wusste nicht, ob sie dieses Beam-Ding benutzen wollte.

»Wir haben keine Wahl.« Clint war offenbar fest entschlossen. »Dir ist sicher auch klar, wie wenig Zeit uns bleibt. Kommt.«

Er schwebte wieder in die Nische und verschwand erneut, als hätte er nie existiert.

Dana seufzte und folgte ihm. Auch sie löste sich im Bruchteil einer Sekunde auf.

Jenny hatte wohl keine andere Wahl. Außerdem war sie neugierig, was sie im Inneren des Marsmondes erwartete. Sie betätigte die Schubdüsen und schwebte in die Nische hinein.

46

Mit zitternden Händen schenkte sich Daniel Kaffee nach. Er wusste, dass er eigentlich keinen mehr trinken sollte, aber es war ihm egal. Dann ging er zurück zu seinem Platz neben Graham.

»Ich habe es nicht geglaubt«, sagte Daniels Chef. »Ich habe nicht geglaubt, dass es da wirklich ein außerirdisches Artefakt gibt.«

»Nicht nur das«, sagte Daniel. »Eine Basis. Eine ganze Basis der Fremden. Hier in unserem Sonnensystem.«

General Ogilvy setzte sich, ebenfalls einen Kaffee in der Hand, auf den freien Platz neben Daniel. »Womöglich ist der ganze Mond ausgehöhlt und mit außerirdischer Technologie vollgestopft.«

Die Bilder von Jennys Helmkamera hatten sich in Daniels Gedächtnis eingebrannt. Der riesige schwarze Obelisk aus einem unbekannten Material. Wie Commander Murdock in der Nische einfach verschwand. »Das war doch eine Teleportation, oder etwa nicht?«, fragte sich Daniel laut.

»Es scheint ganz so«, erwiderte Graham. »Unfassbar, dass so etwas möglich ist.«

General Ogilvy schüttelte den Kopf. »Man stelle sich mal vor, was man mit einer solchen Teleportationstechnik alles machen kann. Und das ist nur eines der Geräte dort oben.«

Daniel erahnte die Gedanken des Militärs. Wahrscheinlich stellte der Mann sich vor, wie sich ganze Bataillone von Soldaten ins Feindesland beamten.

»Diese Technik wird alles auf den Kopf stellen«, sagte er grimmig. »Da bleibt kein Stein auf dem anderen.«

»Jetzt müssen wir sie nur noch sicherstellen.« Der General sprach voller Überzeugung. »Und verhindern, dass sie Russen oder Chinesen in die Hände fällt. Sonst sind wir erledigt.«

Als wäre das ein Stichwort gewesen, schrie einer der Controller laut auf. »Ich habe das andere Schiff wieder auf dem Radar.«

Daniel blickte nach vorne. Auf den großen Monitoren war nichts zu sehen.

»Wo ist es?«, fragte Flight Director Kline laut.

»Es kam von der anderen Seite des Marsmondes«, berichtete der Mann am Computer. »Unser Radar konnte es nicht erfassen. Es befindet sich auf einer Flugbahn, die es um Phobos herumführt. In fünf Minuten wird es über dem Artefakt sein und dicht an der *Hope* vorbeifliegen.«

Daniel verkrampfte sich. Was hatten sie vor?

General Ogilvy nahm sein Handy. Er wählte keine Nummer, also musste er eine konstante Verbindung mit seinem Gesprächspartner haben. Vermutlich Pentagon oder Weißes Haus. »Der Feind nähert sich. Er wird das Artefakt in wenigen Minuten überfliegen. Starten Sie die Maschinen!«

»Was haben Sie vor?«, fragte Daniel.

Der General starrte ihn grimmig an. »Wir werden unsere Drohkulisse intensivieren. Von NATO-Stützpunkten werden nuklear bewaffnete Bomber aufsteigen und dicht an der russischen Grenze entlangfliegen. Andere Maschinen von Flugzeugträgern im Pazifik werden dasselbe an der Grenze des chinesischen Luftraums machen. Der Gegner muss überzeugt werden, dass wir auf einen Krieg vorbereitet sind.«

Daniel fasste sich an den Kopf. Niemand konnte auf einen Atomkrieg vorbereitet sein!

Dann wechselte einer der Bildschirme vorne an der Wand und

zeigte eine Grafik der Flugbahn des russisch-chinesischen Schiffes an. Der Kurs glich einer Ellipse, die dicht über dem Artefakt auf dem Marsmond endete.

»Ich kann nur hoffen, dass die nicht gleich eine Atombombe werfen, wenn die sehen, dass wir das Artefakt bereits erreicht haben.« Grahams Stimme war brüchig.

Daniel spürte einen Stich in seiner Brust. Was, wenn die Russen genau das vorhatten? Er fischte sein Handy aus der Tasche und schrieb hektisch eine Nachricht an Sergej.

Ihr wollt unsere Astronauten doch wohl nicht bombardieren?

Er hatte keine Ahnung, ob der Freund die Nachricht lesen oder darauf antworten würde.

Doch gerade als er das Handy wieder wegstecken wollte, meldete ein Piepton den Eingang einer Nachricht. Sie war tatsächlich von Sergej.

»Nein. Aber wir werden die uns zustehende Teilnahme an der Sicherstellung der fremden Technik einfordern.«

»Die *Gagarin* bremst ab«, rief der Controller am Radargerät. »Ich sehe drei kleine Objekte, die sich vom Schiff lösen und sich der Oberfläche nähern.«

Der General stand auf, das Handy in der Hand. »Bomben?«

Flight Director Kline beeilte sich, den Kopf zu schütteln. »Nein. Es sieht mir mehr nach Astronauten in Raumanzügen aus, die sich der Oberfläche nähern.«

47

Die Umgebung wechselte, und Jenny befand sich in einem großen Raum. Von dem Transportvorgang hatte sie nichts gespürt. Allerdings merkte sie nun, dass sie auf ihren Füßen stand. Es gab hier Schwerkraft. Allerdings keine sehr hohe. Sie trat neben Clint und Dana und wandte sich um. Auf dem Boden, wo sie angekommen war, war lediglich ein großes Quadrat in weißer Farbe aufgedruckt.

Jenny sah sich um. Die Halle war groß, vielleicht hundert mal hundert Meter. Die Decke lag ebenfalls weit über ihr. Man hätte ein ganzes Hochhaus darin aufstellen können. Sie mussten also tief im Inneren des Mondes herausgekommen sein. Wände und Boden waren so schwarz wie der Obelisk an der Oberfläche. Überall ragten in regelmäßigen Abständen zylinderförmige, mannshohe Gebilde aus der Oberfläche. Alles bestand aus dem immergleichen Material. Es herrschte ein gedämpftes Licht, wobei Jenny nicht sagen konnte, woher es kam.

Dana stellte sich neben eines der zylindrischen Gebilde und strich mit der Hand darüber. »Was sind das wohl für Dinger?«

»Besser nichts anfassen«, mahnte Clint.

Jenny nahm ihr Kombiinstrument vom Gürtel, um die Temperatur abzulesen. »Hey, hier gibt es eine Atmosphäre.«

Clint trat zu ihr und blickte auf den Bildschirm. »Stickstoff, Sauerstoff und etwas Kohlendioxid. Wie auf der Erde.«

»Der Druck ist etwas niedriger, aber durchaus akzeptabel.« Jenny staunte. »Temperatur beträgt 20 Grad Celsius. Theoretisch könnte man den Helm abnehmen.«

Clint zuckte mit den Schultern und griff sich an den Ringverschluss des Helmes.

»Bist du wahnsinnig?«, fragte Dana.

»Ich werde es einfach ausprobieren«, meinte Clint. »Im besten Fall schonen wir die Sauerstoffreserven unserer Anzüge.«

Das war ein Argument.

Er löste den Verschluss. Es zischte laut, und er nahm den Helm ab. Sein Gesicht war von der Anstrengung gerötet, seine Haare verschwitzt. Er ließ den Helm in der Hand und atmete tief ein. »Es riecht frisch. Angenehm.«

»Was ist, wenn hier Keime sind?«, fragte Dana.

Jenny schüttelte den Kopf. »Die Luft ist absolut rein. Ich sehe nicht einmal Partikel im Nanometerbereich. Kein Staub. Keine Keime.«

»Hast du auf Radioaktivität und Strahlung gecheckt?«, fragte Dana.

Schnell schaltete Jenny das Gerät in den entsprechenden Modus. »Nichts.«

Clint nickte. »Alles in Ordnung. Ihr könnt die Helme auch ablegen.«

Jenny tat es mit gemischten Gefühlen. Den Helm wieder aufzusetzen und das Lebenserhaltungssystem zu aktivieren kostete in einem Notfall wertvolle Sekunden. Dennoch legte sie den Helm wie Clint auf den Boden. Er hatte recht. Die Luft war frisch und geruchsfrei. Auch ohne Helm waren keine Geräusche zu hören.

»Hallo?«, rief Clint laut. »Ist jemand hier?«

Dana schnaubte. »Wer sollte denn schon außer uns hier sein?«

Niemand. Zumindest nicht, bis die Russen und Chinesen kommen.

Jenny war beunruhigt in dieser fremden Umgebung und ohne Kontakt zu Ben und der Bodenkontrolle.

»Schaut mal dahinten«, sagte Dana.

Jenny folgte ihrem Blick. Dort gab es eine halbkugelförmige Ausbuchtung im Boden. Sie mochte einen Durchmesser von einigen Metern haben. Davor stand eine schwarze Säule, die Jenny bis zur Brust reichte. In sie war ein weißes Symbol eingeätzt.

»Das sieht ja aus wie eine menschliche Hand«, staunte Dana.

Sie hatte recht. »Sogar vier Finger und ein Daumen. Was soll das wohl?«

»Das ist ein Schalter«, erklärte Clint. »Ganz sicher. Wenn man draufdrückt, passiert irgendwas.«

»Aber was?«, fragte Jenny.

Clint lachte rau. »Das werden wir wohl nur in Erfahrung bringen können, wenn wir die Hand drauflegen.«

»Ich halte das für keine gute Idee«, verkündete Dana. »Lieber nichts riskieren.«

»Möglicherweise aktiviert man damit diese Basis«, überlegte Jenny laut.

Clint nickte. »Ist ein naheliegender Gedanke. Vielleicht können wir damit die Kontrolle übernehmen.«

»Oder man schaltet die Selbstzerstörung ein«, gab Dana zurück. »Quasi als perfide Falle. Und die dummen Astronauten, die sie aktivieren, landen als galaktische Lachnummer in einem Video auf dem interstellaren YouTube, wo die Außerirdischen sich königlich amüsieren, wie uns hier alles um die Ohren fliegt.«

»Sehr weit hergeholt«, meinte Clint.

Jenny konnte das nicht beurteilen. Sie hatten keinerlei Kenntnis über die Psychologie der Außerirdischen und ihre Absichten. Hier irgendetwas ohne genauere Untersuchungen einzuschalten konnte ganz sicher sehr gefährlich werden.

»Leider haben wir keine Zeit«, erklärte Clint. »Die Uhr tickt.

Aber vielleicht kann uns eine aktivierte Basis helfen, sie gegen die Russen und Chinesen zu verteidigen.«

Auch das war reine Spekulation.

Clint seufzte. »Wir können es uns nicht leisten, hier lange untätig zu sein.« Er streckte die Hand aus.

»Willst du es wirklich wagen?« Dana trat einen Schritt zurück.

Jenny hätte auch lieber davon abgesehen.

Clint atmete sehr laut. Trotzdem legte er seine Hand auf das entsprechende Symbol der schwarzen Säule.

Übergangslos verschwand das weiße Zeichen. Die Säule war nun völlig schwarz.

Clint zog die Hand zurück. »Und jetzt?«

»Es wird heller«, bemerkte Dana.

Die Kameradin hatte recht, stellte Jenny fest. Langsam erhöhte sich die Helligkeit im Raum. Sonst geschah nichts.

Plötzlich erschien vor Jenny ein Gesicht.

Sie schrie auf und taumelte rückwärts.

»Es ist nur ein Hologramm«, rief Clint.

Jenny zwang sich zur Ruhe. Über der Ausbuchtung war tatsächlich ein menschlicher Kopf sichtbar. Er schien nur aus Licht zu bestehen und war halb transparent. Das Gesicht wirkte androgyn. Der Kopf des Hologramms war unbehaart. Es blickte stumm auf Clint, der ihm am nächsten stand.

Der machte einen Schritt zurück. »Wer bist du?«, krächzte er.

»Menschen der Erde, wir grüßen euch«, sagte das Hologramm in akzentfreiem Englisch.

Jenny hielt den Atem an.

»Ich bin eine künstliche Intelligenz und wurde damit beauftragt, hier auf euer Eintreffen zu warten«, fuhr das Wesen fort.

Die Fremden wissen, dass es in diesem Sonnensystem Leben gibt. Unglaublich!

»Um was zu tun?«, fragte Dana vorsichtig.

»Um einen ersten Kontakt herzustellen.« Das virtuelle Gesicht zeigte keinerlei Emotionen. Es wirkte trotz des menschlichen Aussehens durch und durch fremdartig. »Diese Basis wurde errichtet, nachdem meine Schöpfer mit eurer Erde einen Planeten entdeckt haben, auf dem die Entwicklung intelligenten Lebens als wahrscheinlich eingestuft wurde.«

»Warum bist du nicht direkt auf die Erde gekommen?«, erkundigte sich Clint.

»Ein Kontakt sollte erst hergestellt werden, wenn eine minimale geistige Reife eingesetzt hat. Dass ihr die ersten Schritte in den Weltraum gegangen seid und einen anderen Planeten erreicht habt, zeigt, dass ihr nun bereit für die nächste Entwicklungsstufe seid.«

Das Ganze war so unfassbar – es kam Jenny beinahe surreal vor.

»Was ist das hier für eine Basis? Hat sie auch militärische Bedeutung?«, erkundigte sich Clint.

»Ich verstehe die Frage nicht«, erwiderte das Hologramm. »Diese Struktur wurde errichtet, um einen Kontakt mit den Intelligenzen dieses Systems herzustellen und dann zu halten. Meine Aufgabe ist es, euch durch den nächsten Entwicklungsschritt zu leiten, der für viele Spezies gefährlich ist.«

»Inwiefern gefährlich?«

»Parallel zur Entwicklung der Weltraumfahrt werden durch fortgeschrittene Wissenschaft zumeist Entwicklungen möglich, die die Existenz der Spezies bedrohen.«

»Zum Beispiel?«, fragte Clint.

»Mit der Entwicklung der Nanotechnik werden molekulare Disassembler ermöglicht, die sehr einfach einen kompletten Planeten vernichten. Fortschritte in der Beschleunigertechnik ermöglichen die versehentliche Schaffung pseudostabiler Schwarzer Löcher, Durchbrüche in der künstlichen Intelligenz haben schon mehrfach Spezies durch eine unabsichtlich erzeugte bösartige Superintelligenz ausgelöscht. Es ist meine Aufgabe, euch in den nächsten Jahrhunderten mit Rat und Tat an diesen Gefahren vorbeizulotsen, bis ihr die nächste Entwicklungsstufe erreicht und in die interstellare Gemeinschaft aufgenommen werden könnt.«

48

»Verdammt nochmal!« General Ogilvy zwang sich sichtbar zur Ruhe. »Sagen Sie dem russischen Botschafter, dass wir es ernst meinen.«

Daniels Wangen brannten. Er fokussierte den großen Bildschirm des Kontrollzentrums, wo das Radarbild alle paar Sekunden aktualisiert wurde. Drei kleine Punkte zeigten die russischen und chinesischen Kosmonauten, die sich langsam der Oberfläche näherten.

Die *Gagarin* hatte ein Bremsmanöver gestartet. Sie würde gerade mal einen Kilometer neben der *Hope* zum Stillstand kommen. Da nur drei Punkte auf das außerirdische Artefakt zuflogen, musste einer der Kosmonauten noch an Bord ihres Schiffes sein.

»Dann sagen Sie diesen blöden Arschlöchern, dass sie Vorstöße in den chinesischen Luftraum unternehmen sollen.« Der General sprach trotz der Bedeutung seiner Worte mit ruhiger Stimme. »Und lassen Sie die Deckel der Raketensilos öffnen. Die müssen da drüben begreifen, dass wir es ernst meinen. Verdeutlichen Sie dem Botschafter, dass wir das Betreten des Marsmondes als Kriegsgrund sehen.«

»Capcom!«, sagte Flight Director Kline. »Befehlen Sie Benjamin Dallas, sich auf keinen Fall der *Gagarin* zu nähern. Und er soll sich nicht provozieren lassen, falls die auf dem anderen Schiff irgendetwas versuchen.«

»Das sieht alles überhaupt nicht gut aus«, murmelte Graham.

Das fand Daniel auch. Er hatte den Eindruck, in einem Auto zu sitzen, das unaufhörlich auf eine Bergflanke zuraste und dabei immer stärker beschleunigte. Eine Provokation zu viel, ein Nervenzusammenbruch eines kommandierenden Offiziers in Europa oder im südchinesischen Meer und eine Kettenreaktion würde in Gang gesetzt, die nicht mehr zu stoppen war.

Dann landeten die drei Punkte auf dem Marsmond. Direkt am Artefakt.

»Scheiße!«, fluchte der General.

»Sieht so aus, als wäre Ihre Abschreckungstaktik nicht aufgegangen«, sagte Graham mit beißendem Spott. »Und was machen Sie jetzt? Starten Sie den dritten Weltkrieg?«

Ogilvy verzog das Gesicht. »Wir werden die Drohkulisse weiter aufrechterhalten. Allerdings liegt es nun an unseren Astronauten, unseren Besitz vor Russen und Chinesen zu verteidigen.«

Daniel spürte Wut in sich aufsteigen. »Das ist nicht unser Besitz! Das ist der Besitz einer außerirdischen Zivilisation. Laut von uns unterschriebenen internationalen Verträgen haben wir kein Anrecht darauf.«

»Das ist mir scheißegal«, polterte der General. »Wir haben die amerikanische Flagge dort aufgestellt und es als unseren Besitz erklärt. Die anderen haben das gefälligst zu akzeptieren. Das eigene Land ist das, auf dem man steht und das man verteidigen muss.«

»Sie haben den Verstand verloren!« Daniel wäre dem Mann am liebsten an die Kehle gegangen. »Jetzt erwarten Sie tatsächlich von unseren Astronauten in ihren hochempfindlichen Raumanzügen, dass sie die anderen mit Waffengewalt vertreiben?«

»Ja, das erwarte ich von ihnen«, sagte der General kühl. »Das Artefakt gehört uns. Wir haben es in Besitz genommen. Wir brauchen es für den Fortbestand unserer Nation.«

Daniel wandte sich ab. Mit diesem Menschen war nicht zu diskutieren. In einer Ecke des Raumes erblickte er Frank Watts. Der Berater lief dort auf und ab, während er eindringlich in sein Telefon sprach. Wahrscheinlich redete er mit dem Präsidenten und versuchte, ihn von unüberlegten Entscheidungen abzuhalten.

»Sie hätten auf das Abkommen mit Russen und Chinesen eingehen sollen, als es noch möglich war.« Grahams Miene war eisig. »Jetzt ist es zu spät dazu. Wir können nur noch abwarten, wie die da oben die Sache regeln.«

Daniels Puls raste. Das Radar zeigte nichts mehr an. Waren die Kosmonauten schon in die außerirdische Basis eingedrungen? Gab es einen Schusswechsel? Was war, wenn eine Seite klar siegte und die anderen umbrachte oder gefangen nahm? Wie der Westen reagieren würde, war klar. Ogilvy würde keine Sekunde zögern, die Wasserstoffbombe auf das Artefakt abzuwerfen.

Der General beendete sein Gespräch, als das Telefon erneut klingelte. Er hob es an sein Ohr. »Ja?«

Dann wurde er blass. »O Gott!«

Daniels Herzschlag beschleunigte sich noch. Irgendetwas Schreckliches musste geschehen sein.

»Tun Sie, was Sie tun müssen«, sagte Ogilvy mit schwacher Stimme und beendete das Gespräch.

»Was?«, fragte Daniel.

Der General sah betreten zu Boden. »Eines unserer Flugzeuge ist vor der Küste Chinas von einer Boden-Luft-Rakete abgeschossen worden.«

Nun war er da, der internationale Zwischenfall, den alle befürchtet hatten. »Und jetzt?«

»Wir reagieren streng nach den Vorschriften«, erklärte Ogilvy. »Wir setzen Marschflugkörper von unseren Kriegsschiffen ein, um die chinesischen Luftverteidigungsanlagen in der Region auszuschalten.«

Daniel glaubte sich verhört zu haben. »Sie feuern Raketen auf China ab?«

»Wir müssen unsere Piloten schützen«, erwiderte Ogilvy.

»Aber China wird darauf reagieren!«

Der General nickte. »Sie werden unsere Trägergruppe vor ihrer Küste angreifen. Möglicherweise mit Kernwaffen.«

»Stoppen Sie den Irrsinn!«, forderte Daniel.

»Es geht nicht«, erklärte der General. »Wir dürfen keine Schwäche zeigen. China muss nachgeben.«

»Sie sind wahnsinnig geworden«, krächzte Graham.

Die Eskalationsspirale hatte begonnen, und sie war nicht mehr aufzuhalten.

Daniel wusste es.

Der letzte Countdown hatte begonnen.

49

»Von woher kommst du?«, fragte Jenny.

Der Hologrammkopf wandte sich ihr zu. Starrte sie an, ohne zu blinzeln, mit einem merkwürdigen Ausdruck. »Das Bündnis umfasst inzwischen die hiesige Galaxie und einige der sie umgebenden Satellitengalaxien. Ich selbst wurde hier in diesem System gebaut.«

Jenny schwirrte der Kopf. Sie sprach mit einer außerirdischen Intelligenz. Oder zumindest mit einer künstlichen Schöpfung der Fremden. Sie fragte sich, wie selbständig dieser ... Computer war.

»Wie viele Spezies umfasst dieses Bündnis?«, fragte Clint.

»Einige hundert«, antwortete das Hologramm.

»Wenn es da draußen so viele Außerirdische gibt, warum haben wir dann nie etwas von ihnen gesehen?«, wollte Dana wissen. »Wo sind die Funksignale? Ich meine, die müssen ja miteinander kommunizieren. Und wo sind die interstellaren Megastrukturen? Wir suchen seit Jahrzehnten nach fremden Intelligenzen und haben noch nie etwas gefunden. Warum nicht?«

»Die Spezies des Bündnisses kommunizieren nicht über elektromagnetische Felder. Fortgeschrittene Technik erlaubt effizientere Kommunikationsmethoden. Weiterhin gibt es keine sogenannten Megastrukturen. Das Wachstum eurer Zivilisation basiert auf der Manipulation und Ausbeutung eurer Umgebung.

Höhere Spezies finden Wege, sich auch ohne diese Tätigkeit weiterzuentwickeln und Vollendung zu finden.«

Jenny schüttelte den Kopf. So etwas durfte man zahlreichen Politikern auf der Erde nicht laut sagen, ohne sich wüste Beschimpfungen anhören zu müssen.

Dana blickte sich um. »Gibt es weitere Räume hier in dieser Basis?«

»Dieser Raum wurde geschaffen, um in gegenseitigen quasipersönlichen Kontakt zu treten. Weitere Räume sind dafür nicht notwendig.«

»Ja, aber …«, begann Dana.

Jenny unterbrach sie. »Ich glaube, er meint damit, dass wir in anderen Bereichen dieser Basis nichts zu suchen haben. Wir sollten nicht damit anfangen, die Einrichtung hier als unser Eigentum zu betrachten.«

»Wir haben keine Zeit für Debatten«, mischte sich Clint ein. »Besteht eine Möglichkeit, den Zugang zu dieser Basis zu verhindern?«

»Nein, warum sollte es auch? Ich stehe den Vertretern eurer Spezies hier in diesem Raum jederzeit zur Verfügung.«

»Verfügst du über Verteidigungseinrichtungen?«, erkundigte sich Dana.

»Ich kann Gefahren wie Sonneneruptionen oder Himmelskörper auf Kollisionskurs ausweichen oder abwehren«, sagte das Hologramm.

Clint verzog das Gesicht. »Wie soll ich es nur ausdrücken? Draußen nähern sich möglicherweise Menschen, die nicht befugt sind, diese Basis zu betreten. Könntest du sie irgendwie fernhalten?«

»Es besteht kein Grund, Menschen den Zugang zu verwehren. Selbstverständlich steht es euch frei, einen oder mehrere Repräsentanten zu wählen, die mit mir kommunizieren.«

»Er versteht es nicht«, meinte Clint ernüchtert.

Das war gut möglich. Vielleicht hatten die Fremden oder zumindest ihre Kunstintelligenz keine Ahnung, was militärische Auseinandersetzungen überhaupt waren. »Gibt es bei euch Kriege?«

»Gewalttätige Aktionen sind nur bei niederen Spezies mit niedriger Intelligenz dokumentiert.«

Na, das sagte wohl einiges über die Menschheit. Jenny fühlte sich unwohl. Sie nahm an, dass diese Kunstintelligenz die Funk- und Fernsehsendungen analysierte und wusste, was auf der Erde vorging, aber vielleicht wurden diese auch nur zum Erlernen der Sprache herangezogen. Oder die Kunstintelligenz verstand die Nachrichten einfach nicht. Sie waren besser verdammt vorsichtig, was sie dem Hologramm erzählten und was nicht.

Im Augenwinkel nahm Jenny eine Bewegung wahr. Sie drehte sich herum und sah einen Kosmonauten in seinem Raumanzug. Er musste über die Nische im Obelisken hereingekommen sein.

Schon riss Clint seine Maschinenpistole in die Höhe. »Halt! Stehen bleiben!«

Der Kosmonaut hob eine Pistole. »Wir haben dasselbe Recht, hier zu sein, wie ihr.«

Jenny erkannte die Stimme. Es war Mikhail.

Ein Taikonaut erschien plötzlich neben dem Kosmonauten. Auch der Chinese hob eine Pistole. Kurz darauf stand ein weiterer Russe in der Basis, gleichermaßen bewaffnet.

»Dies ist nunmehr amerikanischer Grund und Boden«, schrie Clint. »Ich fordere euch auf, diese Basis zu verlassen. Ich habe den Befehl, Eindringlinge mit Waffengewalt von hier fernzuhalten.«

Die anderen gingen hinter den säulenartigen Strukturen in Deckung. »Wir bestehen auf der Anwesenheit in der außerirdischen Einrichtung«, schrie Mikhail. »Wir haben den Befehl, sie notfalls mit Gewalt einzufordern.«

Clint und Dana traten ebenfalls hinter eine der schwarzen Säulen und duckten sich. »Das ist die letzte Warnung!«, sagte Clint. »Ich werde schießen.«

Jenny versteckte sich schließlich auch. Ihr Herz raste. Sie hatte gewusst, dass die anderen den Weg hier hinein finden würden. Sie bezweifelte, dass Mikhail und seine Kameraden freiwillig gehen würden. Sie blickte zu ihrem Gürtel, wo die Pistole in ihrem Holster ruhte.

Sollte sie die Waffe ziehen?

Nein!

Zum ersten Mal traf die Menschheit auf eine fremde Intelligenz und hatte nun die Gewissheit, nicht alleine im Weltall zu sein. Sie würde nicht zur Waffe greifen, egal, was geschah.

Sie sah auf das Hologramm. Das wiederum schaute Jenny direkt in die Augen. Klar, sie hatte zuletzt mit dem Fremden gesprochen. Er wartete auf eine weitere Frage. Die Gesichtszüge des Hologramms waren absolut emotionslos. Jenny bezweifelte, dass die Kunstintelligenz verstand, was sich hier zwischen den Menschen abspielte.

Vielleicht ist das auch besser so.

»Nein«, rief einer der Chinesen mit starkem Akzent auf Englisch. »Dies ist *unsere* letzte Warnung.«

Jenny konnte sich später nicht mehr daran erinnern, wer zuerst geschossen hatte. Sie ging davon aus, dass sich ein Schuss versehentlich gelöst hatte oder irgendeiner einen Warnschuss hatte abfeuern wollen. Auf jeden Fall zerplatzte eine der schwarzen Zylinderstrukturen in Tausende winziger Einzelteile, als wäre sie ein Druckgasbehälter gewesen.

Von diesem Augenblick an veränderte sich alles.

Der Raum war plötzlich in ein düsteres, rotes Licht getaucht, wie das Nachtlicht auf U-Booten. Zusätzlich brandete ein lauter Pfeifton durch den Raum. Jenny wusste nicht, woher er kam, aber er drang direkt in ihr Hirn und verursachte quälende Kopfschmerzen.

Jenny drehte sich zu dem Hologramm herum. Und schrie unterdrückt auf.

Der Kopf war verschwunden.

»Wo bist du?«, fragte sie laut.

Da vibrierte der Boden, als wären im Nebenraum starke Motoren in Gang gesetzt worden.

Scheiße!

»Was ist das?«, schrie Dana.

Es ploppte in Jennys Ohren. »Der Druck lässt nach!«, rief sie. »Die Luft hier drinnen entweicht. Wir müssen die Helme aufsetzen.«

Sie blickte auf ihr Sensorgerät und erschrak beinahe zu Tode.

»Hier ist auf einmal Gamma-Strahlung im Raum«, brüllte sie und rannte in Richtung ihres Helmes. »Die Dosis ist hoch. Und steigt schnell weiter. Wir müssen hier raus!«

Sie liefen auf den Russen und die Chinesen zu. Die hatten inzwischen die Waffen gesenkt. Mikhail blickte sie an. »Was geht hier vor?«

»Was wohl«, schrie sie, während sie den Helm aufsetzte. »Wir haben durch die Schießerei hier irgendetwas in Gang gesetzt. Wir müssen sofort raus.«

Nacheinander verschwanden Russen und Chinesen, nachdem sie auf das Rechteck im Boden traten. Wenigstens funktionierte der Mechanismus noch.

Schon waren auch Clint und Dana verschwunden.

Bevor sie selber auf das Rechteck trat, blickte sich Jenny ein letztes Mal um. Das Hologramm blieb verschwunden.

Wir haben es verbockt! Wir haben es so richtig verbockt!

50

»Was ist los?« Daniel stand auf, um besser auf die Monitore gucken zu können.

»EECOM, Flight! Meldung!«, forderte Kline.

Der ganze Mond Phobos war plötzlich in eine Staubschicht gehüllt. Die Konturen verschwammen, und man konnte die Oberfläche nicht mehr erkennen.

»Flight, die Sensoren der *Hope* empfangen starke seismische Aktivitäten auf Phobos. Weiterhin beobachten wir den Aufbau elektromagnetischer Felder, und das Strahlungsniveau nimmt zu.«

»Was geschieht denn da?«, fragte General Ogilvy, das Handy in der Hand.

Daniel hatte keine Ahnung, was auf Phobos vor sich ging. Aber er hatte Angst um Jenny, die sich nach wie vor im Inneren des Marsmondes befand.

»Unsere Astronauten müssen dort irgendetwas ausgelöst haben.« Ein hysterischer Unterton hatte sich in Grahams Stimme geschlichen.

»Oder die Russen und Chinesen«, meinte Ogilvy.

»Flight, ich empfange Signale von der Bodencrew«, rief Capcom Reid Huntford.

Daniels Herz machte einen Sprung. Jenny! Sie mussten wieder einen Weg hinaus gefunden haben.

»Rufen Sie sie!«, forderte Kline.

Das war nicht nötig. Im selben Moment dröhnte die Stimme von Clint Murdock aus den Lautsprechern. »Houston, wir haben die außerirdische Basis verlassen und sind auf der Flucht. Zusammen mit den Russen und Chinesen.«

Auf der Flucht?

»Wir sind auf eine Kunstintelligenz außerirdischen Ursprungs gestoßen«, rief Murdock. »Sie war zuerst friedlich, bis die anderen gekommen sind. Dann hat es einen Schusswechsel gegeben, und das Hologramm ist verschwunden. Jetzt steigt die Strahlung rapide an.«

Ogilvy schaute perplex drein. »Was für ein Hologramm?«

Auf dem Radarschirm waren sechs Punkte zu sehen, die sich aus der Staubschicht erhoben und rasch an Höhe gewannen. Drei schwebten auf die *Hope* zu, die anderen in Richtung *Gagarin.*

»Was hat denn das zu bedeuten?«, fragte Flight Director Kline.

»Houston!« Das war Jennys Stimme. »Bei der Auseinandersetzung wurde eine Struktur in der Basis zerstört. Wir müssen davon ausgehen, dass die Kunstintelligenz uns nunmehr als Bedrohung betrachtet.«

Daniel biss sich auf die Lippe.

Eine fortgeschrittene Intelligenz betrachtete die Menschen als Bedrohung?

Um Himmels willen!

»Was sollen wir tun?« General Ogilvy wirkte ratlos.

»Wir müssen unsere Astronauten in Sicherheit bringen«, rief Daniel laut. »Sie müssen den Orbit um Phobos sofort verlassen.«

Wenn die fremde Basis die Menschen nunmehr als Feinde betrachtete, dann bestand die Möglichkeit, dass sie gegen die Schiffe in ihrer Nähe vorging. Daniel hatte keine Ahnung, ob es auf Phobos außerirdische Waffen gab, aber man konnte das nicht ausschließen.

Daniels Handy vibrierte. Es war eine Nachricht von Sergej. »Das sieht ziemlich übel aus.«

Der Freund musste sich in ständigem Kontakt mit dem russischen Kontrollzentrum in Moskau befinden. Vielleicht war er in der russischen Botschaft in Washington. Die hielten sich sicher über die aktuellen Neuigkeiten der Krise auf dem Laufenden.

Daniel antwortete schnell. »Allerdings!«

»Unsere Astronauten haben die *Hope* erreicht«, meldete Huntford.

Daniel würde sich erst entspannen, wenn Jenny mit dem Schiff den Marsmond weit hinter sich gelassen hatte.

»Phobos bewegt sich!«, schrie einer der Controller.

Tatsächlich!

Der Staub hatte sich wieder etwas gelegt. Der Marsmond hatte irgendwie seine ursprüngliche Rotation gestoppt und drehte sich nun langsam in eine andere Richtung.

»Was haben die nur vor?« Graham hatte die Augen weit aufgerissen.

»Da - dieses rote Leuchten!«, rief Ogilvy.

Daniel sah es auch. Auf der Oberfläche des Marsmondes war ein fahles rubinrotes Licht entstanden, das schnell heller wurde.

»Das ist Stickney!«, meldete einer der Controller.

Der Mann hatte recht. Das rote Leuchten kam aus dem großen Krater.

Daniel fokussierte den Blick darauf. Aus dem Geröll ragten plötzlich metallische Strukturen. Das rote Licht ging von ihnen aus.

General Ogilvy stöhnte. »Der ganze verdammte Mond ist eine außerirdische Struktur.«

So schien es.

Dann kam die Drehung allmählich zum Stillstand. Das rote Leuchten wurde stärker.

»In welche Richtung zeigt Stickney nun?«, fragte Kline einen seiner Controller.

Daniel hatte eine finstere Ahnung.

»In Richtung Erde!«, schrie der Ingenieur.

Daniel sackten die Beine weg. Er fiel auf den Sessel hinter sich.

Das rote Leuchten intensivierte sich weiter, bis es fast blendete.

General Ogilvy schrie auf. »Die Atombombe! Sie müssen die Atombombe werfen!«

Flight Director Kline starrte den General einen Moment an. Dann nickte er. »Reid! Geben Sie der *Hope* den Befehl, die Atombombe auf Stickney abzuwerfen.«

Daniel konnte kaum einen klaren Gedanken fassen. Wenn die Außerirdischen die Menschen nun als Feinde betrachteten und mit diesem schweren Ding auf die Erde zielten, dann konnte das nur eines bedeuten: Sie wollten die Menschheit vernichten. Ganz sicher!

Er spürte, wie ihn jemand an der Schulter berührte. Wie in Zeitlupe wandte er den Kopf. Dann erst bemerkte er, dass Ogilvy ihn anschrie.

»Was?«, machte Daniel.

Langsam löste sich die Benommenheit.

»Stehen Sie noch in Kontakt mit dem Russen?«, fragte der General.

Daniel nickte.

»Sagen Sie ihm, sie sollen ihre Atombombe auf das Artefakt werfen. Das gibt uns eine doppelte Sicherheit.«

Das rote Leuchten verstärkte sich weiterhin. Niemand konnte sagen, wie lange sie noch hatten.

Daniel zückte sein Handy und tippte die Botschaft an Sergej.

Die Antwort ließ nicht lange auf sich warten. »Einverstanden!«

51

»Verdammte Scheiße!«, sagte Clint, als er aus der Schleuse schwebte.

Jenny wäre noch ein heftigerer Fluch eingefallen. Sie half dem Commander, der als Letzter wieder in das Schiff zurückgekehrt war, aus dem Raumanzug. Sie war noch nicht dazu gekommen, ihren eigenen auszuziehen.

»Was ist denn da unten geschehen?«, fragte Ben. Die Panik in seiner Stimme war kaum zu überhören.

Gemeinsam schwebten sie ins Steuerungsmodul.

Phobos befand sich draußen vor den Fenstern. Nach wie vor war er in eine Wolke aus braunem Staub gehüllt. Doch auf einer Seite glomm er merkwürdig rot.

»Ich fürchte, wir haben die Außerirdischen wütend gemacht«, kommentierte Clint.

»Wer hat denn da überhaupt geschossen?«, fragte Dana.

Jenny war es definitiv nicht gewesen. Sie hatte ihre Waffe auf Phobos nicht einmal angerührt.

Clint schnaubte. »Darüber, wer uns die Scheiße eingebrockt hat, können später die Gelehrten in den Geschichtsbüchern streiten.«

Ben starrte aus dem Fenster. »Was ist denn da unten los?«

Jenny folgte seinem Blick. Das rote Licht kam aus dem Krater Stickney, dessen Boden nunmehr aus einer schwarzen Metallschicht zu bestehen schien. Der Staub und das Geröll waren fort. Schwarze Antennen wuchsen aus dem Krater empor, während der Mond sich weiter drehte. Das rote Leuchten sah unheimlich aus. Jenny bekam eine Gänsehaut.

»Wir sollten besser hier verschwinden«, verkündete Clint. »Dana, fahr die Antriebssektion hoch. Ich will aus dem Orbit raus.«

Die Pilotin nickte und schwebte zu ihrem Sitz.

»Was Neues von Houston?«

Ben schüttelte den Kopf.

»*Hope*, bitte kommen.« Die Stimme Mikhails tönte aus den Lautsprechern.

»Das ist die *Gagarin*«, sagte Ben.

Clint drückte auf die Sprechtaste seines Headsets. »*Hope* hier, wir hören.«

»Habt ihr irgendeinen intelligenten Vorschlag?«, erkundigte sich der Russe.

Clint lachte laut auf. »Außer möglichst schnell zu verschwinden? Nein.«

»*Hope*, Houston!« Das war Reid. Er klang angsterfüllt.

»Kommen!«, sagte Clint.

»Eure Sensoren zeigen uns an, dass sich Phobos mit dem roten Leuchten auf die Erde ausrichtet. Wir befürchten das Schlimmste.«

Auf die Erde!

Jenny fühlte sich, als würde eine eiskalte Hand ihr Herz umfassen.

Wir müssen das verhindern! Aber wie?

»Flight befiehlt den sofortigen Abwurf der Bombe auf den Krater Stickney.«

»Was für eine Bombe?«, fragte Dana.

»Wir haben eine Atombombe im Logistikmodul«, antwortete Clint.

Danas Augen weiteten sich. »Und du hast davon nichts gesagt?«

»Durfte ich nicht.« Clint zog eine grimmige Miene.

Jenny ächzte. Die ganze Zeit über war eine funktionsfähige Atombombe an Bord gewesen, und sie hatte nichts davon gewusst.

»Koordiniert den Einsatz der Bombe mit den Russen und den Chinesen«, hallte es aus den Lautsprechern.

Clint wandte sich an Jenny. »Du bist die Einzige, die noch ihren Raumanzug anhat. Du musst die Bombe nach draußen bringen.«

Jenny folgte dem Kommandanten in das Logistikmodul. Dort angekommen, löste er die Verkleidung einer Wand und zog einen zylindrischen, silbern schimmernden Gegenstand heraus. Er war so lang wie Jennys Bein und so dick wie ihr Oberschenkel. Ein gelbes Warnschild mit dem Symbol für Radioaktivität war auf der Seite angebracht.

Jenny nahm die Bombe entgegen. »Was soll ich tun?«, fragte sie. Sie kannte sich mit Bomben nicht aus. Schon gar nicht mit Atombomben.

»Das Nukleargerät verfügt über eigene Triebwerke.« Clints Stimme überschlug sich fast. »Wir können es von der *Hope* aus steuern. Du musst es nur hinausbringen und vom Schiff wegstoßen. Schnell jetzt.«

Jenny trug die Bombe zur Schleuse und schob sie vorsichtig hinein. Dann setzte sie ihren Helm auf und schwebte selber in die Schleuse. Schnell zog sie die Luke hinter sich zu und verriegelte sie.

Als sie die Schleusenkammer entlüftet hatte, löste sie die Verriegelung der Außenluke und schob die Bombe nach draußen.

Ihr Blick fiel auf ein Seil. Sie zögerte einen Moment und machte es dann an dem Karabinerhaken ihres Gürtels fest. Dann schwebte sie hinter der Bombe her.

Phobos befand sich inzwischen auf der anderen Seite des Schiffes, also bugsierte sie die Bombe an der Hülle der *Hope* entlang.

»Jenny, bist du das?« Es war die Stimme Mikhails, die sie in den Helmlautsprechern hörte.

Sie schaute sich um und entdeckte die *Gagarin*. Sie war einen guten Kilometer entfernt. Einem Spiegelbild gleich schwebte dort ein einzelner Kosmonaut mit einem schweren Gegenstand in den Händen an der Hülle entlang.

»Ja, ich bin's«, keuchte sie. Die Bombe war im Weltall zwar gewichtslos, hatte aber immer noch ihre träge Masse und war entsprechend schwierig um das Schiff herumzuwuchten.

»Unser Kontrollzentrum hat uns angewiesen, den Einsatz der Bomben zu koordinieren«, erklärte Mikhail. »Wir feuern unsere auf das Artefakt ab, während eure auf Stickney zielt. Wir sollten sie gleichzeitig abschießen.«

Jenny schnaubte. Jetzt, wo die Scheiße angerichtet war, funktionierte die internationale Kooperation ganz plötzlich. »Ja, in Ordnung. Ich habe Sicht auf Phobos. Ich lasse die Bombe hier zurück und gehe wieder in die Schleuse. Dann können die Bomben abgefeuert werden.«

Plötzlich zuckten weiße Blitze aus dem ehemaligen Krater.

»Jenny, wir haben keine Zeit mehr«, schrie Clint. »Es hat sich plötzlich ein kräftiges Magnetfeld rund um Phobos gebildet. Was immer die auf die Erde abfeuern, sie werden es in den nächsten Sekunden tun. Ich schieße die Bombe ab, und Dana zündet gleichzeitig die Triebwerke. Halt dich fest.«

Geistesgegenwärtig hakte Jenny das andere Ende des Seils in einen Griff auf der Außenhülle der *Hope* ein. »Leg los!«

Ohne jede Warnung schoss das Schiff nach vorne. Die Triebwerke hatten gezündet. Das Seil straffte sich und Jenny schlug hart gegen die Hülle. Sie spürte einen schmerzhaften Schlag gegen ihren rechten Oberschenkel und schrie auf. Wenigstens konnte sie den Fuß noch bewegen, also war das Bein nicht gebrochen.

Dann sah sie hinter sich das kleine Triebwerk der Bombe zünden. Sie raste auf Phobos zu. Gleichzeitig mit der der Russen und Chinesen.

Unterdessen hatte auch die *Gagarin* ihre Düsen gezündet. Wie Jenny hing Mikhail an der Außenhülle fest.

Phobos fiel hinter ihnen zurück und wurde schnell kleiner.

Jenny hatte keine Ahnung, wie weit entfernt sie von dem Ort der Explosion entfernt sein musste, um zu überleben. Und schon gar nicht, was die Bombe in den technischen Einrichtungen der außerirdischen Basis anrichten würde.

Der Marsmond fiel weiter zurück, bis er nur noch die Größe eines Tennisballs hatte.

Dann explodierte die russische Bombe an dem außerirdischen Artefakt, durch das sie ins Innere der Basis gelangt waren. Es wurde für einen Moment lang blendend hell, aber das Licht erlosch schnell. Ob das Artefakt nun fort war, konnte sie aus dieser Entfernung nicht mehr erkennen.

Einen sichtbaren Einfluss hatte die Explosion der Bombe aber nicht gehabt. Im Gegenteil. Das rote Leuchten im Krater Stickney war inzwischen so intensiv geworden, dass es sie blendete.

Im nächsten Moment detonierte die amerikanische Bombe. Es gab einen hellen Lichtblitz.

Und dann einen zweiten, ungleich helleren. Jenny schloss geblendet die Augen. Doch das Licht durchstrahlte ihre Augenlider, und es wurde selbst im klimatisierten Raumanzug höllisch warm. Sie wurde am Seil hin- und hergerissen, und erneut schmerzte ihr verletztes Bein.

Endlich ließ die Helligkeit nach. Sie öffnete die Augen, sah aber nur verschwommen. Erst nach ein paar Mal Blinzeln klärte sich ihr Blick.

Phobos war verschwunden. Nur noch ein rötliches Glimmen lag mitten im Weltraum. Nicht einmal Trümmer waren zurückgeblieben.

Der Marsmond war zerstört.

52

»Status«, forderte der Flight Director.

»Flight, EECOM«, sagte einer der Ingenieure an seiner Konsole. »Wir haben einen großen elektromagnetischen Puls abbekommen, als der Marsmond explodiert ist.«

Daniel hätte am liebsten dazwischengerufen. Phobos war kein Marsmond. Er war nie ein Himmelskörper gewesen. Das Ding war eine künstliche Struktur, eine außerirdische Basis, vielleicht sogar ein Raumschiff. Mit einem Durchmesser von knapp 30 Kilometern. Der Staub und das Geröll auf der Oberfläche hatten sich nur im Laufe der Jahrmillionen darauf angesammelt. Oder die Fremden hatten die Basis absichtlich so getarnt.

Jetzt gab es keine Basis mehr.

Die Menschen hatten sie mit ihren Kernwaffen vernichtet.

Daniel wunderte sich ein wenig darüber, dass das überhaupt möglich gewesen war. Die Außerirdischen verfügten offensichtlich über eine fortgeschrittene Technologie. Es wäre ihnen sicher ein Leichtes gewesen, die beiden Raumschiffe im Orbit abzuwehren. Warum hatten sie es nicht getan? Hatten sie nicht damit gerechnet?

»EECOM, wie ist der Zustand der elektrischen Systeme?«, fragte Kline.

Der Controller stöhnte. »Sieht ziemlich übel aus. Der gesamte Datenbus A ist hin. Die Schaltkreise sind sicher durchgeschmort. Zwei Bordcomputer sind außer Funktion, und einer der Gleichrichter hat sich auch schon wieder verabschiedet. Außerdem sieht es so aus, als seien die Solarzellen degradiert.«

»Das Lebenserhaltungssystem?« Kline klang angespannt.

»Sieht halbwegs stabil aus«, antwortete der zuständige Controller. »Fragt sich nur, wie lange noch.«

Das Schiff musste bei der Explosion ganz schön was abbekommen haben. Daniel versuchte, den Gedanken abzuschütteln.

Dann endlich meldeten sich die Astronauten der *Hope*. »Houston, *Hope*. Clint hier. Gut die Hälfte der Bordsysteme ist ausgefallen. Ihr seht es sicher in den Telemetriedaten. Uns selber geht es gut. Auch Jenny ist wohlbehalten wieder im Inneren des Schiffes. Wir haben während der Explosion einen guten Schwall Gammastrahlung abbekommen, aber laut den Geräten hält sich die Dosis in Grenzen. Wir atmen jetzt erst einmal durch und warten auf eure Vorschläge.«

Daniel gönnte sich eine Spur von Erleichterung. Wenigstens ging es Jenny gut. Aber irgendwie mussten sie die *Hope* wieder zur Erde bringen.

Sein Handy kündigte eine Nachricht an. Sie war von Sergej. »Die *Gagarin* hat Schäden davongetragen. Rückkehr zur Erde fraglich. Wir wollen wissen, ob Kooperation der Schiffe grundsätzlich möglich.«

Daniel zeigte die Nachricht seinem Chef. Graham zuckte mit den Schultern. »Das kann ich nicht entscheiden.« Er winkte Watts und General Ogilvy heran und erklärte ihnen die Lage.

Der Militär zuckte mit den Schultern. »Das Wettrennen ist ja nunmehr beendet. Wir haben unsere Flugzeuge und Träger bereits zurückgerufen. Ich habe nichts gegen eine Zusammenarbeit, wenn es den Astronauten hilft, sicher nach Hause zu kommen. Entscheiden muss das aber der Präsident.«

»Ich werde mit Hopkins reden«, sagte Watts. »Aber wie soll diese Zusammenarbeit aussehen?«

»Zunächst sollten wir die Schiffe in einen engen Formationsflug bringen«, erwiderte Daniel. »Dann können sie Ersatzteile austauschen. Da beide Raumfahrzeuge über androgyne Kopplungsadapter nach internationalem Standard verfügen, lassen sie sich sogar zusammenkoppeln. Zumindest, bis die Rückkehrstufen in einem Monat am Mars eingetroffen sind. Nach dem Einschuss in die Transferbahn zur Erde könnten sie dann abermals miteinander verbunden werden.«

Graham stöhnte. »Es wird Ewigkeiten dauern, bis die dafür notwendigen Verträge ausgehandelt sind.«

Daniel rieb sich das Kinn. »Nicht unbedingt. Wir haben mit der ISS bereits eine amerikanisch-russische Kooperation, bei der die Module der einzelnen Länder miteinander verbunden wurden. Im Prinzip muss man nichts weiter tun, als die entsprechenden Verträge auf die Marsschiffe auszudehnen, die im Prinzip ja beide nichts weiter als ehemalige Raumstationsmodule sind.«

»Die Chinesen sind aber nicht bei der ISS mit involviert«, gab Watts zu bedenken.

Das stimmte natürlich. Daniels Blick traf sich mit dem von Graham. In der Tat würden sie in den nächsten Wochen einiges an Arbeit haben. Und wahrscheinlich einige internationale Dienstreisen nach Russland und China. Oder wieder nach Dubai.

Watts seufzte. »Ich rede mit dem Präsidenten.« Er verzog sich in eine Ecke des Raumes, um zu telefonieren. Auch Ogilvy ging davon.

»Mir gefällt das nicht«, ließ Graham verlauten.

»Was meinst du?«

»Wir haben das Eigentum einer hochentwickelten, außerirdischen Lebensform vernichtet. Ich kann mir nicht vorstellen, dass das ohne Konsequenzen bleibt.«

Daniel schluckte. Daran hatte er noch gar nicht gedacht. Was war, wenn die Fremden irgendwann im Sonnensystem aufkreuzten und sich fragten, was aus ihrer Basis geworden war?

Watts tauchte wieder auf. Er reckte den Daumen nach oben. »Sie haben grünes Licht.«

Immerhin.

Daniel zückte sein Handy und schrieb Sergej eine entsprechende Nachricht.

Graham räusperte sich. »Wir brauchen dringend einen russischen Verbindungsmann, mit dem wir die nächsten Schritte besprechen können.«

Watts verdrehte die Augen. »Wo sollen wir denn jetzt so schnell einen Verbindungsmann hernehmen, der sich hier auskennt?«

Daniel lachte. »Das ist das geringste Problem. Wir haben hier standardmäßig einen russischen Verbindungsmann, der Dienst im ISS-Kontrollzentrum nebenan hat. Im Moment ist es Anatoli Gorkun. Ein netter, kompetenter Ingenieur.«

Graham nickte. »Ich lasse ihn rufen.« Er zog sein Handy hervor und tätigte den entsprechenden Anruf.

Watts nahm ein Taschentuch und wischte sich den Schweiß von der Stirn. »Diese ganze Episode heute hätte uns beinahe in den Untergang geführt.«

Daniel nickte. »Ja, wir standen heute am Abgrund. Zwei Mal sogar. Das erste Mal, als wir beinahe einen Atomkrieg begonnen hätten, und dann, als die Außerirdischen ihre Waffe auf uns gerichtet haben.«

»Meinen Sie, die wollten wirklich die Erde zerstören?«, fragte Watts.

Graham hatte sein Gespräch beendet. »Das rote Leuchten war genau auf die Erde gerichtet. Und das garantiert nicht ohne Grund.«

Watts schüttelte den Kopf. »Ich frage mich, was für eine Waffe das gewesen sein muss, die auf eine Entfernung von Hunderten Millionen Kilometern die Erde vernichten soll.«

Graham schnaubte. »Die Spekulation darüber können Sie getrost den Generälen überlassen. Oder der nächsten Generation von Science-Fiction-Autoren. Ich für meinen Teil bin froh, dass wir es nicht erfahren haben.«

Für einige Sekunden herrschte betretenes Schweigen.

»Und trotzdem war das heute eindeutig ein Wendepunkt in der Geschichte der Menschheit«, sagte Daniel schließlich. »Wir wissen nun, dass wir nicht alleine im Weltraum sind. Dass es da draußen fremde Zivilisationen gibt. Und eine davon haben wir uns nun auf unglückliche Weise zum Feind gemacht.«

Watts' Telefon klingelte. »Ja.« Er hörte stumm zu, während er immer blasser wurde.

Daniel runzelte die Stirn.

Watts legte auf und wandte sich Daniel zu. »Sie könnten verdammt recht haben.«

»Was meinen Sie?«

»Unsere Radioteleskope haben ein Signal aufgefangen. Es ging von Phobos aus, und zwar unmittelbar vor der Explosion der zweiten Atombombe. Die Astronomen denken, dass das Signal gerichtet war. Ungefähr zum Zentrum der Milchstraße. Gleichzeitig hat man einen starken Neutrinopuls aufgefangen.«

»Neutrinos?« Graham schien verständnislos.

Watts nickte. »Die Basis auf Phobos hat ein Signal gesendet. Vielleicht einen Hilferuf.«

Graham zuckte mit den Schultern. »Es wird Jahrtausende dauern, bis das Funksignal den Mittelpunkt unserer Galaxis erreicht.«

Daniel beschlich ein seltsames Gefühl. Das mochte stimmen, aber irgendwann würde es am Bestimmungsort eintreffen. Und dann würde die Erde Besuch bekommen.

Da war er sich sicher.

53

»Ein wenig Gesellschaft?«

Jenny konnte schon an seinem starken Akzent hören, dass es Mikhail war.

Sie öffnete die Augen und drehte sich um. »Klar, setz dich zu mir.«

Mikhail schwebte näher. Er trug die giftgrüne Bordkombi der *Gagarin* und erinnerte ein wenig an Kermit den Frosch. »Ist es angemessen, wenn ich mich in den Pilotensitz eures Raumschiffes setze?«

»Sicher«, erwiderte Jenny. »Seit der ersten Kopplung sind *Hope* und *Gagarin* ein gemeinsames Schiff. Wie die Internationale Raumstation. Alle Module stehen allen offen.«

»Nicht ganz.« Mikhail ließ sich neben Jenny nieder. »Meine chinesischen Kameraden dürfen die Hope nicht betreten.«

Jenny lächelte. »Mein Mann arbeitet daran.«

Mikhail zeigte nach vorne. »Hast du aus dem Fenster geschaut?«

Sie nickte. »Deshalb komme ich her. Ich bin gerne hier, aber zuletzt habe ich ein bisschen gedöst. Ich bin müde.«

»Ich glaube, das sind wir alle«, entgegnete Mikhail. »Aber nun haben wir neun Monate, um uns auszuruhen.«

Jenny seufzte.

Vor einigen Tagen war endlich die Rückkehrstufe der *Hope*

von der Erde eingetroffen, fast zeitgleich mit der der *Gagarin.* Beide Schiffe hatten die Triebwerke gezündet, und nun waren alle Astronauten, Kosmonauten und Taikonauten wieder auf dem Heimweg. Sie hatten die Schiffe miteinander verbunden und stellten sich den Herausforderungen des Rückwegs gemeinsam.

»Neun Monate!« Jenny stöhnte. »Einer mehr als beim Hinflug.«

»Leider stehen die Gestirne ungünstiger als beim Flug zum Mars.«

Das wusste Jenny selber.

Mikhail zeigte wieder zu den Fenstern. »Ihr habt größere Fenster als die *Gagarin.* Wir haben nur Bullaugen.«

Auch das wusste Jenny. Sie hatte die *Gagarin* bereits besucht. Allerdings nur das russische Modul. Das würde sich ändern, wenn Daniel in Peking die neuen Verträge ausgehandelt hatte.

»Warum schaust du nur auf die Sterne?«, fragte Mikhail.

»Was meinst du?«

»Noch kann man ihn sehen. Willst du das Schiff nicht in die Richtung drehen?«

Jenny seufzte. Sie hatte eigentlich genug vom Mars. Sie mochte den Roten Planeten nicht mehr anschauen. Sie wollte den Blauen Planeten sehen. Die Erde.

Doch sie tat Mikhail den Gefallen. Mit einem einfachen Tastendruck forderte sie den Bordcomputer dazu auf, das Schiff in eine retrograde Ausrichtung zu schwenken.

Die Sterne zogen hinter den Fenstern langsam zur Seite. Dann kam der Planet in Sicht.

Zwei Tage nach dem Abflug vom Marsorbit war er immer noch so groß wie ein Baseball. Der graue Marsmond Daimos stand links daneben. Beide wurden langsam kleiner. In einigen Tagen würden sie nur noch Sternen gleichen.

»Wofür sind wir hierhergekommen?«, überlegte Mikhail leise.

Das hatte sich Jenny auch schon gefragt. »Die Außerirdischen hatten für uns ein riesiges Geschenk hinterlassen. Wir hatten es praktisch schon in Händen und haben es versaut.«

»Wenn wir von Anfang an eine gemeinsame Mission geplant hätten, dann sähe die Lage jetzt anders aus.« Jenny hörte die Wehmut in Mikhails Stimme.

Jenny nickte langsam. Natürlich hatte der Kamerad recht. Dann stünde der Menschheit nun dieses Hologramm der künstlichen Intelligenz als Ratgeber zur Seite, um sie durch die drohenden Gefahren am Horizont zu leiten. Es hätte sie darauf vorbereitet, irgendwann mit anderen Spezies zusammenzutreffen und neue Freunde zu gewinnen.

»Wir haben es versaut«, wiederholte Jenny. »Aber vielleicht verdienen wir es auch nicht anders. Wir sind immer auf der Suche nach dem nächsten Konflikt. Wir hätten die Außerirdischen als Freunde haben können. Stattdessen haben wir sie uns zu Feinden gemacht. Irgendwann werden sie kommen und uns für unsere Vermessenheit bestrafen.«

»Ja, irgendwann«, sagte Mikhail. »Vielleicht gelingt es uns, uns auf das Eintreffen vorzubereiten.«

Jenny zuckte mit den Schultern. »Wir wissen nicht, wann das sein wird. In hundert Jahren? Tausend? Zehntausend? Wir haben keinen Schimmer.«

»Ebenso wenig wissen wir, wie lange wir brauchen, um ihren technischen Stand zu erreichen. Hundert Jahre? Tausend? Wenn die Menschheit in kosmischem Maßstab so extrem gewalttätig ist, dann haben wir vielleicht die Chance, Waffen zu entwickeln, die ihnen überlegen sind.«

Jenny lachte. »Der Mensch war schon das größte Raubtier auf der Erde. Jetzt will er das größte Raubtier in der Galaxis zu werden? Klingt für mich nach Größenwahn.«

»Stimmt. Aber ein Gutes hat das Ganze«, meinte Mikhail.

Jenny konnte in den Geschehnissen der letzten Monate nichts Gutes erkennen.

»Die Menschheit wird eine Lektion gelernt haben.« Mikhail sprach mit Überzeugung. »Die Länder der Erde können es sich nicht mehr leisten, gegeneinander zu kämpfen. Wir haben nun einen mächtigen Feind, auf dessen Angriff wir uns vorbereiten müssen. Das geht nur, wenn wir von jetzt an zusammenarbeiten.«

Jenny war sich nicht so sicher, dass Mikhails Hoffnung sich bewahrheitete. »Die Menschheit hatte schon mächtige Feinde. Hunger, Armut, Klimawandel. Statt unsere Energie auf die Bekämpfung dieser Krisen zu konzentrieren, haben wir uns weiter Rivalitäten um Rohstoffe und Ländereien geleistet. Das wird sich in nächster Zeit ganz sicher nicht ändern. Wenn der erste Schock über die Existenz eines außerirdischen Feindes verdaut ist, dann werden die Menschen in ihren alten Rhythmus verfallen. Schließlich ist die Botschaft bis zum Zentrum der Milchstraße nun erst mal Hunderte oder gar Tausende Jahre unterwegs.«

»Wir werden sehen«, sagte Mikhail.

Der Ton einer Glocke hallte durch das Cockpit.

»Was war das?«, fragte Mikhail.

Jenny lachte. »Das war mein Laptop.« Sie holte das Gerät aus der Nische neben dem Sitz und klappte es auf. »Eine Nachricht von meinem Mann. Daniel hat mir versprochen, mir heute Abend eine zu schicken. Es ist die erste, seit wir vom Mars aus aufgebrochen sind.«

Mikhail erhob sich. »Du möchtest sie sicher in Ruhe alleine lesen.«

»Nein, nein«, erwiderte Jenny hastig. »Bleib ruhig sitzen. Du störst mich nicht.«

Mikhail ließ sich wieder im Sitz nieder und starrte aus dem Fenster in Richtung Mars.

Jenny öffnete ihr E-Mail-Programm.

»Liebe Jenny. Ich habe euer Abflugmanöver vom Kontrollzentrum aus verfolgt. Mir ist ein Stein vom Herzen gefallen, dass es erfolgreich verlief und du nun wieder auf dem Weg nach Hause bist. Ich kann dir gar nicht sagen, wie sehr du mir fehlst, und ich freue mich unendlich darauf, dich wieder in meinen Armen zu halten. Ich habe selber sehr viel zu tun. Es sind einige internationale Konferenzen anberaumt. Verschiedene Kooperationen im Technologie- und Raumfahrtsektor mit Russland und China sind geplant, um verlorenes Vertrauen zurückzugewinnen und ein neues Miteinander zu finden. Ich fliege morgen mit Graham nach Oslo und von da aus nach Moskau und Peking. Ach, Graham hat mir seinen Posten angeboten, wenn er nächstes Jahr zurücktritt. Ich habe abgelehnt. Ich möchte nicht die ganze Zeit nur auf Dienstreisen sein. Ich werde mir lieber eine neue Position in der NASA suchen. Vielleicht in Houston. Wenn du in neun Monaten zurück bist, will ich meine ganze Zeit mit dir verbringen. Ich liebe dich. Daniel.«

Jenny spürte, wie ihr die Tränen kamen. Mit zitternden Händen wischte sie sich über die Augen.

»Du liebst ihn sehr, deinen Mann«, meinte Mikhail leise.

Jenny blickte aus dem Fenster auf den Roten Planeten, von dem sie sich immer weiter entfernten. »Ja, das tue ich«, sagte sie mit brüchiger Stimme. »Ich liebe ihn sehr. Für das, was er in mir sieht, und dafür, dass er imstande war, seine Träume hinter meine zurückzustellen. Das ist mehr, als man von einem Menschen verlangen kann.«

EPILOG

Daniel erschrak, als sich eine Hand auf seine Schulter legte.

»Hallo, mein Freund. Lange nicht gesehen.«

Es war Sergej.

»Du? Hier?«

Sergej lachte. »Klar, warum denn nicht?«

»Ich dachte, du würdest nur in Washington arbeiten.«

Der Russe grinste. »Ich arbeite da, wo ich gebraucht werde.«

Daniel schaute sich erwartungsvoll um. Der große Konferenzsaal füllte sich nur langsam. Einzelne Delegationen, die sich mit Detailfragen beschäftigten, tagten noch in anderen Räumlichkeiten des Dresdner Kongresszentrums. Daniel fragte sich nach wie vor, warum Russen und Chinesen damit einverstanden gewesen waren, den Gipfel in dieser Stadt abzuhalten, obwohl Deutschland doch eindeutig der NATO und somit dem Westen angehörte. Vielleicht wollte der Osten einfach Wohlwollen zeigen.

Jedenfalls würden gleich der amerikanische Präsident, der russische Präsident, der chinesische Staatspräsident und der Präsident der Europäischen Kommission an dem runden Tisch in der Mitte des Raumes zusammentreffen, um über die gemeinsame Zukunft der Erde zu beraten. Aus allen Ecken hörte man, dass weitreichende Kooperationen und Grundsatzabkommen beschlossen werden sollten. Ohne die Ereignisse am Mars wäre das so wohl nicht möglich gewesen.

Daniel war überrascht gewesen, als Graham ihn aufgefordert hatte, in einem Fachgremium des Gipfels über Raumfahrtfragen teilzunehmen. Vielleicht hatte es sich um einen Köder gehandelt, um ihn doch noch dazu zu überreden, die Stelle seines Chefs zu übernehmen, aber sein Entschluss stand fest. Er würde NASA HQ verlassen und nach Houston zum JSC gehen. Dann würde sicher auch sein Kontakt mit Sergej enden. »Wie geht es dir?«

Sergej lächelte. »Es geht gut. Danke. Ich werde übrigens nicht mehr nach Washington zurückkehren.«

Daniel hob die Augenbrauen.

»Ich gehe nach Moskau«, erklärte der Russe. »Ich habe genug vom ewigen Reisen. Roskosmos wird mich als technischen Berater anstellen. Vielleicht besuchst du mich, wenn du mal wieder in Moskau bist.«

Daniel grinste schwach. »Ich ziehe mich auch aus meiner jetzigen Position zurück. Ich gehe nach Houston. Ich weiß zwar noch nicht, in welche Abteilung dort, aber ich werde darauf achten, dass sich die Anzahl der Dienstreisen in Grenzen hält.«

»Verständlich. Absolut verständlich.« Sergej nickte. »Dann komm einfach mal privat zu mir. Ich stelle dir Anna vor.«

Daniel blickte Sergej fragend an. »Anna?«

»Meine Verlobte.«

Das überraschte Daniel. Sergej hatte nie von einer Freundin oder gar Verlobten gesprochen. Allerdings war er immer sehr zurückhaltend gewesen, was sein Privatleben anging.

»Wir werden heiraten. Nächsten Sommer«, berichtete Sergej. »Würdest du zu meiner Hochzeit kommen, wenn ich dich einlade?«

Also sah Sergej in Daniel doch mehr als einen einfachen Kontakt auf der Liste. Er betrachtete ihn wirklich als Freund. »Es wäre mir eine Ehre.«

»Deine Frau wird bis dahin ja wieder zurück auf der Erde sein.

Bring sie mit. Ich möchte sie gerne kennenlernen. Ich denke, sie wird sich gut mit Anna verstehen. Meine Verlobte ist Physikerin an der Universität für Luft- und Raumfahrt in Moskau.«

Daniel lachte. »Dann werden sie sich ganz sicher mögen. Mit anderen Wissenschaftlern kann Jenny am besten. Wo habt ihr euch kennengelernt?«

»Ich darf es dir nicht sagen.« Sergej grinste. »Ober besser gesagt: Ich dürfte schon, aber dann müsste ich dich töten.«

Daniel verzog das Gesicht. Er hielt wenig von solch morbiden Scherzen. »Bist du jetzt eigentlich beim Geheimdienst oder bei dieser Raumfahrtfirma?«

»Ihr Amerikaner mit eurem Schubladendenken. Bei uns in Russland ist man da gedanklich flexibler.«

Daniel verdrehte die Augen, sah aber auf, als die chinesische Delegation den Raum betrat und sich zielstrebig zu dem runden Tisch in der Mitte begab.

»Offenbar geht es gleich los«, erklärte Daniel. Er selbst hatte zusammen mit Graham einen Platz in den hinteren Reihen.

»Hast du regelmäßig Kontakt zu Jenny?«, fragte Sergej. »Geht es ihr gut?«

Daniel legte den Kopf schief. »Warum fragst du?«

»Wir haben inzwischen einen ersten psychologisch problematischen Fall in unserer Besatzung.«

Daniel überlegte, wer das wohl sein mochte. »Jenny geht es gut. Natürlich wäre sie lieber schon zu Hause, als nun noch weitere drei Monate darauf zu warten, dass sich die Erde endlich von einem Stern in eine Kugel verwandelt. Aber sie kann sich ganz gut beschäftigen. Nein, sie ist okay, das sehe ich ihr in den Videobotschaften an, die sie mir schickt.«

Noch ein Monat, dann war sie der Erde wieder nahe genug, dass sie direkte Gespräche führen konnten. Daniel freute sich darauf wie ein kleines Kind.

Nun betraten nacheinander die russische und die europäische Delegation den Raum. Auf der Besuchergalerie aktivierten die Fernsehteams ihre Kameras.

Zuletzt erschien die amerikanische Delegation. Der Raum füllte sich rasch.

»Es wundert mich, dass es nun so schnell Ergebnisse gegeben hat«, erklärte Daniel nachdenklich. »Vor allem Russland und China waren sehr entgegenkommend.«

»Na ja, die Zeit drängt, nicht wahr?«

Daniel starrte sein Gegenüber an. »Was meinst du damit?«

Sergej legte den Kopf schief. »Hat es dir noch niemand gesagt?«

»Ich weiß von nichts. Was ist das Problem?«

Sergej seufzte. »Ich möchte nicht immer der Überbringer schlechter Nachrichten sein. Du wirst es heute garantiert noch erfahren.«

Was denn, zum Teufel?

Er wollte nachfragen, aber er wusste, dass er aus Sergej nichts mehr herausbekommen würde.

»Ich glaube, es wird Zeit, sich zu verabschieden.« Sergej hielt Daniel die Hand hin. »Es war mir eine Ehre, bei dieser Sache mit dir zusammengearbeitet zu haben.«

Daniel nickte und erwiderte den Händedruck. Er und Sergej waren sicher nur kleine Zahnräder im politischen Getriebe, aber er hatte das Gefühl, dass sie ihren Beitrag geleistet hatten, um die Eskalation des Konflikts zwischen Ost und West zu verhindern. Sergej drehte sich um und ging in Richtung der russischen Delegation davon.

»Da bist du ja endlich.« Grahams Stimme.

Daniel drehte sich um. Sein Chef kam in einem schwarzen Anzug mit weißem Hemd und blauer Krawatte auf ihn zugeeilt. »Wir müssen uns setzen. Die Staatschefs werden jeden Moment eintreffen.«

Daniel trottete hinter seinem Chef zu den hinteren Reihen des Raumes. Grahams Gesichtsausdruck war mürrisch. Dabei war er heute Morgen noch so gut gelaunt gewesen. »Ist alles in Ordnung?«

»Gleich«, sagte Graham abweisend und setzte sich.

Daniel nahm neben ihm Platz. Es wurde ruhig im Raum, während alle auf das Eintreffen der Präsidenten warteten.

»Was ist los?«, fragte Daniel.

Graham holte tief Luft. »Wir haben ein gewaltiges Problem.«

Es musste etwas mit dem Mars zu tun haben. Hoffentlich war Jenny nichts geschehen.

Der amerikanische Präsident und der Präsident der Europäischen Union betraten den Raum. Gleichzeitig kamen der russische und der chinesische Präsident aus einem anderen Eingang und gingen zielstrebig auf die westlichen Staatsoberhäupter zu.

»Worum handelt es sich?«, fragte Daniel.

»Du erinnerst dich an den elektromagnetischen Puls und den Neutrinoausstoß kurz vor der Explosion des Marsmondes?«

»Die Botschaft«, erwiderte Daniel. »Sicher.«

»Man hat die Daten analysiert und ist zu dem Schluss gekommen, dass beide Emissionen unmoduliert waren, also keine Daten und keine Botschaft enthielten.«

Daniel verstand nicht. »Aber das ist doch gut.«

Graham schüttelte den Kopf. »Nein, überhaupt nicht. Die Delegation der internationalen Physiker ist inzwischen der Meinung, dass Magnetfeld und Neutrinoemission nur Begleiteffekte eines anderen physikalischen Prozesses waren, der von uns noch nicht entdeckt wurde. Interessant dabei ist, dass die Neutrinos hier auf der Erde vor dem Magnetfeld detektiert wurden.«

Daniel verstand es immer noch nicht. »Ja, und?«

»Die Physiker vermuten, dass es sich um einen physikalischen Effekt handelt, der sich mit Überlichtgeschwindigkeit verbreitet. Oder sogar instantan.«

Eine böse Ahnung befiel Daniel. »Soll das etwa heißen, dass …« Er verstummte, als ihm die Konsequenzen klarwurden.

»Ganz genau.« Graham lehnte sich mit grimmiger Miene zu ihm herüber. »Es heißt, dass die Außerirdischen eine Überlichttechnik entwickelt haben. Das von ihnen gesendete Signal kann längst seinen Bestimmungsort erreicht haben. Möglicherweise sind sie bereits auf dem Weg zum Sonnensystem und zur Erde.«

Daniel wurde gleichzeitig heiß und kalt. Während der letzten Monate seit der Vernichtung der fremden Basis auf Phobos hatte die Menschheit in dem festen Glauben gelebt, dass sich erst ferne Generationen mit den Konsequenzen des Geschehens am Mars würden auseinandersetzen müssen. Dass sie womöglich Tausende oder Zehntausende Jahre Zeit hatten, sich auf ein Aufeinandertreffen mit technisch überlegenen Feinden vorzubereiten. Er und Jenny und ihre Kinder hätten in Sicherheit leben können.

Diese Hoffnung war nun dahin.

Sie waren in Gefahr.

In unmittelbarer Gefahr.

Daniel hob den Blick. Die östlichen und die westlichen Staatschefs waren nun in der Mitte des Raumes angekommen und standen sich gegenüber.

Sie starrten sich lange Sekunden mit Misstrauen in den Blicken an. Dann gaben sie sich die Hände.

ENDE

WENN DIE STERNE ERLÖSCHEN …

Die Physikerin Susan Boyle empfängt mit einem Neutrino-Teleskop ein starkes Signal aus der Richtung eines nahen Sternhaufens. Der Astronaut Colin Curtis muss ein Manöver im Mondorbit abbrechen, als ein außerirdisches Raumschiff entdeckt wird. Es schickt eine Funkbotschaft, die nur aus physikalischen Formeln besteht, bevor es wieder verschwindet. Mit der Zeit wird allen klar: Aus den Tiefen des Raums kommt etwas auf uns zu. Etwas so Gewaltiges, dass es die Erde in ihren Grundfesten erschüttern wird.

Hintergrund: © Antiv3D / gettyimages

Phillip P. Peterson
Vakuum
Roman

496 Seiten
Klappenbroschur

ISBN 978-3-596-70074-5

Jetzt für den Newsletter anmelden unter:

TOR-ONLINE.DE

AZ 596-70074/1